1938 타이완 여행기

臺灣漫遊錄 TAIWAN TRAVELOGUE

Copyright © 2020 by 楊双子(Yang Shuang-Zi)
All rights reserved.

Korean edition was published by Matisse Blue in 2025 by agreement with
SpringHill Publishing Ltd. through The Grayhawk Agency in association with
Danny Hong Agency.

Korean Translation Copyright © Matisse Blue 2025

이 책의 한국어판 저작권은 대니홍 에이전시를 통한 저작권사와의 독점 계약으로 마티스블루에 있습니다. 저작권법에 의해 한국 내에서 보호를 받는 저작물이므로 무단 전재와 복제를 금합니다.

1938
타이완 여행기

양솽쯔 장편소설 · 김이삭 옮김

미디스블루

이 책을 '양쌍쯔' 중 동생인

양뤄후이에게 바칩니다.

● 일러두기

1. 이 책은 모두 소설적 구상으로 이루어졌다. 일제강점기 한 일본인 소설가가 1년간 타이완에 체류하며 연재했던 여행기를 소설로 다시 썼고, 이를 '양쌍쯔'라는 타이완 번역가가 발견해 타이완에서 번역·출간했다는 설정하에 집필되었다. 이 책은 양쌍쯔가 번역한 타이완판을 한국어로 옮긴 것이다.

2. 이 책에는 세 종류의 각주가 있다. 숫자로 표시된 각주는 대부분 번역가 '양쌍쯔'의 각주이며, '원주'라고 표시된 각주는 소설의 주인공이자 화자인 아오야마 치즈코의 각주이다. 다른 색과 기호로 구분된 각주는 김이삭 번역가의 역주로, 한국 독자들의 이해를 돕기 위한 것이다.

3. 표준어 발음을 기준으로 번역했으며, 타이완어와 하카어의 발음은 타이완 교육부에서 만든 타이완어사전과 타이완하카어사전을 참고했다. 그러나 타이완어나 하카어도 어디 출신이냐에 따라 발음이 조금씩 다르기에 따로 로마자로 표기하지는 않았고 역주에 한자를 표기했다.

4. 인명과 지명, 음식명은 나라별 본래의 발음을 바탕으로 국립국어원의 외래어 표기법에 따랐다. 단, 한국에서 널리 사용되는 경우에는 표기에 예외를 두었다.

이 소설은 제가 타이완이라는 섬에 보내는 러브레터입니다.
저는 이 타이완의 이야기를 통해 전 세계가 이해하기를 바랍니다.
타이완 사람은 일본 사람도 아니고 중국 사람도 아니라는 것을요.

차례

┃1954년 초판 서문┃ ∘ 11

짭짤한 씨앗 볶음, **과쯔** ∘ 17
하카식 쌀국수 간식, **비타이박** ∘ 52
황마의 어린잎으로 끓인 탕, **무아인텅** ∘ 84
내지인의 고급 음식, **사시미** ∘ 119
다진 돼지고기 조림, **러우쌰오** ∘ 153
달콤하게 마시는 차, **동과차** ∘ 186
본섬의 양식, **타이완식 카레** ∘ 222
마음을 나누는 음식, **스키야키** ∘ 257
연회 후에 먹는 탕, **잔반탕** ∘ 294
새해 음식, **타우미** ∘ 328
짭조름한 케이크, **셴단가오** ∘ 367
뤼챤의 노점에서 먹는 간식, **팥빙수** ∘ 399

┃1970년 재출간판 후기┃

어머니의 기억, 아오야마 요코 ○ 433

┃1990년 타이완판 역자 후기┃

버드나무 작은 집에서 만든 국수, 왕첸허 ○ 438

┃1990년 타이완판 편집자 후기┃

고인과의 약속, 우정메이 ○ 444

┃2020년 신역판 역자 후기┃

우리 둘의 고하쿠, 양샹쯔 ○ 451

┃한국어판 역자 후기┃

번역과 중역 사이에서 드러나는 것들, 김이삭 ○ 456

┃1938 타이완 종관철도┃ ○ 463

1954년 초판 서문

이 서투른 여행의 기록을 용감하게 출간하기로 결심하며,
삼가 다음의 분들께 바칩니다.

타이완 타이중주 닛신카이,
다카다 스마코 부인

타이완 총독부 타이중주 타이중 시역소,
미시마 아이조 선생

그리고……

타이중주 타이중시 딩차오쯔터우
왕첸허 여사

세 분의 환대를 저는 영원히 잊지 못할 것입니다.

쇼와 29년 1월
아오야마 치즈코

타이중 버드나무 강가 작은 집

(아오야마 치즈코 그림)

측면

정면

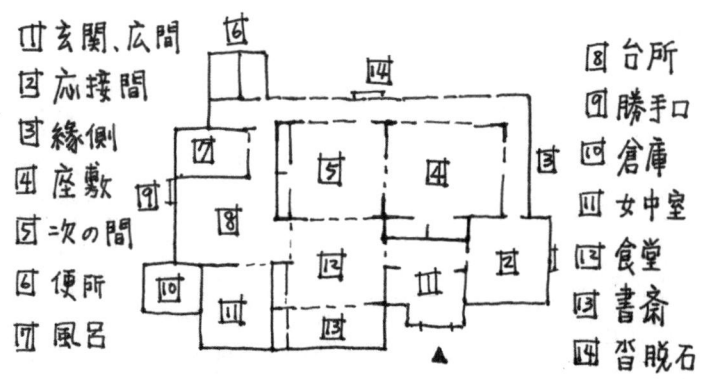

평면도

1. 현관
2. 응접실
3. 툇마루형 복도
4. 다다미방
5. 작은방
6. 변소
7. 욕탕
8. 주방
9. 주방 뒷문
10. 창고
11. 일꾼방
12. 식당
13. 서재
14. 섬돌

《타이완 일일신보》1938년 7월 11일

臺灣漫遊錄
魚藤坪斷橋神遊

文／青山千鶴子

初次到訪的旅人，搭乘快車通過十六份車站而渾然不察魚藤坪斷橋，說起來是理所當然的事情。今年五月，我便毫無所悉地錯過這個車窗名景，事後得知自不免扼腕，並且油然而生一股探索的興味。

昭和十年四月，亦即我抵達臺灣的三年前，名為「新竹、臺中州大地震」的天災降臨，時年山洞塌陷，橋樑斷毀，此即魚藤坪斷橋的來由。不止於鐵道，大地震造成無數死傷，對於生活在這塊土地上的人們來說，想必是痛苦的回憶。含辛茹苦堅定前行，身處臺灣的人們或許不曾意識到自身的偉大之處吧。

窗外的明媚風光，未聲時下通車的是緊急新建路線，順暢地抵達了旅行的目的地。我受惠於快速修復的鐵道橋樑，得以享受舒適的旅程，進而感到受惠的豈止是旅人呢？不分旅行、通勤、運輸之用，仰賴鐵道的人們全都領受了這份恩惠。

斷橋造成的嚴峻阻礙，倏忽透過眾人之力完美弭平，而能夠做到這些事情，不正因為斯土斯人懷抱沉默苦幹的美德，迸發旺盛強悍的力量嗎？這就是臺灣的偉大之處。

旅居臺灣數十日，至今尚未親眼拜見魚藤坪斷橋，可是斷橋與新橋的故事卻切實地存在令人神往的魅力，我也越發期待未來的鐵道之旅了。

比方說，一介平凡的旅人如我，搭乘臺中線鐵道進入臺中，沿途醉心欣賞

위텅핑 단교를 유람할 마음

아오야마 치즈코

초행길인 여행자가 급행 기차를 타고 스리우편역을 지났다면 위텅핑 단교를 눈치채지 못하는 게 당연하다. 나 또한 올해 5월 아무것도 모른 채로 차창 너머의 멋진 풍경을 놓쳤으니까. 나중에 이를 알게 되었을 때 당연히 안타까웠고, 다시 찾아가고 싶다는 마음이 자연스레 생겨났다.

쇼와 10년(1935년) 4월, 내가 타이완에 가기 3년 전에 있었던 일이었다. '신주, 타이중주 대지진'이라고 불리는 천재지변으로 산이 무너지고 다리가 끊어졌다. 이렇게 위텅핑 단교가 생겨난 것이다. 대지진은 철도만 끊어놓은 게 아니었다. 무수한 사상자도 낳았다. 이곳에서 생활하는 이들에게는 매우 고통스러운 기억일 것이다. 이러한 고난을 겪으면서도 앞으로 나아간 타이완 사람들은 어쩌면 자신의 위대함을 의식하지 못했는지도 모른다.

예를 들어 평범한 여행자인 나는 타이중선 철도를 타고 타이중에 가면서 차창 너머의 아름다운 풍경을 감상했을 뿐 타고 있는 기차가 긴급 복구된 노선을 달리고 있다는 걸, 그래서 순조롭게 목적지에 도달할 수 있었다는 걸 전혀 알지 못했다. 내가 쾌적한 여행을 즐길 수 있었던 건 빠르게 복구된 철도 교량의 은혜 덕분이었다. 그런데 이 은혜를 입은 사람이 과연 여행객뿐일까? 여행, 노동, 운송을 가리지 않고 철도에 의지하는 이들은 다 같은 은혜를 입었다.

다리가 끊어지면서 생겨난 심각한 문제는 많은 사람들이 힘을 모아 완벽하게 해결해냈다. 이 땅과 이곳 사람이 고된 일도 묵묵히 견뎌내는 미덕과 넘치는 힘을 지녔기에 가능했던 일이었다. 이게 바로 타이완의 위대함일 것이다.

타이완에 머문 지도 벌써 수십 일이 되었다. 아직 위텅핑 단교를 직접 찾아가지는 못했지만, 단교와 새로운 다리에 관한 이야기는 분명 현실에 존재하고 있으며 사람을 끌어당기는 매력이 있다. 앞으로의 철도 여행이 갈수록 기대가 된다.

짭짤한 씨앗 볶음
과쯔

"잠깐, 이게 어떻게 된 일이지?"

속마음을 나도 모르게 소리로 내뱉었다. 순간 쇼쿄쿠사이 덴카쓰 마술단[1] 안으로 떨어진 줄 알았다.

갑자기 마술단 이야기는 왜 나오냐고? 고등여학교를 다닐 때 일이었다. 쇼쿄쿠사이 덴카쓰 마술단이 순회공연을 위해 나가사키를 방문했는데 마침 기쿠코 숙모와 외출했던 나는 우연히 길에서 마술단과 마주쳤다. 그때 마술단은 공연 전 퍼레이드를 떠들썩하게 하고 있었다.

그것도 놀라운 규모로. 인력거 줄이 군대에 버금가 그 끝이 보이지 않을 정도였다. 맨 앞에 있는 인력거 몇 대에는

---

[1] 쇼쿄쿠사이 덴카쓰(1886-1944)는 서양의 마술 기법을 차용한 근대 마술 공연으로 유명하며, '마술사 여왕'이라고 불렸다. 은퇴 후 조카가 제2대 덴카쓰라는 이름으로 '덴카쓰 극단'을 물려받았다.

악기를 연주하는 악인(樂人)이 한 명씩 앉아 있었고, 그 뒤에는 화려하게 화장한 소녀들이 미소를 지으면서 손을 흔들었다. 또 그 뒤에는 높다란 실크해트를 쓴 남성 마술사들이 앉아 있었다. 그보다 더 많은 수의 마술단원들이 인력거를 빼곡하게 둘러싼 채 걸어서 이동하기도 했다. 이들은 다양한 색상의 화려한 깃발을 높이 들고 있었는데 붉은색, 흰색, 짙은 보라색, 파란색 등이 있었다. 바람에 휘날리는 깃발에서는 악대가 연주하는 격앙된 음률을 닮은 패기가 느껴졌다. 가슴이 뛰었다. 무언가가 뱃속에서부터 단숨에 솟아오르는 듯했다.

그래서 그런 말을 했던 거였다. 이게 어떻게 된 일이냐고.

10여 년의 세월이 지난 뒤에 외지 섬인 타이완에서 옛 추억을 떠올리게 될 줄이야.

이때가 쇼와 12년(1938년) 5월이었다.

쇼쿄쿠사이 덴카쓰 마술단의 풍경이 내 눈앞에서 펼쳐지는 듯했다.

붉은 벽돌로 이루어진 지나*식 건물이 줄지어 서 있었는데, 거리 저편까지 멀리 뻗어 있어 그 끝이 보이지 않았다. 집집마다 선홍색 등롱과 황색 등롱이 걸려 있고, 지붕 위에는 흰색 방수포가 꽃처럼 한 장씩 피어 있었다. 형형색색의 한자 간판들이 하나씩 시야로 날아들었다. 또 각종 노점도.

본 적 없는 채소들이 짙거나 옅은 푸른 언덕과 노란 언덕, 새하얀 언덕을 이루고, 토막을 내 가늘고 길게 썬 붉은

❖ .... 支那. 근대 시기 일본이 중국을 칭할 때 쓰던 말로 일종의 멸칭이다. 개화기 조선에서도 일본 유학생들이 고국으로 돌아오면서 '지나'라는 표현이 사용되었다.

고기가 허공에 걸려 핏빛 융단을 드리웠다.

황토나 수초의 색을 띤 약초들이 다발로 묶이거나 바구니 안에 흩어져 있었고, 어떤 건 푹 끓여져 진녹색 탕약이 되어 있었다.

노점 앞에 무수히 놓인 유리 항아리는 묵직하면서도 매끈한 빛을 머금고 있었고, 그 안에는 불긋하거나 벌건 혹은 노르스름하거나 샛노란, 까맣거나 보얀 과일들이 자잘하게 담겨 있었다.

노점 앞에는 사람들이 국그릇을 든 채로 간식을 먹고 있었다. 어떤 그릇에는 부드러운 하얀 덩이가 들어 있고, 다른 그릇에는 투명하면서도 노란빛이 도는 것이, 또 어떤 그릇에는 작고 동그란 검은색 구슬을 닮은 게 들어 있었다.

지나식 건물 안 과일 점포에는 노란 바나나가 줄줄이 매달려 있었고, 가판 위에 청록색, 암홍색 과일이 놓여 있기도 했다. 이름을 말할 수 있는 것도 있고, 이름을 모르는 것도 있었다. 저건 수박, 저건 복숭아, 저건 나무카[2]✤겠지?

어디를 먼저 구경해야 할지 가늠도 되지 않았다.

웅장한 타이중 기차역에서 나와서 다치바나초를 지나자 미도리강이 나왔다. 건너편 가까이에는 제1시장과 타이중 여관이 있었는데 인파가 흐르는 물처럼 많았다. 여기가 본

---

2 나무카는 롄우를 칭하는 옛 일본말이다.

✤ ────── 왁스 애플, 벨 애플이라고도 불리는 종 모양 과일로, 겉은 빨갛고 속은 하야며 식감이 부드럽다.

섬 사람이 많이 모이는 간조 다리[3]라고 했다. 강 양쪽으로 짙푸른 버드나무가 줄지어 서 있었고, 수면에서 윤슬이 빛났다. 눈이 부시자 머리가 어지러웠다. 윤슬을 머금은 물결 때문은 아니었다. 5월의 푸르른 하늘에서 작열하는 태양 때문이었다. 강한 햇빛은 색에 왕성함을 더해주었고, 만물의 냄새에 강렬함을 더해주었다. 강물 냄새, 식물 냄새, 시장에서 파는 날고기 냄새, 약초 냄새, 과일 냄새가 파도처럼 몰려왔다.

함께 온 인파에서 내가 알아들을 수 없는 본섬의 말이 전해졌다.

"××××××, ×××××××, ×××××××?"

"×, ×××××××××, ××××××××××!"

"×××××, ××××××××××."

뱃속에서 무언가가 파도처럼 휘몰아치다가 가슴으로 솟아오르자 나는 참지 못하고 입을 벌렸다.

아, 여기가 바로 남국(南國) 타이완이구나!

※ ※ ※

어쨌든 한 번은 타이완에 가야 했다.

---

[3] 오늘날의 타이중시 중구 청궁로에 있으며, 오늘날에는 청궁뤼 다리로 불린다.

이런 결심을 했을 때 나는 오키나와에서 규슈로 향하는 배의 갑판에 서 있었고, 바다 너머의 먼 육지를 보며 이렇게 생각했다. 미야코섬, 이시가키섬인가? 어쩌면 저 너머가 타이완일 수도 있지 않을까?

소설이 영화로 제작된 뒤, 고료 수입이 현저히 늘어났다. 협업한 적이 없던 잡지사에서 현금 뭉치를 들고 찾아오기도 했다.

"아오야마 선생님이 수락만 해주신다면 남양(南洋)으로 가는 여행 비용은 걱정하실 필요 없습니다. 모든 건 폐사가 도맡을 테니까요. 남양을 배경으로 연재소설을 써주십시오!"

모 잡지사의 편집장인 F가 나를 보고 정중히 웃으며 말을 이었다.

"아오야마 선생님은 여행을 즐기신다지요. 좋은 기회 아닙니까?"

"남양을 배경으로 한 이야기라면, 남진*에 협력하라는 건가요?"

"음, 아오야마 선생님은 어떤 의미로 그렇게 말씀하시는 건가요?"

"정말 죄송합니다. 일장기를 흔들면서 제국을 선양하는 게 전제라면 제 능력으로는 역부족입니다. 재미있는 작품을 써내지 못할 것 같아서요. 그러면 너무 아쉽지 않을까요?"

❖ 　　 일본제국은 '대동아공영권'이라는 상상의 공간을 동양과 남양 그리고 남방으로 나눴다. 1895년 청일전쟁 승리 후, 타이완을 할양받고 타이완총독부를 설치한 뒤 일본 정부 내에서 '남진론(南進論)'이 구체화되었다. 남양인 타이완은 남방으로 들어가는 입구로 남진론의 거점이었다.

나는 가지런히 놓인 지폐를 F의 무릎 앞쪽으로 도로 밀어냈다.

"그리고 저는 이미 배표를 샀습니다. 다음 여행지는 오키나와고요. 여기까지 찾아오셨는데 편집장님의 귀중한 시간을 허비하게 했네요. 귀사가 류큐 왕국 역사 이야기를 연재하고 싶은 게 아니라면, 이번 여행에서는 얻고자 하는 소설을 써드리지 못할 듯합니다."

"아, 아오야마 선생님이 오키나와를 좋아하신다니 어쩔 수 없지요. 그렇다면 나중에라도 타이완에 갈 계획은 없으십니까? 그곳도 남국의 섬이지 않습니까……."

나는 F가 더 들러붙지 않기를 바랐기에 끝까지 승낙하지 않았다. 그러나 남국의 섬 타이완은 작은 씨앗이 되어 내 가슴에 뿌리내렸다.

그해 늦가을에 짧은 오키나와 여행이 끝났다. 나는 갑판에 서서 멀리 바다 너머에 있는 섬을 바라보았다. 남쪽 왕국인 규슈는 날씨가 따뜻했다. 짠 내를 머금은 바닷바람도 차지 않았다. 그렇다면 더 남쪽에 있는 타이완의 11월 늦가을은 대체 어떤 모습일까?

모지항을 드나드는 커다란 대형 선박이 밤낮으로 운송해 오는 타이완 바나나를 떠올렸다. 달콤하면서도 향긋한 바나나 향이 기억 속에서 짙게 퍼졌다.

다음번 여행은 타이완으로 가자.

이런 생각을 싹틔우며 나가사키로 돌아간 나는 곧장 여

행 자료를 수집하기 시작했다. 먼 남쪽 섬 타이완으로 가려면 홋카이도를 여행했을 때 얻었던 교훈을 명심해야 했으니까. 장기 체류를 해야만 현지 풍토를 깊이 이해할 수 있다는 것. 이상적인 기간은 반년이었다. 그러나 반년 동안 쓰게 될 교통비와 숙박비 그리고 가장 중요한 식비는 실로 적은 금액이 아니었다. 총체류비를 계산해본 나는 머리를 부여잡으며 고민했다.

"기쿠코 숙모……."

주방 도마[4]로 가자, 기쿠코 숙모와 소녀 일꾼인 하루노가 있었다.

밥솥 위로 하얀 김이 모락모락 피어올랐고, 흰쌀밥 냄새가 사방으로 퍼졌다. 냄새만 맡아도 알 수 있었다. 이렇게 좋은 쌀밥이라면 깨와 소금만 뿌려도 훌륭한 미식이 될 것이다. 보는 것만으로도 배가 꼬르륵거렸다.

"치즈코 아가씨. 저녁 식사는 좀 더 기다리셔야 해요."

하루노가 웃으며 말했다.

저녁밥을 물어보려던 게 아니었는데.

"기쿠코 숙모, 제가 타이완에 가려고 하는데요. 집에 오백 원(圓)이 있을까요?"

하루노는 입을 떡 벌렸고, 기쿠코 숙모는 침착하게 나를

---

4 土間. 일본 건축에서 마루를 깔지 않고 신발을 신고 돌아다니는 공간. 본래는 흙으로 된 공간이었으나 현재는 타일이나 콘크리트로 마감한다.

보았다.

"무슨 소리를 하는 거니. 애도 아니면서?"

"저는 딱 봐도 애가 아니거든요!"

굳이 나이를 말할 것도 없었다. 나는 키 하나로도 나가사키 거리에 있는 외국인들과 어깨를 나란히 할 수 있었다. 한때 '우뚝 선 삼나무'라고 불렸던 나였다. 기쿠코 숙모는 콧방귀를 한 번 뀌더니 이렇게 말했다.

"지난번 잡지사에서 경비를 대겠다고 하지 않았니?"

"하지만 거기는, 무슨 남진 정책 같은 거예요. 그런 건 못 써요."

"그러면 본가로 가서 돈을 빌리렴."

"본가 사람들이 퍽이나요. 타이완으로 가기도 전에 붙잡혀 결혼을 당할지도 몰라요."

"너는 결혼할 나이가 진즉에 지났어."

"숙모, 제발 부탁이에요."

"말이 참 많구나. 아니면 신께 참배라도 드리렴."

머리가 다 아팠다. 이번에는 애교가 안 통하네.

"아, 스와 신사라도 가야 할까요? 아아, 맞다! 맛있는 카스텔라를 파는 곳이 거기에 있다고 했는데. 또 시베리아 케이크[5]도요. 신도 맛있는 음식을 좋아하시겠죠!"

---

5 나가사키현의 특산품 카스텔라 케이크 사이에 양갱을 끼운 케이크.

"그건 치즈코 아가씨가 좋아하는 거 아니었어요?"

하루노의 말에 이번에는 기쿠코 숙모가 말했다.

"음, 우리 치즈코는 어쩜 이렇게 먹을 걸 밝힐까."

가족들에게 공격당하기는 했지만, 신은 간식이라는 뇌물을 받아준 듯했다. 얼마 지나지 않아 예상치도 못한 순간에 나는 타이완 총독부와 현지 부인 단체의 초청서를 받게 되었다.

❖ ❖ ❖

초청을 받은 건 봄 피안 휴가[6]가 끝난 다음 날이었다.

아오야마 가족의 나가사키 분가와 구마모토 본가는 춘분날에 모여 타마나에 있는 사찰 렌게인탄조지에서 성묘를 했다. 미쓰코 언니와 도시코 새언니는 춘계 황령제˚를 맞이한 뒤에 나가사키 분가에서 남은 휴가를 보내곤 했는데 늘 고용인을 대동했고, 전차를 타고 나가 나가사키 관광 지역을 돌아보았다. 지겹지도 않은지 매년 그러했다. 그러나 올해는 달랐다.

"있잖아, 치즈코. 더는 이렇게 지낼 수 없을 것 같아……."

---

6 일본에서는 춘분과 추분이 성묘하는 절기라 봄 피안(春彼岸), 가을 피안(秋彼岸)이라고 부른다. 봄 피안에는 보타모치를 제물로 바치고, 가을 피안에는 오하기를 제물로 바친다. 둘 다 팥앙금을 겉에 묻힌 찹쌀 경단을 말한다.

❖ ──── 춘분에 천황이 역대 천황을 기리는 제사일.

미쓰코 언니가 한탄하는 소리를 나는 못 들은 척했다. 두 번째 보타모치를 입안에 밀어 넣으면서 한입 크게 베어 물 뿐이었다.

"보타모치를 한입에 먹어 치우는 여자라니. 대체 어디서 신랑을 구하겠니?"

도시코 새언니도 탄식했다.

시누올케가 이렇게 잘 맞을 수도 있나? 나는 참지 못하고 웃었다.

"그러면 한입에 두 개를 먹으면 되겠네요."

내 말에 미쓰코 언니와 도시코 새언니가 눈을 휘둥그레 떴다. 역시 재미있었다. 나는 겸사겸사 세 번째 보타모치를 입안으로 밀어 넣었다. 아, 정말 맛있다! 겉에 묻은 팥앙금은 설탕을 넣어서 삶았는데 알알이 씹히는 식감이고, 안은 익힌 찹쌀을 치대 만들어 부드럽고도 쫀득한 찹쌀 경단이었다. 정말 멈출 수 없는 맛이었다.

"아, 너무 맛있어요! 한 번에 두 개를 먹으면 잘 안 씹히고, 반 개를 먹으면 씹을 때 만족감이 없잖아요. 이렇게 맛있는 음식을 맛있게 먹지 않는 건 용서받을 수 없는 짓이라고요. 역시 한 번에 하나씩 먹는 게 가장 좋아요. 이게 바로 보타모치를 맛있게 먹는 비결이죠. 치즈코만의 비법!"

내가 엄숙하게 보타모치 선언을 하자 두 사람은 이렇게 반응했다.

"애가, 애가 지금 무슨 헛소리를 하는 거야?"

"어쨌든 오늘은 꼭 맞선 상대를 골라야 해."

미쓰코 언니와 도시코 새언니가 즉시 맞선 자료 하나를 내밀었다. 접힌 서류를 펼치자, 사진이 보였다. 사진 속 신사는 우람한 체격에 문관 제복을 입고 있었다.

"여기 이 제복을 입은 분은 말이야. 네 오라버니의 대학 친구인 미야노 선생님이 추천하셨어. 그분의 우수한 부하로……."

도시코 새언니가 자료를 하나 더 꺼냈다. 이번에는 해군 정장을 입은, 아름다운 수염을 지닌 군관이었다.

"이분은 스즈키 선생님이야. 시라토리 선생님의 외조카가 추천해주셨지. 친우의 전우래……."

내 비참한 조건을 고려한 결과일까. 대다수가 키 큰 중년 남성이었다. 재혼이거나 머리숱이 별로 없는 남성들. 젊은 사족*이라도 아주 예스러운 분위기를 풍기는 것이, 싸움이 시작되자마자 밥상을 뒤엎을 놈처럼 보였다.

"이분은 아무로 선생님이야. 아키코 이모님이 소개해주셨지. 지방 직업학교인 에도가와 교장 선생님이 아끼는 제자란다……."

나는 네 번째 보타모치를 먹었고, 차도 남김없이 마셨다.

배가 불렀다. 역시 한 번에 네 개나 먹는 건 무리였어.

몸을 뻗어 장지문을 열고는 하루노를 불렀다. 영국 홍차와 같이 먹을 만한 비스킷을 가져다 달라고 했다.

그러자 미쓰코 언니가 버럭 화를 냈다.

❖ ⋯⋯⋯⋯⋯ 士族. 메이지 시대 옛 무사 계급.

"치즈코! 조금 전에 지라시즈시* 2인분을 혼자서 먹지 않았어? 이렇게 많이 먹다니, 완전 요괴잖아. 너는 이 후보들을 탓하지 말아야 해. 나이 들어 마음이 넓은 남자가 아니라면, 요괴에게 사랑을 느끼지 못할 거야!"

"미쓰코 언니, 어떻게 그런 말을 할 수 있어요? 흠, 별다른 일 없으면 저는 이만 소설을 쓰러 갈게요."

"거기 서. 여자의 결혼은 자고로 가장이 정하는 거야. 치즈코, 네가 이렇게 자꾸 피한다면 우리도 어쩔 수 없이 아버님께 결정해달라고 할 거야."

"어, 미쓰코 언니."

"실례하겠습니다."

반쯤 열린 장지문 너머에서 하루노의 목소리가 전해졌다.

무릎을 꿇고 기어 온 하루노가 전해준 건 홍차도, 비스킷도 아닌, 아주 정교하게 장식된 편지봉투였다.

그래, 바로 그것.

스와 신사의 신이 카스텔라 케이크와 시베리아 케이크에게 매수된 걸까. 아니면 보타모치나 백앙금 모찌에 매수된 걸까. 잘은 모르겠지만 편지가 나를 위기에서 구해주었다. 그건 바로 타이완 총독부 타이중 주청**에서 보낸 편지였다.

---

* 단촛물로 만든 밥 위에 생선회와 다양한 재료를 흩뿌려 덮밥처럼 먹는 초밥.

** 州廳, 도청을 뜻한다.

✿✿✿

알고 보니 타이완에서도 영화가 유행이었다.

이번에 갑작스러운 초청을 받게 된 건 내 소설《청춘기》를 각색해 만든 동명 영화가 타이완에서 상영되었기 때문이었다.

이 영화는 도쿄에서 쇼와 11년(1936년)에 개봉했는데, 놀랍게도 타이완에서는 1년 뒤에야 개봉했다. '닛신카이'라는 이름의 현지 부인 단체가 이 영화를 보고 크게 감명을 받았고, 쇼와 12년, 그러니까 작년에 타이중 각 지역에서 영화가 상영될 수 있도록 자금을 댔다고 한다. 그 뒤에 열린 다과회에서 열렬한 반응을 확인한 닛신카이는 작가를 초청해 타이완에서 순회강연을 열기로 결정했고, 내지 작가의 타이완 여행을 적극 권장하던 타이완 총독부도 함께 연합해 초청서를 보냈다. 타이중 주청의 타이중 시역소✿도 주요 초청 기관으로 이름을 올렸다.

사례금은 차치하더라도 교통비와 식비, 숙박비 등 일체 비용을 부담해줬기에 더는 여비 걱정을 할 필요가 없었다. 몇 번의 전보와 전화가 오간 뒤, 나는 초여름에 출발하기로 했다.

규슈 북쪽 끝에 있는 모지항에서 내지와 타이완을 이어주는 연락선을 탔고, 다이호쿠주✿✿에 있는 지룽항에서 내렸다. 닛신카이와 타이중 시역소에서 보낸 직원이 마중을

✿ 市役所, 시청.
✿✿ 일제가 타이완에 설치했던 행정구역으로, 지금의 타이베이시, 신베이시, 지룽시, 이란현을 관할했다.

나왔지만, 정중히 사양했다. 대신 혼자 차를 타고 타이베이로 가 하룻밤을 머물렀다. 다음 날 아침에 타이베이 기차역에서 출발하는 급행열차를 타면 세 시간 반이면 타이중에 갈 수 있으니까. 이래야 여행이지 않을까?

열차 출발 시간은 오전 9시 반이었다. 타이중 기차역에 도착해야 점심밥을 먹을 수 있을 텐데 도저히 참을 수가 없었다.

10시 5분, 타오위안 기차역 승강장에서 어떤 이가 도시락을 판다고 큰 소리로 외쳤다. 하나를 샀다. 열어보니 흰쌀밥과 튀긴 생선, 구운 생선, 무절임과 장어 우엉 말이가 들어 있었다. 내지에서 먹던 것과 별 차이가 없었다.

11시 1분, 신주 기차역에 도착했다. 쌀국수 볶음*을 현지어로 외치는 소리가 들렸다. 옆에 앉은 부인 승객에게 물어보니 야키소바 같은 거라고 했지만, 먹어보니 완전히 다른 음식이었다.

20분쯤 지나자 주난 기차역에 도착했다.

조금 전 볶음면을 집어넣었던 배를 자세히 살펴보면서 얼마나 더 넣을 수 있을지 고민했다.

11시 47분, 먀오리 기차역에 도착했다. 이번에도 내지식 도시락을 파는 듯했다. 그래서 소금에 절인 오리알 다섯 개와 주먹밥만 샀다. 기차 승객이 타거나 내렸다. 남쪽으로 갈수록 현지어로 말하는 이들이 많아졌다. 그게 너무 재미있어 앞으로의 여행이 기대되었다. 오후 1시 3분, 기차가

❖ 차오미펀(炒米粉). 쌀국수에 가늘게 썬 고기와 말린 새우, 표고버섯, 채소 등을 넣어서 볶은 음식이다. 쌀국수면은 신주의 명물이다.

타이중역에 도착했다.

작은 새가 가슴에서 폴짝폴짝 뛰는 듯했다.

오후 2시에 시역소 직원과 타이중 기차역에서 만나기로 했지만, 도저히 앉아서 기다릴 수 없었다. 대합실에서 바깥을 내다보았다. 뙤약볕이 금빛을 쏟아내며 푸르른 야자나무를 비추고 있었다. 날이 너무 더워 사람들이 그늘로만 걸어다녔다. 흥미로운 풍경이었다. 서양식 자동차와 인력거가 거리를 오가고, 무거운 화물이 실린 소 수레도 보였다. 조금 더 떨어진 나무 그늘에는 물건을 파는 노점상도 있었다.

"저기요. 여기 근처에 타이완 사람들이 운영하는 상점 거리가 있나요?"

기차역 개찰원이 내 질문에 순간 당황했다.

"타이완 사람…… 혼토진* 거리를 말씀하시는 거죠?"

"혼토진, 맞아요. 혼토진의 거리요."

개찰원이 가르쳐준 대로 걸어가니 바로 간조 다리에 다다랐다. 쇼쿄쿠사이 덴카쓰 마술단 같은 혼토진 거리였다.

그리고 어쩌다 보니 손을 쩔릴 정도로 따가운 과일을 사게 되었다.

손짓발짓해 가면서 순조롭게 구매했다. 좋은 시작이라고 볼 수 있겠지?

"×, ×, ×, ×, ×, ×?"

앳된 얼굴의 혼토진 소년이 과일 노점상 앞에서 천천히 한 글자씩 반복했다.

❖ 本島人. 일제가 타이완인을 일본 내지인과 구분하기 위해 사용하던 말.

"미안해요. 나는 타이완 말을 할 줄 몰라요! 지금 하는 말, 무슨 뜻이에요?"

나는 연이어 손을 흔들었고 고개도 가로저었다.

소년도 좌절한 듯한 얼굴이었다.

"×××××××××."

말을 마친 소년이 몸을 돌리더니 곁에 무언가가 붙어 있는 나무 상자를 들었다. 이어서 아주 능숙한 손길로 과일을 상자에 담아 포장했다.

"아, 그랬군요. 포장하겠냐고 물어본 거죠?"

나는 부랴부랴 동전을 꺼냈다.

"저기, 포장비로 10전(錢)이면 괜찮아요?"

소년은 동전을 보더니 다시 나를 보았다.

"×,×××××?×××××?"

나는 나무 상자를 가리킨 뒤 다시 동전을 가리켰다.

"이, 건, 포, 장, 비, 예, 요."

"×,××××××××,××!"

"포, 장, 비."

"××!××!"

말을 뱉는 소년의 얼굴이 붉게 달아올랐다.

"어, 그게 대체 무슨 뜻이에요?"

소통에 어려움을 겪자 내 얼굴도 벌게졌다.

픕.

옆에서 작고도 부드러운 웃음소리가 전해졌다.

"혹시 도움이 필요하신가요?"

상당히 표준적인 일본어였다.

소리가 들린 곳을 향해 고개를 돌렸다. 내 시선 아래쪽에 작고 귀여운 소녀가 서 있었다. 소녀의 얼굴에는 아기처럼 부드러운 분홍빛이 돌았고, 웃으면 양 볼에 보조개가 피었다.

"포장비는 공짜래요. 돈은 거두어주세요."

"국어*를 할 줄 아시네요. 정말 다행이에요! 그러면 저 대신 말 좀 전해주실 수 있을까요? 10전은 수고비라고 말이에요."

소녀는 조금 의외라는 눈빛으로 나를 보았다.

나는 얼굴이 화끈거렸다.

"제가 이 소년을 너무 오래 귀찮게 했거든요!"

그러자 소녀는 웃었고, 고개를 돌려 소년에게 타이완 말을 건넸다.

소년의 얼굴에도 드디어 옅은 웃음이 떠올랐다. 그리고 무언가를 집어 소녀의 손에 쥐여주었고, 소녀는 그것을 내게 건네주었다. 자잘한 것들이 얇은 종이에 싸여 있었다.

포장지를 펼치자 작고 납작한 검은색 조각들이 보였다.

"답례로 드리는 거래요. 이걸로 여행 중 시간을 때울 수 있을 거예요."

"감사해요. 그런데, 이게 뭐죠?"

"아."

---

* 일본어를 뜻한다.

"하긴 이게 뭔지 모르시겠네요." 소녀가 고개를 살짝 기울이면서 웃었다.

"이건 과쯔(瓜子)예요. 내지인은 먹어본 적이 없겠네요."

"먹을 수 있는 건가요? 어떻게 먹는데요?"

자랑은 아니지만, 미식과 관련된 거라면 나는 아주 큰 흥미를 느꼈다.

종이 포장지에 코를 가져다 대자 짭짤하면서도 달콤한 향이 올라왔다. 작은 과쯔를 몇 개 꺼내 손끝으로 딱딱한 표면을 만지면서 생각했다. 그냥 먹으면 되는 건가?

"그렇게 하는 게 아니에요. 씨를 먹으려면 반드시 이로 껍질을 까야 해요."

"이로? 껍질을요?"

소녀는 내 손에 있던 과쯔를 하나 집었다.

"보세요. 이렇게요."

소녀의 파리한 빛이 도는 손가락이 검은 과쯔를 들었다. 입가로 가져가서 하얗고 작은 앞니로 부드럽게 깨물자 맑은소리가 '딱' 하고 울리면서 과쯔 껍질이 두 조각으로 갈라졌다. 소녀가 상아색 씨앗을 꺼냈다.

"과쯔를 깨무는 기술은, 처음 배우는 사람이라면 연습을 좀 해야 해요."

"대단한데요. 이렇게 흥미로운 먹거리라니!"

나는 진심으로 탄복했다.

소녀가 미소를 지었다. 양 볼에 분홍빛이 떠올랐다.

"말씀 좀 여쭙겠습니다."

바로 옆에서 남자 목소리가 들렸다. 일본어였다.

"아오야마 치즈코 선생님이 맞으십니까?"

여름용 정장을 입은 젊은 남성이었다. 눈썹과 속눈썹이 짙고 풍성했는데, 넓은 이마에는 땀방울이 맺혀 있었다.

"저는 타이중 시역소의 미시마입니다."

나는 낮게 "아" 하고 외쳤다.

2시. 타이중 기차역에서 만나기로 했는데.

나는 과일 노점상 앞에서 이 일을 까맣게 잊고 있었다.

❊ ❊ ❊

내 체격과 외모를 미리 숙지한 미시마는 기차역에 도착했는데도 내가 보이지 않자 즉시 개찰원에게 내 행방을 물었다고 한다. 간조 거리에 도착하자 바로 나를 알아볼 수 있었다고.

'우뚝 선 삼나무'인 나는 키가 165센티미터였다. 대다수 남성보다 큰 키는 확실히 식별 가능한 특징이었다.

"선생님을 위해 준비한 자동차가 근처에 있습니다."

미시마는 내 짐을 들더니 안내하는 듯이 몸을 살짝 옆으로 틀었다.

"이쪽으로 가시지요."

"죄송합니다."

"괜찮습니다."

미시마는 정중히 말하더니 안주머니에서 손수건을 꺼내 땀을 닦았다.

택시를 타자 품 안에서 얇은 종이봉투가 느껴졌다. 그제야 양 볼에 보조개가 피어 있던 소녀가 떠올랐다. 소녀는 언제 자리를 떠났을까? 맙소사, 감사 인사를 하는 걸 잊었다.

아, 생각지도 못했네.

그러나 내 생각은 곧 창문 밖 세계로 빠져들었다. 남국의 풍경이 빠르게 스쳐 지나갔다. 거리에는 지나 양식 건물도 있고, 서구 양식, 일본 양식도 있었다. 가끔 논이나 바나나 농장이 보이기도 했다. 선명한 붉음과 짙은 푸르름의 풍경이 흐릿하면서도 부드럽게 펼쳐졌고, 남쪽 섬의 뜨거운 바람이 차 안으로 흘러 들어왔다. 간조 다리에 있던 혼토진 시장이 다시 뇌리에 떠올랐다. 소녀의 뺨에 핀 보조개와 노점 앞 소년의 붉어지던 얼굴도.

"미시마 선생님. 이 섬은 매우 활기차면서도 아름다운 남국이네요!"

"맞습니다."

"혼토진도 상당히 친절하고요!"

"선생님 말씀이 맞지요."

"시장에서 흥미로운 걸 많이 봤어요. 앞으로의 여정이 매우 즐거울 것 같아요."

"그럴 겁니다. 아오야마 선생님 말씀이 맞습니다."

미시마의 형식적인 답변이 상당히 무료했지만 내 기분만큼은 더할 나위 없이 상쾌했다.

남쪽의 섬은 참으로 좋구나!

이때였다. 미시마가 먼저 입을 열더니 택시 운전사에게 우펑에 있는 다카다 저택으로 가달라고 했다. 닛신카이의 다카다 부인이 그곳에서 나를 기다리고 있다고.

미시마는 우펑으로 가면서 이번 여행 일정을 설명해주었다. 타이중 시역소 명의로 나를 초대하기는 했지만, 실질적인 초청자는 닛신카이였다. 내가 순회강연 장소를 확인해주면, 닛신카이가 이를 정리해서 타이중 시역소로 전달할 거라고 했다. 그러면 타이중 시역소가 각 강연지가 속한 지방 시역소로 공문을 보내서 협조를 요청할 거라고.

"각 지역 시역소에서 숙박과 식사 등 필요한 일을 대신 처리할 수 있도록 현지 안내를 담당한 직원을 한 명씩 보낼 겁니다."

좁은 조수석에 앉은 미시마 선생이 몸을 살짝 틀며 내게 자기소개를 했다.

"타이중에 머무시는 동안, 저 미시마가 아오야마 선생님의 통역과 현지 안내를 맡을 겁니다. 그러나 타이중에서의 숙박과 식사는 이미 다카다 부인이 안배해 주셨답니다."

"황송한 대우라 몸 둘 바를 모르겠네요. 정말 감사합니다."

나는 잠시 생각했다.

"궁금한 게 있으면 미시마 선생님께 여쭤봐도 될까요?"

"그럼요, 말씀해주세요."

"그러면 미시마 선생님, 제가 산 과일이 뭔지 알 수 있을까요?"

"그건 파인애플입니다."

"혼토진은 이 과일을 뭐라고 부르나요?"

"타이완어로는 '옹라이'라고 부릅니다."

"그러면요. 약초 끓인 물을 파는 가판을 시장에서 봤거든요. 사람들이 서서 탕을 마시더라고요. 그건 탕약인가요? 혼토진은 아플 때 의사를 보러 가지 않나요? 대신 시장에서 파는 약을 마시는 건가요?"

"그건 병을 치료하는 탕약이 아닙니다. 혼토진의 음료지요. '칭차오차'◆라고 부릅니다."

"어떤 사람이 반투명하고 옅은 노란색이 도는 간식을 먹던데요. 그건 뭔가요?"

"그건 '아이위'◆◆입니다. 아니면 '펀궈'◆◆◆일 수도 있고요."

"어, 그 두 개가 서로 비슷한 건가요?"

"겉으로는 비슷해 보입니다. 하지만 먹어보면 완전히 다르지요."

"또 어떤 사람은 이런 걸 먹었어요. 작고 동그란 검은색 구슬을……."

"그건 '펀위안'◆◆◆◆입니다."

◆ 青草茶. 다양한 약초를 넣어서 달인 음료로 몸을 시원하게 해주며 열기를 없애준다.

◆◆ 愛玉. 열매가 둥글며 황록색으로 익는다. 이 열매를 물에 담가서 문지르면 투명한 점액질이 새어 나와 젤리처럼 굳는다. 여름철에 시원하게 해서 디저트로 먹는다.

"미시마 선생님은 혼토진에 대해 아주 잘 아시네요! 타이완에서 일한 지 오래되셨나요?"

미시마는 잠시 멈칫하다 답했다.

"저는 여기 출신입니다."

"아, 그랬군요. 그것 참 잘됐네요!"

나도 모르게 흥분이 되었다.

"이곳 음식들 말이에요. 다 먹어보고 싶어요. 미시마 선생님 절 도와 준비해주실 수 있을까요?"

고개를 돌려 나를 보는 미시마의 짙고 검은 눈썹이 조금 찌푸려져 있었다.

아, 이 표정. 내게는 너무나 익숙했다.

어쩌면 속으로 '이 여자는 무슨 이런 생뚱스러운 말을 하는 거야'라고 생각할지도. 그러나 나는 신경 쓰지 않았다.

미시마는 아무 일도 없었다는 듯이 원래의 표정으로 돌아왔다.

"좋습니다. 제가 애써보겠습니다."

"오늘 저녁부터 가능할까요? 약초차 말이에요. 칭차오차라고 불리던 거요."

"……안심하세요. 저희가 선생님의 맛있는 저녁 식사를 준비할 겁니다."

그날 저녁 나는 확실히 융숭한 대접을 받았다.

극진한 대접임은 분명했다.

우펑의 다카다 저택에서 다카다 부인이 내게 내어준 방

❖❖❖ 粉粿. 쌀가루와 감자전분을 섞어 쫄깃하게 만든 전통 디저트로 반투명한 젤리 형태이다.

❖❖❖❖ 粉圓. 한국에서는 버블티에 넣는 타피오카 펄로 알려져 있다.

은 널쩍하고 깔끔한 서양식 방이었다. 다카다 부인을 필두로 닛신카이의 핵심 구성원이 열 명쯤 모였다. 나와 닛신카이의 첫 모임은 소박한 다회였다. 저녁 다과 시간이 끝난 뒤, 사람들은 번화한 타이중 시내로 돌아갔다. 타이중 시역소의 고급 관리인 S 선생7이 성안에서 파티를 열었기 때문이었다.

저녁 식사 장소는 타이중 주청 근처에 있는 메이춘위안으로, 내지인 접대를 전문으로 하는 타이완 요릿집이었다.

가라스미*와 소시지, 돼지족발과 상어지느러미, 간장으로 조린 자라, 맑은 소라탕, 게 밥, 팔보채. 후식은 행인두부**와 여덟 가지 재료를 넣어서 만든 달콤한 밥이었다. 커피와 포종차로 입가심했다.

식탁에 놓인 음식은 모두 맛있었고, 내지인의 입맛에 잘 맞았다. 내지인에 맞춰서 변형한 타이완 요리겠지. 나는 미식을 마음껏 즐겼다. 같은 식탁에 앉은 S 선생이 내 왕성한 식욕을 보고 하하 웃었다.

하지만 나는 이런 걸 원하지 않았다. 내가 먹고 싶었던 건 이런 타이완 음식이 아니었다.

"미시마 선생님, 오늘 저녁에 칭차오차를 못 마셨는걸요!"

---

7 《타이완총독부 직원록》에 의하면 이 S 선생은 타이중 시역소의 지방행정관 보조(현 시장 비서)였던 시마사와 지로이다.

* 숭어 등의 알집을 소금에 절여 말린 일본식 어란.
** 불린 살구씨나 아몬드를 갈아 만든 젤리.

다카다 부인의 승용차에 오르면서 불평을 늘어놓자, 미시마는 조용히 나를 바라보았다.

"잘 부탁드릴게요. 미시마 선생님. 칭차오차가 아니어도 괜찮아요. 혼토진이 먹는 간식이라면 다 괜찮은걸요."

"……알겠습니다. 제가 애써보겠습니다."

미시마의 미간이 다시 좁아졌다.

❖ ❖ ❖

다음 날, 배부르게 먹고 숙면한 나는 기력이 왕성했다. 오전에 타이완에서의 첫 강연을 했다.

닛신카이 회원들이 모인 소규모 강연회로 장소는 다카다 저택의 넓은 대청이었다. 전날 다회에서 보았던 이들이 많았고 새로 온 이들은 소녀나 젊은 여성이었다. 기존 회원들의 친척 같았다. 오전 10시에 시작된 강연은 두 시간이나 이어졌고, 주제는 《청춘기》와 나'였다.

아침밥으로는 흰쌀밥과 채소절임, 김, 날달걀 그리고 은어 구이를 먹었다. 두부와 생선을 넣고 끓인 미소된장국도. 내지의 식단과 다를 바가 없었기에 딱히 흥미를 느끼지 못했고 평소 식사량의 6할밖에 먹지 못했다. 점심시간이 가까워지자, 배가 더 고파졌다. 머릿속에는 각양각색의 간식이 가득했다.

튀겨서 설탕을 묻힌 빵, 버터가 들어간 비스킷, 양갱 그리고 팥앙금이 들어간 호빵. 생각만 해도 침이 고였다. 그러나 이런 건 나가사키에서도 먹을 수 있었다. 땀이 물처럼 샘솟는 뜨거운 타이완에서는 역시 국물 요리가 필요할 것 같은데. 그리고 아이위, 펀궈, 펀위안, 칭차오차, 과즙이 가득한 열대 과일들도.

아, 아이위도 먹어보고 싶다!

강연이 끝나자 다른 부인들이 나를 점심 식사에 초대했다. 다카다 부인이 대신 정중히 거절해주었다.

"이곳의 5월은 매우 덥답니다. 쉽게 더위를 먹어 피로해지죠."

쉰을 앞둔 다카다 부인은 머리카락이 희끗하고, 마음이 너그러우며 몸이 풍만했다. 기품과 도량을 모두 갖춘 여성이었다. 가고시마 사족 출신으로 나처럼 규슈 사람이라고 했다.

"오늘은 응대하지 않으셔도 됩니다. 오후에는 제 가족이 차로 모시고 나갈게요. 밖에서 휴식을 취하시는 건 어떠세요? 타이중 시내에 있는 영화관에서 미국 영화를 상영 중이거든요. 냉방기가 있어서 여름마다 큰 사랑을 받고 있지요."

"냉방기요?"

나는 깜짝 놀라 소리쳤다.

"이 섬은 정말 놀라운 곳이네요!"

다카다 부인이 싱긋 웃었다.

"내지인들은 이 섬이 아주 낙후된 촌구석이라고 생각하지요. 에조*와 류큐**를 여행했던 치즈코 선생님마저 그렇게 생각하시는 건가요?"

"죄송합니다. 실례를 했네요."

나는 쓴웃음을 지었다.

"타이완에 올 때, 아니, 제 말은 본섬에 오기 전에요. 정리되지 않은 여행 글 몇 편만 읽었을 뿐이거든요. 타이중을 중심으로 이 섬 동부에는 갈 수 없어도 종관철도로 서부 도시를 갈 수 있을 줄 알았어요. 다 찾아가 봐야겠다고 생각했죠. 제 생각이 너무 경솔했나요?"

"경솔이라니요. 치즈코 선생님은 사려가 깊으신걸요. 지룽에서 시작해 가장 남쪽에 있는 가오슝까지 기차역이 총 열세 개 있답니다.8 그러면 치즈코 선생님의 의사를 따라 이 열세 도시에서 강연을 잡으면 되겠네요."

다카다 부인이 웃으면서 말을 이었다.

"하지만 자세히 논의하기 전에 배부터 채워야겠지요?"

"이런."

나는 꼬르륵 소리를 내는 배를 가리키면서 말했다.

"죄송합니다. 제가 식탐이 매우 많아서요."

---

8 타이완총독부 철도부의 연 보고서에 의하면 열세 개의 기차역은 다음과 같다고 추측된다. 지룽, 타이베이, 완화, 타오위안, 신주, 펑위안, 타이중, 장화, 위안린, 자이, 신잉, 타이난, 가오슝.

   *　　　　일본 북부 지역을 가리키는 옛 명칭으로 홋카이도, 사할린섬 남부, 쿠릴 열도 일대 등을 포함한다.

 **　　　　현재의 오키나와현을 중심으로 한 섬들을 말한다.

"그런 말씀은 하지 마세요. 치즈코 선생님의 식욕이 도는 표정을 보면 손님을 초대한 주인으로서 아주 뿌듯한걸요."

다카다 부인의 얼굴에 뜻을 짐작할 수 없는 미소가 짙어졌다.

"선생님이 본섬 음식을 먹고 싶어 하신다고 미시마 선생님이 당부하시더라고요. 그래서 오늘 점심에는 특별히 타이중 시내로 사람을 보냈답니다. 덕분에 저도 미식을 먹을 수 있게 되었어요! 평소에는 가족들이 못 먹게 했거든요."

"그래요?"

들뜨는 마음과 함께 입꼬리가 저절로 올라갔다.

걸음을 재촉해 다카다 저택에 있는 서양식 식당으로 들어갔다. 제일 먼저 눈에 들어온 건 아름다운 마호가니 탁자 위에 놓인 화려한 칠기 상자였다. 흑색 바탕에 금색 무늬가 있는 상자 주변에는 큰 접시와 작은 덮밥용 그릇, 그냥 그릇 그리고 국그릇이 가지런히 놓여 있었다.

일본식 상차림이었다.

"장어덮밥이로군요!"

나는 놀라움에 멈칫할 수밖에 없었다. 다카다 부인은 선물을 뜯으면서 기뻐하는 아이처럼 환한 웃음을 지었다.

"이건 본섬의 야생 장어랍니다. 천상의 맛이지요! 저는 장어덮밥을 가장 좋아해요. 치즈코 선생님도 좋아하시지요?"

이럴 때는 뭐라고 말하는 게 좋을까?
"네. 제일 좋아합니다."
"어머, 기뻐서 눈물까지 흘리시네요."
"그러게요. 엉엉."

❈ ❈ ❈

그 뒤로 일주일 동안 나는 다카다 부인을 따라 활동했다. 다카다 저택은 우펑에 있었는데, 주인 가족이 외출할 때마다 차를 이용했기에 내게는 제약이 너무 많았다. 멋대로 기사를 부릴 수도 없었고, 버스나 인력거를 이용하고 싶어도 집주인이 자기 차를 타라면서 만류했으니까. 나는 다카다 부인에게 내 마음을 솔직히 전했다. 그러자 다카다 부인이 웃으면서 말했다. "선생님은 정말 씩씩하면서도 시원시원한 분이시네요!" 그러고는 며칠 뒤 나를 타이중 시내로 데려가 집을 보여주었다.

지나치게 큰 서양식 저택들을 몇 채 보고 난 뒤, 내가 타이중에 온 지 여드레가 되었을 때였다. 펑위안에서 잡힌 강연 때문에 미시마가 다시 나타났다.

펑위안 강연은 타이중 시역소와 펑위안 군(郡)역소가 연합해서 주최한다고 했다.

택시 안을 두리번거리며 살펴보았지만, 미시마는 칭차오차를 가져오지 않은 듯했다.

"펑위안 거리에는 마조묘*가 있다고 들었는데요. 혼토진이 모여서 활동을 하는, 믿음의 중심이라지요."

"그렇습니다. 아오야마 선생님."

"미시마 선생님, 거기서는 소금에 절인 파인애플로 만든 음료를 판다지요."

"네. 선생님 말씀이 맞습니다."

"오늘 그걸 마셔볼 수 있을까요?"

"좋습니다. 제가 애써보겠습니다."

"……미시마 선생님. 실은 본섬 음식을 사다 주기 싫으신 거죠?"

"아니요. 그럴 리가요."

미시마는 진지하게 거짓말을 내뱉었다.

아! 사람을 너무 답답하게 만드는데.

역시나였다. 강연이 끝날 때까지 파인애플 음료는 구경도 할 수 없었다.

그리고 역시나였다. 펑위안에서의 점심 식사도 내지인이 연 점포에서 먹었다. 쓰키미 우동,** 익힌 어묵, 우엉, 곤약, 무.

택시를 타고 다카다 저택으로 돌아갔다. 나는 곧장 가장 빠른 속도로 걸어 다카다 부인을 찾아갔고, 이번 여정에 대한 불평을 퍼붓는 비처럼 쏟아냈다.

"다카다 부인, 말씀해보세요. 미시마 선생님은 뭘 걱정하기에 이러시는 거죠?"

* 馬祖廟. 마조를 모신 신당. 마조는 중화권 민간 신앙에서 바다의 여신이자 항해의 신으로, 북송 시기 실존 인물 임묵(林默)이 사후 신격화된 존재이다. 푸젠성 사람들이 이주하면서 중국 남부 연안과 타이완 등에 널리 퍼졌다.

** '달이 보이는 우동'이라는 뜻으로, 곁들인 달걀노른자가 보름달을 연상시킨 데서 유래한 이름이다.

다카다 부인은 이 말을 듣더니 계속 웃었다.

"왜냐면요. 미시마 선생이 고집스러운 젊은이라서 그렇답니다. 예전에 어떤 내지인 손님을 접대했는데, 그때 손님이 키암라아*를 먹겠다고 요구했대요. 그런데 그걸 먹고 배탈이 난 거죠. 병원으로 실려 가서 생리식염수를 맞고 나서야 회복했어요. 어찌나 놀랐는지 미시마 선생의 얼굴이 새하얗게 질렸었다니까요!"

"어, 그런 일이 있었군요!"

나의 관심은 곧장 다른 곳으로 옮겨갔다.

"키암라아가 뭔가요? 엄청나게 맛있는 건가요?"

다카다 부인은 놀랍게도 배를 잡고 웃었다.

"치즈코 선생님. 정말 안타깝네요. 저희도 키암라아를 준비할 수 없답니다. 그건 본섬 음식이거든요. 혼토진만이 신선도를 알아볼 수 있지요."

"……그렇군요."

낙담으로 어깨가 다 처졌다. 다카다 부인이 용기를 불어넣듯 내 어깨를 힘껏 두드려주었다.

"지난 며칠 동안 치즈코 선생님이 무엇을 고민하셨는지 알겠더라고요. 그래서 선생님이 기뻐하실 만한 일을 준비했답니다!"

"오, 장어덮밥이라면 사양할게요."

"어머, 너무하네요! 장어덮밥이 아닌걸요!"

다카다 부인이 큰 소리로 웃었다. 한참을 웃더니 웃느라

---

* 鹹蜆仔. 신선한 조개를 염장하거나 절여서 만든 요리.

흘린 눈물도 닦았다.
 "혼토진 통역사랍니다. 성은 '왕'이고요. 많은 도시를 다니셔야 하잖아요. 현지 수행을 전담하는 이가 있으면 확실히 더 편하겠죠. 미시마 선생보다는 더 잘 맞을 수도 있고요. 그분도 젊은 여성이거든요!"
 "예?"
 "닛신카이의 내부 추천을 받은 분이에요. 원래는 마을 공학교에서 국어 교사로 일했었대요. 능력도 인정받았고요. 내년 연말에 결혼할 예정이라 올봄에 사직하고 신부 수업을 받고 있답니다. 참, 재미있게도 왕 선생은 작가님과 이름이 같아요. 정확히는 '치즈코'의 '치즈(千鶴)'와 한문이 같지요. 왕 선생이라면 키암라아의 신선도를 구분할 수 있을 거예요."
 "그거, 정말 잘되었네요!"
 나는 폴짝 뛰어오를 뻔했다.
 "그러면 왕 선생님을 언제 만나 뵐 수 있을까요?"
 "치즈코 선생님, 너무 조급하시네요."
 다카다 부인은 입술을 오므리면서 웃음을 참았다.
 "집에 오자마자 이렇게 저를 붙잡고 있지 않으셨다면, 진즉에 만나셨을 거예요."
 "네?"
 "왕 선생은 지금 휴게실에 있답니다. 선생님을 기다린지 좀 되었어요."

"이런이런!"

나는 후다닥 일어나 빠르게 휴게실로 향했다.

휴게실 문은 활짝 열려 있었다. 오후의 뜨거운 햇빛이 유리창을 통과해 그 안을 환하게 채웠다. 그곳에 한 여성이 있었다.

서양식 소파 의자에 홀로 앉아 있던 왕 선생은 내 발소리를 들었는지 천천히 자리에서 일어났다.

소녀의 부드러운 얼굴을, 홍조가 도는 얼굴을 자세히 살펴보았다. 미소를 지을 때면 양 볼에 보조개가 피었고, 햇빛을 마주한 두 눈은 반짝이며 빛났다.

가슴이 부풀어 올라서 힘껏 숨을 몰아쉬었다.

"당신은······."

"혹시 도움이 필요하신가요?"

소녀의 목소리는 부드럽고 웃음을 머금고 있었다. 그리고 약간의 장난기도 배어 있었다.

이유는 알 수 없지만 순간 입안의 이와 혀가 굳어버렸다.

"당신은, 그날, 과일 노점에서, 파인애플, 그 과쯔!"

"맞습니다. 왕첸허라고 해요. 처음 뵙는 건 아니지만 앞으로 잘 부탁드립니다."

"어! 어째서 전혀 안 놀라시죠? 그리고 공학교 선생님이라고 하지 않았나요? 교사가 아니라 여학생처럼 보이는데요!"

내뱉는 말의 순서가 뒤죽박죽이었다.

"아니지. 소개를 먼저 해야죠. 아오야마 치즈코입니다.

우리는 이름이 같네요. 이게 바로 불교에서 말하는 인연인 거겠죠! 그런데 치즈코라고 부르면 헷갈리지 않을까요? 제가 뭐라고 부르면 될까요!"

소녀 첸허가 풉 하고 웃었다.

나는 말을 잠시 멈추고 나서야 겨우 진정할 수 있었다.

"아오야마 선생님은 역시나 재미있는 분이시네요."

소녀 첸허가 말을 이었다.

"그날 과일 노점 앞에서 선생님을 찾던 남성분이 선생님 이름을 불렀잖아요? 아오야마 선생님이 통역을 찾고 있다는 말을 언니에게 들었거든요. 그래서 통역 자리를 자청했답니다. 앉으세요."

"아, 좋네요……"

나는 살짝 넋이 나가 있었다.

"과쯔요. 아오야마 선생님은 과쯔 먹는 법을 익히셨는지요?"

나는 고개를 가로저었다.

소녀 첸허가 서양식 차탁 위에 놓인 접시를 내 쪽으로 조금 밀어주었다.

고개를 숙여 내려다보았다. 접시 가득 과쯔가 놓여 있었다. 검은 것도 있고, 흰 것도 있고 검고 흰 줄무늬 모양도 있었다.

"검은 건 그날 선생님이 가져가셨던 간장 과쯔랍니다. 간장 대신 감초나 소금을 넣어서 볶을 수도 있지요. 이건 수박 과쯔예요. 하얀 건 호박 과쯔고요. 줄무늬가 있는 건 해바라기 과쯔랍니다. 해바라기는 박과*에 속하지 않아요. 식용 해바라기가 따로 있어요. 그 씨앗이랍니다. 시골에서 생해바라기씨를 먹어본 적이 있거든요. 나중에 기회가 된다면 선생님을 모시고 갈게요. 그때 한번 맛을 보시겠어요?"

"그러면 제가 지금 키암라아가 먹고 싶다면요!"

"키암라아요? 그건 새벽 시장에서만 살 수 있답니다. 내일 준비해도 될까요?"

"그, 그러면, 아이위, 펀궈, 펀위안 그리고 칭차오차는요? 오후에 살 수 있을까요?"

"말을 정말 빨리 배우시네요."

소녀 첸허의 두 뺨에 보조개가 피어났다.

"이제 막 점심밥을 드셨을 테니 3시쯤 외출하는 건 어떠세요?"

"오오! 혹시 천사는 아니죠?"

소녀 첸허가 실소했다.

나는 머리 꼭대기에 열이 몰려서 연기가 날 것 같았다.

"그…… 그러면, 지금은 과쯔 먹는 법을 알려주세요."

소녀 첸허는 웃으며 고개를 끄덕였다.

그런 뒤 새하얀 이로 작은 과쯔를 깨물어 껍질을 벗겼다.

* 한해살이풀의 덩굴성 식물로, 한국에는 박, 수박, 참외, 오이 등 70여 종이 분포한다.

하카식 쌀국수 간식
비타이박

"여기 주변에는 맛있는 게 없나요?"
"네? 뭐라고요?"
"아오야마 선생님, 이런 생각을 하고 계셨죠?"
"제가 소리 내서 말했던가요."
 고개를 숙인 채 노트에 속기하면서 나도 모르게 속마음을 뱉어낸 모양이었다. 글 쓰던 손을 멈추고 고개를 들어 앞을 보았다. 탁자 너머에 앉아 있는 이는 샤오첸❖이었다.
 '샤오첸'은 내가 속으로만 몰래 부르는 호칭이었다. 실제로는 '첸허 씨'라고 불렀다. 샤오첸의 본명은 왕첸허였고, 우리는 이름의 한자가 같았다. 그런데 첸허(千鶴)를 '치즈, 치즈'라고 일본식 애칭으로 계속 부른다면 내 머리가 다 어지러워질 게 분명했다. 다이쇼 6년(1917년)에 태어났다니까 나보다 네 살이나 어리잖아. 그러니까 샤오첸이라고 불

❖ 小千. 중화권에서는 자기 또래이거나 자기보다 어린 사람의 이름에서 한 글자를 따와 샤오(小)를 더해서 부르곤 한다. 일종의 애칭이다.

러야지! 나는 이렇게 생각했다.

샤오첸이 보조개가 쏙 들어갈 정도로 환히 웃으며 말했다.

"소리 내서 말씀하지 않으셨어요. 아오야마 선생님은 눈치채지 못하셨나 보네요. '여기 주변에는 맛있는 게 없나요?' 이 말은 선생님의 입버릇이랍니다."

"하하! 식탐 많은 먹보의 본성을 전혀 못 숨겼네요!"

펜을 내려놓은 뒤 탁자 위에 놓인 누에콩을 먹었다. 껍질을 벗긴 뒤 소금과 마늘을 넣어서 바삭하게 볶은 콩이었다.

나는 고개를 푹 숙인 채 샤오첸이 소개해준 타이완 종관선 철도※ 정보를 속기하고 있었다.

가장 북쪽에 있는 역은 지룽역, 가장 남쪽에 있는 역은 가오슝역. 신주 끝자락에 있는 주난역에서 철도가 두 개로 갈라졌는데 이 두 노선은 타이중주에 있는 장화역에서 다시 하나로 합쳐졌다. 주난과 장화를 이어주는 이 두 노선에서 바다에 인접한 노선을 '해선(海線)', 산에 가까운 노선을 '산선(山線)'이라고 불렀다. 타이중 기차역으로 가려면 반드시 산선을 이용해야 했는데 내가 지룽에서 타이중으로 올 때도 이 노선으로 왔다. 타이완 중부의 주요 도시인 타이중을 거치는 경로였기에 산선은 타이중선이라고도 불렸다. 그런데 이렇게 고리타분한 여행 정보를 소설 속에 넣어도 재미있는 글이 될 수 있을까? 아직 구상도 하지 않았지만, 손가락이 머리보다 빠르게 움직였다. 검은 연필심의 흔적이 금세 종이를 빼곡히 채웠다. 이런 게 작가의 직업병이

※ 타이완 최초의 철도 노선이자 서부 철도망의 핵심으로 1908년 4월 20일에 전 구간이 개통되었다.

겠지.

쇼와 10년에, 그러니까 내가 타이완에 오기 3년 전, 이곳에 엄청난 천재지변이 일어났다. '신주, 타이중주 대지진'이라고 불리는 재해로, 사상자와 무너진 건물의 수를 헤아릴 수 없을 정도로 피해가 심각했다. 그해의 지진으로 타이중선에 있는 중요한 다리가 끊어지고 터널도 무너졌다. 오늘날의 기차가 다니는 노선은 급히 새로 지은 것이라는데, 나는 타이중선을 타고 타이중으로 내려가면서 별다른 점을 알아채지 못했다. 알고 보니 이곳 남국 섬의 사람들이 애를 쓰며 긴급 복구했기에 지금 같은 아름다운 창밖 풍경을 얻게 된 거였다.

식민지 타이완이여. 나는 이 강인한 생명력에 탄복했다.

"끊어진 위텅핑교는 스리우편역과 다안역 사이에 있답니다. '타이완 철도의 예술품'이라고 불리던 다리죠. 스리우편역에서 출발해 남쪽으로 향하면 창문을 통해 끊어진 다리를 볼 수 있는데요. 기차를 타고 타이중으로 오셨을 때, 눈치를 못 채셨나 봐요."9

"스리우편이라고요? 기억이 전혀 없네요. 길가에 그렇게 중요한 유적이 있을 줄 누가 알았겠어요! 다음에 그곳을 지날 때는 아주 자세히 살펴봐야겠어요."

---

9 스리우편역은 오늘날의 성싱역, 다안역은 오늘날의 타이안역이며 지진으로 끊어진 위텅핑교는 '위텅핑 단교'라고 불린다.

타이중선 북쪽에서부터 남쪽까지는 주난, 젠산, 자오차오, 베이스, 먀오리, 난스, 퉁뤄, 싼차, 스리우펀, 다안, 허우리, 펑위안, 탄쯔, 타이중 기차역이 있다.◦

연필이 사각사각 소리를 내면서 움직이자, 머리도 돌아가기 시작했다.

5월의 타이완에 막 도착했을 때, 나는 기차를 타고 타이중으로 내려갔었다. 그때 나는 먀오리역에서 도시락 대신 흰 주먹밥을 두 개 사서 먹었고, 스리우펀역을 지날 때는 소금물에 삶은 오리알 다섯 개를 품에서 꺼내 껍질을 까고 있었다. 아, 오리알 껍질을 까느라 풍경을 놓쳤던 거구나. 다음에 다시 방문한다면 꼭 제대로 구경해야지.

이왕 이렇게 된 거, 여기 주변에는 맛있는 게 없나?

이런 생각을 하고 있을 때 샤오첸이 내 마음의 소리를 뱉은 거였다.

식탐 많은 먹보의 본성이 탄로 났으니 나는 펜을 내려놓을 수밖에 없었다. 탁자 위에 놓인 볶은 누에콩을 한 움큼 집어 입안으로 밀어 넣었다.

아, 맛있어!

두툼한 누에콩은 부드럽게 부서졌고, 얇은 누에콩은 단단해 바삭했다. 사람을 매료시키는 식감과 맛이었다.

부끄러움이라는 감정과 비교했을 때, 내게는 고통스러

◦ 이중 젠산과 베이스는 현재 정차역이 아니며 싼차는 싼이역으로 통합되었다.

움이 더 컸다. 두 번째로 입에 넣은 누에콩이 너무 빨리 뱃속으로 삼켜졌으니까. 어쩌지, 더 먹어도 되는 걸까? 샤오첸은 누에콩 껍질을 벗기느라 하나도 못 먹은 것 같은데.

일 생각이 누에콩의 출현으로 위팅핑교처럼 뚝 끊어져 버렸다.

"아오야마 선생님."

"아, 네, 말씀하세요!"

"타이중선에 있는 주난에서부터 먀오리까지는 본섬의 하카인*이 모여 산답니다. 특히 음식과 언어가 타이중 시내와 완전히 다르지요. 자세히 말씀드리기에는 아직 좀 이른 것 같네요. 나중에 직접 찾아가면, 그때 맛있는 음식을 설명해드리는 건 어떨까요?"

"어머! 정말 감동이에요!"

감동을 주는 샤오첸, 다정하면서도 배려심이 넘치는 샤오첸.

샤오첸이 껍질 깐 누에콩이 담긴 작은 접시를 내 쪽으로 밀어주었다. 나는 시원스럽게 한 움큼 집었다.

음? 잠깐.

"첸허 씨가 하카인을 말씀하셔서 말인데요. 그러면 다른 종족은 가오사족**이라고 하나요? 말이 나와서 말인데요. 기차가 먀오리를 지났을 때부터 말이 달라졌거든요. 알아들을 수는 없었지만, 간조 다리 쪽에서 과일 팔던 소년이 쓰던 말과 달랐어요."

* 客家人. 후한 말기부터 여러 차례에 걸쳐 중국 화북 지방에서 남부로 이주한 한족 집단. 17-18세기 청나라 시기 타이완으로 건너와 현재 타이완 인구의 약 15-20퍼센트를 차지한다.

** 高砂族. 일제가 산에 사는 타이완 원주민을 지칭했던 말.

"아오야마 선생님은 역시 나가사키에서 자란 분답네요. 다른 이의 언어를 아주 잘 알아차리세요."✢

샤오첸은 볶은 누에콩의 껍질을 계속 벗기면서 말을 이었다.

"들으셨던 대로랍니다. 타이중 지역에 사는 본섬 사람이 쓰는 말은 '타이완어'랍니다. 본섬에 사는 하카인이 쓰는 말은 '하카어'라고 하고요. 하카인 중 타이완어를 쓰는 이들을 푸라오인✢✢이라고 하지요. 가끔은 '타이완어'를 '푸라오어'라고 부르기도 하고요. 가오사족과 핑푸족 모두 번인✢✢✢이라고 여겨지지만, 사실 전혀 다른 종족들을 통칭하는 말이랍니다. 다들 자기만의 언어와 문화를 가지고 있어요. 타이야어, 부눙어처럼요. 또 풍속도 다르고요. 게다가 가오사족, 핑푸족, 번인이라는 호칭은 정확하지 않답니다. 요즘 일부 학자들은 '원주민 종족'이라는 용어로 이들을 통칭하지요."

"그렇군요. 원주민의 언어가 '타이완어'가 아니라는 거네요!"

"네. 제국이 타이완을 통치하기 전에는 타이완어를 사용하는 푸라오인 한족들이 다수였거든요. 그래서 이 언어가 아주 예전부터 타이완어라고 불렸답니다."

"그러면 첸허 씨는 어느 종족에 속하나요?"

샤오첸이 껍질을 까던 손길을 멈추더니 고개를 들어 나를 지긋이 보았다.

✢ 나가사키는 일본의 쇄국정책 때도 유일하게 외국에 개방된 도시였다.

✢✢ 福佬人. 타이완어를 사용하는 한족계 주민으로, 청나라 때 푸젠성 남부에서 이주한 사람들의 후손이다.

✢✢✢ 蕃人. 타이완의 원주민을 칭하는 말로, 미개하며 문화 수준이 낮다는 부정적 의미가 있다.

"아오야마 선생님. 매우 교활한 질문이네요."

"네? 왜 그렇게 말씀하세요?"

"오늘날의 우리는 모두 천황의 자식이죠. 민족도, 내지인이나 외지인을 구분하지도 않……."

샤오첸이 말을 끝내기 전에 나는 즉시 손을 들어 말을 막았다.

"미안해요. 제 잘못이에요. 다시는 묻지 않을게요."

샤오첸은 고개를 숙이며 잠시 웃었다. 목소리가 전보다 부드러워졌다.

"왕씨는 푸라오인이랍니다. 푸라오인 중에서도 장저우 사람이죠."

"네……? 엄청 복잡하네요……."

"옛날에는 백 리만 가도 생활 습관이, 천 리만 가도 풍속이 달랐다고 하잖아요. 안자* 가 한 말이죠. 그래서 아오야마 선생님도 저 같은 통역이 필요하신 거고요."

태연한 얼굴로 이런 말을 하는 샤오첸의 뺨에는 보조개가 피어 있었다.

나는 묵묵히 어금니로 네 번째 누에콩을 씹었다. 드디어 내 어깨의 긴장도 풀렸다.

"본섬의 공학교 국어 선생님은 정말 지식이 해박하네요! 절대 얕볼 수 없겠어요! 절대로요!"

---

* 춘추시대 제나라의 명재상 안영을 말한다.

❖❖❖

때는 타이완의 장마철이었다. 장대비가 강가의 푸른 버드나무를 적셨고, 불어난 강물이 밤낮으로 세차게 흘렀다.

만물을 적시는 비와 요동치는 강이 내는 소리가 서로 얽혔다. 물의 음악이 어두운 밤 지붕 기와와 빗물받이를 뚫으면서 몇 번이나 내 베갯머리로 찾아왔다. 깊은 꿈에 빠져들 때마다 이 경험이 가장 인상 깊은 타이완 기억 중 하나가 되겠다는 생각이 들었다.

우펑에 있는 다카다 저택을 떠난 뒤, 나는 타이중시 가와바타초 버드나무 주변에 있는 작은 일본식 가옥으로 이사했다. 6월의 일이었다. 여기서 작은 가옥은 다카다 가문이 소유한 가옥 중 그나마 작은 편에 속했다는 뜻이었다. 2층 양옥집을 여러 채 보았지만, 나는 너무 넓다면서 정중히 사양했다. 그러자 다카다 부인이 어쩔 수 없다는 듯 나를 버드나무 옆에 있는 이 집으로 데려왔다.

"가와바타초는 최근에 지어진 곳이랍니다. 하지만 타이중 시내에서도 여전히 변두리 지역이에요. 보세요. 사방이 다 논이잖아요. 차마 이곳에 머무시게 할 수는 없었어요! 장점을 꼽아보자면 새집이라 튼튼하다는 거예요. 바깥양반이 타이중 시내에서 일하거나 친구를 방문할 때 가끔 여기서 쉬곤 했거든요. 생각해보니까 주변이 조용해 치즈코 선생님이 좋아하실 수도 있겠더라고요. 어떠세요?"

지어진 지 몇 년 되지 않은 일본식 신가옥이었다. 단독주택의 현관은 남동쪽을 향하고 있었는데 안으로 들어가면 다다미 넉 장 크기의 넓은 공간이 나왔다. 오른쪽은 서양식 거실로 통했고, 왼쪽은 서양식 식탁이 한가운데 자리한 식당과 이어졌다. 서양식 거실, 서양식 식당, 침실용 작은 방, 도마가 있는 주방은 각각 다다미 여덟 장 크기였고, 서재는 다다미 넉 장, 일꾼이 머무는 방은 다다미 여섯 장 정도였다. 주된 생활 공간인 다다미방은 무려 다다미 열 장 크기였다. 욕조가 있는 욕실도 있고, 일본식 화장실과 서양식 화장실도 하나씩 있었다.

다다미방과 작은방을 팔처럼 감싸안은 툇마루형 복도는 집 북동쪽에서 시작해 북서쪽으로 꺾여 있는데, 햇빛이 잘 들고 통풍도 상당히 좋았다. 툇마루형 복도 아래에는 섬돌이 놓여 있고, 정원에는 규화나무와 금목서 몇 그루가 서 있으며, 손질한 금로화가 울타리처럼 줄지어 심겨 있었다. 꽃들이 계절마다 차례로 피어나며 향기를 내뿜었다.

겉으로 보기에는 작고 아담했지만, 모든 게 다 갖춰진 곳이었다.

"다카다 부인, 여기보다 좋은 곳은 없겠어요!"

내 극찬에 다카다 부인은 둥글고 풍만한 몸에 어울리는 넉넉한 웃음소리를 냈다.

"다카다 가문은 예로부터 인재를 양성하던 전통이 있답니다." 다카다 부인이 웃으며 말했다.

다카다 부인은 규슈 사쓰마번의 후예답게 호방했다. 타이완에 머무는 동안 이곳에서 지내라며 흔쾌히 이곳을 내어주었다. 호의를 얻는 게 내 운에 달려 있다면 이를 받아들이는 건 내 도량에 달려 있었다. 나 또한 다카다 부인과 같은 기개로 호기롭게 이를 받아들였다.

"그러면 저도 사양하지 않겠습니다!"

다카다 부인이 하하 웃자 복스러운 볼살에 두 눈이 접히며 초승달처럼 휘어졌다.

"치즈코 선생님은 장차 큰 인물이 되실 게 분명해요!"

이런, 이 말은 반어법인가. 그래도 어쩔 수 없지.

6월 8일에 작은 집으로 옮겼다. 그 뒤로 샤오첸은 일주일에 두 번씩 나를 찾아왔다.

타이완 날씨에 맞는 가벼운 양장과 모자, 구두와 나막신, 맑은 날에도 궂은 날에도 쓸 수 있는 양산, 몸에 딱 맞는 우비, 그리고 새 모기장과 여름용 이불까지. 어쩌다 보니 모든 걸 갖추게 되었다. 사실 다나카 가문에서 정기적으로 사람을 보내줬기에 샤오첸이 이런 것까지 도와줄 필요는 없었다. 게다가 이런 일은 통역 업무에도 포함되지 않았다. 그러나 세심한 샤오첸은 늘 미리 챙겨주곤 했다. 타이중 주립도서관의 대출증과 타이중 시내 지도와 버스 노선 그리고 혼자 밥을 먹을 수 있는 주변 식당 명단까지도. 내가 생각지도 못했던 것까지 미리 준비해 가져다주었다.

"첸허 씨, 능력이 너무 대단한데요!"

"아오야마 선생님, 과찬이세요."

"아니에요. 정말로요. 그냥 하는 말이 아니에요!"

진심이라는 걸 드러내기 위해 빗소리도 뚫을 수 있을 정도로 크게 말했다.

"그리고 누에콩 껍질만 잘 까는 게 아니에요. 첸허 씨가 우려주는 차는 다른 이들이 우려주는 차와 비교할 수 없을 정도로 맛있는걸요!"

"아오야마 선생님, 그건 칭찬이 아니지 않나요? 찻물이 맛있는 건, 찻잎이 좋아서 그런 것뿐이에요."

샤오첸은 눈썹을 치켜세우며 내게 항의했다.

오, 웃는 얼굴 말고 이런 표정도 있다니!

샤오첸은 투덜대는 모습조차 사랑스러웠다. 어쩌면 얼굴형이 아이 같아서 그런 걸지도.

샤오첸이 오늘 입은 옷은 차분한 색상의 양장이었다. 회사원처럼 보이기는 했지만 흠잡을 데 없이 멋스러웠다.

아침 식사를 끝내자 샤오첸이 마늘과 소금 맛이 나는 누에콩 볶음을 들고 찾아왔다. 아침 간식으로 누에콩을 먹었다. 샤오첸은 늘 그러하듯 지난번 내가 했던 질문들에 대한 답을 해줬고, 우리는 10시 반에 집을 나섰다. 오늘의 강연 장소는 현지에 있는 고등여학교였다. 강연 제목은 늘 그러하듯 '《청춘기》와 나'였고.

샤오첸이 통역을 맡은 뒤의 첫 협업이었다.

강연을 두 시간씩이나 하는 건 너무하다고 하자 샤오첸

은 이렇게 말했다. "그러면 두 교시만 하시는 건 어때요?" 나는 기쿠코 숙모나 하루노에게 그랬던 것처럼 애교를 부렸다. "한 시간이면 충분한걸요." 그러자 샤오첸은 쓴웃음을 지으면서 "한번 노력해볼게요"라고 답했다. 그 뒤로 강연 시간은 한 시간으로 확정되었다.

마지막 오전 수업이었기에 몹시 배가 고팠다.

나가사키 지역의 싯포쿠 요리❖를 먹어야겠어. 그리고 나가사키 짬뽕 같은 것도 먹어야지. 나가사키 짬뽕은 지나 푸젠성에서 나가사키로 전해졌다는 말이 있지 않나? 아, 아니지. 여자는 역시 디저트를 먹어야 해! 카스텔라 케이크, 바움쿠헨 케이크와 견과류 가루를 뿌린 선데 아이스크림, 연유를 잔뜩 뿌린 계란빵. 생각만 해도 배가 꼬르륵거렸다.

미식은 사람의 마음을 들뜨게 했다. 택시가 고등여학교 정문에 도착하자 차에서 내린 우리는 빗물을 뚫으며 앞으로 나아갔다.

"오랜만에 모교로 돌아온 거네요. 첸허 씨도 매우 기쁘시죠?"

"그렇겠죠."

"음, 기분이 안 좋으신가요?"

"학교를 떠난 지 3년밖에 되지 않았는걸요."

이때 나는 샤오첸의 미소가 조금 이상하다는 걸 알아차렸다.

학교 현관에는 사람들이 줄지어 우리를 기다리고 있었

❖ 일본어로 '싯포쿠'는 식탁보를 의미하며 나가사키의 향토 요리이다. 중식과 양식의 영향을 받은 일본식 연회 요리로, 여럿이 원탁에 둘러앉아 나눠 먹는 것이 특징이다.

다. 세어보니 여섯 명이나 되었다. 슬리퍼로 갈아신고 인사를 나누자, 사람들이 교장을 선두로 나를 에워쌌다. 우리는 다 같이 걸음을 옮겼다.

그런데 누군가가 목소리를 낮게 깔며 명령하는 소리가 바로 뒤 신발장 쪽에서 들렸다.

"왕 씨가 비서죠? 그러면 아오야마 선생님의 슬리퍼 좀 부탁할게요."

뭐라고?

걸음을 멈추고 뒤를 돌아보았다. 내게 말을 걸거나 가까이 다가올 수 있는 순번도 못 되는 중년 남성이 샤오첸에게 명령을 해대고 있었다.

"여기, 그리고 여기도요. 진흙이 떨어졌잖아요. 신발을 깨끗이 닦는 기본적인 업무 정도는 할 수 있을 거 아니에요?"

너무 무례하잖아!

나는 옆에 있던 이들을 버려두고 곧장 둘에게 다가갔다.

"왕 선생님은 제 통역사입니다."

"어, 아오야마 선생님……."

"제 통역사에게 무리한 요구를 하지는 말아주세요."

샤오첸을 잡아끌며 내 곁으로 데려왔다.

샤오첸이 잠시 비틀거리더니 내 쪽으로 고개를 들었다. 그녀는 여전히 웃고 있었다. 학교에 들어오기 전에 보여줬던, 바로 그 미묘한 웃음이었다.

화가 치밀어올랐다. 분명 들뜬 마음으로 왔는데, 수북이 쌓인 짚에 가슴이 틀어막힌 듯했다. 그 위로 연기도 피어올랐다.

타이완에 온 뒤로 처음으로 느껴보는 짙은 불쾌함이었다. 미시마의 온갖 성의 없는 태도도 나를 이 정도로 불쾌하게 만들지는 않았다.

강연이 끝나자, 점심시간을 알리는 종이 울렸다. 나는 학교 측의 식사 대접을 정중히 거절한 뒤 샤오첸의 손목을 붙잡고 자리를 떴다. 택시도 기다리지 않았다. 현관을 나서니 얼굴에 가랑비가 스쳐 지나갔다. 그제야 나는 우산을 가지러 다시 안으로 들어갔다. 걸음을 옮기는 소리가 쿵쿵 울렸다.

"첸허 씨는 화도 안 나요? 그런 모욕을 당하다니. 저였다면 슬리퍼를 그 사람 면상에 던졌을 거예요!"

"아오야마 선생님이셨다면, 정말로 그렇게 하셨을 것 같네요."

"아! 너무 기분이 나빠요! 화가 날 때는 무조건 미식을 먹어야죠! 여기 주변에는 뭐 맛있는 게 없나요?"

풉.

샤오첸이 또 전처럼 경쾌하게 웃었다.

"신토미초◆ 시장에 있는 활어집에 갈까요. 아오야마 선생님은 사시미를 좋아하시죠?"

어떻게든 먹성을 눌러보려고 했지만, 듣는 이가 기겁할

◆ 일제강점기 때의 행정구역명으로 타이중시 중심가 주변에 있다. 1917년 일본인과 현지 부유층이 이용하는 고급 시장으로 개장되었고, 오늘날에는 타이중 제2시장으로 불리고 있다.

만큼 요란한 소리가 뱃속에서 천둥처럼 울렸다.

기왕 이렇게 된 거, 아예 큰소리로 외쳤다.

"지금의 저라면 참치 한 마리도 통으로 먹을 수 있답니다!"

"그렇다면 아오야마 선생님의 위풍당당한 모습을 직접 보게 되겠네요."

내 반응이 재미있었는지 샤오첸의 뺨에 부드러운 보조개가 생겨났다. 나는 비의 장막을 뚫고 지나가기라도 할 것처럼 앞으로 성큼 발을 디뎠다.

하, 이해할 수 없었다. 어째서 샤오첸이 이런 대접을 받아야 하지?

❖ ❖ ❖

"네……. 그런데 따져봤을 때 사기업에 고용된 혼토진 여성 통역사는 잡역부와 같은 거 아닌가요?"

이런 말을 뱉고 있는 현지 농림 전문학부의 I 서기 얼굴에서는 부끄러운 기색을 전혀 찾아볼 수 없었다.

분명히 일본어로 대화를 나누고 있는데 내가 알아듣지 못하는 언어로 들렸다. 머릿속이 다 새하얘졌다.

닛신카이와 다카다 부인의 친분 덕에 타이중 활동이 연이어 잡혔다. 고등여학교 행사를 마치자 타이중에 있는 타이베이제국대학❖의 부속 학부에 가야 했다. 고등여학교에

❖ 오늘날의 국립타이완대학교를 말한다.

서 겪었던 일이 흔치 않았던 거라고 여겼던 나는 I 서기에게 불평을 토로했고, 그는 오히려 곤혹스럽다는 표정을 보였다.

한술 더 떠 샤오첸을 잡역부와 엮기도 했다.

"통역을 맡는 여성은 확실히 소수지요. 게다가 혼토진이잖아요. 실질적인 전문성이 있나요? 예전에 학교 선생으로 일했다고는 하지만, 그저 공학교[10]에서 가르쳤던 것뿐인데요······."

전염병이라도 도는 건가?

직업여성을 싫어하는 전염병······. 이런 사람을 처음 보는 건 아니었다.

'여류 작가라니. '작가'라는 말 앞에 굳이 여성을 붙여서 강조하는 건 관심이나 끌려는 수작이야!'

소설이 영화화된 뒤로 나는 어떤 문우(文友) 모임에서 이런 말을 들은 적이 있다.

'여자는 말이야. 조국의 성스러운 전쟁을 앞둔 지금, 집에 가서 애나 더 낳아야 해!'

---

10 일제강점기의 초등 교육 시스템은 수업 언어와 수업 내용에 따라서 일본인(내지인)이 다니는 '소학교(小學校)'와 타이완인(본섬 사람)이 다니는 '공학교(公學校)'로 나뉘었다. 타이완 소학교는 일본 내지의 소학교와 커리큘럼이 차이가 거의 없었지만, 공학교의 커리큘럼은 국어(일본어) 수업 비중이 비교적 작았다. 진학 시험이 국어로 치러졌기에 소학교 학생이 상대적으로 유리했다. I 서기의 이 말은 왕첸허가 공학교에서 학생을 가르쳤던 교사라고 할지라도 언어 능력이 전문적이지 않을 수 있다는 걸 의미한다.

그러나 I 서기의 태도는 상당히 예의 바르면서도 세심했다. 그렇다면 직업여성에게 편견을 가진 게 아니라는 건가?

아차 하는 사이에 분노할 기회도 놓쳐버렸다. 물론 속에서는 화기가 넘실거리고 있었지만.

"그러고 보니 조금 전부터 왕 선생님이 보이지 않네요. 벌써 오찬 장소로 간 건가요?"

"그분이요? 오늘 같은 자리에는 통역이 필요 없습니다. 진즉에 돌아가라고 했지요."

"돌아가라고 했다고요?"

"네."

나는 점점 더 거세게 타오르는 화염을 애써 억눌러야 했다.

"그렇다면 이번 오찬은 정중히 사양해야겠군요."

"아오야마 선생님, 어째서요?"

I 서기는 깜짝 놀란 얼굴로 나를 보았다.

내 낯빛이 좋지 않아서 그런 게 분명했다. I 서기의 놀라움은 곧 당혹스러움으로 바뀌었다. 어쩌다 이렇게 된 건지 도무지 이해할 수 없다는 듯한 얼굴이었다.

"제가 본섬에 왔을 때, 원래 저에게 배정된 통역사는 타이중 시역소의 미시마 선생님이었습니다. 실례를 무릅쓰고 I 선생님에게 묻고 싶습니다. 오늘 저와 함께 온 사람이 미시마 선생님이었어도, 귀 학교에서는 통역사에게 떠나라고 했을까요?"

"당연히 아니죠."

I 서기는 진짜 의아하다는 표정으로 나를 보았다.

"미시마 선생님은 시역소 직원이니까요!"

나한테 문제가 있다는 건가!

그러나 나는 이런 식의 일 처리를 도저히 받아들일 수 없었다.

I 서기의 난처한 표정을 뒤로한 채 택시에 올랐다.

차 안에서 소리를 내기 시작한 배꼽시계가 버드나무 옆 작은 집에 이를 때까지 연신 울어댔다. 잠기지 않은 주방 뒷문[11]을 쿵 소리를 내며 힘껏 밀었다. 문을 열고 주방 너머로 시선을 옮기자 역시나 서양식 식탁 앞에 앉아 있는 샤오첸이 보였다.

"첸허 씨, 식사하셨어요?"

"네."

"하지만 제 배는 배고픔에 납작해졌어요!"

나는 샤오첸을 보며 외쳤다. 놀랍게도 억울함이 느껴지는 목소리였다. 그런데 샤오첸이 웃고 있었다.

하나도 안 웃기는데. 어째서 샤오첸은 웃을 수 있지?

그때였다. 주방에서 고깃국과 간장, 부추가 뒤섞인 음식 냄새가 난다는 걸 깨달았다.

이게 뭐지! 시내 노점에서 이런 냄새를 맡아본 적이 있

---

11 주방에 있는 출입구로 보통 집안의 여성이나 일꾼이 사용한다.

었다.

"비타이박* 이랍니다."

내 마음을 꿰뚫어본 샤오첸이 미소를 지으며 말했다.

"비타이박은 쌀을 갈아서 반죽한 뒤 굵은 면발로 만들어서 먹는 음식이랍니다. 짭짤한 비타이박을 돼지 뼈를 우린 국물에 넣어서 먹지요. 간장을 넣어서 조린 돼지고기 다짐육과 부추도 넣는답니다."

"듣기만 해도 엄청 맛있을 것 같은데요!"

도마에서 신발을 던지듯 벗었다. 어느새 다가온 샤오첸이 냄비 뚜껑을 열자 주방 가득 향이 퍼졌다.

"본섬 사람들은 비타이박을 간식처럼 먹는답니다. 오찬을 즐기지 못하셨을 것 같아서 조금 사 왔어요. 저도 방금 전에 돌아와서 탕이 아직 따뜻하답니다. 그래도 다시 데워드릴까요?"

미식이 눈앞에 있을 때는 많은 말이 필요 없다. 냄비를 들고 식당으로 가서는 메밀국수를 먹듯 후루룩 먹기 시작했다.

그릇을 깨끗이 비우자, 샤오첸이 다시 채워주었다. 냄비가 바닥을 보이고 나서야 나는 먹는 걸 멈췄다.

"아오야마 선생님, 배불리 드셨나요?"

나는 고개를 끄덕이다가 다시 도리질했다.

샤오첸이 웃으며 무슨 뜻이냐고 물었다.

"첸허 씨."

❖   米篩目. 타이완식 하카어로 체의 구멍을 뜻하며, 체에 반죽을 얹고 굴려서 뽑아낸 면으로 만든 국수도 의미한다.

"네?"

"타이완은 식민지이죠."

"그렇답니다."

"닛신카이의 초대를 받기 전에 있었던 일이에요. 내지 출판사가 제게 돈을 대줄 테니 타이완으로 가라고 한 적이 있어요. '남진'에 협조하는 문장만 써주면 된다고 했지만, 거절했어요. 펜을 총처럼 쓰다니요. 하! '제국'이라고 자부하는 나라가 전쟁을 위해서 그런 일까지 하다니요. 정말 웃기지 않습니까? 물론 누가 입을 찢는다고 해도 절대 밖에서 이런 말을 내뱉지는 않을 겁니다. 그러나 우스운 것은 우스운 거니까요. 저는 납득할 수 없는 세상의 규범이 제일 싫어요! 여성은 반드시 결혼해야 한다는 우스운 일도 받아들일 수가 없어요. 너무 화가 나서 머리에서 연기가 날 지경이라니까요."

이야기가 시작되자 도저히 멈출 수가 없었다.

"언젠가요…… 그러니까 만약에 말이에요. 제국이 전쟁 때문에 작가의 펜도 총처럼 써야만 하는 상황에 빠진다면, 그러면 어떻게 해야 하는 걸까요? 저는 펜을 버리고 도망갈래요. 반드시 결혼해야 하는 날이 오게 된다면, 저는 머리를 깎고 출가하겠어요. 첸허 씨, 제 마음을 아시겠어요?"

"아오야마 선생님이라면, 그렇게 하시고도 남을 것 같아요."

"첸허 씨."

나는 정중히 말을 건넸다.

"저는 첸허 씨와 친구가 되고 싶어요."

❖ ❖ ❖

드디어 비가 멎었다.

비막이 판을 거둔 뒤 유리로 된 미닫이문을 양옆으로 밀어 열자, 햇빛과 산들바람이 집 안으로 들어왔다.

나는 샤오첸과 툇마루형 복도에 앉아 껍질을 까며 리치를 먹었다.

"그래서 자오반산에는 안 가신다고요? 제당 공장에도 안 가고요?"

"거기는 타이완 총독부가 만들어낸 관광 명소잖아요."

샤오첸이 날 위해 가져온 《타이완 철도 여행 안내》에는 〈타이완 유람 약도〉가 실려 있고, 관광지도 표시되어 있었다. 읽어보니 전에 훑어보았던 자료와 비슷했고, 내지 여행사의 타이완 관광객 모집 광고와도 내용이 제법 겹쳤다.

관광 명소 같은 곳은 가고 싶지 않다는 내 말에 샤오첸은 딱히 놀라지도 않았다.

"아오야마 선생님의 특징을 이제 좀 알 것 같네요."

"그런가요? 관광지를 위해 차를 타고 급히 둘러보고 곧장 다른 장소로 가는 건…… 그건 여행이 아니에요. 유람이라는 것도 분주한 이동일 뿐이죠."

"그렇다면 어떤 게 여행인데요?"
"여행은, 밖에서 생활하는 거죠."
"네……?"
"그러니까 밖에서 사계절을 겪는 생활을 해보는 거예요. 일상적인 삶으로요. 습관이 되어 낡아버린 생활 환경을 떠나 다른 곳에서 살아보는 거죠. 세상 속 신선한 감각을 되찾을 수 있도록요. 이런 관점으로 본다면 여행이란 사람의 심신을 정화하는 방법이라고도 할 수 있죠."
"그렇군요. 그래서 다카다 부인이 그런 말씀을 하셨던 거군요. 아오야마 선생님이 내년까지 본섬에 머물 거라고요."
"아! 원래는 반년만 머물면서 여행하려고 했는데요. 다카다 부인의 도움 덕분에 더 오래 지낼 수 있게 되었어요. 여행기를 쓰고 강연도 하면서 식객으로서 밥값을 하는 거죠. 대신 1년이라는 체류 기간을 얻고요. 규슈로 돌아가면 원고를 고쳐서 책으로 낼 거예요. 제목은 《타이완 여행기》라고 하면 되겠죠? 기왕 쓸 거라면 1년 사계절은 써야죠. 춘하추동을 다 넣어야 더 완벽하지 않겠어요? 제 말이 틀렸나요?"
다른 이였다면 내 말을 듣고 틀림없이 콧방귀를 뀌었을 것이다. 남자였다면 '맨날 밖으로 나돌아다니는 형편없는 여자로군. 대체 그게 무슨 꼴이야'라며 나를 꾸짖었겠지. 나를 키워줬던 기쿠코 숙모조차 며칠 전 간접적인 경고를 담아 "절대 고향과 집을 잊어서는 안 된다. 서둘러 돌아오렴"이라고 전보를 보냈다.

그러나 샤오첸은 미소를 지을 뿐이었다.

"그러게요. 매우 완벽할 것 같네요."

나도 참지 못하고 히히 웃었다.

비 온 뒤의 햇빛이 눈부시게 반짝였다. 나뭇가지를 통과하며 생겨난 빛의 점이 샤오첸의 손가락을 비췄다. 껍질을 벗겨낸, 투명하고도 하얀 리치도.

아침 일찍 샤오첸이 검은잎리치◆를 가져왔다. 잎과 가지를 잘라낸 뒤 물로 씻은 후 마른 천으로 껍질의 물기를 닦았다. 깨끗이 씻은 리치를 신문지에 올리고는 그대로 툇마루형 복도에 가져다 놓았다. 샤오첸의 손가락이 아주 능숙하게 움직였다. 과도로 리치의 꼭지부터 밑부분까지 죽 그어 가르고, 꼭지 부분을 비틀어 재빨리 껍질과 씨를 제거했다. 과육이 투명한 색유리 그릇에 놓이면서 조용히 작은 산을 이루었다.

소동파 선생이 지은 시 중에 이런 게 있었다.

'리치를 하루에 삼백 개 먹을 수 있다면 영원히 영남 사람이 되는 것도 마다하지 않겠다.'

곁에 샤오첸이 있었더라면, 소동파 선생도 하루에 리치 육백 개는 먹었겠지? 어쩌면 샤오첸을 위해 시를 지어줬을지도 모른다.

그러나 나는 멍청했다. 시 창작은커녕 리치를 까는 족족

◆ 리치 품종 중 하나로 나뭇잎 색이 다른 품종에 비해 좀 더 진하다.

터뜨려서 두 손을 과즙 범벅으로 만들었다. 손가락과 이로 과육을 물어뜯어 보았지만, 결국에는 허둥지둥 씨만 뱉어 낼 뿐이었다.

"맛있게 드세요."

샤오첸이 리치 껍질을 남김없이 까더니 리치가 담긴 그릇을 내 손이 있는 쪽으로 밀어주었다. 그러고는 실례하겠다며 껍질이 수북이 쌓인 신문지를 재빠르게 정리해 주방으로 걸어갔다. 샤오첸이 다시 돌아왔을 때, 샤오첸의 손에는 따뜻한 차가 들려 있었다.

아, 정말 빈틈없이 세심한 샤오첸이었다.

달콤한 리치와 가장 잘 어울리는 짝을 골라보자면 역시 향긋한 타이완 우롱차일 것이다. 차를 한 모금 마신 뒤 리치를 두 번 씹자 콧속에 감미로운 향이 퍼졌다. 곧장 시상이 떠올랐다. 나는 소동파 선생의 시를 본떠 그 자리에서 오언절구를 지었다.

"타이완은 사계절이 봄이라 여러 과일이 늘 새로이 익는구나. 매일 리치를 먹을 수만 있다면, 더는 분주히 서두르는 이가 되지 않겠다."12

샤오첸은 그게 뭐냐면서 실소했다.

---

12 이 절구는 소동파의 시 〈혜주일절(惠州一絶)〉을 모방한 것이다. '나부산 아래는 사계절이 봄이라 귤과 양매가 차례로 새롭게 익는구나. 하루에 리치를 삼백 개씩 먹을 수 있다면 영원히 영남 사람이 되는 것도 마다하지 않겠다.'

"그러니까 자오반산에 가는 것보다는 여기서 리치를 먹는 게 더 즐겁잖아요? 땀을 흘리며 헛되이 관광 명소를 쫓아다니느라 옆에 있는 이 좋은 것을 잊는다면, 그건 너무 아쉬운 일이에요."

"역시 다카다 부인 말씀이 맞네요. 아오야마 선생님은 장차 큰 인물이 되실 거예요."

"반어법 같은데요!"

"반어법이 아니에요. 그냥 하는 말도 아니고요."

"어쨌든 제가 본섬에 온 지 아직 두 달도 안 됐잖아요. 강연, 다과회, 오찬, 만찬 등등, 이런 접대 자리에 몇 번이나 참석했는지 모르겠어요. 받은 명함으로 가루타[13]도 할 수 있을걸요. 이렇게 한가로운 시간이야말로 진짜 생활이죠."

샤오첸이 맞장구를 치기도 전에, 이른바 생활이라는 건 사교나 접대 같은 형식이 아니라 먹고 입고 걷고 자는, 즉 평범한 일상이라고 강조했다. 또 혼토진의 생활 속으로 더 깊이 들어가고 싶다고도 했다.

나는 하고 싶은 말을 거리낌 없이 쏟아냈고, 미소를 띤 샤오첸은 늘 그러하듯 경청하는 태도로 고개를 끄덕이며

---

13 일본의 전통적인 새해 놀이로 종이 패를 가지고 경쟁하는 게임이다. 특히 일본 전통 시 형식인 '100수의 와카'를 기반으로 한 《오구라하쿠닌잇슈》가 가장 널리 알려져 있다. 요미후다 카드와 도리후다 카드가 각 100장으로 이루어져 있으며 한 사람이 요미후다를 한 장 낭독하면 게임을 하는 이들이 이에 대응하는 도리후다 한 장을 재빨리 찾아 집어야 한다.

들었다.

"그건 그렇고, 첸허 씨는 리치를 안 먹나요? 껍질을 까주느라 못 먹은 건 아니겠죠!"

"아까 사면서 먹었답니다. 리치를 많이 먹으면 몸에 열이 많아지거든요. 저는 체질 때문에 많이 먹을 수가 없답니다."

"아, 그렇군요……"

"하지만 아오야마 선생님이 자오반산에는 꼭 가고 싶어 하실 줄 알았어요."

"어, 화제가 다시 돌아왔네요! 그런데 왜 그렇게 말씀하시죠? 그곳에 번인들이 있어서요?"

"아니요. 그곳에 수레가 있어서요. 간이 철도 위를 오가는 수레지요. 수레꾼이 수레를 힘껏 민 뒤 펄쩍 뛰어서 수레에 올라타거든요. 철도 위에서 움직이는 수레가 멈출 때까지요. 수레가 멈추면 다시 뛰어내려서 또 밀고요……. 아오야마 선생님은 수레를 타보셨죠? 자오반산의 수레는 산비탈을 내려갈 때 매우 아찔해서 여행객들에게 깊은 인상을 남겨준대요."

나는 하하 웃었다.

"제가 모험을 좇는 여행가처럼 보이나요?"

"그보다는 차라리 이렇게 말하는 게 낫겠네요. 아오야마 선생님이 자오반산에 가고 싶다고 하셨다면 제가 마음을 바꾸시라고 말렸을 거예요."

"왜죠?"

"예전에 자오반산에서 있었던 옛일을 들은 적이 있거든요. 그곳 경찰 주재소에 한 젊은 순사가 있었는데 비탈길을 내려갈 때마다 수레꾼에게 힘껏 밀라고 했대요. 길을 서둘렀던 건지 장난기가 발동했던 건지는 모르겠어요. 수레꾼들이 만류해도 소용이 없었죠."

"그래서요?"

"한 번은 속도가 너무 빨랐어요. 올라오는 수레를 마주쳤는데도 제동을 걸 수가 없었죠. 결국 부딪쳤고, 젊은 순사는 그대로 날아가 버렸답니다."

"……날아갔다고요."

"네, 날아갔답니다. 단수이강✦을 내려다볼 수 있는 아름다운 산에서 말이에요. 산비탈 철로 위를 날다가 데굴데굴 몇 바퀴를 굴렀지요."

샤오첸의 말투는 담담하면서도 침착했다.

그 광경을 떠올리자 나는 참지 못하고 하하 폭소했다.

"이런, 정말 비극적인 이야기네요."

"하지만 웃고 계시잖아요."

이렇게 말하고 있는 샤오첸의 두 뺨에도 보조개가 피어 있었다.

"이런 이야기는 대체 어디서 듣는 거예요?"

"그러니 아오야마 선생님이 저 같은 통역사를 필요로 하시는 거겠죠."

✦ 타이완의 북쪽을 흐르는 강.

"이런, 절대 얕볼 수 없겠어요! 절대로요!"

나는 유리그릇 안의 리치 과육을 하나 집어 샤오첸의 입안에 넣어주었다.

미처 피하지 못한 샤오첸이 뺨을 부풀리더니 짜증 섞인 표정을 지었다.

"아오야마 선생님, 제가 안 된다고 했잖아요."

"조금 전 리치는 엄청 달았다고요! 리치를 먹으면 열기가 오르지만, 수박을 먹으면 열기를 식힐 수 있잖아요. 그러니 리치를 먹고 수박도 먹으면 되잖아요?"

내가 말도 안 되는 고집을 부리자 샤오첸은 어쩔 수 없다는 듯 체념한 얼굴이 되었다.

"수박이라니요. 그것까지 드시면 점심 식사는 어떻게 하시게요?"

"점심밥은 첸허 씨가 비타이박을 만들어주는 거 아니었나요? 맛있는 음식이잖아요. 양이 많아도 다 먹을 수 있어요."

지난번 비타이박을 먹은 뒤로 나는 비타이박에 대해 이것저것 물었다.

타이완의 재래미를 갈아서 쌀가루 반죽으로 만들고, 수분을 빼서 뭉친다. 반죽 일부를 익힌 뒤에 날반죽 안에 넣고 함께 치댄다. 부드럽고 큰 반죽을 만들어 체 구멍 위에 놓고는 눌러서 길쭉한 면을 뽑아낸다. 이게 바로 비타이박이었다. 달콤한 탕에 넣어 뜨겁게 먹거나 차갑게 먹을 수 있고, 여름에는 빙수에 넣은 비타이박이 큰 사랑을 받았다. 노점상들은 비타이박 위에 셴차오,* 아이위, 녹두, 팥 등을 고명으로 얹기도 했다. 셴차오와 아이위를 다 먹어보고 싶은데. 커다란 그릇에 몽땅 다 넣으면 어떻게 될까. 보석함보다 화려하겠지!

그러나 달콤한 탕에 넣은 비타이박은 간식이다. 점심 식사로서 당당히 식탁에 오르는 오늘의 주인공은 짭조름한 탕에 넣은 비타이박이고.

짠 탕은 종류가 여럿이다. 돼지 뼈나 돼지고기를 고아서 끓인 것도 있고, 생선이나 새우 같은 해산물을 넣어서 끓인 것도 있다. 지난번에 갔던 노점에서는 잘게 다진 돼지고기를 조려 만든 러우싸오** 한 숟가락을 듬뿍 퍼서 탕 속에 넣었다. 붉은 양파(샬롯)로 만든 튀김을 고명으로 얹는 곳도 있었다. 부추는 빼고 간장에 졸인 달걀이나 완자를 고명으로 얹는 곳도 있었다. 타이난과 가오슝 일대에서는 어묵이나 굴을 넣는 경우도 있다고 했다. 지역마다 조리법이 다른 셈이었다.

"비타이박은 정해진 조리법이라는 게 없답니다. 그렇기에 지역마다 다른 특색을 드러낼 수 있지요."

샤오첸의 말에 나는 흥분하며 이렇게 답했다.

"그러면 저는 규슈만의 풍미가 있는 비타이박을 먹고 싶어요."

규슈만의 풍미가 뭐냐고? 살짝 단맛이 나는 간장 맛이

---

* 仙草. 박하과에 속하는 식물로 끓인 후 식히면 검은 젤리처럼 된다. 타이완에서는 셴차오를 버블티나 팥빙수 등에 넣어서 디저트로 먹는다.

** 肉臊. 타이완 남부에서 주로 먹으며 다진 돼지고기를 간장, 마늘, 양파 등을 넣고 기름에 볶아서 조린 음식이다.

아닐까.

어쨌든 시도해보면 알 수 있겠지!

"아오야마 선생님이 다 드실 수 있다고는 하셨지만……. 오늘 아침에 시장에서 비타이박을 두 근이나 샀답니다. 그런데 비타이박은 오래 두고 먹을 수 있는 게 아니에요. 반드시 한 끼에 다 먹어야 한답니다."

"첸허 씨도 같이 먹어야죠."

"아오야마 선생님. 제가 능력이 부족해서요. 선생님 때문에 화가 나서 배가 다 부르답니다."

"하하하, 참 큰일이네요!"

샤오첸의 얼굴은 소녀처럼 아름다웠다. 일부러 화난 표정을 지어도 전혀 무섭지 않았다.

"지금이라면 두 근은 물론이고, 이백 근의 비타이박도 먹을 수 있을걸요!"

샤오첸이 다시 웃었다.

"그렇다면 아오야마 선생님의 위풍당당한 모습을 다시 한번 보게 되겠네요."

샤오첸이 지난번에 이 말을 했을 때, 나는 참치 한 마리를 먹어 치우지는 않았다.

쌀 한 홉으로 지은 식초를 넣은 밥과 접대용 대형 접시에 가득 담긴 사시미. 간장 생선조림, 구운 표고버섯, 튀긴 우엉, 죽순 냉채, 계란말이, 김 가루를 넣은 마 무침. 마지막으로 장어를 올린 스시까지. 나는 샤오첸 앞에서 도효에 오른 이가

손뼉을 치는 듯한 기세로 음식을 먹어댔다.14

이 정도 식사량은 완전히 요괴 수준이지. 미쓰코 언니의 완벽한 주석이었다.

그런데 샤오첸은 눈썹도 까닥하지 않았다. 그게 바로 이상한 점이었다. 나처럼 둔한 이도 샤오첸이 평범하지 않다는 걸 알아차렸다.

공학교 국어 교사. 고등여학교 졸업생. 부녀 단체인 닛신카이와 교류가 있는 가문 출신. 그런데 샤오첸은 전혀 거만하지 않았다. 신기한 건 샤오첸이 고분고분한 사람도 아니라는 사실이었다. 그녀는 항의도 했다. 비록 그 항의하는 모습마저도 사랑스러웠지만.

샤오첸은 나를 숲속 깊은 안개 속으로 빠뜨렸다. 친구가 되고 싶다는 속마음을 고백했을 때, 샤오첸은 승낙도 거절도 하지 않았다.

그때 샤오첸은 나를 잠시 응시하다 미소를 지으며 말했다.

"알겠습니다."

노멘*이었다. 아니, 고모테(小面)를 쓴 걸까. 고모테는 노 공연에서 귀엽고 아름다운 젊은 여성을 나타내는 가면이다.

샤오첸의 웃음은 고모테를 닮아 있었다.

---

14 일본 스모 선수는 경기장인 도효에 오를 때 손뼉을 치고 손을 문지른 뒤 다시 손뼉을 쳤다가 두 손을 바깥쪽으로 뻗는 일련의 동작을 한다. 여기서는 작가가 자기 자신을 스모 선수에 비유한 것이다.

✤ 能面. 일본의 전통극인 '노(能)' 공연에서 쓰는 가면으로 무표정한 얼굴이 특징이다.

도대체 어떤 사람인지 알 수가 없네!

"첸허 씨."

"네."

"제가 요괴처럼 많이 먹는다고 생각하지는 않으세요?"

샤오첸의 얼굴에는 여전히 노멘 같은 웃음이, 양 볼에는 보조개가 피어 있었다.

"《사기》에서 이렇게 말했답니다. '왕은 백성을 하늘로 삼고, 백성은 먹는 걸 하늘로 삼는다.' 그러니까 먹을 수 있다는 건 복인 셈이지요."

정말 빈틈이 없는 사람이었다. 나는 손뼉을 치며 웃었다.

"요괴를 마주하고도 낯빛 하나 안 바뀌다니. 반드시 벗으로 삼아야겠어요. 앞으로 당신을 샤오첸으로 부르게 해줘요!"

황마의 어린잎으로 끓인 탕
무아인텅

손재주가 좋은 사람은 감자 속살을 까는 모습마저도 멋지구나.

샤오첸은 왼손 엄지와 검지로 감자 껍질을 쥐고, 오른손에 든 은 숟가락을 껍질 안으로 넣어 살짝 들어올렸다. 가볍게 움직였을 뿐인데도 윤기가 흐르는 감자 속살이 아래로 떨어졌다. 행운유수(行雲流水)라는 사자성어는 바로 이런 걸 말하는 거겠지. 리치를 깔 때와 달리 이번에는 나도 껍질을 벗길 수 있었지만, 샤오첸보다는 한참이나 부족했다. 샤오첸의 손놀림은 민첩하면서도 우아했다.

길을 걷다 향에 혹하는 바람에 삶은 감자를 10전 어치나 샀다. 소년이 노래를 부르듯 길게 외치면서 감자를 팔고 있었다. 사실 그가 파는 건 감자가 아니라 땅콩이었지만.[15]

샤오첸은 껍질을 하나하나 벗기더니 감자 속살이 담긴

접시를 내 쪽으로 밀어주었다.

나는 감자 속살을 입안으로 털어 넣으며 우적우적 씹었다.

"샤오첸은 이즈미 교카를 아나요?"

"네, 〈고야산 스님〉*을 쓴 분을 말씀하시는 거죠?"

"이즈미 교카는 심각한 결벽이 있대요."

"저는 결벽 같은 건 없는걸요."

나는 감자 속살을 두 번째로 한 움큼 입에 털어 넣고 열심히 씹었다. 그 맛을 음미하며 행복에 빠졌다.

"그렇군요. 위생을 강조하는 샤오첸은 의사가 되는 게 목표인가요?"

"그건 불가능할 것 같은데요."

나는 고개를 절레절레 흔들며 탄식했다.

"이런, 또 틀렸네요."

우리는 장화에 있었다.

장화좌**를 빌려서 〈청춘기〉를 상영했고, 상영이 끝난 뒤에는 다과회를 가졌다. 점심에는 타이완식 연회 요리를 대접받았는데 근래에 개점한 가오빈거***에서 새우찜, 파닭 조림, 생선 전골, 행인두부, 빙탕 연자탕(蓮子湯)을 먹었다. 장화에서 현지 접대를 맡은 사람과 작별을 고할 때가

---

15 일본에서는 낭공을 '닌긴미메'라고 부르는데, 원문에서는 '땅콩'의 타이완어 발음을 가타카나로 표기하여 '토오타우', '땅콩 알맹이'를 '토오타우진'이라고 썼다. 그렇기에 타이완판에서는 타이완어의 한자 표기인 '감자(土豆, 투더우)', '감자 속살(土豆仁, 투더우런)'이라고 했다.

❖ ········· 이즈미 교카(1873-1939)는 일본 메이지 시대의 환상문학 작가로 단편소설 〈고야산 스님〉은 그의 대표작이다.
❖❖ ········ 일제강점기에는 공연하고 영화를 상영하는 극장을 '좌(座)'라고 불렀다.
❖❖❖ ······· 1937년 장화에 생긴 고급 식당. 제2차 세계대전 이후에는 병원 건물로 사용되었고, 2011년에 현에서 지정한 고적이 되었다.

오후 1시 반쯤이었다.

눈앞에 진수성찬이 있는데도 배를 곯아가며 일하는 기분이었다.

역시 샤오첸은 나를 잘 알았다. 샤오첸 덕분에 샤오시 거리*로 간 나는 노점 앞에서 몇 번이나 걸음을 멈추고 간식을 사 먹었다. 걸어다니면서 고기만두와 엿, 아이위 탕, 심지어는 내지에서 전해졌다는 다이코 만주16도 먹었다.

장화의 거리는 시간이 멈춘 듯한 착각을 불러일으켰다.

청나라 때 장화시 일대에는 벽돌로 쌓은 높은 벽과 성문이 있었다. 그때는 이곳을 '장화현성'이라고 불렀다. 샤오시제는 서문과 북문을 잇는 번화한 지역으로 혼토진이 일하고, 사랑하고, 가정을 이루며 생활하는 곳이었다. 지난 백 년 동안 변함없이 그래왔다.

샤오첸이 손가락으로 예전에 성문이 있던 자리를 가리켰다. 다이쇼 연간에 도시 개조 사업이 진행되면서 성벽이 하나씩 철거되는 바람에, 지금의 모습은 예전과 완전히 달라져 있었다.

유일하게 바뀌지 않은 건 인접한 바과산**이었다. 무더운 여름의 짙푸른 하늘 아래, 울창하게 우거진 남쪽 나라의 산림은 초록빛 늪처럼 보였다.

---

16 처룬빙(車輪餅)으로 타이완식 도라야키를 말한다.

*　　　　장화현 기차역 주변 거리로, 일제강점기 때는 이 지역에 호텔과 음식점이 많았다.
**　　　　타이완 8대 명승지 중 하나로, 22미터 높이의 대불상이 유명하다.

누가 설명해주지 않았더라면 별 볼 일 없는 작은 산처럼 보였을 것이다. 관광객이 알고 있는 건 바과산맥이 타이완의 명천인 장화 온천을 품고 있다는 것 정도였다. 그러나 청나라 때 장화 팔경 중 하나였던 '정채망양(定寨望洋)'은 바과산맥의 옛 이름이 '정군산(定軍山)'이고, 그 위치가 군사적 요충지로 요새(寨)가 있었기에 생겨날 수 있었다.

찰나 같은 순간에 머릿속에 이런 모습이 절로 그려졌다. 산 위에 진을 쳤던 옛날 혼토진은 어떤 기개를 품고 바다 너머를 바라보았을까?

옷이 땀에 흠뻑 젖을 정도로 찌는 듯한 여름날이었기에 비록 그 기개를 감상할 여유 따위는 없었지만.

'나라는 망하였으나 산과 강은 여전하구나. 성에 봄이 들어 초목이 우거졌네.'[17]

두보가 쓴 슬픈 시구가 천 년이라는 시간을 뛰어넘어 내 마음속 깊은 곳에서 떠올랐다.

내 입장을 고려한다면 지금의 내가 이런 슬픔을 느낀다는 건 적합하지 않겠지. 심지어는 이런 생각조차 내 가슴을 두드렸다.

---

17 이 시구는 두보의 시 〈춘망(春望)〉의 한 구절이다. '나라는 망하였으나 산과 강은 여전하구나. 성에 봄이 들어 초목이 우거졌네. 시절을 감회하며 꽃을 보고 눈물을 흩뿌리고, 이별을 한탄하며 새 소리에 가슴이 놀란다. 봉화가 석 달이나 이어지니 집에서 보내는 서신은 만금과도 같다. 흰 머리카락은 긁으니 더 짧아지고, 잠(簪)을 꽂으려고 하여도 버티지를 못하는구나.'

말이 나와서 말인데 대문호를 모방하며 벅차오르는 감정을 토해내고 싶다고 할지라도 남쪽 나라의 여름 오후를, 작열하는 태양을 견딜 수 있는 이는 없으리라. 나는 샤오첸의 손을 붙잡고 다급하게 끽다점 안으로 들어갔다. 전기 선풍기의 시원함을 만끽하기 위해서였다.

두보는 잠시 떨쳐두고 소다수와 아이스커피를 주문했다.

아쉽게도 이곳은 술을 팔지 않는 순수 찻집이었다. 아니라면 이런 날씨에는 맥주 두 잔을 시켰을 텐데!

여성이라서 겪는 불편함은 대체 언제쯤 끝이 나는 걸까? 감자 속살 같은 주전부리는 역시 맥주랑 잘 어울리는 걸……. 좋아, 투덜거리는 것도 여기까지. 나는 잼 샌드위치와 햄 샌드위치 그리고 슈크림을 추가로 시켰다. 음료와 먹거리는 하나당 70전이었다. 본섬이나 내지나, 끽다점 자체가 가성비가 좋은 곳은 아니었다. 하지만 카페로 갔다면 배는 더 비쌌겠지. 이렇게 생각하니 끽다점도 나쁘진 않은 듯했다.[18]

손수건을 집어 땀을 닦으면서 이런저런 감상을 샤오첸에게 두서없이 털어놓았다.

"아오야마 선생님은 포부가 참 크시네요. 나중에 맥주를

---

18 일제강점기의 카페는 여급을 내세운 유흥업소였고, 끽다점은 순수하게 차만 파는 경우가 많았다. 이러한 서비스의 차이는 가격에도 그대로 반영되었다.

파는 끽다점을 차리신다면 가능하지 않을까요?"

"전쟁 중이라 술도 통제 대상이잖아요. 아니지, 아니지. 저는 장사에 뜻이 없다고요!"

"그렇죠. 선생님의 뜻은 영화 속에서 잘 드러났으니까요."

"아, 하하. 그거요." 나는 웃음을 거두며 말했다.

"⋯⋯영화는 영화고, 소설은 소설이죠. 저는 저고요."

"알고 있답니다."

미소를 머금은 샤오첸은 이렇게 말하며 시선을 떨궜다. 샤오첸의 기다란 속눈썹이 영화의 자막 카드처럼 깜빡이며 움직였다.

영화 〈청춘기〉에서 연출한 장면은 소설의 일부분에 불과했다. 갓 태어난 아기는 몸집이 유난히 크고 튼튼한 여자아이였고, 모친은 난산으로 세상을 떠났다. 부친은 아이를 멀리 바다 건너편에 있는 분가로 보냈다.

"쟤는 저주받은 아이야."

사람들의 수군거림. 그러나 숙부는 전혀 개의치 않았다. 아이에게 글을 알려주었고, 직접 서예도 가르쳐주었다. 그러나 아이가 아홉 살이 되었을 때, 숙부는 갑작스러운 마차 사고로 목숨을 잃었다. 숙모가 아이를 키우겠다고 나서지 않았더라면 아이는 외딴 절로 보내졌을 것이다.

부유한 가문 출신임에도, 고귀하고 권세 높으며 명예로운 본가에서 자손이 없는 분가로 전락했다. 폭풍과도 같은 상실의 고통을 두 번이나 겪었고, 짧은 인생 동안 온갖 소문과 수군거림에 시달려야 했다. 그래서 소녀는 인품이 뛰어난 양육자, 그리고 양육자가 가지고 있던 방대한 양의 장서에 마음을 의지했다. 마음이 어지러울 때면 자기가 세상에 존재하는 이유를 고민했고, 나가사키 항구를 맴돌며 바다로 뛰어내릴까도 생각했지만, 소녀는 문학에서 구원을 얻었다. 그리고 고등여학교를 졸업한 바로 다음 해에 정식으로 문학 창작 활동을 시작했다.

자평을 하자니 좀 부끄럽기는 하지만, 《청춘기》는 소설이든 영화든 소녀의 섬세한 감정과 마음을 세밀하게 묘사했다. 다양한 나이대의 많은 여성들이 눈물을 흘리면서 보았다.

고등여학교 교복을 입은 주연배우 Y 양이 항구 부두에서 바다를 응시하고 있는 장면. 이 장면 속 옆얼굴은 포스터와 엽서에 인쇄되어 배포되었다. 영화에서 가장 중요한 장면이었다. 나가사키 항구의 바닷바람을 맞고 있는 Y 양의 표정에서 막막함은 끓어오르는 분노가 되었다. 그러나 Y 양은 격해진 감정을 곧 억누르고, 억울함에 숨죽이며 눈물을 흘렸다. 그러다 마침내 결심했을 때, 두 눈에는 단호한 빛이 서려 있었다.

자막 카드가 이렇게 삽입되었다.

"절대 여기서 끝낼 수는 없어."

과감하게 몸을 돌린 Y 양이 부두를 떠나는 장면에서는

어김없이 관객들의 박수 소리가 열렬히 울려 퍼졌다.

 소설이 출간된 뒤, 그리고 영화가 상영된 뒤, 진심 어린 편지나 직접적인 격려를 많이 받았다.

 '아오야마 선생님이 무사하셔서 정말 다행이에요.' '끝까지 글을 써주셔서 감사해요.'

 영화는 영화고, 소설은 소설이죠. 저는 저고요.

 그러나 내 뜻이 문학에 있다는 점만큼은 진짜였다. 그래서 역으로 샤오첸의 뜻을 고민해보았다.

 "소학교 선생님?"

 "벌써 그만두었는걸요."

 "계속 공부하고 싶은 걸 수도 있겠어요. 음악가?"

 "연주나 노래에는 능하지 않아요."

 "속기사?"

 "못 맞히셔도 상관없는걸요."

 몇 개나 물어봤는데도 다 틀렸다. 마지막으로 의사가 되고 싶냐고 물었는데 그것도 아니었다.

 껍질을 벗긴 감자 속살, 샌드위치, 슈크림을 몽땅 집어서 차례차례 입에 넣고 씹었다. 내 손에는 기름이 잔뜩 묻었다. 반면 여유로운 표정의 샤오첸은 수건으로 손을 깨끗이 닦았다. 역시나 감자 속살은 전혀 먹지 않았다. 깨끗하고 하얀 두 손으로 노트를 한 장씩 넘길 뿐이었다. 생각해보니 가오빈거처럼 여럿이 앉아서 먹는 자리에서는 샤오첸도 식사를 했다. 적은 양이기는 해도 먹기는 먹었다. 대체 이

차이는 어디서 기인하는 걸까?

뭐, 그만하자. 적어도 이번에는 아이스커피라도 마셨으니까.

"아직 이른 시간이네요. 아오야마 선생님, 옛 성인 루강✤에 가보시겠어요? 30분 뒤에 출발하는 기차가 한 대 있답니다. 다만 그곳에 들르면 타이중에는 늦은 밤에야 도착할 거예요."19

처음에는 부성, 그다음에는 루강, 마지막에는 멍자✤✤라고 하던데. 바로 그 루강이라니. 당연히 가야지!

나는 기름 묻은 손을 닦았던 수건을 툭 던지듯 내려놓고는 바로 화장실로 향했다.

화장실에서 나와보니, 우리 테이블 옆에 두 여자가 서 있었다. 그리고 샤오첸은 두 사람의 그림자 속에 있었다. 내게 등을 돌리고 있어 두 사람의 얼굴은 보이지 않았지만, 원피스 무늬로 미루어 젊은 여성인 듯했다.

장화와 타이중은 기차로 40분 거리였다. 지인을 만나기라도 한 걸까?

"……×××를 먹고 자란 사람이 이제는 껵다점에도 들어올 수 있는 건가."

'×××'는 일본어가 아니었다. 나는 무슨 뜻인지 알아들

---

19 신고제당 주식회사의 협궤 철도 기차를 말한다. 허메이와 장화, 루강을 오가는 사탕수수 철도 기차였으나 오늘날에는 폐선되어 더는 존재하지 않는다.

✤ 　　　　　장화현에 위치한 항구 도시로 초기에는 중국과 가장 가까워 18세기 중엽 경제적 중심지로 발달했다.
✤✤ 　　　　중국 이주민들이 북쪽으로 이동하면서 부성, 즉 당시 수도였던 타이난, 루강, 멍자 순서로 발달하게 되었다.

을 수 없었다.

다른 여성이 어깨를 떨며 피식 웃었다.

"그렇게 말할 수는 없지. 어쩌면 여기서 여급으로 일하는 거 아냐?"

앞으로 걸음을 옮긴 나는 손을 뻗어 두 사람의 어깨를 한쪽씩 짚었다.

갑작스러운 접촉에 놀랐는지 두 사람이 흠칫 놀라면서 몸을 떨었다. 키 차이 때문에 이들은 몇 걸음 물러나 고개를 쳐들고 나와 눈을 마주칠 수 있었다.

나는 찬란한 웃음을 보여줄 수 있도록 전력을 다했다.

"교양 있는 두 숙녀분에게 실례를 무릅쓰고 여쭤볼게요. 어째서 제가 소중히 여기는 손님에게 이렇게 무례하게 구시는 거죠?"

❖ ❖ ❖

일부러 도쿄식 표준어 말투를 구사해서 그럴까? 아니면 내 체격이 너무 건장했나? 어쨌든 효과가 아주 좋았다. 두 여성은 얼굴을 붉히더니 주문도 하지 않고 고개를 숙인 채 그대로 도망을 쳤다. 나는 내 자리에 앉았다.

나는 샤오첸을 응시했고, 샤오첸도 나를 보았다.

그녀의 양 볼에는 여전히 아름다운 보조개가 피어 있었다. 그러나 그건 웃음이 아니었다. 억지로 보조개를 짜낸 표정일 뿐이었다.

　조금도 동요하지 않는 노멘을 얼굴에 쓰고 있는 샤오첸. 그러나 나도 이대로 물러나고 싶지는 않았다.

"……아무 말도 안 할 건가요?"

"아오야마 선생님의 큰 도움에 매우 감사드립니다."

"그걸 말하는 게 아니에요."

"그럼요?"

"저 사람들이오."

"먼 친척이랍니다."

"친척이 그렇게 무례한 말을 한다고요?"

"사실 고급 카페의 여급은 고등여학교를 졸업한 사람만 할 수 있답니다."

　틈을 전혀 보이지 않는 완벽한 노멘이었다. 나는 어깨에 힘이 다 빠졌다.

"그 '×××' 말이에요. 그게 뭐예요?"

샤오첸이 "귀가 참 밝으시네요" 하고 웃으며 말했다.

"무아인텅*은 황마의 어린잎을 삶아서 끓인 탕이랍니다."

"타이중으로 돌아가면, 그 무아인텅을 먹어보고 싶어요."

"무아인텅은 맛이 없어요. 시장에서도 팔지 않는답니다."

나는 의심쩍은 얼굴로 샤오첸을 보았다.

"맛이 없다고요?"

샤오첸은 웃었다.

"매우 쓰거든요. 내지인은 물론이고 본섬 사람들도 잘

❖ ⋯⋯⋯⋯⋯ 麻薏湯. 타이중 사람들이 더운 여름에 자주 먹는 음식으로 황마의 새순인 마이(麻薏)를 넣고 끓인 탕이다. 황마는 타이중 특산물이다.

안 먹는답니다."

"그러니까 쉽게 말해서 가난한 이들이 먹는 음식이군요. 맞죠?"

나는 샤오첸의 답을 듣기도 전에 솔직하게 말했다.

"시장에서는 무아인텅을 왜 안 파나요? 황마는 자루나 밧줄을 만들 때 쓰는 농작물이잖아요. 황마의 어린잎으로 탕을 끓인다니. 그건 황마 재배의 부산물이겠죠. 그렇다면 황마를 재배하는 농가 혹은 가난한 집에서나 이런 탕을 먹는다는 거잖아요. 홋카이도와 류큐에서 비슷한 이야기를 들어본 적이 있어요. 아니, 제대로만 알아본다면 분명 도쿄에서도 이런 일이 있었을 거예요."

"아오야마 선생님은 견문이 참 넓으시네요……."

"아뇨. 제가 말하고 싶은 건, 그 사람들이 어째서 샤오첸더러 무아인텅을 먹고 자란 사람이라고 한 거예요? 샤오첸은 언니를 통해서 다카다 부인에게 통역 일을 지원한 거잖아요. 그 말은 왕씨 가문의 신분과 지위가 닛신카이 회원들만큼은 된다는 거고요. 닛신카이의 여성 회원들은 타이중의 명문가 사람들이라고 알고 있는데요. 제 말이 맞죠?"

"아오야마 선생님은 통역사의 출신에 이렇게나 신경을 쓰셨군요. 정말 놀랍네요."

샤오첸은 옅은 웃음으로 응하더니 낮은 목소리로 말을 이었다.

"다카다 부인에게 좋은 분을 새로 채용해달라고 부탁해

야겠어요."

"샤오첸."

나는 한 글자씩 또박또박 말했다.

"그건 제가 당신을 신경 쓰기 때문이에요."

샤오첸의 얼굴에서 웃음기가 사라졌다.

나는 오히려 웃음이 나왔다.

"당신이라는 본섬에 있는 친구를 신경 쓰고 있다고요. 그래서 본섬에 대해 더 알려고 노력한 거고요. 이렇게 하면 샤오첸이 내 마음을 이해해주지 않을까, 생각했거든요. 진심으로 당신과 친구가 되고 싶어요."

❅ ❅ ❅

끽다점을 나선 뒤 우리는 기차를 타고 루강으로 갔다.

나중에 루강 여행을 돌이켜보았을 때, 희미하게 기억나는 건 지나 느낌이 물씬 나는 오래된 시가지라는 것뿐이었다. 유명한 사원인 용산사도 별다른 인상을 남기지는 못했는데 그건 루강이 무료한 곳이라서가 아니었다. 여행 내내 우리가 샤오첸의 인생에 대해 논했기 때문이었다. 옛 마을인 루강의 거리 풍경은 썰물처럼 멀어졌고, 나를 향해 밀물처럼 몰려든 건 타이완의 어떤 가족 이야기였다.

청나라 가경제 초기에 왕씨 일족의 조상은 지나에서 바다를 건너 타이완으로 왔다. 왕씨 일족은 오늘날까지도 봉

건적인 문화를 고수하는 가문이었다. 타이중에 있는 딩차오쯔터우*를 거점으로 삼은 왕씨 일족은 부농 지주였는데, 제국이 타이완을 통치하게 된 뒤로 시대적 흐름을 따라 제국의 순민(順民)이 되었다. 지금의 당주는 제6대손으로 처첩 사이에 3남 3녀를 두었으며 적극적으로 자식들에게 근대적 교육을 시켰다.

샤오첸은 왕씨 일족 제6대 당주의 첩이 낳은 딸이었다.

본섬에서는 대가족 관계가 복잡했다. 첩은 신분이 낮았으며, 대개 시골 농가 출신이었다. 10대 초중반에 배우가 되어 노래를 불렀던 샤오첸의 모친은 제6대 당주의 눈에 들었고, 그의 첩실이 되었다. 부농인 왕씨 일족은 첩실을 사람으로 보지 않았고, 첩실의 자식도 냉대했다. 남아 선호로 첩이 낳은 아들은 그럭저럭 보살핌을 받았지만, 첩이 낳은 딸은 끼니조차 챙겨주는 사람이 없어서 어쩔 수 없이 외가로 보내졌다. 샤오첸 어머니의 친정은 황마를 재배했다. 그래서 샤오첸은 어렸을 때부터 '무아인텅을 먹고 자랐다'는 조롱을 듣게 되었다.

첩이 낳은 딸은 어려서부터 총명함을 드러냈다. 다행이었다. 덕분에 소녀가 되었을 때 일족의 양육과 교육을 받게 되었으니까. 가문 사람들도 소녀를 중히 여겼다.

그 말을 듣던 나는 혼란스러워졌다.

"중히 여긴다니…… 어떻게요?"

본섬의 여자든 내지의 여자든, 여성은 가족의 자산이었

---

* 頂橋子頭. 타이중 남구와 동구의 경계 일대에 있는 전통적인 지역을 지칭한다. 청나라 말, 일제강점기 초기에는 이 지역이 하나의 마을을 이루었다.

다. 그런 존재가 어떻게 중히 여겨진다는 거지?

샤오첸은 웃으며 말했다.

"가문의 언니와 좀 더 친해진 거죠. 이런 가족 관계 덕분에 아오야마 선생님의 통역을 맡을 수 있었답니다."

"샤오첸, 또 이렇게 말을 돌리네요."

"어머, 아오야마 선생님께 점점 더 잘 들키게 되었네요."

나는 코로 흥 소리를 내면서 웃었다.

"제 약혼자는 어렸을 때부터 내지에서 자랐답니다. 우수한 남성이죠. 두 가문은 동업자가 되기를 바랐거든요. 이 혼약 덕분에 그 바람이 원만히 이루어지게 되었답니다."

"뭐라고요? 중히 여겼다는 게 이런 거라고요?"

"첩실의 아이는 보통 누군가의 첩실이 되는 운명을 타고나니까요."

"그건 청나라 때 일이겠죠!"

"본섬에는 아직 첩실을 들이는 옛 관례가 남아 있답니다. 첩실이 아니더라도 부유한 홀아비의 후처겠죠. 심한 경우 우수한 노동력을 확보하기 위해 첩이 낳은 딸을 집안 일꾼과 결혼시키기도 하는걸요. 저는 운이 좋은 편이에요. 지금은 제국이 국어를 가정에서 쓰도록 장려하는 시대니까요. 국어 교사라는 직함이 값비싼 혼수가 되었기에 상당히 뛰어난 약혼자를 얻을 수 있었답니다."

나는 눈살을 찌푸렸다. 어찌나 세게 찌푸렸는지 얼굴 전체가 구겨진 느낌이었다.

"음, 그래도 납득할 수 없어요."

"아버지와 언니가 많은 반대를 무릅쓰고 정해주셨어요. 내지에서 현대식 교육을 받은 사람이니까요. 저와 화목하게 살 수 있을 거라고 여기신 거죠. 어쩌면 이것도 저를 아끼는 마음인 거겠죠."

"이런 운명은…… 맞서 싸워야 하는 거 아닌가요? 결혼 말고도 분명히 다른 길이 있잖아요!"

샤오첸이 얼굴을 살짝 돌리며 나를 올려다보았다. 두 눈이 가늘어지면서 초승달처럼 휘었다.

"세상 여자는 다들 비슷한 운명을 타고나죠. 운명이 하나뿐이라면, 그 운명에 맞춰 사는 게 가장 좋은 선택일 수도 있어요."

"이해할 수 없네요."

이때 내 얼굴은 새콤한 매실처럼 쪼그라들었을 것이다.

"어, 혹시 샤오첸은 대가문의 주인에 뜻이 있나요?"

"안타깝게도 제게는 그런 야심이 없답니다."

또 틀렸네.

그러나 이번에는 추측이 틀렸는데도 기분이 좋아졌다. 꽉 막힌 가문에서 암투까지 해야 하는 건 너무하잖아!

나는 가벼운 걸음으로 앞으로 나아갔다. 한 켄[20] 정도 걸

---

20 일본의 옛 거리 단위로 1켄(間)은 1.8미터에 해당한다.

었을 때, 샤오첸과 너무 멀어졌다는 걸 깨달았다. 곧바로 걸음을 멈추고 뒤를 돌아보았다.

　샤오첸의 얼굴에는 여전히 편안한 웃음이 가득했다. 높은 산을 휘감은 안개 장막 같은 웃음이었다.

　"……샤오첸의 가족은 아들 셋에 딸 셋이라고 했죠. 가장 사이가 좋은 이는 누구예요? 어머니가 다른 언니? 아니면 어머니가 같은 이들 중에?"

　"이런, 정말 날카로우시네요."

　"사실은 누구와도 친하지 않은 거죠, 맞죠?"

　"아오야마 선생님은 탐정에 뜻이 있나요?"

　"이런 질문을 하다니, 학식이 풍부한 샤오첸도 탐정소설을 읽나 보네요. 그러면 제 추리를 들어보겠어요? 남편 될 사람이 내지에서 공부하고 자란 훌륭한 남자잖아요. 샤오첸의 언니는, 결혼 준비 중인 동생이 한가로울 때 통역 일을 하면 도움이 될 거라고 본 거예요. 내지 풍속을 이해할 수 있을 테니까요. 맞죠? 샤오첸이 자원한 거라고 했지만, 실제로는 언니가 시킨 거죠!"

　추리가 끝났다. 나는 기세등등하게 샤오첸을 보았다.

　"아오야마 선생님. 저는 거짓말을 하지 않았어요."

　샤오첸이 입꼬리를 올리며 말을 이었다.

　"다만 모든 사실을 이야기하지 않았던 것뿐이에요. 그렇죠?"

　"어, 그러면 거짓말이 아니게 되나요?"

"게다가 예상치 못하게 아오야마 선생님처럼 소중한 친구도 사귈 수 있게 되었잖아요. 이건 아주 기쁘고 축하할 만한 일인 거죠."

음? 어쩐지 내가 진 것 같은데?

나는 어쩔 수 없이 음, 어, 같은 의미 없는 말만 중얼거렸다. 우리가 어깨를 나란히 하고 두 켄 정도 걸었을 때였다.

"그렇다면 저를 '선생님'이라고 부르지는 말아주세요!"

"네, 아오야마 씨."

"예……."

❋ ❋ ❋

샤오첸의 형제자매를 태어난 순서대로 보면 다음과 같았다. 맏언니는 뛰어난 용맹함이라는 뜻의 차오잉(超英), 맏오빠는 하늘이 준 고귀함이라는 뜻의 텐구이(天貴), 둘째 오빠는 만 리라는 뜻의 완리(萬里), 셋째 오빠는 하늘이 준 현명함이라는 뜻의 텐셴(天賢), 다섯째인 샤오첸, 그리고 막내인 여동생은 뛰어난 웅대함이라는 뜻의 차오슝(超雄). 이름만 봐도 출신을 구별할 수 있었다. 정실의 아이는 하늘의 사랑이 가득 담긴, 큰 기대를 건 이름이었으니까. 반면, 첩실의 아이는 숫자 단위에 좋은 의미를 더해준 이름이었다. 만 리인 완리와 천 마리의 학인 첸허. 숫자의 단위가 점점 줄어드는 걸 보면 첩이 아이를 많이 낳지는 않기를 바랐던 걸지도.

혼토진의 이름은 의미가 깊었고, 사람을 매료시켰다.

샤오첸의 오빠들은 가문의 토지와 부동산, 사업 등을 나누어 관리하고 있었고, 언니는 이미 결혼해 아이도 있었다. 언니의 시댁은 타이중의 지주 가문 중 하나로 금융업에 종사한다고 했다. 다카다 부인과 친분이 있었던 건 시댁이었던 듯했다. 그렇다면 동생은?

샤오첸은 여동생이 도쿄의 음악 전문학교에 다니고 있다고 했다. 내년 봄이면 졸업할 예정이라고.

"그렇다면 동생과 샤오첸은 나이가 비슷하겠네요."

"네."

"그 약혼자가 만 명에 한 명 나올까 말까 한 인재라면, 어째서 여동생의 남편이 되지 않은 거죠? 둘 다 내지에서 공부하고 있잖아요. 거기서 결혼해 같이 살면 되는데."

"이름이 상극이거든요. 제 약혼자의 이름은 빼어나게 웅장하다는 뜻의 슈슝(秀雄)인데, 여동생의 이름은 웅장함을 뛰어넘는다는 뜻의 차오슝이죠. 부적절한 연상을 하기 쉬워요. 그래서 두 가문이 원하지 않았어요."

"예······."

고읍의 붉은 벽돌 길을 한참이나 걸은 뒤, 우리는 시장에 있는 간식 노점 앞에서 쉬었다.

작은 그릇에 담긴 고기 완자탕을 먹었는데 국물에 모양이 제각각인 완자와 다진 고수잎이 떠 있었다. 우리가 나누던 이야기 때문에 기분이 찜찜했지만 나는 맛에 항복하고야 말았다. 세 그릇이나 먹은 뒤 기념품 삼아 가져 가게 포장도 해달라고 했다.

정신을 차려보니 우리는 장화행 기차를 기다리고 있었고, 두 손에는 러우쭝*과 고기 완자, 타로 완자 등 각종 간식이 들려 있었다. 어쩔 수 없이 바닥에 내려놓고 기차를 기다렸다.

내가 생각 없이 행동했는데도 샤오첸은 전혀 불평하지 않았다. 어쩌면 내가 책 파는 노점에서 한문 소설 한 권을 기념품 삼아 사줬기에 그냥 넘어가는 걸지도.

남쪽 섬은 저녁 6시에도 햇빛이 있었다. 햇살이 하늘을 노을빛으로 채웠다.

열차를 기다리며 플랫폼에 서 있는 샤오첸의 시선은 철로를 따라 멀리 뻗어 있었다. 석양이 샤오첸의 옆얼굴에 금박을 씌우면서 입체적이면서도 매혹적인 선을 만들어냈다. 영화 포스터 같았다. 영화배우 Y 양이 나가사키 항구에 서 있던 장면도 떠올랐다.

어쩌면 샤오첸에게 내 멋대로 자기 모습을 투영했던 걸지도.

"그 약혼자라는 분이요. 어떤 사람이에요?"

"어떤 사람이냐고요? 밥 한 끼 같이 먹은 게 다인걸요. 그래서 저도 잘 모른답니다."

"그러고 그냥 결혼한다고요?"

✣ ──────── 肉粽. 찹쌀밥에 돼지고기나 표고버섯 등 다양한 속 재료를 넣고 댓잎에 싸서 찐 음식.

"맞선이 원래 다 이렇지 않나요? 아오야마 씨의 경험은 다른가요?"

"아, 반박을 못 하겠네요."

미쓰코 언니와 도시코 새언니가 맞선 자료들을 들고 내게 다가오던 모습이 방금 전 일처럼 느껴졌다.

"하지만 이런 운명을 받아들이는 샤오첸이라니, 너무 안쓰러운걸요!"

샤오첸은 나지막한 목소리로 웃으며 말했다.

"절 지켜주시려는 마음은 정말 감사합니다."

그러고는 말을 이었다.

"운명을 받아들이는 게 오히려 편하다……. 사실 맞는 말이지요. 하지만 내지든 본섬이든 문명인을 자처하는 남자들은 자유연애를 부르짖는답니다. 중매결혼이 사람을 답답하게 만든다고 불평하기도 하지요. 결혼하면 곧장 아내와 자식을 버려두고 공부나 일을 계속하러 내지로 가버리고요. 그들에게 결혼의 고충이란 결혼식을 치르느라 번거로웠던 몇 주간의 삶이 다예요. 여자에게 결혼은 전생과 현생이 나뉘는 삶의 경계와도 같은데 말이에요."

"오, 샤오첸, 제게 마음을 연 건가요?"

샤오첸이 옅은 웃음소리를 냈다.

"운명을 받아들여야 편해진다는 걸 알면서도, 이런 생각만 하면 맞선 때 먹었던 밥 한 끼가 너무 맛없게 느껴진다니까요. 이런 여자의 마음을 써주는 작가는 어째서 아직 없는 거죠?"

나는 아아, 하고 감탄했다.

"그러네요. 본섬의 대가족과 샤오첸의 삶에는 이국적인 색채와 극적인 요소가 가득해요. 제가 시는 못 쓰지만, 샤오첸을 위해 소설을 하나 써야겠어요!"

"……."

옆으로 기우는 석양의 그림자 아래로 샤오첸의 얼굴이 흐릿했다. 뚜렷하게 보이지 않았다.

"아니면, 샤오첸은 소설가에 뜻이 있나요?"

"안, 타, 깝, 네, 요."

"또 틀리다니!"

"이제 마지막 기회만 남았어요."

"뭐라고요? 횟수 제한이 있었던 거예요?"

우리는 장화로 돌아와 타이중선 열차를 타고 타이중역으로 향했다.

해가 지면서 하늘이 팥양갱 색으로 층층이 물들었고, 열차 객실에는 조명이 켜졌다.

열차는 규칙적으로 진동하며 철로 위를 달렸다. 열차 칸이 요람 같았다. 나는 창가에 기댄 채 창밖을 내다보았다. 세상 만물이 빠르게 스쳐 지나갔다.

남국이여. 섬이여. 타이완이여.

석양이 완전히 저물자, 알 수 없는 슬픔이 마음에 일었다.

'날아가는 시간이여, 이 술을 한 잔 마시게나!'[21]

❄❄❄

꾸벅꾸벅 졸다가 눈을 뜨니, 샤오첸이 조명 아래에서 조용히 책을 읽고 있었다. 루강에서 내가 사준 한문 소설이었다.

샤오첸은 책에 푹 빠져 있었다.

"……재미있나요? 그 소설이요."

"네."

"조명 아래도 어두운데 아주 재미있게 읽으시네요."

"네."

"그렇군요. 그건 어떤 내용인가요?"

샤오첸의 혼이 드디어 몸으로 돌아온 듯했다. 샤오첸은 고개를 들어 나를 보더니 옅은 미소를 지었다.

"이건 부성 타이난에 있는 여러 신을 주인공으로 삼은

---

21 당나라 시인 이하(李賀)의 시 〈고주단(苦晝短)〉에서 따온 문장. '날아가는 시간이여, 이 술을 한 잔 마시게나. 나는 맑은 하늘이 얼마나 높은지, 누런 땅이 얼마나 두터운지 모르네. 오직 달마다 추워지고 날마다 따뜻해지며 사람의 수명이 깎이는 것만 볼 뿐이지. 곰 발바닥을 먹으면 살이 찌고, 개구리를 먹으면 살이 빠지네. 신들은 어디에 있는가. 천제는 정말로 존재하는가. 하늘 동쪽에 정말로 신목이 있다면, 그 아래에는 촛불을 문 용이 있을 터. 나는 용의 다리를 잘라 그 살을 씹을 것이네. 그리하여 신룡이 낮에는 돌아가지 못하고, 밤에도 웅크리지 못하게지. 그러면 자연스레 나이 든 이가 죽지 않고, 아기도 울지 않게 될 걸세. 어찌하여 황금을 먹고 백옥을 삼키나. 누가 임 공자처럼 구름 속에서 푸른 나귀를 타는가. 한무제는 장생불로를 구하였으나 무덤 속에서 천천히 뼈가 썩을 수밖에 없었고, 진시황은 신선 약을 구하였으나 죽어서 관 안에 놓인 절인 생선만 헛되게 하였지.'

괴력난신 소설이에요. 전설을 바탕으로 쓴 거죠. 내지인에게는 낯설어서 재미가 없을 거예요."22

"그럴 리가요. 어떤 내용인지 들려줘요."

"그렇게 말씀하신다면요."

샤오첸은 맨 앞장으로 돌아가 말했다.

"이야기는 이렇게 시작된답니다. 부성의 츠칸러우˚ 옆에 작은 상제묘(上帝廟)가 있었는데, 그곳은 찾는 이가 많지 않았어요. 향불도 드물었죠. 주신인 상제와 보좌하는 신들은 재난이라도 겪은 듯 가난했답니다. 그러다가 7월에 태풍이 오면서 신당이 무너졌고, 어쩔 수 없이 상제가 보좌신에게 자기 통천관(通天冠)을 맡겨서 돈을 빌렸어요. 그걸로 신당을 수리했죠……."

"7월에 태풍이요? 그러면 곧 태풍이 올 수도 있다는 얘긴가요?"

"타이완력˚˚이랍니다. 보통은 양력 8월이지요. 하지만 곧 태풍이 오기는 할 거예요. 아오야마 씨의 거처는 버드나무 강기슭 쪽이니 강물의 거센 물살을 가까이서 보실 수 있겠네요."

나는 "네네" 하면서 고개를 끄덕였고, 샤오첸은 다시 이

---

22 뒤에 언급되는 내용으로 미루어 이 한문 소설은 일제강점기의 유명 작가 쉬빙딩이 1931년부터 1932년까지 《369 소보》에서 연재한 후 단행본으로도 출간한 《소봉신》일 가능성이 크다.

˚   1652년 네덜란드인이 타이난에 프로방시아성을 지으면서 타이난은 행정과 상업 중심지가 되었는데 이 성이 츠칸러우의 전신이다. 300년 넘게 보수, 재건을 거치면서 오늘날과 같은 모습을 갖추게 되었다.

˚˚   음력을 뜻한다.

야기를 읽어주었다.

"상제의 보좌신은 강원수(康元帥)와 조원수(趙元帥)였답니다. 전당 잡은 돈을 들고 있던 두 신은 마침 마조묘 앞을 지나다가 마조 낭랑의 부하인 천리안(千里眼)과 순풍이(順風耳)가 도박하는 모습을 보았지요. 도박에서 이기면 상제의 관을 되찾을 수 있을 텐데, 그러면 좋은 일이잖아! 그러나 상대는 눈 밝은 천리안 장군과 귀 밝은 순풍이 장군이었는걸요. 결국 두 신은 가진 걸 모두 잃고 말았지요.

통천관도 없어지고, 신당을 수리할 돈마저 잃었습니다. 이를 어쩌지. 강원수와 조원수는 감히 사실대로 보고할 수 없었답니다. 그래서 거짓으로 아뢰었지요. 마조묘 앞에서 송곳니가 난 거한에게 돈을 빼앗겼다고요. 이에 분노한 상제는 바로 검을 들고 마조묘로 갔습니다. 그러다 길에서 송곳니를 가진 거한을 보았지요. 그를 밧줄로 결박해 상제묘 마당 앞에 매달고 공개적인 망신도 주었답니다.

아이고, 알고 보니 송곳니가 난 거한은 천리안 장군이 아니라 문창사*에 모셔진 괴성야**였어요……."

웃음이 나는 이야기였다. 나는 샤오첸을 방해하지 않으려고 웃음을 꾹 참았다.

샤오첸도 나를 신경 쓰지 않았다. 그저 어스레한 불빛 아래서 듣기 좋은 목소리로 부드럽게 읽을 뿐이었다.

따뜻한 온천물에 몸을 담근 것처럼 편안했다. 나는 눈을 가늘게 떴다.

* 文昌祠. 학문을 관장하는 도교의 신 문창제군을 모시는 신당.
** 魁星爺. 문창제군을 보좌하는 신으로 과거급제를 관장한다. 외모가 추하고 한쪽 다리가 없으며 손에 붓을 들고 있다.

"나중에는 어떻게 되었나요?"

"괴성야가 이유도 없이 수모를 당하자 문창사의 문신들은 공자에게 정의를 호소했답니다. 공자는 분쟁을 피하고 싶어 했죠. 거친 이와 정면충돌하는 건 옳지 못하다고 말했답니다. 이에 삼천 제자들이 불만을 품게 되었고요. 공자는 어쩔 수 없이 이웃 무묘(武廟)에 있는 관성제군*에게 중재를 부탁했답니다. 의리로 이름을 날리던 관성제군은 역시나 중재에 나섰고, 날쌘 적토마를 타고 상제묘를 향해 날듯이 달려갔지요. 처음에는 순조롭게 대화를 나눴지만, 상제가 괴성야를 천리안으로 잘못 알아보았던 일이 언급되면서 문제가 생겼답니다. 상제가 너무 부끄러운 나머지 화를 내기 시작했거든요……."

덜컹거리는 열차 칸 안에는 여러 소리가 있었다.

사람들의 목소리. 열차 바퀴가 철길을 밟으며 지나는 소리. 열차 엔진이 우르릉거리는 소리. 그 많고 많은 소리 중 오직 샤오첸의 목소리만이 현악기의 줄처럼 청아한 음악을 만들어냈다.

순간 한 줄기 섬광 같은 영감이 내 마음을 파고들었다.

"알겠어요! 샤오첸의 뜻은 전문 통번역에 있어요. 소설 번역가요!"

나는 눈을 번쩍 떴다. 희미한 조명 아래로 샤오첸이 나를 보며 미소 짓고 있었다.

흠잡을 데 없는 노멘과도 같은 얼굴. 그러나 두 눈만은

❖   關聖帝君. 관우가 신격화되어 정의, 의리, 무예, 상업을 수호하는 도교의 신이 되었다.

전에 없던 빛으로 반짝이고 있었다.

❖ ❖ ❖

황마의 어린잎을 넣고 끓인 탕.

처음 무아인텅 이야기를 들었을 때는 황마의 어린잎을 따서 물에 넣고 끓이면 되는 줄 알았다. 그런데 실제로는 훨씬 더 번거로웠다.

곧고 기다란 황마 줄기에서 아직 여린 윗부분을 꺾어냈다. 잘 모르는 이들은 손가락으로 직접 만져봐도 적당히 부드러운 잎인지를 구분해낼 수 없지만, 무아인텅 조리에 능숙한 이들은 힐긋 보기만 해도 쉽게 알 수 있었다.

잎이 정말로 작고 여린 건 소수였고, 대다수는 잎맥이 도드라졌다. 이 어린잎의 가운데 잎맥을 도려내서 반으로 나누면 아래위가 늘어난 반달 모양의 조각이 되었다. 그렇게 손질을 끝내면 황마의 어린줄기 네 근이 4분의 1도 남지 않았다.

대나무로 만든 채반과 맑은 물을 준비했다면 이제 본격적으로 실력이 드러나는 시간이었다.

잎을 채반 안에서 적당한 힘으로 비비며 잘게 부쉈다. 수시로 맑은 물을 부어주는 건 쓴맛을 씻어내기 위해서였다. 이 과정은 아주 오래 진행되었다. 쓴맛을 제거하면서도 황마 어린잎의 맛과 영양을 남겨야 하니까. 옷을 빨듯 힘만 줘서 되는 일도 아니었다. 무작정 힘을 썼다가는 여린 잎이 조각조각 물에 씻겨 나가 잎맥 가지만 남게 되었다.

이렇게 20분 정도 문질러야 하는데, 20분이라는 건 당연히 숙련자를 기준으로 한 시간이었다. 나처럼 서투른 사람은 한 시간도 걸릴 수 있었다. 채반 바닥에 있는 여린 잎들이 모에기이로색[23]을 띠며 뭉쳐질 때이면 거사는 끝난 셈이었다. 처음에 문지르기 시작했을 때보다 양도 더 줄어 있었다. 하지만 이쯤이면 끓일 수 있었다.

큰 냄비에 물을 부어 끓이고, 고구마 조각을 취향에 맞게 적당히 넣었다. 센불에 팔팔 끓이면서 고구마를 익힌 뒤 어린잎 덩어리를 손으로 풀어서 냄비 안에 넣었다. 초록빛 덩어리가 냄비 안에서 흩어지면 센불로 계속 끓여야 했다. 또 같은 방향으로 원을 그리듯 저어줘야 했고, 흰 거품이 뜨면 걷어내야 했다. 그러면 사람의 정신을 맑게 해주는 독특한 마이 향이 점점 더 짙어졌다. 이때 작은 생선이나 약간의 소금을 넣기도 했다.

참, 이 과정을 진행하면서 잠시 틈을 내 쌀을 씻고 밥도 지어야 했다.

쌀이 다 익으면 윗부분에 걸쭉한 쌀뜨물이 생겨나기 마

---

23 일본 전통색 중 하나로 짙은 녹색에 어두운 남색이 감도는 색이다.

련인데 밥맛이 조금 떨어지더라도 쌀뜨물을 몇 국자 덜어 내야 했다. 떠낸 쌀뜨물을 무아인팅 안에 넣어주면 식감이 더 좋아지고, 맛도 달아졌다. 그래서 처음에 밥을 지을 때 아예 물을 넉넉히 넣는 게 좋았다.

"가난한 사람이나 먹는 음식이라지만, 무아인팅의 번잡한 조리 과정은 연회 요리에 버금가는데요!"

주방 안에 있던 나는 참지 못하고 큰 소리로 감탄했다. 바닥에 주저앉은 뒤 주방 도마 쪽으로 두 다리를 뻗었고, 시원한 섬돌 위에 발을 얹었다.

샤오첸은 말없이 미소만 지었다. 시원한 우물물에 적신 수건을 건네주기도 했다. 수건이 내 얼굴에 닿는 순간, 나는 진심으로 구원받은 듯한 기분이었다.

무아인팅은 여름 음식이었다. 타이완 7월의 무더운 여름. 재료를 손질하고, 비벼서 부수고, 밥을 짓고, 탕을 끓이는 데에 두 시간이 넘게 걸렸다. 양손의 손톱 틈이 검푸르게 물들었고, 센불로 탕을 끓일 때는 땀이 비 오듯 쏟아졌다.

황마의 어린잎을 청록색 무아인팅으로 바꾸는 건 심혈을 기울이는 작업이었다.

샤오첸은 냄비 안을 유심히 살펴보았다.

"5분만 더 끓이면 되겠네요. 무아인팅은 더위 해소에 좋답니다. 어떤 이들은 식혀서 차갑게 먹기도 하지요. 아오야마 씨, 따뜻한 국물을 먼저 맛보시는 건 어때요. 그러면 두 가지 맛을 다 즐겨볼 수 있답니다."

"우와, 무아인팅을 발명한 이는 미식가였던 게 분명해요!"

내 말에 샤오첸이 웃었다.

"무아인팅을 맛본 내지인은 제가 알고 있는 분 중에 아오야마 씨가 유일하답니다. 무아인팅은 맛이 매우 쓰지요. 미식일 거라고 기대하지 않으시는 게 좋답니다."

샤오첸이 이렇게 말하면서 찬장에서 대접을 꺼냈다. 나는 자리에서 벌떡 일어나 바로 거들었다.

우리는 커다란 대접 두 개에 밥을 수북이 퍼 담았고, 무아인팅을 부어서 오차즈케❋처럼 만들었다.

그렇다. 커다란 대접 두 개였다. 내 거랑 샤오첸 거.

황마 잎을 골라내고 있을 때 나는 샤오첸에게 약혼자와 맞선을 보면서 함께 식사했던 일을 물었다.

"식사는 둘이서 했던 거죠?"

"그렇답니다."

"그것 참 이상하네요, 샤오첸."

"아오야마 씨, 그게 무슨 뜻일까요?"

"약혼자랑은 같은 식탁에 앉아서 밥을 먹은 거잖아요. 어째서 저와는 같은 식탁에서 먹지 않는 거죠?"

솔직히 말해서 나도 알고 있었다. 내가 억지를 부리고 있다는 걸. 그러나 샤오첸은 내 말에 반박하지 않았다.

"이런, 눈치채셨네요."

❋ 찻물에 밥을 말아 먹는 일본 요리.

"그렇다면, 역시나 일부러 그랬다는 거군요! 대체 왜요?"

"그건요……."

"샤오첸. 저는 진실이 듣고 싶어요!"

그러자 샤오첸이 황마 잎을 골라내던 손을 멈췄다.

"아오야마 씨가 콕 집어서 물어보시는 게 아니라면, 제가 먼저 이야기하지는 않을 생각이었어요. 처음부터 그럴 작정이었는걸요. 하지만 이렇게 물어보시니 저도 사실대로 답할게요."

그래서 답이 뭐였냐고?

"아오야마 씨가 어떻게 생각하시든 사람들은 혼토진이자 통역을 맡은 제가 비서 업무를 수행하길 기대한답니다. 이런 관점에서 보았을 때 본섬 출신 통역사는 내지 작가의 전속 직원인 셈이지요. 겸상이 적절하지 않답니다."

샤오첸의 표정은 진지했다. 나는 그렇지 않다고 부정하고 싶은 마음을 억누르며 샤오첸이 말을 마치길 기다렸다.

"제가 아오야마 씨와 같은 식탁에 앉아서 밥을 먹지 않는 이유는 아랫사람으로서 아오야마 씨를 모시고 싶지는 않아서랍니다. 함께 식사하려면 반드시 평등한 관계여야 하니까요. 약혼자와는 함께 먹을 수 있지요. 다른 사람들과 같이 있을 때도 함께 먹을 수 있습니다. 그러나 아오야마 씨와 단둘이 있을 때는 함께 식사를 할 수가 없었어요."

나는 참았던 숨을 느릿하게 내뱉었다.

"아오야마 '선생님'과는 물론 안 되겠지요. 하지만 아오야마 치즈코라는 사람과는요?"

샤오첸은 웃었다.

"가능하지요. 그러니 지금은 아오야마 씨와 단둘이 밥을 먹는 거랍니다."

그래서 우리는 두 대접 가득 무아인텅에 밥을 말았다. 오늘의 점심 식사였다.

반찬은 전날 루강에서 산 특산물이었다. 밤사이 냉장고에 보관한 각종 완자. 이미 익힌 거라서 찜기에 넣고 데우기만 하면 되었다. 또 다른 반찬은 오늘 아침 샤오첸이 황마와 함께 가져온 조개 젓갈과 무절임이었고.

집에 있는 장지문을 모두 열었다. 바람이 통하면서 식당 안이 한결 더 밝고 상쾌해졌다.

냄비와 큼직한 대접, 커다란 접시 그리고 수저가 서양식 식탁에 차려졌다. 세 근이나 되는 각양각색의 완자가 절반씩 나뉘어 접시 두 개에 놓였다. 한 사람당 하나씩이었다. 커다란 대접 안에는 쌀밥이 작은 언덕을, 초록 바다가 만조를 이루고 있었으며 고구마와 작은 생선이 곳곳에 흩어져 있었다.

"샤오첸, 다 먹을 수 있겠어요?"

"아오야마 씨야말로요. 탕을 한 숟가락도 맛보지 않으셨잖아요. 입맛에 맞을지 정말 걱정이네요."

흥!

나는 즉시 숟가락을 들고 국물을 떠서 입안에 넣었다.

이, 이걸 무슨 맛이라고 해야 하지? 입안에 침이 가득 고여 흘러넘칠 지경이었다.

한 모금 뒤에 다시 한 모금 먹어보았다. 다시 한 모금. 또 한 모금.

"너무 무리하실 건 없어요." 샤오첸이 말했다.

마지막은 고구마 한 조각으로 마무리했다. 나는 큰 대접을 두 손으로 들어서 남은 국물을 모조리 들이켠 다음 한숨을 길게 내쉬었다.

"쓴맛 안에 단맛이 여운처럼 남네요. 찻물처럼요. 이 정도 양으로는 무아인팅의 진정한 맛을 느꼈다고 할 수 없겠는데요. 문제없어요. 몇 그릇은 더 먹을 수 있어요!"

"아오야마 씨에게 질 수는 없겠죠." 샤오첸이 나지막이 말했다.

"이게 바로 '나에게 모과를 주었으니 패옥으로 보답한다'*는 거네요."

접시에 놓은 완자는 고기 완자 네 종류와 토란 완자 한 종류였다. 첫 번째 고기 완자는 감자 전분과 고구마 전분 반죽 속에 돼지고기 소가 들어 있는데, 익으면 겉면이 조금 투명해졌다. 두 번째 고기 완자는 돼지고기와 전분을 섞은 반죽을 얇게 두드려서 피를 만들고 그 피로 소를 감싼 거였다. 세 번째 고기 완자는 양념에 재운 돼지고기를 손으로 빚은 것이고, 네 번째 고기 완자는 아삭한 과실 조각과 돼

❖ ──── 《시경》〈위풍〉편에 나오는 구절이다.

지고기를 함께 빚은 거였다. 어린아이 주먹만 한 토란 완자는 굵은 실처럼 썬 토란을 전분 반죽과 잘 섞어서 그 안에 재운 돼지고기 덩어리를 넣고 찐 거였다. 우리는 토란 완자를 반으로 잘라서 먹었다.[24]

샤오첸의 젓가락이 큰 접시로 향했다. 첫 번째 완자부터 시작해 투명한 완자, 고기 피 완자, 양념에 재운 완자, 아삭한 완자, 토란 완자 순서로 먹었다. 그런 뒤에는 같은 순서로 한 번 더 먹었다. 다시 같은 순서로 세 번째로 먹고는, 탕을 마시고 무절임을 먹었다. 그런 뒤 같은 순서로 네 번째, 다섯 번째, 여섯 번째…….

나는 눈을 휘둥그레 뜨며 입을 떡 벌렸다. 우아함과 속도를 겸비한 모습이었다. 샤오첸은 커다란 접시 안에 담긴 완자를 남김없이 먹어 치웠다.

이렇게 많이 먹다니. 완전 요괴잖아.

솔직히 말하면 나조차도 의심스러웠다. 나의 또 다른 요괴 짝을 과연 찾을 수 있을지.

"샤오첸! 이건 운명적 만남이에요!"

나는 벌떡 일어나 큰 소리로 거침없이 내뱉었다.

"우리 함께 타이완을 구석구석 돌면서 미식을 즐겨요!"

샤오첸은 좀 놀란 듯했지만, 곧 웃으면서 고개를 끄덕

---

24 묘사로 미루어보면, 차례로 오늘날 루강의 특산물인 수이징자오(水晶餃), 벤스옌(扁食燕), 정완(蒸丸), 수이완(水丸), 위완(芋丸)이다.

였다.

햇빛이 작은 가옥을 가득 채웠다.

아, 남국이여, 섬이여, 타이완이여!

내지인의 고급 음식
사시미

　뼈 주사위의 육면체 모양은 본섬에서든 내지에서는 별 차이가 없었다.
　간단하게 놀 때는 주사위 세 개를 쓰는데 여섯 면에는 점이 하나부터 여섯 개까지 찍혀 있었다. 커다란 그릇 안에 주사위를 던지면 가장 낮은 점수는 3점이고 가장 높은 점수는 18점이었다. 선을 잡은 이와 그렇지 않은 이가 주사위를 던져서 점수를 겨루는 방식이었다. 주사위와 그릇만 있으면 언제 어디서든 할 수 있기에 본섬에서는 이 노름이 유행이라고 했다.
　나는 커다란 그릇을 식탁에 내려놓았다.
　그렇다. 우리가 여름 내내 썼던 무아인팅 전용 그릇이었다. 커다란 그릇이 놓인 식탁 건너편에는 샤오첸이 마주 앉아 있었고.

"자, 시작합시다!"

기세를 북돋기 위해 나는 팔을 크게 돌렸다. 샤오첸은 내 허장성세를 묵묵히 지켜보았다. 입꼬리에는 미소가 걸려 있었다.

샤오첸이 선이었다. 주사위를 던져 더 높은 점수가 나오는 이가 이기는 거였다. 그러나 이 판은 돈을 걸고 하는 게 아니었다. 샤오첸이 가와바타초에 있는 버드나무 작은 가옥으로 이사를 올 것인가를 두고 하는 내기였다.

이 상황을 어떻게 설명해야 할까?

타이중을 생활의 거점으로 삼은 뒤, 버드나무가 자란 강가의 작은 집으로 이사를 온 지도 벌써 두 달이 되었다. 그 동안 샤오첸은 주기적으로 내 집을 방문했다.

무더운 여름날, 처마 아래 그림자는 짙고 깊었다. 샤오첸의 얼굴이 늘 햇볕에 그을려서 빨갛다는 건 나도 눈치채고 있었지만, 무심코 물어보고 나서야 샤오첸이 걸어서 출퇴근한다는 사실을 알게 되었다.

"시내버스가 있는데 왜 걸어서 다니는 거죠?"

샤오첸은 그래야 오는 길에 물건을 살 수 있다고 했다.

그렇다면 샤오첸을 고생하게 만든 이는 바로 나였다. 수시로 이게 먹고 싶다, 저게 먹고 싶다고 말하던 나.

지도를 꺼내 위치를 확인하니 딩차오쯔터우에 있는 왕씨네 집은 타이중 시가지의 동남쪽 끝에 있는 아케보노초에서도 남부에 있었다. 제2중학교도 거기에 있다고 한다.

내가 있는 가와바타초는 타이중 시가지의 북서쪽 끝에 있었다.

왕 씨네 집에서 버드나무 강가의 작은 집까지 오려면 타이중 시가지를 관통해 각 구역을 나누는 다이쇼 다리길을 경유하면서 타이중 시내 전체를 걸어야 했다. 그 거리가 대략 20정[25] 정도였다.

화산 용암과도 같은 남국의 맹렬한 태양을 머리에 이고, 보따리까지 짊어진 채 20정이나 걸었다고? 아니지, 식탐 많은 먹보가 요구한 간식과 식재료를 사려면 우회해야 하니 20정이 넘는 거리를 짐을 지고 걸었을 게 분명했다!

체력이 강하다고 자부해온 나였다. 그런 나도 이 심부름은 수도승이나 할 법한 고행이라고 느껴졌다.

그러니까 샤오첸의 대답을 듣자마자 바로 이런 제안을 하는 게 이치에도 맞지 않나?

"샤오첸, 아예 여기서 살아요!"

나는 우렁찬 목소리로 이렇게 선언했다.

하지만 샤오첸은 호쾌하게 승낙하지 않았다.

"곱게 자란 여학생에게도 이 정도 거리를 걷는 건 평범한 일이랍니다."

완곡하게 거절한 샤오첸과 나는 다다미방 안 탁자 앞에

---

25 1정(町)은 약 109미터이고, 20정은 약 2킬로미터이다.

서 대치했다.

"왜 여기 살기 싫은 건데요?"

"그렇다면 제가 꼭 여기 살아야 하는 이유는 뭘까요?"

"질문에 질문으로 답하지 말아요. 그렇게 되면 질문의 늪에 빠질 뿐이라고요!"

"확실히 그렇겠네요." 샤오첸은 고개를 끄덕이며 말을 이었다.

"이곳에서 머물라고 먼저 제안하셨으니까 왜 꼭 그래야 하는지, 그 이유를 먼저 답해주실 수 있겠지요?"

"그렇게 하는 게 더 편하잖아요. 출퇴근의 번거로움을 덜어줄 수 있고, 가족을 상대해야 할 필요도 없고요. 참, 샤오첸은 독서를 좋아하죠? 한문 서적을 전문적으로 파는 서점이 이 근처에 있지 않나요? 그러면 서점에도 자주 갈 수 있잖아요. 그리고 또, 함께 시장에 갈 수도 있죠. 샤오첸은 무슨 음식을 좋아하나요? 누구도 신경 쓰지 말고 우리 마음껏 장을 봐요. 원한다면 언제든지 식당에 가서 당당하게 미식을 즐길 수도 있어요!"[26]

"네, 깊은 호의에는 정말 감사드려요. 아오야마 씨의 제안에는 분명히 장점이 있습니다. 하지만 그게 반드시 여기

---

[26] 아오야마 치즈코가 여기서 언급한 서점은 당시 다카라초에 있던 중앙서국일 것이다. 중앙서국은 1927년도에 세워졌으며 일제강점기 타이완에서 한문 서적을 가장 많이 구비한 서점이었다.

서 머물러야만 하는 이유가 될 수는 없는걸요."

"화, 확실히 그렇네요."

그러나 함께 사는 걸 생각한 이상, 도저히 포기할 수가 없었다.

샤오첸이 여기서 살면 틀림없이 재미있을 텐데요!

하지만 제멋대로 사는 나조차 이렇게 막무가내로 나올 수는 없었다. 도저히 이 말을 소리 내서 뱉을 수가 없었다.

나는 다다미에 드러누웠다.

"아오야마 씨, 치마가 구겨지겠어요."

"지금의 저로서는 더 좋은 이유를 댈 수가 없는걸요. 하지만 이대로 물러서고 싶지는 않아요."

"그렇군요."

샤오첸은 잠시 침묵하다가 "그러면 내기할까요?"라고 의견을 냈다.

그래서 우리는 바로 밖으로 나가서 주사위를 사 왔다. 중간에 건장한 사내가 엿을 길게 늘이는 모습을 구경하기도 했고, 겸사겸사 엿도 한 묶음 샀다. 뭐, 이런 자잘한 이야기는 차치하도록 하자.

그리고 바로 지금, 작은 집의 식탁에는 커다란 그릇이 놓였다. 나와 샤오첸은 그릇을 사이에 두고 마주 보았다. 샤오첸이 선이었기에 내가 나중에 던져야 했다.

"샤오첸에게 먼저 이 말을 하고 싶어요. 나는 늘 운이 좋았어요!"

"참 공교롭네요. 저도 그렇답니다."

말을 마친 샤오첸이 주사위 세 개를 집어 그릇 안으로 던졌다. 주사위가 달그락달그락 소리를 내며 구르더니 하나씩 멈췄다. 주사위 세 개 모두 6이 나왔다.

나도 모르게 소리를 질렀다.

"이럴 수가, 18점이라니!"

샤오첸이 미소를 지었다. 보조개가 뺨에서 모습을 드러냈다.

"아오야마 씨, 제 운이 정말로 좋지요."

"이건, 이거……."

내지에서 주사위 도박을 할 때 쓰는 부정한 수법이 있다. 주사위 한 면에 금가루를 주입해서 다른 면보다 더 무겁게 만들어 주사위의 점수를 조작하는 방법이었다.

하지만 길에서 대충 산 주사위로는 점수를 조작할 수 없는데?

나는 냉큼 주사위를 던졌다. 그리고 아주 신속하게 이 주사위에는 아무런 문제가 없다는 사실이 증명되었다.

3, 4, 5. 합쳐서 12점이었다.

이 정도면 운이 좋다고 우겨볼 수 있을 것이다. 그러나 18점이라는 점수는 도저히 넘을 수 없는 장벽이었다. 완전한 참패였다.

"……그러면 걸어서 이동하는 대신 자전거를 탈 수는 있겠죠? 모르면 제가 가르쳐줄게요!"

"아오야마 씨, 이 문제도 주사위를 던져서 결정하는 게 어떠세요?"

"좋아요! 이번에는 제가 먼저 던질래요!"

그 결과.

나는 9점.

샤오첸은 12점.

으아아아아, 어찌 할 수가 없네. 마지못해 일을 하러 책상으로 갔다.

❀ ❀ ❀

버드나무 강가의 작은 집, 나는 서양식 책상에서 차분하게 《타이완 여행기》를 집필했다.

펜을 쥐게 만드는 동력은 제국의 정책이 아니었다. 고료도 아니었다.

흥미로운 소식을 접하거나 어떤 영감이 떠오를 때면 곧장 필통에서 펜을 꺼내 글을 썼다. 노트가 없으면 달력이나 포장지를 찢었고, 그것마저도 없으면 헌 신문지를 쪽지 삼아 글을 썼다. 이렇게 적은 글을 마구 쌓아둔 탓에 각양각색 노트와 쪽지가 층층이 얹히며 산이 되고 말았다. 더는 책상 위와 서랍 안에서 여유 공간이 보이지 않자, 할 수 없이 밖으로 뻗어나갔다. 책장, 창턱, 바닥……. 다다미 넉 장 크기의 서재 이곳저곳이 책 더미와 종잇조각으로 가득 차

버렸다.

이렇게 산만하게 지내다 보니 나중에는 아무리 찾아도 필기를 찾지 못하는 경우가 생겼다. 심지어는 마른 밥풀에 붙어버린 종이를 떼다가 종이가 찢어져 아예 필기 자체를 잃기도 했다.

그러나 이렇게 너저분한 게으름뱅이로만 지내는 건 아니었다. 주기적으로 노트와 종이를 정돈했으니까. 연필로 대충 적어놓았던 종이는 잘 정리한 뒤에 만년필로 양장 노트에 옮겨 적었다. 그렇게 연필로 쓴 종이를 정리하다 보면 영감이 떠오르기도 했는데, 이를 원고지에 휘갈기듯 써내서 짧은 글을 완성하기도 했다. 짧은 글은 타이베이에 있는 다이니치신보사로 보냈고, 긴 글은 코론 잡지사로 보냈다.[27]

작은 집으로 이사 온 뒤, 나는 한 달에 원고를 여섯 편씩 썼다. 대부분은 이렇게 정리하는 날에 쓴 거였다. 글이 잘 풀리면 하루에 두 편도 쓸 수 있었다.

이런 날이면 한 번에 끝낼 수 있도록 점심 먹고 바로 작업을 시작했다. 일정은 대략 이렇게 나눌 수 있었다. 전반부에는 분류, 정리, 필사를 했고, 저녁 식사는 네코맘마[28] 혹은 포

---

[27] 다이니치신보사는 《타이완 일일신보》를 발행하는 곳이며, 코론 잡지사는 잡지 《타이완 공론》을 발행하던 곳이다.

[28] 간편한 일본 가정식 중의 하나. 된장국에 밥을 말아 먹거나 가쓰오부시를 뿌린 밥에 간장을 끼얹어 먹는다.

장한 스시나 소바로 간단히 먹었으며 후반부에는 필사, 구상, 집필을 했다. 집필은 밤늦게까지 이어졌다.

원고를 다 쓰고 펜을 내려놓으면 나는 텅텅 빈 배로 뱃고동 소리도 낼 수 있었다. 눈 앞에서 별이 빙글빙글 돌았다. 운이 좋으면 죽을 파는 노점상의 피리 소리를 들을 수도 있었다. 여름밤, 넓은 논밭에서 불어오는 서늘한 바람을 맞으면서 따뜻한 죽 한 그릇을 배불리 먹고 나면 부른 배를 안고 잠들 수 있었지만, 운이 나쁠 때는 주방에 남은 흰 식빵이나 먹어야 했다. 운이 나쁠 때가 다수였는데도 불구하고 나는 이 생활 습관을 고치지 않았다.

샤오첸은 내게 이런 노동 악습이 있다는 걸 금세 알아차렸다.

서재와 식당은 서로 연결되어 있는데 통풍과 채광을 고려한 나는 두 공간을 장지문으로 나누지 않았다. 종이쪽지가 식탁 위까지 쌓이면 샤오첸은 말없이 쪽지들을 쓸어 모아 서재 안 종이 더미에 올려놓았다. 식빵만 들어 있던 찬장 안에는 슬그머니 양갱과 단팥빵을 더해주기도 했다.

그러나 장화와 루강 여행에서 돌아온 뒤로 샤오첸은 항아리와 배달용 도시락통을 몇 개 가져왔다. 배가 불룩하고 입이 좁은 항아리 안에는 잃어버리기 십상이던 얇고 가벼운 쪽지들을 넣고, 배달용 도시락통 안에는 작은 수첩들을 넣어 언제든 꺼낼 수 있었다. 물론 그 뒤로도 몇몇 필기를 잃어버리긴 했지만, 원고를 정리하는 시간만큼은 확연히 줄었다.

저녁 식사도 나아졌다. 내가 책상 앞에 앉은 날이면 샤오 첸도 늦은 밤까지 머물렀다.

필기를 정리하다가 면이 먹고 싶다고 외치면, 샤오첸이 저녁 식사 시간에 맞춰 바지락 달걀 국수와 으깬 참마 국수를 내주었다. 성경에는 하느님께서 빛이 있으라 하시자 빛이 생겨났다는 말이 있다. 내가 볶음 쌀국수, 당면탕, 삶은 국수, 날달걀 우동 비빔면을 먹겠다고 하면, 샤오첸은 식탁을 바로 빛나게 만들었다.

한번은 가타오카 이와오 선생님이 책에서 언급했던 룬빙쥐안[29]을 먹고 싶다고 했더니 샤오첸이 일찌감치 찾아와 재료를 준비해줬다.

시장에서 갓 볶아 만든 땅콩 가루와 위쑹,* 먹기 전에 손으로 잘게 부수는 검푸른 김 그리고 본섬에서 만든 쏸차이**와 파오차이.*** 숙주와 부추, 양배추, 마죽순, 죽순, 땅콩을 데쳤다. 썰어야 하는 재료는 굵게 채를 썰고, 콩류는 껍질을 벗기고, 민물새우는 내장을 제거해 데친 뒤 껍질을 깠다. 건두부와 소시지, 돼지고기는 알맞은 화력으로 구워서 얇게 썰어놓고, 당근과 우엉은 채 썰어 간장과 설탕을 넣고 달게

---

29 원주: 가타오카 이와오가 다이쇼 9년(1920년)에 저술한 《타이완 풍속지》 중 〈타이완인의 식물〉편에 수록된 '룬빙피' 절은 룬빙피를 쇠솥으로 굽는 법을 설명했다. 룬빙피에 숙주와 땅콩 가루, 무짠지, 돼지고기, 달걀 고명, 해초류 등을 말아서 먹는데, 이 음식이 바로 룬빙쥐안이다.

*　　　　　　　魚鬆. 생선을 삶아서 잘게 으깬 뒤 설탕, 간장, 기름 등을 넣고 볶아서 건조한 후, 가루 형태로 만든 식품이다. 밥이나 죽, 떡 등에 고명으로 올려서 먹는다.

***　　　　　　酸菜. 겨잣잎, 배추, 무 등의 채소를 소금에 절여서 만든 절임 음식. 신맛이 특징이다.

조렸다. 조리할 필요가 없는 오이, 샐러리, 파 흰 부분, 마늘종, 고수는 깨끗이 씻어서 썰어놓았다.

나는 결국 참지 못하고 훔쳐보았다.

"저는 달걀을 좋아해요. 달걀을 넣어도 될까요? 계란말이도 괜찮고, 가늘게 썬 것도 괜찮아요."

샤오첸은 알겠다고 답하더니 주방에 기름을 두른 팬을 올렸다. 달걀에 소금을 넣고 풀어서 달걀물을 만들었고, 그걸 구멍이 뚫린 거름 국자를 사용해서 뜨겁게 달궈진 기름 팬 안에 부었다. 달걀 꽃이 기름 표면에 떠오르자 긴 젓가락으로 휘휘 저어서는 빠르게 퍼뜨리며 흩어냈다. 달걀이 거품처럼 작은 조각이 되었다. 곧이어 색이 짙어지자 즉시 팬에서 꺼내 기름기를 뺐다.

나는 절로 즐거워졌다.

"이건 계란판 덴푸라네요!"

"이건 '단쑤'30라고 한답니다. 타이완 전통 음식에서 중요한 재료예요. 주인공이 될 수는 없지만, 여러 음식에 절대 빠지지 않는 조연이거든요."

"사치스러우면서도 화려한 요리 기법이네요!"

"아오야마 씨, 룬빙쥐안이 얼마나 사치스러운 요리인지

---

30 아오야마 치즈코가 가타오카 이와오의 기록을 인용하며 룬빙쥐안에 주석을 달았는데, 그 주석 속 '달걀 고명'이 사실 단쑤(蛋酥), 즉 기름에 튀겨 만든 달걀 조각이다. 그러나 저자는 이 두 가지가 같다는 걸 알아차리지 못한 듯하다.

✤✤✤ ─── 泡菜. '황진 파오차이(黃金泡菜)'라고도 하며 배추나 양배추를 소금에 절여서 만드는데, 한국의 김치와 다르게 참깨 소스가 필수적으로 들어간다.

이제야 아셨나요?"

나는 하하 웃었다.

그날 저녁 우리는 식탁에 마주 앉아 각자 좋아하는 재료를 마음껏 넣었다. 그렇게 룬빙피 한 근 반을 남김없이 먹어 치웠다.

문득 기발한 생각이 들었다.

"숭어알을 싸 먹을 수도 있겠는데요!"

샤오첸은 완벽하게 아름다운 노멘을 쓴 채로 웃으며 말했다.

"아예 금박으로 싸서 드시지 않고요?"

"금박은 맛이 없잖아요!"

"……."

샤오첸이 저녁 식사를 차려주게 된 뒤로 8월에는 책상 앞에 앉아서 원고를 쓰는 날이 늘어났다.

"아오야마 선생님."

샤오첸이 룬빙쥐안을 말았던 날이었다. 다카다 가문에서 일하는 사에 아주머니가 청소하러 왔다가 샤오첸이 자리를 비운 틈을 타 감탄하듯 말했다.

"왕 소저는 참 열심히도 일하네요. 대체 비서예요, 통역이에요? 돈을 두 사람 몫으로 받아야겠어요."

아, 눈을 가리고 있던 조개껍질[31]이 툭 하고 떨어졌다. 정말 정곡이 찔렸다.

나는 곧장 샤오첸을 고급 일식당으로 데려가 식사를 대

접했다. 사시미, 니기리즈시, 마키즈시, 자완무시, 유도후를 하나씩 다 시켰다. 다른 것보다 얇게 썬 사시미를 먼저 가져다 달라고 부탁했다.

사시미를 입에 넣고 오물오물 씹는 샤오첸을 보며 나는 들뜬 목소리로 재촉하듯 물었다. 맛이 어떠냐고.

"맛있냐고 물어보신다면…… 차라리 이렇게 말씀드리는 게 낫겠네요. 본섬 사람은 사시미의 참맛을 잘 느끼지 못한답니다. 아오야마 씨가 제게 이렇게 비싼 요리를 맛보게 해주시는 건 실로 그 값을 제대로 못 하는 걸 수도 있어요."

"아뇨. 본섬 사람이 사시미의 참맛을 느낄 방법이 없는 게 아니에요. 지금이 여름이라서 그런 거예요! 사시미가 가장 맛있을 때는 겨울과 봄이거든요. 음, 이걸 어떻게 설명하지……. 아, 규슈와 야마구치가 맞닿은 시모노세키 지역에 복어 사시미가 있는데요. 그 맛이 진짜예요. 누구든 입에 넣는 순간 바로 그 맛을 알게 될걸요! 나중에 기회가 된다면 꼭 규슈 여행을 해보세요."

샤오첸은 고개를 옆으로 기울이더니 무언가를 생각했다.

"다음 강연지는 자이인데요. 근처에 있는 부다이 항구는 해산물이 상당히 유명하답니다. 같은 생식 요리이니 자이

---

31 일본에는 '눈에서 비늘이 떨어지다'라는 속담이 있다. 무언가를 크게 깨닫는다는 뜻이다. 작가가 그 깨달음의 강도를 강조하기 위해 '비늘'을 '조개껍질'로 변형했을 가능성이 있다.

✤ 순서대로 회, 쥠초밥, 김초밥, 계란찜, 두부.

에서 본섬 사람들의 입맛을 느껴보는 건 어떠세요?"

나는 바로 좋다고 말했다.

"아, 혹시 키암라아인가요?"

내 질문에 샤오첸의 뺨에 보조개가 더해졌다.

"비슷하다면 비슷하다고 할 수 있을 것 같네요. 하지만 키암라아는 아니랍니다. 이건 '쾨'*예요."

"쾨라고요?"

그때 나는 그 발음을 진지하게 물으면서 기록을 남겼다. 그리고 책상에서 이번 달의 필기를 다섯 번째 정리했을 때, 나는 '쾨'에 관한 쪽지를 발견했다.

생선, 새우 같은 해산물을 소금, 설탕, 식초 등 대량의 조미료와 함께 큰 항아리 안에 넣는다. 그렇게 절였다가 햇볕에 한 달 이상 말려서 숙성한 음식이다.

이때가 8월 셋째 주 토요일이었다. 우리는 다음 주 토요일에 자이로 갈 예정이었다.

필기한 공책을 넘기자, 바닷물 냄새가 종이를 뚫고 얼굴까지 다가왔다. 나는 군침을 삼켰다.

"샤오첸, 오늘 저녁밥으로 생선과 미역을 잔뜩 넣은 미소된장국이 먹고 싶어요!"

---

* 膎. 타이완어로 소금에 절인 생선, 새우, 육류 등을 가리킨다. 젓갈과 비슷한 음식이다.

❖ ❖ ❖

솔직히 말해서 나는 자이에 대해 잘 모른다. 아마 내지인 대다수가 이러할 것이다.

관광 여행 일정 중 가장 인기가 많은 곳은 자이 신사나 자이 공원이 아니라 단연코 아리산이었다. 그리고 이 명소에는 자이부터 아리산까지 이어진, 숲을 지나는 몽환적인 철도 여행도 포함되어 있었다.

자이역에서 출발해 아리산역으로 이어지는 이 삼림 철도 노선의 창밖 풍경은 멀리까지 알려져 있었다. 아리산 역은 해발 이천 미터가 넘는 산꼭대기에 있었으니까!

짙은 안개가 자욱하게 낀 숲을 상상해보자. 기차 한 대가 안개를 헤치며 나오더니 길고 긴 기적 소리를 낸다. 심금을 울리는 듯한 소리다. 기차의 바퀴는 철로를 단단히 물고, 반드시 올라가고 말겠다는 강철 같은 의지로 조금씩 높은 산에 오른다. 사람을 매료시키는 장면이다.

안개가 흩어지는 순간, 고개를 돌려 창밖을 내다보았다. 하늘 끝 구름과 안개 사이로 높고도 곧게 뻗은 신목(神木)이 줄지어 철로를 감싸고 있었다. 압도적인 기세.

꽃 피는 계절이면, 벚꽃이 양옆에 가득하다.

타이완 산벚꽃.

치시마 벚꽃.

요시노 벚꽃.

후지 벚꽃.

겹벚꽃마저 지면 여름이 된다.

이게 바로 '옛 나라의 겹벚꽃이 오늘날의 구중궁궐에서 만개하는구나'일까.32

지금은 꽃의 계절이 끝난 8월이었고, 열차 칸은 덜컹덜컹 소리를 내며 흔들렸다. 샤오첸이 듣기 좋은 목소리로 설명을 해줬다. 나는 그 소리를 들으면서 술을 마신 듯 취해 있었다. 높은 산 위에 피어 있을 벚꽃을 생각했다.

짙은 붉은색과 옅은 붉은색. 분홍색과 분홍빛이 도는 흰색. 흰색에 붉은빛이 깃들어 있고 붉은색 안에 흰빛이 드러난다.

옛 나라의 겹벚꽃이 오늘날의 아리산에서 만개하는구나…….

"갑자기 참돔 사시미가 먹고 싶어졌어요!"33

"방금 도시락을 두 개나 드셨잖아요."

"아니, 애국 도시락이라는 거 말이에요. 주먹밥이랑 매실장아찌만 있잖아요. 그런 걸 철도 도시락이라고 할 수 있겠어요? 얼마 전까지만 해도 푸짐한 도시락을 먹을 수 있었

---

32 일본의 와카집 《오구라하쿠닌잇슈》 중 61번째 노래에서 인용한 것이다. 벚꽃이 먼 고향에서 옮겨 심어졌는데도 여전히 만개한 걸 보고 감탄하는 내용이다.

33 참돔 사시미의 색감은 벚꽃과 비슷하다. 이 때문에 참돔 생각이 난 듯하다.

는데! 플랫폼에서 쌀국수 볶음을 팔던 사람들은 다 어디로 간 거죠? 그래서 전쟁이라는 게…… 됐어요. 이런 일로 푸념해봤자 내 속만 뒤집어지겠죠."34

오전 11시 기차는 타이중에서 출발해 바로 자이역으로 향했다. 오후 2시는 되어야 역에 도착할 터였다. 증기기관차가 석탄을 태워야 앞으로 나아갈 수 있는 것처럼 사람의 배는 화로였고, 음식은 석탄이었다. 그러니 밥을 굶을 수는 없었다!

샤오첸은 내 투덜거림에 동조하지 않았다. 아무 일도 없다는 듯 계속해서 자이를 소개할 뿐이었다.

자이의 옛 이름은 '주뤄산(諸羅山)'이었다.

주뤄산이라고 불리기는 하지만 실제로 주뤄산은 산이 아니라 도시의 이름이었다. 자이는 청나라 시기에 성곽이 지어진 본섬 도시들 중에 비교적 이른 시기에 세워진 곳이었다. 어떤 이들은 자이야말로 가장 먼저 지어진 성이라고 했다.

정말로 그런지는 잘 모르겠다. 나 같은 외지 여행객이 평가할 수 있는 건 아니니까. 낡은 빗자루도 자기 주인에게는

---

34 중일 전쟁의 발단이었던 노구교 사변이 일어난 지 1년이 되는 1938년 7월부터 타이완의 철도 도시락은 주먹밥과 장아찌로 구성된 '애국 도시락'만을 팔 수 있게 되었다. 전쟁의 영향으로 통제를 받았기 때문이었다. 아오야마 치즈코가 타이완에 온 1938년 5월은 그 이전 시기였기에 통제받지 않았다. 이때 처음으로 그 변화를 인지한 듯하다.

소중하기 마련이었다. 그 이치가 여기서도 통하는 게 아닐까. 자이 사람이 가슴에 품은 고향에 대한 애정이 너무 귀여워 보였다.

샤오첸에게 이런 마음을 말하자 샤오첸의 뺨에 다시 보조개가 떠올랐다.

"아오야마 씨, 자이에 대한 이야기를 들어보실래요?"

"귀 기울여 들을게요."

"백 년도 훨씬 전, 청나라 때의 이야기랍니다. 자이 출신이었던 명장 왕더루(王得祿)가 뛰어난 전공을 세워 도광제로부터 '태자태보(太子太保)'라는 봉호를 받았대요. 청나라 때 타이완에 있던 관리 중에는 가장 높은 관직이었지요. 왕더루의 고향도 여기서 이름을 얻게 되었어요. 그곳이 지금의 자이 타이바오좡(太保庄)이랍니다. 왕더루는 열일곱 살 때 처음으로 전쟁에 나갔는데요. 청나라 때 중요한 민란을 일으켰던 린솽원(林爽文)이 당시 주뤄 현성을 점령했거든요. 소년 왕더루는 연락관을 자원했고, 군을 이끌고 포위망을 뚫으면서 외부에 지원을 요청했어요. 이때부터 왕더루는 민란 지도자였던 린솽원과 맞서 싸웠고, 크고 작은 전투를 백 차례 가까이 치렀지요……."

"전쟁의 신이 된 소년이라니. 가부키의 한 장면 같네요!"

"다음 해에 청나라 건륭제의 군대가 증원되었고, 왕더루는 군을 이끄는 청나라 장군을 따라 린솽원의 난이 평정될 때까지 연이어 참전했지요. 왕더루와 주뤄 사람들에게 감탄한 건륭제는 이들의 의로움을 높이 산다고 선포했고 주뤄를 자이라고 개명했답니다. 또 이 소년을 오품 무관으로 삼았지요……. 아오야마 씨, 청나라 관리의 품계는 총 아홉 개로 나뉜답니다. 메이지 유신 시기의 율령제와 비슷하지요. 아래서부터 종구품, 정구품, 종팔품, 정팔품…… 이렇게 높아지는데요. 그러니까 왕더루가 오품 무관이 되었다는 건, 종오품일지라도 한 번에 여덟 품계나 올라갔다는 뜻이랍니다."

소년 무관의 풍채가 눈앞에서 아른거렸다.

"역시 극으로 쓸 수 있겠어요, 소설로도 쓸 수 있고요! 국성야❖ 이야기는 들어본 적이 있지만, 왕태보에 대해서는 다들 모를걸요!"

저절로 감탄이 나왔다.

샤오첸이 미소를 지었다.

"이제 아오야마 씨는 아시게 된 거잖아요. 평생 전투에 임했던 왕더루에게 자이는 인생의 시작점이자 무인의 시작점이었지요."

"이런, 절대 얕볼 수 없겠어요! 절대로요!"

"자이의 유명한 마조묘와 대도공묘❖❖도 이삼백 년이라는 긴 역사를 지녔답니다."

"어…… 그러고 보니 이제껏 본섬의 신당을 참배해볼 기회가 없었네요!"

말이 나오자 갑자기 흥미가 일었다.

❖ 國姓爺. 명·청 시기의 사람인 정성공(鄭成功)으로 융무제에게 명 황실의 성씨인 '주(朱)'를 사성받아 국성야라는 별칭으로 불렸다. 타이완을 침략했던 네덜란드군을 몰아낸 것으로 유명하다.

❖❖ 중화권 민간 신앙과 도교에서 질병 치료와 건강을 관장하는 보생대제를 모시는 신당.

"샤오첸이 말한 신당은 자이 어디에 있는 건가요?"
"아오야마 씨, 죄송하지만, 오후 3시까지는 반드시 회장에 도착하셔야 한답니다. 오늘은 안 될 듯해요."
'신당에 들를 시간이 있을까요'라고 아직 소리 내서 묻지도 않았는데!
나는 크게 한숨을 내쉰 뒤 차창에 몸을 기댔다.
샤오첸이 내게 자기 공책을 보여주었다. 맨 윗줄과 맨 왼쪽 열은 한자로 적혀 있고, 그 사이를 무수한 아라비아 숫자가 채우고 있었다.
"이건 어디 시간표인가요?"
"자이 기차역이요. 높은 산과 평야 사이에 있는 역으로 타이완 철도와 임업 철도, 설탕 산업 철도가 모두 모이는 곳이랍니다. 이렇게 세 철도가 하나의 역을 쓰는 건 본섬에서도 자이뿐이지요."
"오, 역시 인상적인 곳이네요?"
샤오첸이 이런 이야기를 왜 하는 거지. 그 이유를 알 수 없었던 나는 일단 칭찬으로 답했다. 그러면 잘못된 반응은 아닐 테니까.
그러자 샤오첸이 풉 하고 웃었다. 손가락으로 시간표를 가리키면서 요점을 알려주었다.
"제가 말씀드린 옛 신당은 신강에 있답니다. 설탕 철도로 연결된 곳이라서 자이에서 신강으로 갈 수는 있어요. 하지만 여기를 보세요. 오늘 오후에 강연이 끝난 뒤에는 왕복

할 만한 시간이 없는걸요. 내일 오전에 느긋하게 참배하는 게 더 낫지 않을까요? 오늘 숙박할 곳에 미리 연락해서 본섬 사람 요리사가 있다는 걸 확인했답니다. 그분이 아오야마 씨를 위해 부다이 항구에서 가져온 굴젓과 백합젓을 준비해 주겠대요……."

처음에는 샤오첸의 말을 끊지 않으려고 고개를 끄덕이면서 맞장구만 쳤다. 그러나 저녁 식사를 준비했다는 말을 듣자 흥분한 나머지 어깨도 저절로 들썩였다.

"샤오첸은 천수관음보살이 분명해요! 이렇게 번거로운 일들을 처리하느라 시간도 많이 걸렸죠? 오늘 마조 낭랑은 참배하지 못해도, 대신 샤오첸에게 경배해야겠어요."

"아오야마 씨, 칭찬이 과하신걸요."

"아니에요. 먹고 싶은 걸 먹을 수 있다니. 인생에 이보다 더 원만한 일은 없을 거예요."

샤오첸이 웃으며 말했다.

"아오야마 씨, 칭찬이 과하세요."

"불교에서는 인간 세상에 세 가지 독이 있다고 해요. 탐욕과 분노 그리고 어리석음이죠. 음식에 대한 집념만 본다면 저는 머리 깎고 중이 된다고 할지라도 절대 성불할 수 없을 거예요. 뱃속에 요괴 한 마리를 키우고 있으니까요!"

내 탄식이 너무 길었는지 샤오첸의 웃음에 곤혹스러운 기색이 더해졌다.

나는 멈칫했다.

"……어렸을 때 어느 여름이었어요. 산속 암자에서 두 달을 머물렀죠. 매일 먹을 수 있는 거라곤 쌀밥에 채소절임 조금뿐이었어요."

"매일요?"

"네."

"다른 사람들도 다 그렇게 먹었나요?"

"다른 사람은 없었어요. 저 혼자서 등을 지켰거든요. 절에서 몇 리나 떨어진 곳이라서 그런지 제 존재 자체가 잊힌 듯했어요. 열흘마다 절에서 사람이 와서 등에 기름을 더해 줬죠. 그때만 음식을 가져왔고요. 묵은쌀과 소금이요. 저는 운이 아주 좋았어요. 암자는 울창한 숲속에 있었고, 물도 있었으니까요. 산나물을 많이 뜯을 수 있었죠. 그래서 그걸 절여서 먹었어요. 두 달 뒤에 영양실조로 심각한 각기병에 걸리기는 했지만요."

"……"

"샤오첸, 방금 뭐라고 한 거예요?"

"……소설에는, 암자로 보내졌다는 말이 없었어요."

"샤오첸, 《청춘기》를 읽었군요!"

나는 입을 벌리며 웃었다.

"그래서 제가 그랬잖아요. 소설은 소설일 뿐이라고. 그 뒤로 제게는 왕성한 식탐이 생겼답니다. 꼭 미식만 먹어야 한다는 건 아니에요. 하지만 무언가 먹고 싶다는 갈망이 생기면 제 뱃속에는 탐욕의 불길이 타오르는걸요. 그 음식을 먹기 전까지는 절대로 꺼지지 않죠. 아귀라는 이름의 괴물일 거예요. 타이완에 온 뒤로 샤오첸에게 늘 감사하고 있어요! 샤오첸이 이 괴물을 길들였거든요."

샤오첸이 탄식을 닮은 목소리로 말했다.

"아오야마 씨는 역시나 칭찬이 과하시네요."

노멘이 녹아버린 얼음이 되었다. 기쁨도 슬픔도 아닌, 옅은 웃음만이 입꼬리에 살짝 걸려 있을 뿐이었다. 샤오첸은 말했다.

"하지만 이렇게 말씀해주시니 저도 매우 기쁘답니다."

음?

바람이 분 건가?

순간 착각이 일었다. 부드러운 말소리가 한여름 계곡에서 부는 시원한 바람 같았다. 바람이 내 가슴을 스쳐 지나갔다.

그 바람을 맞으면서 나는 멍하게 앉아 있을 수밖에 없었다. 세상의 시간도 잊었다. 계곡 깊은 곳에서 피리 소리가 울려 퍼지고 나서야 정신을 차릴 수 있었다.

자이에 도착한 것이다.

❋❋❋

강연 장소는 자이 고등여학교였다.

우리는 택시를 타고 정시에 도착했고, 예정된 시간에 강연을 마쳤다. 자이 고등여학교의 저녁 만찬 제안을 정중히 거절하기는 했지만, 분위기는 끝까지 좋았다. 그 이후에 있었던 짧은 교류 시간에도 기분이 좋았다고 할 수 있었다.

이때 내 관심은 숙박하는 곳에서 먹기로 한 저녁 식사에 쏠려 있었다. 서양인 교사인 M 부인이 명함을 주려고 다가왔다가 이런 내 마음을 간파했다. 그녀는 입을 가리고 웃으면서 "선생님은 정말 솔직한 분이시네요"라고 말했다. 그래서 나도 솔직하게 답했다.

"저녁 식사로 본섬의 미식을 먹기로 했거든요!"

M 부인은 좀 놀란 듯했지만, 곧 편안한 웃음을 드러냈다.

"아오야마 선생님이 틀림없이 좋아하실 거예요. 자이는 정말 좋은 곳이거든요."

고등여학교에서 음악을 가르치는 M 부인은 간단한 국어만 구사할 줄 알았다. 그러나 미식이라는 화제는 세계 어디서든 통하는 듯했다. 내 기쁨에 호응하듯 M 부인이 명쾌하게 영어로 답했다.

나가사키 출신이기는 하지만, 나는 여전히 외국어에 약했다. 다행히 샤오첸은 영어를 할 줄 알았다. 두 사람은 주거니 받거니 이야기를 나눴고, M 부인의 웃음도 점점 더 환해졌다. 자리가 파하기 전에는 일부러 내게 악수를 청하기도 했다.

"이렇게 우수한 통역사를 데리고 있다니. 당신은 정말 운이 좋네요!"

이런 칭찬이라니. 강연 내용으로 칭찬받는 것보다 훨씬 더 기분이 좋았다.

택시나 인력거를 부르지 않았기에 우리는 산책 삼아 숙소로 걸어갔다. 저녁 무렵의 여관방에는 아직 더위의 여운이 남아 있었다. 그러나 내 마음속 즐거움은 조금도 줄지 않았다. 일하는 사람에게 시원한 칼피스*를 한 잔 가져다 달라고 밝은 목소리로 말했다.

"아오야마 씨는 M 부인이 제게 뭐라고 말했는지 궁금하지 않으신가요."

"그러게요. 뭐라고 했는데요?"

"험담을 하셨지요."

나는 하하 웃었다.

"맛있는 음식에 대해서 말한 거잖아요."

"역시 아오야마 씨는 귀가 밝네요. M 부인이 자이 하카인의 현지 미식을 추천해 주셨답니다."

"네? 샤오첸이 그랬잖아요. 지나계 혼토진에는 푸라오인과 하카인이 있다고요. 그렇다면 이번에는 어째서 남행 열차를 탔는데도 하카어를 들을 수 없었던 거죠?"

"자이에서는 하카인과 푸라오인이 섞여서 산답니다. 여기 하카인은 푸라오어를 할 줄 안다고 하더라고요."

"아, 그렇군요."

"실례하겠습니다."

미닫이문 너머에 있던 여성 종업원의 말이 우리 대화를

❖ ⋯⋯⋯⋯ 1919년에 출시된 발효유 음료로 일본의 국민 음료이다.

끓었다. 곧이어 얼음이 떠 있는 유리잔이 전해졌다. 한 사람당 한 잔씩이었다.

나는 고개를 쳐들며 꿀꺽꿀꺽 마셨다. 샤오첸은 음료를 마시지 않고 공책을 펼쳤다.

"M 부인이 맛보라고 추천해준 건 '룩통찌'*였어요. 룩통찌는 하카인의 모찌 디저트랍니다. 명절 때, 아니면 모내기나 추수 같은 농번기에 주인이 찹쌀떡을 납작하고 둥근 모양으로 빚거든요. 감자 속살(땅콩)과 생강즙을 같이 넣고 끓인 달콤한 탕 안에 넣어 여러 사람이 함께 나눠 먹을 수 있는 간식으로 만든답니다……. 음? 아오야마 씨, 별로 관심이 없으신가 보네요."

칼피스를 남김없이 마신 나는 길게 숨을 내쉬며 말했다.

"아, 뱃속에 있는 요괴가 지금 먹고 싶어 하는 건 디저트가 아니거든요!"

"그런데도 칼피스를 단숨에 비우셨네요."

"그건 기분이 좋아서 그래요!"

"아오야마 씨는 겉과 속이 같으시지요. 정말로 얼굴에 다 쓰여 있답니다."

샤오첸이 재미있다는 듯한 표정을 지었다. 하지만 두 눈에는 뭐라고 표현할 수 없는 부드러운 빛이 있었다.

나는 맥주라도 마신 듯 기분이 좋아졌다. 아직 이곳을 제대로 둘러보지 않았지만, 지금 이 순간 나는 M 부인 말이 맞다는 걸 절감하고 있었다. 자이는 확실히 좋은 곳이었다!

✤ 燌湯糍. 타이완 하카인의 전통 디저트로 찹쌀떡과 흑설탕, 생강즙을 넣어서 만든다.

❊ ❊ ❊

저녁밥이 식탁에 가득 차려졌다.

내지인이 운영하는 여관이라 식탁에서도 내지 분위기가 물씬 풍겼다. 흰쌀밥에 사시미, 미소된장국, 어묵, 두부, 산나물무침, 계란찜과 죽순과 자반 생선구이 그리고 새우와 채소 덴푸라도 있었다. 별것 아닌 것처럼 보여도 제철 생선은 본섬 특유의 숨결을 전해주었다. 우자어˚와 은도미는 이번에 처음 맛을 보았는데 무더운 여름에 먹은 사시미라는 게 믿기지 않을 정도로 풍미가 훌륭했다.

여성 종업원은 평소 전채로 내놓던 젓갈 대신 본섬만의 식재료로 만든 다른 종류의 젓갈을 내어주었다.

굴젓, 백합젓, 새우젓, 게젓, 치하젓.

확실히 키암라아가 아니었다. 장시간 발효해 원재료의 형태가 사라지고 걸쭉한 반고체 상태가 된 절임 음식이었으니까. 비슷한 음식으로 내지에 뭐가 있지? 슈토[35]겠지! 그 외에도 양배추 말랭이와 절임 채소 말랭이, 무말랭이 등이 있었

---

[35] 슈토(酒盜)는 문자 그대로 '술 도둑'이라는 뜻으로 생선이나 해삼, 성게 등 해산물의 내장을 오랜 시간 소금에 절여서 만든 음식이다. 맛이 강렬해 술안주에 적합해 얻은 이름이다. '슈토'와 '쾨'는 제조 방식에서 확실히 같은 지점이 있다. 그러나 '쾨'는 냉장고기 보급되지 않았던 시절에 남은 어획물을 보관하기 위해서 만들어진 음식으로 원래 항구 지역에서 주로 생산되었다. 해산물 내장으로만 만드는 음식이 아니며 그 종류가 매우 다양했다. 냉장 기술이 발달한 이후로 '쾨'는 소수의 항구 지역에서만 볼 수 있다.

❊ ⸻ 午仔魚. 타이완의 대표적인 고급 생선.

고, 장아찌류는 규슈의 다카나* 절임과 비슷한데, 훨씬 더 짙은 검은색이었다.

아예 맥주를 시켰다. 숙박 중인 여관방 안에서 하는 식사였기에 다른 이의 시선 없이 마음껏 술을 마실 수 있었다.

샤오첸이 내게 술을 따라주었다. 나도 샤오첸에게 술을 따라주었다. 각종 젓갈은 짭짤하면서도 향긋해 밥과 잘 어울렸고, 술안주로도 훌륭했다. 그래서 데운 사케도 주문했다.

탁구를 치듯 서로 술을 주거니 받거니 했다. 대화도 마찬가지였다. 흥이 나자, 탁구공이 오가듯 대화도 오고 갔다.

"겨자 향기가 다른 곳보다 고상하면서도 상쾌한데요."

"아리산에서 나온 거라고 하더라고요. 높은 산지 특유의 맛이라고 할 수 있지요. 생산량이 적어서 다른 곳에서는 맛볼 수 없답니다."

"샤오첸, 덴푸라 먹어봤어요? 와, 이거 정말, 너무 맛있어요!"

"차요테의 새순 덩굴36을 말씀하시는 거죠. 조금 흔치 않은 채소지요."

"절임채소가 이렇게 검다니. 이것도 흔치 않은 거죠? 다른 곳에서 먹어본 절임보다 훨씬 짜네요. 하지만 식감이 아

---

36 차요테(佛手瓜)의 새순 덩굴은 용수채(龍鬚菜)를 말한다.

❋ ⋯⋯⋯⋯⋯   겨잣잎.

주 재미있어요."

"이건 하카인의 절임 음식이랍니다. 본섬 사람이라는 요리사가 어쩌면 하카인일 수도 있겠어요."

"하카 요리와 푸라오 요리의 차이는 뭔가요? 타이완 요리를 내세우는 식당에서는 하카 요리와 푸라오 요리를 융합한 음식을 파는 건가요?"

"음……."

"샤오첸, 답하지 않아도 괜찮아요. 아, 시험 문제 같은 질문이었네요."

"괜찮답니다. 다만 생각이 좀 필요해서요. 푸라오인과 비교할 때 하카인은 주로 산기슭에 살고 있기에 땅을 개간하는 것이 매우 어렵답니다. 그래서 가지고 있는 걸 아껴 쓰지요. 타이완 요리에 특화된 식당에서는 주로 푸라오 요리를 팔지만, 하카 색채가 반영된 요리를 팔기도 하는데요. 전채인 돼지 쓸개와 간, 주요리라고 할 수 있는 펑러우* 정도가 있겠네요. 동파육 같은 요리라고 할 수 있는데요. 양이 제법 많답니다."

"나가사키에도 있어요, 동파육. 돼지고기 가쿠니라고 부르지요. 근데 이렇게 들어서는 하카 요리만의 특색이 뭔지 잘 모르겠네요."

"음…… 이런 얘길 들은 적이 있어요. 하카 요리 중 손님 접대용 요리는 제사 음식에서 유래한 게 대다수라고요. 하지만 푸라오인은 다르답니다. 타이난 일대에서는 '아시아

❖ .... 封肉. 껍질이 있는 돼지 앞다리살을 밤, 표고버섯, 새우 등과 함께 찐 음식. 고기를 냄비에 담아 뚜껑을 덮어서 찐 뒤 상에 올리기 전까지는 뚜껑을 열지 않는다고 해서 펑러우(고기를 봉하다)라고 불리게 되었다.

차이'*라고 불리는 음식이 있는데요. '아시아'는 부잣집 도련님이라는 뜻이고, 아시아차이는 '음식은 정교할수록 질리지 않고, 사시미는 얇게 썰수록 좋다'는 말에 부합하는 고급 요리를 말해요. 생활 환경과 음식 문화가 다르기에 하카 요리는 소박하면서도 투박하지요. 절임 음식도 무척 다양해 채소부터 해산물, 산에서 나는 것까지 백여 종이나 된다고 하더라고요. 예전에 지인들이 이런 말을 하는 걸 들은 적이 있어요. 절임이라는 뜻을 가진 단어가 푸라오어로는 '씨'**뿐인데 하카어로는 최소 네댓 개가 된다고요."

"역시 번역에 뜻을 둔 샤오첸답네요!"

"아오야마 씨, 그렇게 말씀해주시니 몸 둘 바를 모르겠네요. 마침 생각이 났는데요. 하카 요리 중에 이런 조리법이 있답니다. 개구리와 작은 새를 뼈째로 다져서 고기전이나 고기 완자로 만들어 먹는 거지요. 음식을 소중히 여기는 하카인의 문화라고 할 수 있답니다."

"그렇군요. 그러면 그 음식을 고기전이나 고기 완자라고 부르나요?"

"하카어로 개구리는 '케어'***라고 한답니다. 다져서 부친 건 '젠케어'라고 하고요. 어쩌면 개구리 고기전이라고 번역할 수 있을 것 같아요. 새 고기는 종류를 가리지 않고 '디아우옌'****이라고 부른답니다. 새고기 완자라는 뜻이지요."

"음, 국어 교사가 어떻게 이런 것까지 알 수 있죠? 대체

* 阿舍菜.
** 豉.
*** 蛤仔.
**** 鵰丸.

어디서 배운 거예요? 정말 이해가 안 가네요! 번역을 위해서 배운 건가요? 소설가로서 저도 분발하지 않을 수가 없네요."

"취하셨나 본데요."

"어쩌면 취한 걸지도요! 기분이 너무 좋은걸요. 내일은 아리산에 가요. 짙은 안개가 자욱한 숲에서 우리 술을 마셔요. 신목을 올려다봐요⋯⋯."

"정말 아쉽네요. 얼마 전 태풍으로 철로가 손상되어서 지금은 산에 올라갈 수가 없답니다."

"샤오첸, 이런 것까지 미리 다 알아본 거예요?"

"아니랍니다. 자이 고등여학교 선생님이 말씀해 주셨답니다! 원래 학생들과 그곳으로 등산을 가려고 했는데, 산에 갈 수 없어 취소되었대요. 그래서 아오야마 씨에게 강연을 부탁했던 거죠. 아오야마 씨, 가끔은 다른 사람의 말도 좀 들어주세요."

"아, 이런이런."

"취하신 거죠?"

"샤오첸."

"네?"

"내일은 룩통쩌가 먹고 싶어요."

"예? 뭐 이런 요청이 예상 밖인 건 아니지만요⋯⋯."

"내일은 불가능하더라도, 모레는 가능하겠죠?"

"어느 쪽이든 다 쉽지 않은 일이랍니다. 아오야마 씨. 내일 참배하러 갈 신강에는 유명한 후식을 파는 곳이 있어요. 신가오이, 궁자오가오37 같은 거요."

"엉엉, 정말 못 먹는 건가요?"

"……만약에 먹지 못하면, 뱃속 요괴는 어떻게 되나요?"

"울겠죠."

"운다고요?"

"너무 속상해서요. 아주아주 속상해서요! 아이처럼 엉엉 울 거예요!"

"취하신 거죠."

"샤오첸!"

"네."

"있잖아요. 젓갈 중에 굴젓이 가장 맛있어요! 샤오첸, 많이 먹어요!"

"네? 많이 드세요. 제 생각은 안 하셔도 괜찮답니다."

"안 돼요. 왜냐면요…… 이게 가장 맛있다고요! 가장 맛있는 건 샤오첸에게 줄 거예요!"

"……단단히 취하셨네요."

"아, 이런이런."

"직원에게 음식을 치우고 이부자리를 펴달라고 해야겠

---

37 신가오이(新高飴)는 오늘날 '신강 지역 엿'이라는 뜻의 '신강이(新港飴)'라고 불리고, 궁자오가오(弓蕉糕)는 '바나나 떡'이라는 뜻의 '바자오가오(芭蕉糕)'라고 불린다.

어요. 아오야마 씨, 이제 술은 그만 마시세요."

"샤오첸, 샤오첸."

"네, 저 여기 있답니다."

"아리산의 벚꽃 말이에요. 내년 봄에, 우리 같이 가서 봐요."

"……."

"아, 가기 싫은가 보네요! 그러면 우리 주사위를 던져요. 제가 먼저 할게요. 어, 이럴 수가! 17점이 나왔잖아요!"

"……네, 정말 안타깝네요. 저는 18점이 나왔는걸요."

"하하하하하. 샤오첸의 강력한 운은 절대 얕볼 수 없겠어요! 절대로요!"

"그저 운일 뿐인걸요."

"운도 실력의 일종이라고요. 아, 이런."

"물 좀 드세요."

"샤오첸."

"네."

"내지에서 가져온 벚꽃을 강제로 본섬 땅에 심는 게 너무 제멋대로 같지는 않나요? 샤오첸도 이렇게 생각하나요?"

"저는 그렇게 말한 적이 없는걸요."

"샤오첸의 표정을 줄곧 지켜봤거든요. 내 눈이 틀림없다고 생각해요."

"……."

"제국의 강경한 방식은 확실히 불쾌하죠. 하지만 아름다운 벚꽃은 죄가 없는걸요. 샤오첸과 함께 벚꽃을 구경하러 갈 수 있다면, 꿈을 꾸는 기분일 거예요. 사실은요. 함께 술을 마시면서 꽃을 구경할 친구가 이제껏 단 한 명도 없었어요……."

"……."

"샤오첸?"

"아오야마 씨."

"네?"

"솔직하게 말할게. 널 정말 어쩌면 좋니! 아, 존댓말을 쓰는 걸 까먹었네요. 저도 취했나 봐요."

"괜찮아요. 아, 이런이런."

"아, 이런이런."

다진 돼지고기 조림
러우싸오

　북회귀선은 자이에 위치한다. 그 말인즉슨 회귀선 남쪽이 열대라는 뜻이다.
　표지석은 종관철도가 개통되었던 메이지 41년(1908년)에 만들어졌는데 사실 표지가 필요하지는 않았다. 금빛으로 찬란히 빛나는 태양을 올려다보는 것만으로도 이미 충분했으니까. 섬나라 타이완은 9월이 되었는데도 기온이 내려갈 기미를 보이지 않았다. 역시 열대의 남국은 열대의 남국이었다.
　줄곧 남쪽으로 내려가던 우리는 자이 남쪽에 있는 가오슝에 도착했다. 기차역에서 멀지 않은 곳에 멜대를 멘 행상인이 있었다. 멜대 한쪽 끝에는 작은 궤짝이, 반대쪽에는 커다란 바구니가 달려 있는데, 신기루처럼 일렁이는 수증기를 뿜어내는 게 어렴풋이 보였다. 햇볕에 이마가 뜨거워질 정도로 더운 날이었지만, 나는 궤짝에 묶여 있는 젓가락통을 도저히 못 본 척할 수가 없었다.

"저 행상인은 시장으로 가서 장사를 하려는 건가요?"

내 질문에 샤오첸이 발걸음을 멈추더니 내 시선을 따라 눈길을 옮겼다.

"시장으로 가려는 게 아니랍니다. 길에서 파는 거지요. 어쩌면 루러우판*을 파는지도요."

"루러우판이요?"

"하카인의 펑러우 요리를 말씀드렸죠. 그때 나가사키에도 가쿠니라고 비슷한 요리가 있다고 하셨잖아요. 푸라오인에게는 루러우가 그러하답니다. 작은 그릇 안에 밥을 담아 그 위에 루러우를 가득 얹은 걸 루러우판이라고 한답니다. 노동자들에게 인기가 많은 먹거리예요. 하지만 루러우는 가격이 좀 비싸답니다. 노동자가 자주 즐길 수 있는 음식은 아니지요. 음, 그렇다면 저 행상인이 파는 건 러우싸오판**일 수도 있겠네요. 러우싸오가 루러우보다는 싸거든요."

"그렇군요. 우리가 저걸 먹어볼 수 있을까요?"

"아오야마 씨, 방금 도시락을 두 개나 드셨잖아요. 애국 도시락이긴 하지만 미리 준비해 온 반찬도 남김없이 드셨고요."

미리 준비해 온 반찬. 샤오첸이 말하는 건 오래 둬도 잘 상하지 않는 무말랭이였다. 타이완 말로는 '차이포'*** 라고. 타이완 말로 '시포포'**** 라고 불리는 어포도 있었는

* .... 滷肉飯. 돼지고기를 깍둑썰기로 잘라서 볶은 뒤 간장, 오향 등 여러 재료를 넣고 물을 부어서 조린 후 밥에 얹은 것이다.
** .... 밥에 러우싸오를 얹어 먹는 음식.
*** .... 菜脯.
**** .... 四破脯.

데, 소금에 절인 겨잣잎을 간장, 생강, 마늘과 함께 볶은 거였다. 살짝 타게 볶았기에 그 식감이 어포와 육포 사이였다. 계속 씹고 싶게 만드는 식감.

"그렇게 맛있는 걸 한 번에 다 먹어버리지 않는다면, 실로 실례 아니겠어요."

"어포에게 실례라는 건가요?"

"당연하죠."

"하지만 그 뒤에도 다가시 가게[38]에서 간식을 많이 사셨잖아요? 간장 센베랑 우유 센베 그리고 후가시✤도요."

"콩가루 사탕과 가린토✤✤도 샀어요."

"각종 간식을 사셨지요."

"낯선 곳에서 하룻밤을 묵는데 배를 채울 간식을 찾지 못한다면 곤란하잖아요. 그래서 산 거죠."

"하지만 묵기도 전에 다 드셨잖아요."

"그건, 그렇게 맛있는 걸 바로 다 먹어버리지 않는다면 실로 실례잖아요!"

"……."

---

[38] 일본 전통 간식 와가시(화과자) 중에서도 값싼 원료로 만든, 오랫동안 보관할 수 있거나 휴대가 용이한 서민 과자를 '다가시'라고 부른다. 중국어에는 이에 대응하는 단어가 없다. 타이완의 전통적인 잡화점에서 낱개로 팔던 간식이 다가시에 해당한다. 다가시 가게가 흔히 '잡화점'으로 번역되지만 실제로 다가시 가게에서는 다른 잡화를 팔지 않는다. 그래서 여기서는 '다가시 가게'라는 표현을 그대로 썼다.

✤　　　　　밀가루 글루텐과 흑설탕으로 만든 일본 튀김 과자.
✤✤　　　　밀가루와 물, 이스트를 넣어서 만든 반죽을 튀겨낸 뒤 흑설탕과 벌꿀을 바른 일본 전통 과자.

"그러면 이제 루러우판을 먹으러 갈 수 있나요?"

"아오야마 씨." 샤오첸은 달콤한 미소를 보이며 말을 이었다.

"안 된답니다."

아, 이런이런.

우리는 가오슝에서 사흘을 머물 예정이었다.

첫날인 오늘은 타이중에서 가오슝으로 가는 급행열차를 탔는데 최소 네 시간이 걸리는 여정이었고, 빛과 어둠이 맞물리는 오후 5시쯤 도착했다. 둘째 날에는 가오슝 여성 문화 강연회의 협조로 킨시*관에서 영화 상영이 있고, 상영이 끝난 뒤에는 강연을 하고, 마지막 셋째 날에는 타이중으로 돌아갈 예정이었다.

'부인 문화 강연회'에서 첫날 밤에 연회를 열어주었다. 샤오첸은 내가 연회를 좋아하지 않는다는 걸 알고 있었기에 미리 연락해 내가 먹어본 적 없는 음식을 특별히 준비시켰다. 펑러우, 람청식 닭,** 동과쩜,*** 러우미샤,✦ 우류롄위✦✦와 장어탕이 나왔다. 이 외에도 생게를 넣어 갓 지어낸 밥은 내가 유달리 좋아하는 음식이라 따로 추가한 거였다. 이렇게 공을 들여서 준비했는데 내가 연회 전에 루러우판으로 배를 채운다면, 너무 우스운 일이 아니겠는가.

샤오첸의 걱정을 이해할 수 있었다.

"걱정할 것 없어요. 루러우판을 먹더라도 밥 위에 놓인 홍게 두세 마리 정도는 뚝딱 해치울 수 있으니까요!"

---

* 일본 신화에서 초대 천황인 신무 천황을 도와 적군을 물리쳤다는 전설의 황금 솔개로 일제강점기 건물명으로 자주 사용되었다.

** 南靖鷄. 튀긴 닭을 간장으로 졸인 후, 파, 마늘 등 다른 재료와 함께 찐 요리.

*** 冬瓜盅. 동과의 속을 파낸 뒤 그 안에 고기, 버섯, 해산물 등 다양한 자료를 넣고 물을 부어서 중탕해 만드는 국물 요리.

그런데 샤오첸은 난처해하는 표정을 지었다.

"아오야마 씨, 오해하셨네요. 보세요. 루러우판을 파는 이가 의자를 가지고 있지 않답니다. 설마 다른 남자들과 나란히 서서 드시려는 건 아니겠죠?"

"뭐라고요? 서서 먹어야 한다고요?"

고개를 돌리니, 우리가 대화를 나누던 사이에 저쪽 끝에 있던 행상인이 누군가의 부름을 받고 거리 입구 쪽으로 가는 게 보였다.

행상인을 부른 이는 중년 남성이었다. 손에 자기 그릇을 들고 있었다. 학생 모자를 쓴 소년 서너 명도 색색의 나비가 화단으로 모이듯 행상인에게 다가갔다.

주의 깊게 살펴보니, 작은 궤짝에 쇠솥이 끼워져 있었다. 그 안에는 숯불 화로가 있는 듯했고 쇠솥 뚜껑을 열자 뜨거운 김이 확 올라왔다. 반대쪽 바구니의 뚜껑을 열자 깨끗한 천으로 덮인 무언가가 모습을 드러냈다. 행상인이 그 천을 들치자 하얀 쌀밥이 보였다. 행상인은 손놀림도 빨랐다. 재빠르게 밥을 담고 쇠솥에서 다짐육 양념을 긴 주걱으로 퍼내더니 작은 언덕을 이룬 밥 위에 원을 그리면서 두 번 뿌렸다. 덩어리 고기가 아닌 걸 보니 러우싸오인 듯했다.

처음 행상인을 불러 세운 남성은 양손에 그릇을 하나씩 들고 있었는데, 음식을 받고는 활짝 웃는 얼굴로 돌아갔다.

아! 정말 맛있어 보이는데.

그러나 행상인 옆에 있는 학생들은 그릇을 받자마자 고

◆   肉米蝦. 일제시대부터 시작된 타이완 술안주 중 하나로, 다짐육과 달걀을 입힌 새우를 넣고 만든 탕.

◆ ◆   五柳鯉魚. 양파, 대파, 죽순, 버섯, 절인 채소 등 다섯 채소를 얇게 썰어서 만든 소스를, 튀긴 생선에 끼얹어서 만드는 요리.

개를 파묻고 길가에서 먹었다.

저 소년들 옆에서, 함께 고개를 파묻으면서 먹어야 한다고? 내가 우뚝 선 삼나무 같기는 하지만, 그런 행동은 상상만 해도 얼굴이 달아올랐다. 어쩔 수 없지. 아쉬움을 삼키며 포기할 수밖에!

"엉엉엉……."

"연회 요리에 펑러우가 있으니, 제가 주방 요리사에게 부탁해 아오야마 씨를 위한 루러우판을 한 그릇 준비해달라고 할게요."

"아뇨아뇨, 그래서 그런 게 아니에요."

나는 크게 탄식했다.

"샤오첸. 다가시와 조가시[39]는 완전히 다른 거잖아요. 조가시만 맛볼 수 있는 거라면 뭐 하러 멀리까지 여행을 나가겠어요!"

"……그러니까 조가시와 비교했을 때 아오야마 씨가 먹고 싶은 건 다가시라는 거네요. 알겠습니다. 현지를 제대로 느껴보고 싶다면, 식당 연회보다는 현지 노점을 경험할 필요가 있다는 거죠?"

"그렇죠. 샤오첸은 역시 제 마음을 알아주는 지기예요!"

"그렇지만 지금은 러우싸오판을 먹을 수가 없는걸요. 그

---

39 조가시는 다도 문화에서 생겨나서 발전한 정교한 화과자이다. 조가시와 다가시는 상류 계급과 평민 계급의 대립 관계 같다고 할 수 있다.

러니 우선은 아오야마 씨에게 다가시를 먹자고 부탁을 드리고……."

샤오첸은 말을 멈추더니 미안하다는 듯한 얼굴로 환히 웃었다.

"아, 정말 죄송해요. 다가시는 이미 아오야마 씨의 뱃속으로 들어가 버렸네요. 아, 어쩌면 좋죠. 지금으로서는 서둘러 연회 장소인 식당으로 가는 방법만 남았네요!"

"샤오첸, 지금 저를 놀리는 거죠."

"어머, 만약에 그렇다면요?"

"음……."

"그렇다는 건, 인격이 고상한 아오야마 씨가 자기 통역이 이렇게 굴어도 된다고 허락해 주셨기에 가능했던 거겠죠. 이런 아오야마 씨 곁에 머물 수 있다니. 저는 정말 운이 좋네요."

"아아, 이런 말이라니. 너무 교활하잖아요. 이렇게 말하면 제가 항의를 할 수가 없는데요."

나는 일부러 어깨를 축 늘어뜨리는 시늉을 했다.

샤오첸이 즉시 내 어깨를 붙잡더니 "가요, 가요"라고 웃으며 말했다.

고개를 살짝 돌려 샤오첸을 보니, 샤오첸의 꼭 다문 입술이 나를 향해 미소 짓고 있었다.

얼굴에 있는 보조개에는 달콤한 꿀이 가득 담긴 듯했다. 사람을 어지럽게 만드는 달콤함이었다.

아, 이런이런.

　　　　　　　　＊＊＊

　가오슝에 도착한 지금, 타이완에 머문 지도 벌써 반년이 되었다.
　일기를 자세히 쓰는 습관이 없었기에 자잘한 잡무에 대한 기록은 전혀 남기지 못했다. 참가한 강연과 다과회가 셀 수 없이 많았고,《타이완 여행기》를 위한 쪽글과 기록으로 대략 파악해보니, 한 달에 외부 활동이 여덟아홉 번은 되는 듯했다. 만난 이들은 그 수를 헤아릴 수 없을 정도였다.
　타이완섬은 제국의 남쪽 식민지이자 제국의 첫 번째 식민지였다. 이곳에서 생활하는 동안 나는 두 문화가 서로 교차하며 영향을 미치는 모습을 관찰하는 데에 큰 흥미를 느꼈다. 내지에만 머물렀던 내지인과 본섬으로 이주한 내지인, 본섬에서 태어난 내지인, 본섬에서 태어나 제국 현대 문명을 받아들이면서 자란 혼토진, 유학 혹은 취업으로 내지로 간 혼토진. 이들은 세세한 부분에서 각자의 교양과 기질의 차이를 드러냈는데 몇 마디 말로 설명할 수 있는 일이 아니라서 이제껏 글로 쓰지는 않았다.
　나는 그저 혼토진들을 구경하는 데에 매료되었을 뿐이었다. 나는 일개 청년에 불과했고 소설가였기에 정치인이나 학자의 재능은 갖추지 못했다. 주제넘을 정도로 위대한 야심 같은 것도 없었다. 내가 할 수 있는 유일한 일은 보고 들은 걸 기록하는 것뿐이었다. 아니면 순간의 진실한 감정을 기록하거나.

그런데 진실한 감정이라는 건 대체 뭘까?

제국의 '남진', 제국의 '국민정신 총동원 운동'※은 식민지에서 천황국의 동화 운동이 되었다. 이건 사람들이 저마다 지닌 서로 다른 문화와 교양을, 그 흔적을 지워버리는 폭력적인 행위다. 그렇지 않나? 이 일을 진지하게 생각할 때마다 나도 모르게 저항과 혐오의 감정이 불쑥 고개를 내밀었다. 바로 지금처럼.

'전쟁 앞에는 남녀의 차이가 없다.'

어떤 이는 이렇게 강력히 주장하면서 큰 소리로 외치곤 했는데 내 생각은 다르다.

'전쟁이 여성의 앞을 가로막는 장애물임은 내지나 본섬이나 차이가 없다.'

이렇게 말하는 게 더 정확할 것이다.

세상을 향한 분노를 토로하는 말들을, 세태를 미워하는 말들을, 나는 함부로 소리 내어 드러내지 않았다.

부인 문화 강연회의 K 부인이 연회 때 내게 물었다. "부인과 문학가는 성전(聖戰)에서 어떤 역할을 맡아야 할까요?" 나는 《맹자》를 인용하며 "궁즉독선기신, 달즉겸선천하(窮則獨善其身, 達則兼善天下)"라고 답했다. 눈앞에 놓인 일 중 할 수 있는 일을 하는 것만으로도 족하다고, 핵심은

※ 중일 전쟁 발발 이후 일본 정부가 국민이 적극적으로 전쟁에 협력하도록 추진했던 국민운동이다.

깨달음과 행동에 있다고 말이다. K 부인은 그 행동이라는 게 구체적으로 무엇을 가리키냐고 물었다. 나는 무력한 사람을 돌보거나 배움에 뜻을 둔 이들을 격려하는 것, 그렇게 국민의 강한 마음을 기르고 서로 단결해서 나라의 버팀목이 되게 하는 것이라며 이러쿵저러쿵 설명했다.

연회 석상에 있던 사람들이 분분히 감탄했다.

아, 이렇게나 사교적인 말이라니! 나 같은 사람도 사교성을 발휘해야 할 때에는 낯색 하나 바꾸지 않고 이런 말을 내뱉어야 하는 것이다.

만찬으로 배를 채운 뒤 사람들과 작별을 고했다. 부인 문화 강연회의 차량을 정중하게 거절한 뒤 나와 샤오첸은 숙소까지 걸어가기로 했다.

가로등이 길을 밝혔고, 무더위는 깊은 밤 너머로 조금 물러났다. 바람이 얼굴을 스치며 불어왔다.

옆에서 샤오첸의 옆얼굴을 보았다. 신기루로 뒤덮인 듯했다. 진실한 감정을 읽어낼 수 없는 얼굴이었다. 샤오첸도 밤새 가면을 쓰고 있었다.

나는 샤오첸을 관찰하는 데에 빠져들었다. 샤오첸이 비서가 수행하는 잡무도 완벽하게 해내고, 맛이 뛰어난 음식도 만들어낸다는 건 잠시 논하지 말자. 내가 신기하게 여기는 건 샤오첸이 어린 나이임에도 처세술에 능하다는 사실이었다. 유연한 태도였지만 절대 품격을 잃지는 않았다.

다른 사람의 마음을 빠르게 파악할 줄 안다고 해야 할

까? 가끔은 샤오첸이 독심술을 할 줄 안다는 생각도 들었다. 타인의 감정과 태도가 미묘하게 변할 때도 빠르게 알아차리고는, 적절히 반응하며 민첩하게 대처했다. 노골적인 적의에도 아주 능숙하게 대응했다. 전문 통번역에 뜻을 두면 이렇게 되는 건가?

절로 감탄이 나올 정도였다. 통역이라는 것도 일종의 예술적 기술일까.

통역에 필요한 언어 능력만 봐도 샤오첸은 정말 감탄을 자아내는 사람이었다. 국어, 타이완어, 하카어, 영어에 능숙했고 프랑스어도 접해본 적이 있는 듯했다.

지난번 열차를 탔을 때의 일이었다. 서양인 부부가 우리와 같은 구간에 머물렀는데, 그들이 떠나자 내가 무심코 이렇게 말했었다.

"잉글랜드 여행자들이 식민지 여행을 좋아한대요."

그러자 샤오첸이 바로 답했다.

"두 분은 프랑스 사람인걸요."

"예? 얼굴을 보고 알 수 있나요?"

"말할 때 입 모양을 보고 알 수 있지요. 두 부부가 열차에서 내리려고 몸을 일으킬 때 남편이 아내에게 먼저 지나가게 했거든요. 그러자 아내가 '메르시'라고 했고, 남편은 '드리앵'이라고 했지요. 프랑스어로 '고맙습니다'와 '천만에요'라는 뜻이랍니다."

"샤오첸은 프랑스어도 할 줄 알았군요!"

"일상적인 용어만 조금 할 줄 알지요."

"봉주르, 좋은 아침이에요! 봉수아르, 좋은 밤이에요!"

"맞답니다. 메르시 보쿠, 드 리앵, 오 르부아르, 주템…… 음, 어쩌다 보니 무심결에 배운 거랍니다."

대체 어떤 상황에 놓여야 이런 프랑스어 단어들을 무심결에 배울 수 있지?

샤오첸에게 소리 내서 묻지는 않았다. 식민지 부유한 가문의 서출이라지만, 내가 만났던 또래 관료나 문인보다 그 속을 알기가 어려웠다. 샤오첸이 내지의 명문 귀족이라면 어땠을까? 틀림없이 뛰어난 인물이 되었을 것이다! 본섬 출신이라니. 실로 진흙 속에 파묻히는 운명을 지닌 진주와도 같았다.

"아오야마 씨."

가오슝 거리의 밤바람 안으로 녹아들어 떠돌던 내 혼을 샤오첸의 목소리가 빠르게 불러냈다.

"아오야마 씨가 말씀하셨죠. 여행은 외지에서 생활하기 위해서 하는 거라고요. 외지에서의 생활을 기록으로 남기고 싶으셨던 게 아닐까요? 작업하고 계신《타이완 여행기》도 순조롭게 진행되는 것 같은데요. 그런데 본섬에 대한 어떤 기록을 남기고 싶으신 걸까요?"

"음……."

내가 침음하자 샤오첸이 "묻지 않은 걸로 하세요"라고 조용히 말했다.

"아주 좋은 질문을 했어요. 재작년에 홋카이도와 오키나와로 짧게 여행을 갔었거든요. 홋카이도 이누이족과 오키나와 류큐족의 고유한 생활 방식이 점차 사라지고 있더라고요. 두 지역의 개척은 메이지 초기의 일이었는 데 말이에요! 일장기, 대일본제국, 천황의 백성은 모두 야마토 민족*이다……. 이건 제국의 염원이겠죠."

샤오첸은 뭔가 말을 하고 싶은 기색이었지만 결국 아무 말도 하지 않았다. 그래서 내가 말을 이었다.

"식민지 타이완, 조선, 만주국은 머지않아 홋카이도와 오키나와가 걸어갔던 길을 걷게 되겠죠. 그건 너무 슬픈 일이에요. 저는 이렇게 생각해요. 샤오첸도 아까 보았죠. 조금 전 자리에서 말이에요. 사실 마음에 없는 말을 뱉고 싶지 않았어요. 하지만 어쩔 수 없이 협조해야 했어요. 전쟁 상황에 맞춰서 그런 말을 거리낌 없이 뱉어야만 했어요. 저는요, 세계 정세를 마주할 때면 완전히 무력한 존재가 되어버려요. 무언가 다른 일을 하고 싶어도, 소설가인 제가 무슨 일을 할 수 있겠어요? ……이게 제가 타이완으로 온 이유예요. 적어도, 아직은 변하지 않은 모습을 기록으로 남기고 싶었거든요."

"하지만 아오야마 씨, 타이완은 이미 같은 길을 걸었는 걸요."

가로등 아래 샤오첸이 걸음을 멈췄다.

나는 샤오첸을 바라보았다. 가로등이 샤오첸의 가녀린

---

* 일본 고대 야마토 정권(3~7세기)을 중심으로 형성된 민족 집단을 말한다. 메이지 유신 이후 국민국가 형성 과정에서 민족적 정체성 개념으로 사용되었다.

윤곽을 그려냈고, 긴 상의 깃에 달린 자개 단추가 은은하게 빛을 발했다.

"아오야마 씨는 오늘 제가 입은 옷을 어떻게 보시나요?"

"아주 예쁜데요."

"아오야마 씨는 정말 좋은 사람이에요."

"제가 한 말이 거짓말이라면, 은침 천 개를 삼키겠어요."

샤오첸이 드디어 웃었다.

"사실 눈치채셨을 거예요. 제가 본섬 옷을 입고 있었기에 K 부인이 날카로운 질문을 했던 거예요. 그 사람이 아오야마 씨에게 듣고 싶었던 건 맹자의 말 같은 게 아니었어요. 만약 그런 자리가 아니었다면, K 부인은 직설적으로 말했을 거예요. '당신 통역사에게 청나라 노비의 옷을 당장 갈아입으라고 해요!'라고요."✤

"그런 사람의 시선 같은 건 신경 쓸 필요 없어요."

"아오야마 씨의 말이 맞아요. 본섬의 생활 방식을 기억할 이가 더는 없겠지요. 그런 날이 곧 올 거예요. 하지만 슬퍼할 수가 없답니다. 청나라 때는 푸라오인이 원주민을 이렇게 대했거든요. 세상일이라는 게 참 부조리하죠. 자기가 직접 겪어야만 고통을 느끼거든요. 너무 잔혹하죠. 아, 머리가 아프네요. 술도 마시지 않았는데 이런 실언이라니."

"그러면 가서 마셔요. 숙소로 가서 와인을 마시는 거예요."

"서양식 호텔이 아니라서 와인이 없을걸요."

"그러면 맥주를 마셔요! 시원한 맥주요!"

✤   여기서 본섬 옷은 장삼을 말한다. 2차 세계대전을 시작한 일제가 소수민족과 식민지인을 대상으로 한 동화 정책인 황민화운동을 추진하면서 지나 색채가 두드러진 장삼은 경무 조직에 의해 '도발성 의상'으로 지정되었다. 1943년 말 신지쿠 공습으로 타이완이 공습 시대에 접어들면서 거리에서 찾아볼 수 없게 되었다.

나는 샤오첸의 팔을 붙잡으며 성큼성큼 앞으로 걸어갔다.

걸음을 옮기면서 가로등 불빛 아래 어둠을 파고들었고, 다시 어둠에서 빛으로 나아가며 움직였다. 밝았다가 어두워지고 어두워졌다가도 환해졌다. 강한 바람이 불어와서 그럴까. 그림자마저 날아갈 듯했다.

"이 시간에 안주가 있을까요. 이런이런. 시포포가 있었으면 좋았을 텐데요."

"그건 아오야마 씨의 뱃속에 있지 않나요?"

"아하하."

"아하하, 하고 웃을 만한 일이 없는데요."

"참, 샤오첸. 우리 내일 철교를 보러 가요."

"철교요?"

"가게에 있는 엽서에서 봤어요. 샤단수이시 철교[40]라고 불리는 곳이 있대요. 풍경이 탁 트여 보이더라고요. 울적한 마음을 털어내려면 드넓은 풍경을 보러 가야 해요!"

"네……. 내일 점심에는 돌아가는 기차를 타야 하는걸요. 12시 45분 기차를 놓치면 다음 기차는 오후 4시 50분이에요. 타이중으로 돌아가면 깊은 밤이라서 택시도 탈 수 없을 테고요!"

---

40 샤단수이시는 오늘날의 가오핑강이다. 샤단수이시 철교는 오늘날에 흔히 '가오핑 구 철교'라고 불리고 있다. 이 철교는 1992년에 사용이 중지되었으며 1997년에 국가 2급 고적으로 지정되었다.

"그런 건 전혀 중요하지 않아요. 아하하."
"아하하라니요……."
샤오첸과 나는 팔짱을 끼고 춤을 추듯 걸음을 옮겼다. 밤바람이 우리 두 사람의 머리카락을 휘날렸다.

❉ ❉ ❉

가오슝에서는 '샤단수이시 철교' 엽서를 비교적 자주 볼 수 있었다.
사실 당연한 일이었다. 샤단수이시 철교는 가오슝에서 핑둥으로 가는 방향으로 차오저우선의 지우취탕역과 류콰이취역 사이에 있는 큰 철교였다. 엽서에 있는 철교는 웅장했고, 엽서에는 '동양 제일의 단수이시 철교' 혹은 '1킬로미터가 넘는 아거우 단수이시의 큰 철교(동양 제일)'라고 적혀 있었다. 확실히 많은 이들의 동경을 사는 풍경이었다. 특히 괄호를 통해 '동양 제일'이라는 글자를 두드러지게 만든 것도 묘한 재미를 주었다. '아거우'는 지명 개정 전에 쓰이던 핑둥의 옛 이름으로 어쩌면 이 엽서는 아주 오래전에 발행된 것인지도 모른다.
숙소에서 제공한 《타이완 철도 여행 안내》을 살펴보니, 샤단수이시는 본섬에서 두 번째로 큰 강으로 수원지가 신가오산이라고 나와 있었다. 그렇다면 제대로 살펴봐야겠지?

그러나 샤오첸은 정반대의 의견을 내놓았다.

"정말 죄송합니다. 아오야마 씨가 샤단수이시 철교에 흥미를 느끼실 거라고는 전혀 예상하지 못했네요. 제가 사전 준비에 소홀했습니다……. 다음번 가오슝 여정 때 관람하셔도 괜찮을까요?"

"뭐 하러 다음번까지 기다려요. 여행이라는 게 원래 이런 거잖아요. 즉흥적인 게 더 재미있다고요!"

"아오야마 씨, 류콰이취역은 경마장을 위해 세워진 기차역이랍니다. 그곳은 떠들썩한 번화가가 아니에요. 경마 대회가 열릴 때만 인파로 인산인해를 이룬대요. 지금은 경마 대회가 열리는 기간이 아닌 데다가 택시를 타고 류콰이취까지 가는 길이 매우 지루할 거예요. 다음을 기약한다면, 경마도 함께 보실 수 있을 거고요."

"샤오첸, 나는 경마는 보고 싶지 않아요. 거대한 철교와 강을 보려고 가는 거예요!"

"하지만 방송에서도 말하지 않았던가요? 태풍이 온다고요. 철교는 1킬로미터가 넘어요. 태풍 속에서 위험을 감수하며 철교에 오르는 건 너무 위험한 일이에요."

"뒤집힐 위험이 있다면 철도국에서도 운행을 멈추겠지요."

"……아오야마 씨, '귀한 자식은 위험한 곳에 앉히지 않는다'※는 옛말이 있답니다."

"하지만 샤오첸. 호랑이굴로 들어가지 않으면 그 새끼를

❖ ················ 《사기》에 나오는 한나라 시대의 속담.

얻을 수 없다*는 옛말도 있어요."

"제 직언을 용서해주세요. 전문 통역사는 자기 고용주를 절대 호랑이굴로 들여보내지 않는답니다."

"이런이런."

깊은 밤이었기에 숙소에서는 맥주를 제공하지 않았다.

목욕을 한 뒤 오차즈케와 누카즈케**를 주문했다. 우리 둘은 음식을 먹으면서 다음 날 일정을 논의했다.

"게다가 저는 차오저우선의 시간표를 미리 조사하지 못했답니다. 아오야마 씨를 헛걸음하시게 만들 수는 없지요. 아오야마 씨, 제 거절을 부디 양해해주세요."

엄숙한 얼굴로 바르게 앉아 있는 샤오첸의 모습은 상당히 완고했다. 샤오첸이 이렇게까지 나오니 나도 알았다고 할 수밖에 없었다.

그날 밤, 바람 소리를 들으면서 잠들었다가 이튿날 이른 아침에 깨어났다. 태풍이 와서 그런지 새벽녘의 하늘이 어두웠다. 밖으로 나가 한 바퀴 돌고 숙소로 돌아왔을 때였다. 하늘 가장자리에서 구름을 뚫고 은은히 새어 나오는 금빛 햇살이 보였다.

숙소 복도에서 샤오첸과 마주쳤다. 샤오첸이 나를 맞이하더니 "조식은 아오야마 씨가 좋아하는 온천 달걀이랍니다"라고 말했다.

"가요!"

"어디로 가자는 말씀일까요?"

* 《후한서》에 나오는 반초의 말.
** 소금에 절인 쌀겨에 채소를 넣고 절여 만든 발효식품.

"류콰이춰로요! 태풍이 아직 안 왔대요. 문제없을 거예요. 차오저우선의 시간표도 확인했거든요. 30분쯤 뒤에 기차가 있어요. 너무 촉박할 것 같으면 다음 기차를 타도 괜찮아요. 정오 전에는 여기로 돌아올 수 있거든요."

"아오야마 씨, 아직도 포기하지 않으셨던 거군요."

"아하하하!"

샤오첸을 잡아끌었다. 우리는 식탁 앞에 마주 앉았다.

내가 먹은 건 온천 달걀과 사시미 그리고 간모도키[41] 미소된장국이었고, 샤오첸이 먹은 건 토스트 식빵과 프랑스식 오믈렛, 햄과 따뜻한 커피였다. 나는 온천 달걀에 간장 두 방울을 떨어뜨려 밥에 넣고 비볐다. 그렇게 비빈 밥을 몇 입 만에 해치웠다. 반면 사시미와 간모도키 미소된장국은 천천히 음미할 만한 가치가 있는 음식이었다. 샤오첸도 마찬가지였다. 달걀과 햄을 식빵 사이에 끼워서는 서너 입 만에 먹어 치웠는데 커피만은 아주 천천히 마셨다. 어쩌면 커피가 너무 뜨거워서 그랬던 걸지도.

"햄은 같이 먹는 것보다 따로 먹는 게 낫지 않아요? 그래야 맛을 더 잘 즐길 수 있는데. 맛이 없었어요?"

"아오야마 씨 덕분이지요. 맛있는 햄이어도 그 맛을 느낄 수 없게 되었거든요."

---

41 간모도키는 으깬 두부에 다진 채소를 더해서 튀긴 음식이다. 완자 모양이나 전병 모양으로 빚을 수 있다.

"그러면 1인분을 포장해달라고 할까요? 기차에서 제대로 즐겨보세요!"

"정말 아오야마 씨를 당해낼 수가 없네요."

"과찬의 말씀이시네요."

"칭찬이 아니랍니다."

샤오첸의 쓴웃음에는 간모도키보다 더 곱씹어볼 만한 맛이 있었다.

나는 웃으며 "알았어요, 알았어"라고 말했다.

내가 무뢰배처럼 웃었던 걸까. 샤오첸이 나를 잠시 보더니 어깨를 축 늘어뜨렸다.

"모르잖아요, 몰라."

내 말을 따라한 건가? 너무 샤오첸답지 않은 말이었기에 나도 모르게 하하 큰 웃음을 터뜨렸다.

***

택시가 여관 입구에서 우리를 기다리고 있었다. 기차역에 도착해 시간을 확인하니 5분 뒤에 열차 출발이었다. 일사천리였다. 기차역 앞에는 나마가시[42]를 파는 작은 노점

---

42 나마가시는 와가시 중에서 수분 함량이 높은 생과자를 말하며 양갱, 팥소, 모찌 등이 대표적이다. 정교하게 만든 조가시는 대부분 나마가시에 속한다. 이때 타이완에서는 이미 가판에서 나마가시를 팔았다. 비록 수는 적지만, 타이완에는 아직도 나마가시를 파는 노점상이 존재한다.

차가 있어서 여유롭게 간식까지 골랐다.

　열차는 가오슝에서 출발해 남쪽으로 향했고, 산콰이취, 펑산, 허우좡, 지우취탕, 류콰이취, 핑둥, 시스, 주톈, 차오저우, 시저우를 지났다. 차오저우선의 전 구간 정차역이었다. 이중 우리가 가려는 곳은 지우취탕에서 류콰이취로 가는 구간이었다. 동양 제일이라는 샤단수이시 철교가 있는 구간.

　나는 창문에 비스듬히 몸을 기댔지만, 샤오첸은 여전히 반듯하게 앉아 있었다.

　"샤오첸은 암산 능력이 아주 우수하지요?"

　"이것도 아오야마 씨가 추리하신 건가요? 과분한 칭찬이네요."

　달콤하게 웃는 샤오첸의 얼굴에는 놀랍게도 노멘이 씌워져 있었다.

　"음, 샤오첸을 한번 시험해볼까요? 조금 전에 간식을 샀잖아요. 도라야키는 하나에 10전이었는데 팥소든 크림소든 가격이 같았어요. 다섯 개에는 40전이었고요. 껍질이 있는 양갱은 하나에 12전이었는데 팥 맛이든 녹두 맛이든 가격이 같았죠. 이건 여섯 개에 60전이었고요. 팥 당고와 콩당고, 팥 모찌는 하나에 10전이었고, 절대로 값을 흥정할 수 없었어요."

　"그랬죠?"

　"지금 제가 들고 있는 간식은 팥 도라야키 세 개와 크림

도라야키 세 개, 껍질이 있는 팥 양갱 세 개와 녹두 양갱 세 개, 팥 당고 세 개, 콩 당고 세 개, 팥 모찌 세 개예요."

"그렇죠?"

나는 들고 있던 간식 봉투를 샤오첸의 손에 내려놓으며 말했다.

"제가 지금 샤오첸에게 이 봉투를 준다면, 그 값은 총 얼마일까요?"

"2원이요."

"아, 쉽, 네, 요."

"네?"

"틀, 렸, 어, 요."

"그럴 리가요? 도라야키 여섯 개면 다섯 개에 40전, 한 개 10전을 더하잖아요. 그러면 50전인데요. 양갱 여섯 개면 60전이고요. 당고는 다 합쳐서 60전이고, 모찌는 30전. 50에 60을 더하고 다시 60을 더한 뒤에 30을 더하는 거니까 200인데요.* 안 틀렸는데요."

"왜냐면요. 제가 샤오첸에게 주는 선물이거든요. 그러니까 공짜죠."

맞은편에 앉아 있던 샤오첸이 순간 멍해졌다. 기다란 속눈썹이 아래위로 살랑살랑 움직이는 모습이 참 귀여웠다.

나는 샤오첸을 응시했다. 얼음이 느릿하게 녹듯 변화하는 과정을 세심히 살펴보았다. 아름다운 노멘이 부드럽게 녹아들더니 어쩔 수 없다는 듯한, 그러나 따스한 온기를 품

❖ ⋯⋯⋯⋯ 1원은 100전이다.

은 표정이 되었다.

"정말 아오야마 씨를 당해낼 수가 없네요."

샤오첸의 말에 나는 입꼬리를 올리며 웃었다.

"칭찬이 과하시네요."

어느새 열차는 순조롭게 지우취탕역을 출발했다.

창문 밖에는 강한 바람이 불었다. 휘발유 기관차의 앞머리가 바람을 타고 날아가듯 힘차게, 그러면서도 빠르게 앞으로 나아갔다. 창밖 풍경이 영화처럼 펼쳐졌다. 풍경은 모세가 홍해를 가르는 것처럼 눈 깜짝할 사이에 사방으로 흩어졌고, 열차는 끝이 보이지 않는 하늘과 땅 사이를 파고들었다.

머나먼 건너편과 깊고도 푸른 하늘 그리고 광활한 강이 시야에 들어왔다.

곧이어 열차가 동양 제일이라는 긴 철교에 진입했다. 철교 양측에 놓인 격자 구조물이 필름 프레임처럼 휙휙 지나갔고, 구조물 사이로 윤슬이 반짝이는 강물이 간간이 모습을 드러냈다.

나는 눈을 가늘게 떴다. 마음속에서 무언가가 살며시 떨리고 있었다.

"아름답네요. 타이완은."

샤오첸도 같은 걸 느꼈는지 숨결처럼 가벼운 목소리로 "네, 아름답네요"라고 답했다.

역시 마음이 울적할 때는 드넓은 풍경이 필요해.

열차는 곧게 앞으로 나아갔다. 철제 격자 구조물이 바람을 가르면서 웅웅 소리를 리듬감 있게 냈다.

눈을 가늘게 뜨며 주변을 응시했다. 양쪽 강기슭에 짙푸름과 연푸름이 뒤섞인 숲이 펼쳐져 있었다.

금빛 햇살이 체로 거른 듯 구름 사이로 쏟아지고, 빛의 점들이 초록 잎 위에서 춤을 추듯 뛰어놀았다.

강 중앙에 있는 모래섬에 하얀 꽃이 가득 피어 있었다.

강한 바람이 불 때마다 흰 꽃이 파도처럼 일렁였다.

"저건 갈대인가요?"

"갈대가 아니랍니다."

샤오첸이 부드러운 목소리로 말했다.

"타이완어로는 가우자,* 야자**라고 한답니다. 뿌리 부분을 맛보면 단맛이 있지요. 그래서 이름에 달다는 뜻인 '자'라는 글자가 들어가는 거예요."43

"정말 좋네요. 먹을 수도 있는 거였다니."

"청차오차 중에는 가우자를 원료로 쓰는 것도 있어요. 하지만 가우자만 따로 맛볼 수 있다는 말은 들어본 적이 없답니다."

샤오첸이 말을 마치자마자 내 배가 우렁차게 꼬르륵 소리를 냈다.

---

43 가우자와 야자는 야생 사탕수수를 가리키며 갈대나 참억새와 자주 혼동되곤 한다.

*   猴蔗.
**   野蔗.

아아, 아침에 한 그릇만 먹었으니까.

"타이중으로 돌아가면 러우싸오를 해 먹어요. 아니면 루러우판을 드셔보실래요?"

"러우싸오도 먹고, 루러우도 먹을래요! 메르시 보쿠!"

"주 부 장 프리, 마드무아젤."

"하, 프랑스어를 할 줄 아는 게 맞잖아요!"

드디어 증거를 찾아냈다.

맞은편에 앉은 샤오첸은 반박하지 않았다. 그저 소리 없이 웃을 뿐이었다.

샤오첸의 두 눈에는 부드러운 빛이 담겨 있었다. 격자 구조물 사이로 간간이 모습을 드러내는, 반짝이는 윤슬을 닮은 빛이었다.

❖ ❖ ❖

메르시 보쿠. 매우 고맙습니다.

주 부 장 프리, 마드무아젤. 천만에요. 아가씨.

샤오첸이 그때 이렇게 말했었다.

"맞답니다. 메르시 보쿠, 드 리엥, 오 르부아르, 주 템……. 음, 어쩌다 보니 무심결에 배운 거랍니다."

오 르부아르. 안녕히 계세요.

주 템. 사랑해요.

대체 어떤 상황에 놓여야 이런 프랑스어 단어들을 무심결에 배울 수 있지?

나는 탐정이 아니었기 때문에 러우싸오와 루러우만 물어보았다.

샤오첸은 가오슝 기차역에서 행상인을 처음 보았을 때 루러우판을 파는 거라고 여겼었다. 그러다가 러우싸오판일 거라고 추측했는데, "러우싸오가 루러우보다는 싸거든요"가 그때 했던 유일한 설명이었다. 그렇다면 이 두 요리는 상당히 비슷한 요리일 텐데, 구별하는 방법이 뭐지?

타이중으로 돌아온 다음 날, 샤오첸이 만반의 준비를 하고 왔다.

버드나무 강가의 작은 집. 주방으로 가져온 건 껍질이 붙어 있는 기름진 삼겹살만이 아니었다. 돼지 껍질도 있었다.

"말로 설명해보자면, 루러우와 러우싸오는 모두 간장이나 양념에 조린 돼지고기랍니다. 비슷한 요리처럼 들리지요. 푹 조리면서 나온 육즙을 따로 맛본다면, 그 맛도 매우 비슷할 거예요. 하지만 모양은 확연히 다르답니다. 루러우는 동파육 같은 요리예요. 돼지 삼겹살을 덩어리로 썰어서 조리지요. 러우싸오는 잘게 자른 돼지고기 다짐육을 조리는 거고요. 아오야마 씨도 전에 드셔보셨답니다. 기억하시나요?"

"아! 그러고 보니 비타이박을 먹었을 때 아닌가요? 제가 필기한 적이 있는데! 아, 그랬군요. 러우싸오를 흰밥 위에 얹으면 러우싸오판이 되는 거였어요. 이렇게 직관적인 이름이라니. 호쾌하네요!"

"러우싸오는 아주 많은 요리에 사용된답니다. 비타이박뿐만 아니라 쌀국수나 당면, 굵은 국수*에도 넣을 수 있지요. 참, 루강에서 고기 완자를 드셨잖아요. 그 안에 든 게 러우싸오랍니다. 러우싸오라고 부르기는 하지만, 사실 조리법이 좀 달라요. 경제력이나 식습관에 따라서 집집마다 제조법이 다르거든요."

"그렇군요. 많이 놀랍긴 하네요. 혼토진이 러우싸오를 정말 좋아한다는 건 알겠어요!"

"그렇지요. 내지인이 사시미를 좋아하는 것처럼 본섬 사람은 러우싸오를 좋아한답니다. 어쩌면 비슷한 정도로 좋아한다고 할 수도 있겠어요."

"그런데 제가 전에 이런 걸 본 적이 있었던가요?"

나는 도마 위에 놓인 돼지 껍데기를 가리키며 말했다.

아니, '돼지 껍데기'를 본 적이 있냐고 묻는 게 아니었다. 동파육이든 돼지고기 조림이든 펑러우든, 기름지고 부드러운 비계가 붙은 돼지 껍데기가 있었으니까. 도마에 놓인 고깃덩어리에도 돼지 껍데기가 붙어 있었다. 그런데 특이하게도 '그 돼지 껍데기'는 정말로 껍데기뿐이었다. 고기 부분이 완전히 제거되어서 돼지 껍데기에 얇은 지방층만 붙어 있었다.

❖ ──────── **大麵.** 굵은 국수는 타이중의 유명한 전통 길거리 음식 중 하나이다. 일반 국수와 다르게 알칼리를 넣어서 오래 끓여도 흐물거리지 않고 쫄깃한 식감을 유지한다. 여기에 여러 고명을 넣어서 비벼 먹는다. 양도 많고 저렴해 많은 이들이 즐겨 먹는다.

"돼지 껍데기는 돼지고기 부위 중 가장 저렴하답니다. 가난한 이도 러우싸오는 좋아하니까, 러우싸오를 만들 때면 이 부위를 사곤 하지요. 돼지 껍데기를 잘게 잘라서 냄비에 넣고 약한 불로 오래 끓이면 기름기가 빠져나오거든요. 돼지기름이라는 부산물이 만들어지지요. 그렇게 만들어낸 돼지기름은 요리에 풍미를 더해줄 수 있어요. 돼지기름과 간장만 섞어서 밥에 얹기만 해도 누구나 좋아하는 간단한 요리가 되거든요. 돼지기름을 걷어낸 뒤에는 순서대로 이렇게 넣어보세요. 간장과 빙탕* 그리고 튀긴 양파를요. 그런 다음 정성껏 볶는 거예요. 고기와 간장이 어우러진 짙은 향이 나기 시작하면 물을 약간 부어서 조리고요. 국물이 졸아서 사라지면 걸쭉하면서도 향긋한 러우싸오가 된답니다. 시간만 들이면 노점에서 파는 것처럼 맛있는 러우싸오를 만들 수 있어요. 다만 그 시간이 반나절에 달하지요."

"아, 이런. 무아인텅처럼 미식가가 생각해낸 요리네요."

"아니요. 무아인텅과는 다릅니다. 돼지 껍데기 러우싸오는 명실상부한 미식이거든요."

"그렇긴 해요."

내가 순리를 따르듯 자연스레 답했다.

"샤오첸의 설명만 들어도 그 맛이 얼마나 뛰어난지 알 수 있거든요."

샤오첸은 조금 의외라는 듯 나를 보았다.

"아오야마 씨는 정말 좋은 사람이에요."

---

* 얼음처럼 생긴 설탕.

"왜 또 그런 말을 해요."

"예전에 만들었던 러우싸오는 비교적 좋은 부위를 썼던 거였어요. 오늘 만들 돼지 껍데기 러우싸오는 상대적으로 맛이 떨어질 수밖에 없고요. 미식가인 아오야마 씨가 이걸 모르실 리는 없잖아요."

"제가 아는 건, 샤오첸이 만든 음식은 다 맛있다는 거예요."

"······이런, 아오야마 씨는 완전히 당해낼 수가 없네요."

"제가 한 말이 거짓말이라면, 은침 천 개를 삼키겠어요."

샤오첸이 풉 하고 웃었다.

"루러우 이야기가 나와서 말인데요." 샤오첸은 내 말에 대꾸하는 대신 루러우를 설명하기 시작했다.

루러우의 '루'는 타이완어로 '로'라고 읽는데 간장이나 양념장에 재료를 넣고, 그 양념이 스며들 때까지 푹 끓이는 조리법을 말했다. 같은 요리를 타이완어로 '컹바'◆라고 부르기도 했다.44

'컹'은 재료가 물렁해질 때까지 푹 삶는 조리법을 의미했다. 본섬에서는 지역에 따라 같은 음식을 다르게 불렀다. 누군가는 '로바', 누군가는 '컹바'라고 불렀다.

---

44 원문에 나오는 타이완어 표기에 따르면 컹바는 오늘날 한자로 '焢肉'나 '爌肉'라고 쓰이는 음식을 가리키는 것이다. 여기서는 타이완 정자법 표기에 따라 '炕肉'라고 썼다.

◆ ⋯⋯⋯⋯ 炕肉.

"아! 그렇다면 '루'라는 조리법이 러우싸오를 만들 때도 쓰이는 거군요."

"그렇지요. 부잣집에서는 자기만의 비법으로 러우싸오판을 만들기도 한대요. 돼지 어깨살을 큼직하게 썰어서 푹 조린다고 하더라고요. 어깨살을 쓰더라도 비계와 살코기의 비율을 잘 맞추는 게 아주 중요하답니다. 이렇게 만든 러우싸오를 밥에 얹으면 러우싸오판보다는 루러우판처럼 보이지만요."

"역시 박학다식한 국어 선생님답네요."

"아오야마 씨는 정말 사람을 놀리는 데에 일가견이 있다니까요."

"그건 고결하면서도 관대한 왕첸허 아가씨가 자기 친구가 이렇게 구는 걸 허용해주시기 때문이지요."

"이런이런."

샤오첸은 토라진 듯 나를 곁눈질하더니 더는 말하지 않고 수도꼭지를 틀었다. 그리고 비누칠한 두 손을 꼼꼼히 비빈 뒤 물로 거품을 씻어냈다.

"루러우판과 러우싸오판을 이야기할 때는 중요한 주인공이 한 명 더 있답니다. 바로 쌀밥이지요. 본섬의 재래미는 맛이 아주 좋거든요. 찹쌀을 섞어서 함께 밥을 지을 수도 있는데요. 그러면 식감이 달라진답니다. 찰기가 있는 펑라이미*는 고기 육즙을 더 잘 흡수하거든요. 밖에서 파는 루러우판이나 러우싸오판만 이 쌀로 만들어지는 게 아니

❖ 일제강점기 시절 타이완 정부가 개발한 품종으로, 기존 재래미가 조금 딱딱했다면 펑라이미는 좀 더 부드러웠다. 현재 타이완에서 가장 많이 소비되는 쌀이다.

에요. 노점상에서 파는 흰쌀밥도 펑라이미로 만들거든요. 오늘은 아오야마 씨를 위해 펑위안에서 재배된 펑라이미를 준비해 왔어요. 기회가 된다면 재래미도 맛보게 해드릴게요."

샤오첸이 수도꼭지를 잠갔다. 말소리가 물소리와 함께 멎었다. 샤오첸이 얼굴을 살짝 돌려 나를 보았다.

평소라면 이쯤 내가 소매를 털고 서재로 갔을 테니까. 그곳에서 저녁 식사가 되기만을 기다렸을 것이다.

"설명이 끝났답니다. 요리를 시작해야지요. 오늘은 글을 안 쓰시나요?"

"구경하고 싶어요. 괜찮을까요?"

"러우싸오와 루러우를 만들 때는 시간이 아주 많이 걸린답니다. 매우 무료하실 거예요."

"무료하지 않은걸요."

"그렇게 말씀하신다면야."

수도꼭지가 다시 열렸다. 소리가 쏴아아 쏟아지더니 물이 냄비를 가득 채웠다. 돼지고기를 냄비에 넣자, 가득 찼던 물이 흘러넘쳤다. 흐르는 물로 표면에 있던 미세한 먼지들을 씻어내고는 바로 돼지고기를 꺼냈다. 그런 뒤에는 깨끗한 천으로 물기를 닦았다.

샤오첸의 동작은 아주 날랬다. 집게로 삼겹살 표면과 돼지 껍데기에 붙은 돼지털을 뽑아냈고, 삼겹살은 덩어리로, 돼지 껍데기는 깍둑썰기로 잘랐다.

그 동작 하나하나에 여유로움이 배어 있어 고기를 다지는 일마저 우아해 보였다.

"아오야마 씨."

"여기 있답니다."

"아시겠지만요."

"모르는데요."

"그 돼지 껍데기 러우싸오 말이에요."

"네."

"어린 시절, 모친의 친정에서 지냈을 때였어요. 돼지 껍데기 러우싸오는 아주 특별한 날에만 맛볼 수 있었거든요."

"아주 아름다운 추억이었겠네요."

내 말에 샤오첸이 고개를 들더니 나를 보며 미소 지었다.

"아오야마 씨, 제가 어렸을 때는요. 돼지 껍데기 러우싸오가 아주 값비싼 요리라고 생각했어요. 그때 이런 꿈을 갖게 되었죠. 나중에 어른이 되면 러우싸오판을 원 없이 먹을 거라고요."

"그렇다면 오늘이 바로 그런 날이네요."

"……"

"참, 러우싸오판은 맥주와 잘 어울리죠? 가오슝에서는 맥주를 마실 기회가 없었잖아요. 사람을 시켜서 가져오게 할게요. 시원한 맥주로요. 시내에 있는 셈이니 포도주를 시켜도 되겠어요. 적포도주는 돼지고기와 어울리죠. 틀림없이 뛰어난 맛일 거예요!"

"……역시, 완전히 당해낼 수가 없네요. 아오야마 씨에게는 속수무책이에요."

샤오첸이 피식 웃더니 다시 조리대로 향했다.

덩어리로 썬 돼지고기와 깍둑썰기로 썬 돼지 껍데기를 큰 그릇 두 개에 따로 담았다.

수도꼭지를 틀자, 물소리가 쏴아아 쏟아졌다.

도마를 깨끗이 씻었다. 물소리가 멎었다.

"있잖아요. 샤오첸. 저한테 존댓말을 쓰지 않아도 괜찮아요."

"그것도 괜찮을 것 같긴 하네요."

"그렇지."

나는 옆에서 샤오첸의 옆얼굴을 보았다.

부드럽고도 따스한, 사랑스러운 옆얼굴이었다.

"태풍이 곧 타이중으로 온대. 오늘은 자고 갈래?"

"자고 가지 않을 거예요."

"이따가 술을 마실 거잖아."

"아니면 주사위를 던지시겠어요?"

"이런이런, 어쩜 이렇게 한 치의 흐트러짐도 없는 거죠."

달콤하게 마시는 차
동과차

'리야(哩呀)!'

이건 내지인이 혼토진을 부르는 멸칭이었다.

나도 처음에는 눈치채지 못했었다. 설명을 듣고 나서야 이게 타이완어로 '너냐!'라는 뜻임을 알게 되었다. 무례하면서도 거칠게 부르는 소리였다. 혼토진을 언제든 부릴 수 있는 대상으로 보는 말.* 그러다가 언제부터인가 이 말이 혼토진을 지칭하는 멸칭으로 변했다.

본섬에 머문 지 반년이 되었을 때, 나는 이 멸칭을 직접 듣게 되었다.

우리가 타이난에 있었을 때였다.

나는 안내를 맡은 F 여사를 보고 있었다.

타이난 제1고등여학교의 교사이자 사감인 F 여사는 우리에게 학교를 소개해주고 있었다. 다이쇼 6년(1917년)에 설립된 이 학교는 다이쇼 8년부터 주요 건물들이 차례로

❖ .... 한국어로 따지면 "야, 너!" 같은 표현과 가깝다.

완공되었다.

학교 정문과 이어진 길의 양쪽에는 정원이 조성되어 있었고, 제1열과 제2열에 위치한 건물 두 채는 행정과 교육 용도로 쓰이고 있었는데, 표본실과 미술 교실이 있는 새 건물은 마침 올봄에 지어졌다고 했다.

학교 건물 뒤쪽에는 세 열로 이어진 기숙사 구역이 있었는데, 앞의 두 동은 학생들의 숙소였고, 나머지 한 동은 욕실, 식당, 부엌 등 공용 공간으로 이루어진 생활동이었다. 동쪽에는 수영장 하나, 서쪽에는 테니스장 네 곳이 있었다. 오늘날의 현대 여성 교육은 교양이 높고 박식하면서도 다재다능한 인재 양성을 추구했다. 훌륭한 여성은 그다음이고…….

F 여사의 목소리는 단호하면서도 위엄이 있었다.

"본교 출신 교사와 학생이라면 누구나 자랑스러워할 겁니다. 학생을 향한 본교의 기대는 학교 건물에서도 잘 드러나 있거든요!"

역시 타이난 제1고등여학교다웠다.

나는 말했다.

"제1고등여학교가 있다면, 제2고등여학교도 있겠네요."

"선생님 말씀이 맞습니다. 두 거리를 사이에 두고, 제2고등여학교가 있거든요."

"그렇군요. 두 학교 간에는 어떤 차이가 있나요?"

"제2고등여학교는 혼토진이 주를 이룬답니다. 학교 면

적도 본교의 절반밖에 되지 않고요. 아, 확실히 일부 지역 인사들이 이의를 제기하기는 했지요. 그러나 타이난 지역의 우수한 여학생들에게는 본교야말로 제1지망 학교니까요. 본교에 합격한 혼토진 학생 중에 자랑스러워하지 않는 이가 없답니다. 자기가 우수하다는 증거니까요!"

그놈의 우수, 우수.

나는 옆에 있는 샤오첸을 곁눈질했다. 샤오첸의 얼굴에는 흠 없는 백옥을 닮은 웃음이 걸려 있었다.

"F 선생님, 제1여고의 우수한 학생들 사이에서도 내지인이 혼토진을 '리야'라고 부르는 경우가 있나요? 저는 요즘에야 이런 호칭이 있다는 걸 알게 되었거든요."

내 질문에 F 여사는 즉시 걸음을 멈추더니 고개를 돌려 나를 보았다. 그런 뒤에는 샤오첸도 흘깃 보았다.

"이렇게 무례한 일이 본교에서 일어난 적은 없다고 말씀드리고 싶지만, 안타깝게도 얼마 전 몇몇 혼토진 학생이 항의했답니다. 교내에서 이렇게 불린 적이 있다고요. 그러나 아오야마 선생님께서 이를 글로 쓰실 거라면, 본교가 공정한 조치를 취했다는 점도 꼭 언급해주시면 감사하겠습니다!"

"F 선생님, 오해하셨네요. 저는 귀교를 비판하려는 게 아니랍니다. 그저 여행 중에 보고 들은 걸 말한 것뿐이지요."

"참 공교로운 일이네요."

F 여사는 내 말을 믿지 않았는지 멋대로 설명하기 시작

했다.

"이번 사건에 관련된 이들은 같은 반 학생 두 명이랍니다. 4학년이지요. 내지 출신인 오사와 레이코와 본섬 출신인 천췌웨이인데요. 두 사람 모두 학생들에게 인기가 많답니다. 그래서 학생들도 세키가하라 전투※ 때처럼 동군과 서군으로 나뉘었지요. 하지만 두 사람은 원래 사이가 참 좋았어요. 사춘기 소녀이니 약간의 마찰을 피할 수는 없겠지요. 지금은 화해해서 다시 사이가 좋아졌답니다."

"네? 동군과 서군이 이렇게 빠르게 화해했다고요."

"어머, 학생들 사이에서는 편 가르기가 흔한 장난이 아니던가요? 이번 사건은 오사와 학생이 천 학생에게 '리야'라고 부른 걸 두고 혼토진 학생들이 항의해서 벌어진 일이랍니다. 본교는 이 문제를 아주 엄중히 받아들였어요. 신속하게 사태를 수습했지요. 생각해보면 학교가 지나치게 원칙을 중시했던 거예요. 그래서 이 일을 '사건'으로 봤던 거지요. 사실은 별일 아닌데 말입니다. 그 증거로 사건이 벌어진 뒤 어떤 학생이 몰래 찾아와 자기는 그저 장난친 거라고 말했답니다."

장난친 거라고.

샤오첸은 노멘을 쓰는 기술이 아주 뛰어났다. 그러나 그 기술을 익힐 수 없었던 나는 F 여사를 똑바로 응시할 뿐이었다.

F 여사는 가볍게 웃었다.

※ 1600년 10월 21일, 일본 세키가하라에서 벌어진 전투. 도요토미 히데요시 사망 후, 아들 도요토미 히데요리를 지지하는 서군과 도쿠가와 이에야스가 이끄는 동군이 격돌하여 동군의 승리로 끝났고, 에도 막부가 성립했다.

"물론 진짜로 장난이었다고 해도, 학교는 이에 상응하는 조치를 취해야지요. 생각해보면 정말 우연이었을 거예요. 본교는 올바른 교육법이 두 사람을 화해하게 만들길 바란답니다. 그래서 이번에도 아오야마 선생님을 응대하는 일을 두 사람에게 맡겼어요. 아, 바로 이 둘이랍니다."

학교 건물에서 기숙사로 이어지는 길을 걷고 있던 나는 F 여사가 가리키는 방향을 따라 기숙사 정문을 보았다. 그곳에는 짙은 붉은빛과 보랏빛을 띤 부겐빌레아가 만개해 있었다.

꽃나무 아래에는 여학생 두 명이 나란히 서서 만개한 꽃을 보고 있었다. 소녀소설에나 나올 법한 모습이었다.

긴 바람이 불자 꽃잎이 휘날렸다. 건장한 소녀가 자그마한 소녀를 향해 손을 뻗더니 떨어지는 꽃잎을 막아주었다.

❋ ❋ ❋

소녀소설의 주인공처럼 보이는 두 학생이었다. 이중 한 명이 다른 한 명에게 "리야"라고 호통을 치듯 불렀다니. 실로 상상하기 힘든 일이었다.

타이난에 도착한 첫날에 나는 이 말을 처음 들었다.

처음으로 돌아가서 이야기하는 걸 용서해주시길.

타이베이 기차역 앞에는 아주 유명한 '타이완 철도 호텔'이 있었다. 그런데 2년 전쯤, '타이난 철도 호텔'이 개장하면서 이곳도 이름을 '타이베이 철도 호텔'로 바꿨다고 한다. 나는 타이베이에 있는 호텔보다 타이난에 있는 철도 호텔에 더 큰 흥미를 느꼈다.

타이베이 철도 호텔은 본섬에서 으뜸가는 서양식 호텔이었다. 이렇게 화려한 호텔에서 즐길 수 있는 기쁨이라고 해봤자 맛있는 양식과 계단을 오르는 수고를 덜어주는 승객용 엘리베이터 정도겠지만. 가족 격인 타이난 철도 호텔도 서양식 호텔로 식당과 바, 오락실, 공중전화실 등을 갖추고 있었다. 그러나 타이난 철도 호텔은 타이난역 2층에 있었고, 객실 수도 아홉 개뿐이었다.

개찰구를 나가 한 층만 올라가면 호텔이었다. 그러니 타이난역은 본섬에 있는 기차역 중 유일하게 식당과 호텔을 겸비한 곳이었다. 맛있는 술을 마음껏 마신 뒤, 다음 날 첫차가 역 안에 들어서고 날이 밝아질 때까지 느긋하게 늦잠을 즐기는 건, 철로를 달리는 열차 바퀴와 엔진 소리를 들으면서 깨어나는 건, 분명 아름다운 여행 경험일 것이다.

그래서 샤오첸에게 타이난 여행 일정을 맡겼다. 가오슝 일정과 비슷해 첫날에는 타이난에 도착, 둘째 날에는 강의를 하고, 셋째 날에 타이중으로 돌아갈 예정이었다. 10월은 황금빛 가을이지만, 타이난에서는 가을의 기운을 찾아볼 수 없었다.

개찰구를 지나 딱 한 걸음을 내디뎠을 때였다. 나는 철도 호텔보다 2층에 있는 철도 식당에 시원한 소다수를 파는지가 더 궁금해졌다.

"소다수는 다른 곳에서도 마실 수 있잖아요. 이따가 산책할 때, 제가 타이난의 동과차를 맛보게 해드릴게요. 어떠세요?"

"오! '동과차'가 뭔가요?"

"본섬에서는 칭차오차, 메이쯔탕,* 롄어우차,** 동과차가 자주 보이는데요. 모두 여름철 갈증을 해소하는 전통 음료랍니다. 이중 '동과차'는 동과를 설탕과 함께 끓여서 만든 덩어리를 가공해 만든 차랍니다. 맛이 달콤하죠. 땀을 많이 흘리는 열대 지역 주민에게 동과차는 더위만 해소할 수 있는 게 아니에요. 힘도 북돋아줄 수 있지요. 내지인은 칭차오차를 별로 좋아하지 않아요. 하지만 달콤한 동과차는 많이들 좋아하지요."

"아, 동과라고요? 커다랗고, 초록색 껍질에 하얀 서리가 낀 듯한 그런 동과요?"

"네, 꼭 가서 맛을 한번 보세요."

"당연히 그래야죠!"

손에 짐을 들고 있었지만 내 걸음은 즉시 역 출구를 향해 나아갔다. 그러나 샤오첸에게 바로 붙잡히고 말았다. 어쩔 수 없이 2층에 있는 철도 호텔로 가서 체크인을 했다. 이렇게 된 이상 호텔 모습을 세세히 감상할 수밖에.

객실이 적은 타이난 철도 호텔은 계단도 이에 상응하며 아담했고, 대형 아치형 창문의 환한 빛만이 대호텔의 기세

* 말린 매실이나 훈제 매실로 만든 매실 음료.
** 연근을 끓여서 만든 음료.

를 드러냈다. 계단을 올라 2층으로 가면 바로 앞에 프런트가 있고 오른쪽으로 꺾으면 곧게 뻗은 복도가 나왔다. 천장에는 유리 샹들리에가 걸려 있었지만 빛의 근원은 복도 서쪽에 줄지어 나 있는 아치형 창문이었다.

높은 아치형 창문에 다가가 밖을 내다보았다. 바로 아래가 기차역 로비였다.

아래에는 무수한 인파가 오갔다. 파나마 모자를 쓴 이, 다자 지역 특산품인 밀짚모자를 쓴 이, 펠트로 만든 우아한 모자를 쓴 이, 챙이 앞으로 튀어나온 모자를 쓴 이도 있었다. 군인 모자를 쓰거나 학생 모자를 쓴 이도 지나갔다. 정교하게 단장한 여성의 머리카락도 보였고, 머리카락을 밀어버려 동그란 빛을 발하는 남자아이의 이마도 있었다. 나도 모르게 웃음이 나왔다. 여기가 타이난역에서 즐길 수 있는 가장 흥미로운 볼거리가 모여 있는 곳일지도 모르겠다.

바로 이때였다.

"리야!"

카운터에서 낮게 호통치는 소리가 났다.

나는 즉시 고개를 돌렸다. 샤오첸은 카운터에서 멀지 않은 곳에 서 있었는데 빛을 등진 옆얼굴이 그림자에 잠겨 있었다. 그녀는 어둠 속에서 허리를 꼿꼿하게 펴고 있었다. 어깨가 호흡과 함께 움직이더니 딱 한 번 오르내렸다.

그런 뒤 샤오첸은 프런트를 향해 걸어갔다. 나는 몇 걸음 뒤따르다가 프런트 직원의 불쾌함이 가득한 표정을 목격

했다.

"오늘은 만실이니까 어서 나가."

프론트 직원이 아주 난폭한 언어를 내뱉었다. 고급 호텔에서 제공하는 접객 서비스라고는 믿기지 않을 정도였다.

그러나 샤오첸은 아주 담담했다.

"객실 예약 상황을 다시 확인해 주시겠어요? 오늘 묵을 손님은 닛신카이의 아오야마 치즈코 선생님이십니다."

프론트 직원의 화난 눈초리를 마주하면서 샤오첸이 명함을 내밀었다.

"저는 아오야마 선생님의 본섬 통역사입니다. 아오야마 선생님은 총독부의 초청을 받아 특별히 내지에서 오신 문학가이십니다. 혹시 문제가 있다면, 타이중 시역소에 계신 미시마 아이조 선생님께 연락해주세요."

그러나 나는 샤오첸 같은 인내심이 없었다.

"됐어요. 이렇게 무례한 대우를 받을 필요는 없으니까요. 타이난 철도 호텔도 별거 아니었네요!"

내가 샤오첸을 끌고 그곳을 벗어나려고 할 때였다. 프론트 직원이 프론트 안쪽에서 날 듯이 나오더니 우리 두 사람을 향해 허리를 굽히면서 말했다.

"대단히 죄송합니다. 제 불찰이에요. 시역소에서 미리 연락을 주었습니다. 지금 바로 방으로 가시면 됩니다."

고개를 들자, 금강역사 같았던 얼굴이 에비스처럼 바뀌어 있었다.

이건 뭐 연극이라도 하고 있는 건가? 프론트 직원의 희극적인 변신에 나는 순간 할 말을 잃고 그 자리에서 멍하니 서 있었다.

그 기회를 틈타 에비스가 사환을 부르더니 우리 손에 있던 여행 짐을 대신 들게 했다. 에비스를 대신해서 우리를 호텔 방으로 데려간 이는 웃는 얼굴의 벤자이텐 여신이었다. 프론트 구석을 지키면서 우리를 못 본 척하던 여성 종업원이 눈 깜짝할 사이에 태도를 바꿔 우리를 공양금을 많이 내는 귀빈처럼 대했다.[45]

"아오야마 선생님은 조금 전 열차를 타고 오신 건가요? 날이 너무 더워서 피곤하시겠어요! 아오야마 선생님이 머무시는 곳은 스위트룸이랍니다. 통역을 맡은 분의 방은 바로 맞은편이고요. 아주 편안하답니다. 만찬은 이곳 철도 식당에서 준비할 거고요, 저녁 6시에 드시면 됩니다. 좀 더 이르게 준비하거나 좀 더 늦게 준비할까요? 곧 시원한 음료도 방으로 가져다드릴게요. 신선한 과일 음료와 탄산수, 우유가 있는데요. 어떤 걸 드릴까요? 시원한 음료는 두 분의 방으로 따로 가져다드리면 될까요?"

벤자이텐 여신은 과하게 친절했다. 조금 웃길 정도였다.

---

45 금강역사, 에비스, 벤자이텐은 일본 민가에서 자주 볼 수 있는 신명이다. 금강역사는 절의 문을 지키는 신이라 화가 난 듯 흉악한 얼굴을 하고 있으며 에비스와 벤자이텐은 일본의 칠복신에 속해 웃음으로 사람을 대하는 경우가 많다.

"6시면 됩니다. 과일 음료로 가져다주세요. 제 방으로 보내주시면 됩니다."

"네, 알겠습니다."

시원한 음료가 가득 담긴 유리잔이 빠르게 방으로 전해졌다. 서양식 스프링 침대와 정교한 디자인의 커튼, 둥근 손잡이가 달린 안락의자까지. 샤오첸과 나는 스위트룸 양쪽 끝에 앉아서 묵묵히 시원한 음료를 마셨다. 호텔에서 겪었던 황당함과 혼란스러움이 그제야 사그라졌다. 유리잔 안에 남아 있는 얼음 조각이 작은 파열음을 냈다.

샤오첸이 낮게 탄식했다.

"죄송해요. 아오야마 씨를 놀라게 했네요."

"그건 샤오첸의 잘못이 아니에요."

"제 잘못이 맞답니다. 장삼*을 입은 게 제 실책이었어요."

리야!

샤오첸은 말했다. 이건 내지인이 혼토진을 부를 때 쓰는 멸칭이라고.

❖❖❖

타이난 제1고등여학교에도 '리야' 사건이 있었다.

당사자인 오사와 레이코와 천췌웨이는 자기 이름을 닮은 이들이었다. 오사와 레이코는 풍채가 좋으면서도 단정하게

❖ 본래는 명나라 도복에서 기원한 옷으로 청나라 전통 의복 중 하나이다. 발목까지 덮을 정도로 긴 옷을 말한다. 타이완 일제강점기에 들어와 장삼은 여성 복식 중 하나로 기존 전통복과 달리 서양식 입체 재단법으로 만들어져 여성의 신체적 곡선이 강조되었다. 오늘날 흔히 알려진 치파오와 같다.

아름다웠고, 침착하면서도 진중한 분위기를 풍겼다. 천췌웨이는 손발이 아주 작았으며 덜 자란 소년처럼 마르고 왜소했다. '큰 연못'과 '작은 참새'라는 선명한 형상으로 쌍을 이루는 조합이었다.❋

소녀소설 주인공 같은 두 사람에게도 내지와 본섬을 차별하는 마음이 있었던 걸까?

타이난 철도 호텔에서 하룻밤을 묵은 뒤 타이난 제1고등여학교로 강연을 하러 갔다. 둘째 날에는 학교 기숙사에서 숙박을 하기로 했다. 내 호기심 때문이었다. 샤오첸이 학교에 미리 요청했고, F 여사는 우리에게 학생을 배정해줬다.

부겐빌레아 나무 아래서, F 여사는 오사와와 샤오췌에게 우리를 맡겼다.

오사와가 물었다.

"아오야마 선생님은 다른 학교에서 강연하실 때도 그곳 기숙사에서 묵으시나요?"

"아뇨, 솔직하게 말씀드리자면, 하룻밤 머물게 해준 학교는 귀교가 처음이랍니다."

"그렇다면 아오야마 선생님은 학교 기숙사에 일부러 묵으시는 건가요? 어째서요? 설마 우리 학교 기숙사가 명성이 자자한 건가요? 호평이 많은 거예요?"

나는 그 말을 들으며 웃었다.

"네, 본섬을 방문하기 전에 영국인 여행자가 쓴 《타이완 유람기》를 읽었거든요. 다이쇼 연간에 쓴 거였죠. 그 여행

❋ 　　　두 사람의 이름에서 오사와(大澤)는 큰 연못, 췌웨이의 애칭 샤오췌(小雀)는 작은 참새라는 뜻이다.

자는 타이난에 있는 여학교를 방문했는데요. 아마 타이난 제1고등여학교였을 거예요. 기숙사 방 하나에 세 명이 묵는다고 본문에 자세히 적혀 있었거든요. 어째서 짝수가 아니라 홀수죠? 보통은 짝수가 관리하기 더 편하잖아요. 저는 이런 자잘한 부분에 신경을 쓰는 무료한 사람이라서요. 이번 기회를 핑계로 그 이유를 직접 알아보고 싶었어요."

"그랬군요. 다이쇼 연간에는 방 한 칸을 세 사람이 썼나요? 지금 쓰고 있는 기숙사는 근래에 지어졌어요. 한 칸을 여덟 명이 쓰고 있고요. 확실히 짝수긴 하네요! 아오야마 선생님은 이 주변에 제2고등여학교가 있다는 걸 아시나요? 그곳 기숙사도 여덟 명이 한 칸을 써요. 같은 주립학교니까 이렇게 하는 게 맞겠죠. 아, 하지만 매우 아쉽네요. 아오야마 선생님이 보고 싶어 하시는 옛 모습을 더는 찾아볼 수가 없으니까요."

오사와는 명랑하면서도 시원시원하고 솔직담백했다. 옆에 있는 샤오췌는 늘 미소 띤 얼굴로 끄덕이면서 오사와의 말에 맞장구를 쳤다. 오사와와 샤오췌는 서먹함이 없어 보였다. 아니, 차라리 이 얘기를 하는 게 낫겠다. 남국의 점점 더 뜨거워지는 햇빛을 맞으며 걷고 있을 때, 오사와는 몇 번이나 자리를 바꾸면서 샤오췌가 햇빛을 피하게 해줬다.

음, 이런 오사와가 샤오췌를 '리야'라고 불렀다고?

오사와와 샤오췌, 나와 샤오첸은 강연을 앞두고 기숙사와 그 주변을 둘러보았다.

"저녁 식사 후는 자유 시간이고요, 8시부터 10시까지는 자율학습 시간이랍니다. 10시에는 기숙사 소등이에요. 그때는 멋대로 수다를 떨 수도 없답니다. 다음 날 아침 6시에 기상할 때까지요. 참, 아오야마 선생님과 왕 소저는 길에 익숙하지 않으시니까, 밤에는 조금 불편하실 수 있어요. 혹시 걱정되시면, 언제든 저를 찾아주세요. 두 분 침실 바로 옆이 제 침실이거든요."

샤오첸이 이 말에 바로 반응했다.

"오사와 학생, 걱정해야 하는 문제라도 있는 건가요?"

예리한 질문이었다. 역시 샤오첸이었다.

그러나 오사와는 답하지 않았다. 샤오췌만 빙긋 웃을 뿐이었다.

"첫 번째 건물에 설치된 화장실은, 소등된 뒤에는 되도록 가지 않으시는 게 좋답니다."

"네? 왜요?"

"별거 아니에요."

오사와가 일부러 감추려고 하자 나는 계속 말하라는 손짓을 보냈다.

샤오췌는 장난기 가득한 웃음을 보였다.

"왜냐면, 그 화장실에는 실종 괴담이 있거든요."

"실종…… 그 말은 누군가가 여기서 사라진 적이 있다는 건가요?"

"맞습니다. 예전에 그런 일이 있었지요. 기숙생들 사이에 이런 말도 전해진답니다. 소등 후에는 그곳에 있는 화장실에 신비한 공간이 생긴다고요. 사람을 사라지게 만드는 공간이죠······."

"천 학우."

오사와가 샤오췌의 말을 잘랐다.

샤오췌는 어깨를 으쓱이며 가볍게 웃었다.

이런이런.

이건 소녀소설일까, 아니면 괴담일까?

❖❖❖

소녀소설이든 괴담이든 뭐든 다 좋았다.

강연은 2교시에 끝이 났다. 학생들은 3교시까지 수업해야만 밥을 먹을 수 있었다. 샤오첸과 나는 학교 측이 준비한 점심 접대를 정중히 거절하고, 택시를 타고 이곳에서 유명하다는 서쪽 시장으로 갔다.

찹쌀로 만든 루러우떡, 걸쭉한 장어 쌀국수, 수제 생선 완자탕과 신선한 향이 코를 찌르는 굴탕. 미식으로 배불리 먹었다. 후식은 신선한 과일이었다. 썰어낸 수박과 망고, 토마토, 파파야. 과일이 가득 담긴 접시를 들고 노점 옆에 선 채로 커피잔에 담긴 동과차와 양타오탕❖을 들이켰다. 꿀처럼 달콤한 과일차의 맛이 정말 감미로웠다. 아, 말 그대로 꿀처럼 달콤한 과일차였다. 이게 바로 남도(南都)의

❖ 양타오(楊桃, 스타푸르트)와 설탕, 생강 등을 함께 넣고 끓여서 만든 음료. 갈증 해소에 좋다.

맛이구나!

 미식을 앞에 두자, 학교 이야기 같은 건 까맣게 잊고 말았다.

 문화 고도 타이난에 왔다면, 마땅히 츠칸러우에 가봐야 하지 않을까? 말은 이렇게 했지만, 일부러 차를 타고 관광지까지 찾아가는 건 내키지 않았다. 어쩐지 남의 손에 끌려 다니는 것 같았다. 그래서 우리는 발길이 닿는 대로 걸었다. 그러다가 타이난의 '긴자'※라고 불리는 번화가 일대에 이르렀는데 근처에 타이난 신사와 공자묘가 있었다. 마지막에는 백화점에 가서 새 만년필과 연필도 샀다. 샤오첸이 산 건 소설 두 권이었다. 밥도 먹고 물건도 샀으니 아주 만족스러웠다. 그래서 타이난 제1고등여학교로 발길을 돌렸다.

 돌아가는 길에 나는 샤오첸의 옆얼굴을 엿보았다. 좋아하는 책을 산 뒤로 얼굴에 걸려 있던 노멘이 조금 벗겨져 있었다.

 내 마음도 한결 가벼워졌다.

 "푹 익힌 돼지고기 다짐육을 밥에 얹어 먹는 건 똑같은데, 타이난과 타이중이 완전히 다르네요. 전에 먹은 건 펑라이미랑 재래미로 만든 거잖아요. 근데 여기는 훨씬 더 찰진 찹쌀을 써요!"

 "아오야마 씨는 그 맛이 아주 마음에 드셨나 보네요."

 "다 맛있잖아요! 굳이 따져보자면 재래미는 식감이 퍽퍽하고 건조한 편이라서 잘 어울리지 않는 것 같아요. 거의

※ 일본 도쿄에 있는 유명한 번화가이지 쇼핑 거리.

다 먹었을 때 국물이 그릇 바닥에 남으니까요. 그러면 어쩔 수 없이 밥을 더 퍼서 넣어야 하는데, 밥을 추가하면, 러우싸오도 더 얹어야 하잖아요. 그러면 아무리 먹어도 다 먹을 수 없는 윤회에 빠지는 게 아니겠어요?"

샤오첸이 품 하고 웃었다.

"타이난에는 '바궤'*라고 불리는 간식이 있다고 하더라고요. 재래미를 갈아서 만든 반죽으로 손바닥만 한 떡을 빚어 불에 지진대요. 거기에 러우싸오를 얹어서 먹고요. 조금 전에 주변에 있나 유심히 살펴보았거든요. 아쉽게도 보이지 않더라고요."

"아, 이런. 근데 샤오첸은 이런 자료를 어떻게 조사한 거예요? 신문이나 잡지에서도 이렇게 자세한 본섬 정보는 볼 수 없었는걸요!"

"이건 통역사의 직업 기밀이랍니다."

"아하, 실례를 했네요."

나는 참지 못하고 웃었다.

샤오첸도 노멘을 벗고 웃기 시작했다.

"아오야마 씨."

"네. 저 여기 있답니다."

"예전에 사람들이 그랬어요. 내지인은 러우싸오에서 이상한 냄새가 난다고 여긴다고요. '내지인은 사시미만 먹는다' 같은 경고를 들은 적도 있고요. 하지만 아오야마 씨는 러우싸오와 사시미를 평등하게 보시네요."

❖ ⋯⋯⋯⋯⋯ 肉粿. 타이완어로 '바'는 고기, '궤'는 떡이라는 뜻이다.

"러우싸오를 싫어하는 이라니. 어떤 게 미식인지도 구분할 줄 모르는 사람이 편견을 가진 게 분명해요."

"본섬 사람의 러우싸오와 내지인의 사시미는 '더럽다'와 '깨끗하다'로 나뉜답니다."

샤오첸이 목소리를 낮추면서 말을 이었다.

"본섬의 장삼과 내지인의 와후쿠*도 마찬가지죠."

"음…… 저는 그렇게 생각하지 않아요."

"그건 아오야마 씨가 좋은 사람이라서 그래요."

"아뇨. 저도 뭐라고 말로 표현하기가 어려운데요. 사고방식이 단순한 저에게는 너무 어려운 문제거든요."

생각으로 머릿속이 다 꼬인 것 같았다. 그러나 몇 걸음 더 걷자, 머릿속이 정리되었다.

"다만 샤오첸, 이렇게 말해야 할 것 같아요. 러우싸오와 사시미는 모두 미식이에요. 장삼과 와후쿠도 다 아름답고요. 저한테는요. 세상 만물에 있어서 본질이 가장 중요하거든요. 러우싸오와 장삼의 아름다움을 이해하지 못하는 이들이 틀림없이 세상에 존재할 거예요. 하지만 그 아름다움을 알아보는 이도 존재하는걸요."

"……."

샤오첸이 들고 있던 손가방을 조용히 들어 올리더니 뺨을 가렸다.

"반응이 왜 이래요?"

"너무 교활하신 것 같아서요. 아오야마 씨는 어떻게 말

---

* 일본 전통 의상을 통칭하는 말.

해야 사람의 마음을 살 수 있는지 아시는 것 같아요……."

"그 말은 샤오첸의 마음을 제가 얻었다는 뜻인가요?"

"……."

나는 샤오첸의 뺨을 가리고 있는 손가방을 내렸다.

앞에 있는 샤오첸의 표정은, 뭐라고 해야 할까. 피부에는 옅은 홍조가 떠올랐고, 볼에는 보조개가 파였다. 하지만 달콤한 노멘 같은 표정이 아니었다. 투정을 부릴 때 종종 짓던 귀여우면서도 사랑스러운 미소도 아니었다.

그랬다. 버드나무 작은 집 주방에 있는 도마에서 보여줬던, 얼음이 느릿하게 녹던 표정이었다. 또 열차가 샤단수이시 철교를 지나던 순간에 샤오첸의 두 눈에 담겼던 부드러운 웃음이었다.

나는 멍하게 웃을 수밖에 없었다. 손을 뻗어 샤오첸의 팔을 꼭 잡았다.

"치한처럼 왜 이러세요!"

샤오첸이 어깨로 나를 밀치자 나도 팔꿈치로 샤오첸을 밀쳤다.

짙은 웃음이 가슴에서부터 넘치듯 흘러나왔다.

아, 이런이런. 아, 이런이런.

즐거운 마음으로 나란히 길을 걸을 때였다. 부겐빌레아 꽃잎을 휘날리게 만들던 긴 바람이 얼굴을 스쳐 지나갔다. 소녀소설의 한 장면 같지 않은가?

만약 우리가 그 짙은 빛깔의 꽃나무 아래에 있었더라면,

나는 샤오첸을 위해 떨어지는 꽃잎을 막아주었을 것이다.

아니, 아니지. 꽃잎이 아닌 화살 비가 쏟아진다고 할지라도 나는 내 몸으로 샤오첸을 보호하길 원했다.

❖ ❖ ❖

오사와와 샤오췌가 신경 쓰인 건 어쩌면 약간의 연대감 때문이었을지도 모르겠다.

그날 저녁, 우리는 타이난 제1고등여학교 기숙사 식당에서 교사, 학생 들과 함께 식사했고, 대중탕에서 소녀들과 함께 목욕했다. 오사와와 샤오췌는 밤 점호 시각이 될 때까지 계속 우리와 함께해줬다.

소등 후였다. 갑자기 샤오췌가 들려준 실종 괴담이 떠올랐다.

그때 샤오첸과 나는 각자 자기 침대에 누워 있었다.

잠시 조용히 누워 있다가 작은 목소리로 "샤오첸" 하고 불렀다. 다다미 반대쪽에 있던 샤오첸이 바로 웃었다.

"화장실에 가고 싶으신 거죠?"

"아, 하하하."

"그것도 첫 번째 건물에 있는 화장실로요."

"절 말릴 생각인가요?"

"위험한 일이 아니니까요. 막을 필요가 없겠지요."

"설마, 사실은 샤오첸도 가고 싶었던 거 아니에요?"

"……."

나는 이불을 걷었고, 샤오첸도 이불 속에서 나왔다.

달빛이 새어든 침실 안, 샤오첸의 얼굴에 귀여운 웃음이 떠올라 있었다.

아하.

우리는 기억에 의지해 움직였다.

숙소용 기숙사는 2층짜리 건물이었고 우리는 1층에서 묵었다. 뒤에서 두 번째 건물이었다. F 여사가 소개했던 대로 첫 번째 건물과 두 번째 건물은 숙소용이었고, 세 번째 건물은 생활 공간이었으며 건물끼리는 복도로 연결되어 있었다. 위생 문제를 고려해 두 개의 독립된 화장실이 계단을 사이에 두고 떨어져 있는데, 복도로 걸어가면 첫 번째 건물과 두 번째 건물의 북서쪽으로 갈 수 있었다.

곰곰이 생각해보니 실종 소문이 도는 게 당연한 구조였다.

소등 후 아무 소리도 들리지 않는 기숙사 안에서 나는 목소리를 낮췄다.

"화장실은 북서쪽에 있잖아요. 이게 바로 전설 속 '귀문(鬼門)'은 아니겠죠?"

"아오야마 씨도 풍수지리를 믿으시나요?"

"아뇨. 하지만 학생들은 믿겠죠."

"소설가인지 과학자인지 모르겠다니까요."

"탐정 셜록 홈스죠."

"음, 그러면 제가 왓슨인 건가요?"

말하는 사이에 첫 번째 건물에 있는 화장실이 보였다. 소등한 기숙사 건물 안에서 유일하게 불이 켜진 곳이었다.

칠흑처럼 어두운 교정, 밝은 화장실만이 세상과 떨어져 홀로 존재하는 듯했다. 이렇게 보니 '여기 매우 무서워요'라는 괴담 간판이 걸려 있는 듯했다.

목조 건물의 복도는 걸음을 옮길 때마다 삐걱거리는 소리를 흘렸다. 실종 전설은 물론이고, 괴담이 하나만 있는 게 오히려 이상할 정도였다.

샤오첸은 신경도 쓰지 않는 듯했다. 우리는 계단을 지나 화장실로 연결된 복도로 들어섰다.

"리야."

화장실에서 갑자기 사람 목소리가 전해졌다.

"리야, 좀 더 일찍 오지 그랬어?"

아주 작은 목소리였지만, 또렷하게 귀로 전해졌다.

샤오첸과 나는 동시에 걸음을 멈추고는 서로의 눈을 쳐다보았다.

"안에 누구죠?"

내가 목소리를 높이며 묻자, 화장실은 죽음 같은 정적에 빠졌다. 아무 대답도 없었다.

내가 화장실로 들어서려고 발을 떼는 찰나, 샤오첸이 나를 붙잡았다.

"위험한 곳에 들어가시게 그냥 둘 수는 없어요."

"샤오첸은 궁금하지 않아요?"

샤오첸은 고개를 끄덕이더니 바로 화장실 안으로 들어갔다. 나도 그 뒤를 따랐다.

내부 한쪽에는 화장실 칸막이가 몇 개 있었는데, 작은 문들은 살짝만 닫혀 있었다. 반대쪽에는 깨끗한 세면대가 있었다. 벽도 평범했다. 우리가 서 있는 화장실 입구가 이곳의 유일한 출입구였다.

화장실 안에는 아무도 없었다.

실종……인가?

유일하게 이질적인 것이 세면대 아래쪽 바닥에 떨어져 있었다. 종이처럼 보였다.

집어 들고 나서야 그게 사진이라는 걸 알아차렸다.

사진관에서 찍은 실내 사진이었는데 찻상 위에는 활짝 핀 백합꽃이 장식되어 있었다. 소년처럼 마른 체격의 소녀가 사진 중앙에 서 있었고, 더블브레스트 재킷과 승마용 바지, 장화를 착용하고 있었다. 꽤 남성적인 기개였다. 그러나 베레모를 비스듬하게 써 한쪽 눈썹을 살짝 가렸는데, 웃음 또한 어쩐지 기울어진 듯해 장난기가 조금 엿보였다.

아주 낯익은 얼굴이었다. 나와 샤오첸이 본 적이 있는 얼굴.

샤오췌였다. 천췌웨이.

❖❖❖

소녀소설도 괴담도 아닌 탐정소설이었던 걸까?

"미스 셜록 홈스, 어떻게 생각하시나요?"

역시 샤오첸도 나와 같은 생각을 하고 있었다.

나는 그럴듯하게 흉내를 내며 "아주 좋은 질문이에요. 왓슨"이라고 말했다. 비록 내게는 실마리 같은 게 하나도 없었지만.

좋아, 탐정은 이럴 때 어디서부터 수사를 시작하지?

이렇게 자문하자마자 즉시 화장실을 구석구석 살펴봐야 한다는 생각이 들었다. 그러나 이 바람은 실현되지 못했다. 사감인 F 여사가 마침 이곳을 순찰하고 있었기 때문이었다.

"두 분은 어째서 여기에 계시죠? 두 번째 건물 화장실이 더 가까웠을 텐데요……."

기숙사 방을 배정해줬던 F 여사는 우리의 수상함을 즉시 감지했다. 그러나 F 여사의 의심은 잠시뿐이었다. 곧장 무언가를 깨달았다는 듯 고개를 끄덕였다.

"저쪽 화장실은 줄을 섰나 보네요! 여기 화장실은 언제부터인지 모르겠지만 이상한 소문이 돌았거든요. 학생들이 저쪽 화장실로 가서 줄을 설지언정 여기로 오지는 않아요. 정말 골치가 다 아프답니다."

나와 샤오첸은 미리 약속이라도 한 듯 조금 전 '실종 사건'에 대해 침묵했다.

"소문이라……. F 선생님이 말씀하시는 소문은 뭔가요? 무서운 일인가요?"

소문에 대해 다 알고 있으면서도 F 여사에게 묻고 있는 샤오첸의 커다란 두 눈에는 아무것도 모른다는 무구함과 의혹이 담겨 있었다.

F 여사가 권위를 드러내는 엄숙한 표정을 보이면서 말했다.

"무서운 일이 아닙니다. 걱정하지 마세요."

"그렇군요……. 그러나 인간이라는 나약한 존재는 이유를 알 수 없을수록 더 두려워하죠. 학생들도 제대로 알지 못해서 더 오해했을 거예요."

샤오첸이 달콤한 목소리로 말했다.

"아, 죄송해요. F 선생님의 업무를 저희가 방해할 수는 없지요. 내일 아침에 오사와 학생에게 물어보도록 할게요!"

"아이, 참. 전혀 안 무서운 이야기라니까요. 오히려 훈훈한 이야기라고 할 수 있어요."

F 여사는 잠시 망설이더니 곧 항복하듯 입을 열고 말했다.

"예전에 학생 두 명이 있었어요. 소등 이후 화장실에 다녀오겠다고 했고, 기숙사 침실을 나섰죠. 그런데 아무리 기다려도 돌아오지 않았어요. 그래서 각방 학생들이 찾아 나섰답니다. 그러다가 화장실 앞 계단에서 두 방의 학생들이 마주치게 된 거죠. 바로 그때 둘 중 한 명이 화장실에서 나왔대요. '혹시 다른 아이 못 봤어?'라고 물었더니 못 봤다고 답했죠. 학생들이 화장실에 들어가서 안을 확인했는데, 역시나 그곳에는 아무도 없었어요. 사실 굳이 확인하지 않아도 알 수 있었어요. 두 학생은 사이가 좋지 않았거든요. 같은 화장실에 있었다면 틀림없이 말싸움이 벌어졌을 거예요."

나는 참지 못하고 끼어들었다.

"그 이야기에 대체 훈훈함이 어디에 있다는 거예요?"

F 여사가 미소를 지었다.

"신에게 숨겨진 거죠. 학생들 사이에서는 이렇게 소문이 돌았답니다. 생각해보면 신이 기숙사의 화목한 분위기를 위해서 일부러 그랬던 게 분명해요. 그렇지 않나요?"

"화목한 분위기를 위해 사람을 실종시키다니. 신이 너무 제멋대로 구는 것 같은데요."

"……어찌 되었든 대충 이런 이야기랍니다. 돌아가는 길은 기억하시지요?"

이야기를 나누는 사이에 F 여사는 화장실 안을 모두 확인했고, 우리를 안내해주려는 듯한 태도를 보였다. 어쩔 수 없이 우리도 기숙사 방으로 돌아가야 했다.

그런데 그 화장실에서는 대체 무슨 일이 벌어졌던 거지?

침실 안에서 나와 샤오첸은 마주 앉았다. 달빛이 사진을 밝혀주었다.

"어찌 되었든 실종일 리가 없어요."

"아오야마 씨는 어떻게 생각하시나요?"

"화장실에서 이야기를 나눴던 이는 오사와예요."

"음, 그렇게 추리하신 이유는요?"

"우리가 화장실에 다가가고 나서야 안에 있던 사람이 '리야'라고 말했잖아요. 그 사람이 이렇게 말했잖아요? '야, 좀 더 일찍 오지 그랬어?'라고. 누군가가 오기를 기다렸던 거겠죠? 우리 기척을 듣고 나서 다급하게 화장실을 떠났고, 그러다 사진을 떨어뜨린 거예요. 사진 속 사람은 '리야' 사건의 또 다른 당사자인 천쳬웨이고요."

"음…… 확실히 그렇네요. 학교 학생만 백 명이 넘으니까, 오사와 학생만 본섬 학생을 이렇게 부르는 건 아닐 거예요. 하지만 사진은 천 학생의 사진이었죠. 뭔가 관련이 있는 듯한 느낌이에요."

"네. 이건 천의 개인적인 사진이겠죠. 오사와가 이 사진을 어떻게 얻은 건지는 모르겠지만요. 천과 오늘 밤 화장실에서 만나기로 은밀히 약속했을 거예요. 교내 괴담에 익숙한 고학년 모두가 '실종 화장실'을 두려워한다는 심리를 이용한 거랄까요. 아주 교묘한 수법이었죠. 하지만 오사와는 화장실을 어떻게 떠났던 걸까요?"

"화장실에서 어떻게 떠날 수 있었는지에 대한 이야기는 잠시 미뤄두기로 해요. 아오야마 씨 말대로 화장실 안 사람이 오사와 학생이라고 가정한다면, 천 학생과 만나기로 한 이유가 무엇이었을까요? 혹시 협박이라도 하려던 거였을까요?"

"으음……."

달빛 아래 우리의 시선이 마주쳤다. 둘이 동시에 조용해졌다.

부겐빌레아 나무 아래, 오사와는 샤오쳰를 위해 떨어지는 꽃잎을 막아주었다. 그 장면이 내 머릿속에서 지워지지 않았다.

❖ ❖ ❖

짙은 붉은빛, 보랏빛 꽃잎이 바람 속에서 춤을 추었다. 그러다 끝내 부겐빌레아는 조용히 땅으로 떨어졌다…….

"아오야마 씨."

샤오쳰의 부름에 나는 정신이 번쩍 들었다.

아, 나도 모르는 사이에 잠들었구나.

자리에서 일어나 반쯤 감긴 눈을 비볐다. 방 안에는 흐릿한 빛이 있었다. 지금 몇 시지?

"아오야마 씨, 우리 다시 화장실에 가봐요."

나도 모르게 웃음이 나왔다.

샤오쳰이 손을 뻗더니 내 어깨를 두드리며 말을 이었다.

"절대로 무서워서 같이 가자는 게 아니에요."

네, 네.

그리하여 이제는 익숙해진 길을 다시 걷게 되었다.

그러나 샤오첸은 화장실 칸에 들어가지 않았다. 간밤에 주운 그 사진을 세면대에 올려놓았을 뿐이었다. 그런 뒤에 나를 끌고 계단을 오르더니, 계단이 꺾이는 자리 구석에 앉았다.

"샤오첸?"

"쉿……. 아오야마 씨, 저는 '그 사람'이 사진을 가지러 돌아올 거라고 생각해요."

"네?"

샤오첸은 속삭이듯 작은 목소리로 말했다. 나는 어쩔 수 없이 샤오첸의 입가로 귀를 가까이 들이댔다.

"기숙사 기상 시간은 6시예요. 소등 점호가 있다면, 기상 점호도 있겠죠. 점호를 책임지는 학생 간부라면, 일어난 뒤 밖으로 나와서 활동할 수 있는 시간이 있을 거예요. 지금은 5시 반이고, 해는 5시 50분쯤에 완전히 뜨죠. '그 사람'이 누구든 간에 해가 뜨기 전에는 반드시 사진을 가지러 올 거예요."

나는 고개를 들었다. 샤오첸이 평온한 눈빛으로 나를 보고 있었다.

아직 동트기 전인 새벽이었다. 그러나 샤오첸의 얼굴에서는 졸음기를 찾아볼 수 없었다. 눈가가 좀 어두울 뿐이었다.

내가 곯아떨어진 사이, 샤오첸은 밤새 미스터리를 곱씹으며 생각에 빠졌던 게 분명했다.

이런 샤오첸이 왓슨이라고?

아침에 일어난 새들의 지저귐이 서로 어우러지며 맑게 울렸다. 회색으로 물들었던 하늘이 조금씩 밝아졌다. 샤오첸의 두 눈가는 거뭇했지만, 두 눈동자만큼은 어느 때보다 찬란하게 빛났다.

그때였다.

짹짹.

소란스레 지저귀는 소리와 함께 나무판이 무게를 견뎌낼 때 내는 작은 울림이 전해졌다.

짹짹.

계단에 다가왔고, 계단을 지나쳤다. 짹짹.

우리는 동시에 자리에서 일어났다.

계단과 건물 사이의 틈새로 한 소녀가 화장실로 들어가는 모습이 보였다.

"놀랍게도……."

나는 큰 소리를 낼 뻔했지만, 샤오첸은 전혀 놀라지 않았다. 예상했던 일인지 작은 목소리로 숫자를 세기 시작했다. 하나, 둘, 셋, 넷, 다섯. 그런 뒤에는 과감하게 쿵쿵 발소리를 내면서 계단을 내려갔다. 나는 곧바로 미스 셜록을 따랐다.

다시 화장실로 들어갔다. 어젯밤과 같았다. 작은 전등은 여전히 켜져 있었고 화장실 칸막이의 작은 문들은 여전히 반쯤 닫혀 있었다. 한 줄로 늘어선 세면대도 그 모습이 완전히 드러나 있어, 따로 출입구를 찾아볼 수 없었다.

화장실 안에는 아무도 없었다. 그리고 세면대 위의 사진도 사라졌다.

샤오첸이 손가락을 입술에 얹으면서 조용히 하라는 신호를 보냈다. 이어 내 손을 붙잡고는 화장실에서 끌고 나왔다.

우리는 기숙사 침실로 돌아왔다.

얼마 지나지 않아 6시 기상 종이 울렸다. 기숙사 전체가 순식간에 부활한 듯했다. 왁자지껄한 말소리와 소란한 기척이 새소리와 함께 뒤섞였다.

샤오첸은 그 소리를 잠시 경청하더니 나를 보고 미소 지으며 말했다.

"이제 말씀하셔도 괜찮아요."

"세상에…… 천췌웨이라니! 어째서 천췌웨이인 거죠!"

❖ ❖ ❖

예정대로 우리는 오전 11시 40분 급행열차를 타고 타이중으로 돌아갔다.

길가에서 검은 마름❋을 두 봉지 샀고, 열차가 자이역에 도착할 즈음 도시락을 살 생각이었다. 타이난역을 출발할 때 우리는 신문지에 싸인 마름을 무릎 위에 펼쳤다. 박쥐처럼 생긴 마름은 양 끝에 날카로운 가시가 있어 함부로 손을 댈 수가 없었다. 다행히 샤오첸은 손재주가 좋았다.

손재주가 좋은 사람은 머리도 좋구나.

"어째서 천췌웨이인 거죠?"

❋ 연못에서 자라는 한해살이풀과 그 열매를 말하며, '물밤'이라고도 한다.

기숙사 침실에서 샤오첸은 웃으며 이렇게 말했었다.

"추측한 거랍니다. 운이 아주 좋았죠."

이렇게 얼버무리다니, 이대로 넘어갈 수는 없어!

"우리가 천 학생과 오사와 학생을 처음 보았을 때요. 부겐빌레아가 바람결에 휘날리며 떨어졌잖아요. 오사와 학생은 천 학생을 향해 팔을 뻗어 꽃잎을 막아주었죠. 기억하시나요?"

"그럼요."

"안내자 역할을 하면서 천 학생과 오사와 학생은 앞서 걸었어요. 한 번은 모퉁이를 도는데 오사와 학생의 머리카락에 자줏빛 부겐빌레아가 더해져 있더라고요. 그 꽃은 원래 천 학생의 세일러 칼라에 꽂혀 있던 거였어요. 아주 조금만 드러나 있었지만, 제 키가 천 학생과 비슷해 눈여겨보고 있었거든요. 제가 제대로 관찰한 게 맞다면 두 학생은 이런 사이일 거예요. 오사와 학생이 수호자이고, 천 학생은 가끔 저항하고요."

"……수호자에게 저항을, 한다고요?"

"네. 그렇답니다. 그러니 '리야' 같은 멸칭이 오히려 천 학생이 오사와 학생을 부를 때의 호칭이 되어버린 거죠. 그렇게 따져보았을 때, 두 사람 사이에 있었다는 '리야' 사건은 어쩌면 정말로 오해였을지도요."

"그러면 천은, 어째서 오사와를 '리야'라고 부르는 거죠? 이건 잘 상상이 되지 않는데요."

"자세한 속사정은 알 수 없지만, 우리 같은 외부인이 묵는 날 밤에 일부러 오사와 학생을 '실종 화장실'로 보낸 거니까요. 일종의 장난이었겠죠. 하지만 저는 그걸 협박이라고 생각하지는 않아요. 4학년 학생이 봄 졸업을 앞두고 기념 삼아 개인 사진을 교환하는 건 일종의 여학교 문화거든요. 두 사람 사이가 이런데도 서로 사진을 교환한다는 건 좀 놀랍지만요······? 음, 어쨌든 소녀의 감정이야말로 세상에서 가장 알기 어려운 미스터리인걸요."

"하지만, 이 정도 단서로는 천이라는 추측을 해낼 수 없다고요!"

"그렇긴 하죠. 첫 번째 단서는 오사와 학생이 우리 옆 침실에 머물렀다는 거예요. 오사와 학생은 소등 점호 간부예요. 기숙사 방으로 돌아간 뒤 화장실에 갈 시간이 없었다는 핑계로 밖으로 나올 수 있었겠죠. 어쩌면 처음부터 그럴 계획이었을지도요. 그런데 우리가 침실에서 더 먼저 나선 거예요. 오사와 학생은 우리가 나가는 소리를 들었을 거고요. 그래서 잠시 나가지 않고 기다렸을 거예요. 그래야 우리와 마주치지 않을 테니까요. 화장실에 있던 천 학생이 물었잖아요. '좀 더 일찍 오지 그랬어'라고. 그 말은 우리가 화장실에 갔던 시간이 그들이 원래 만나기로 했던 시간 즈음이라는 뜻이에요. 그래서 저는 '사건이 발생했을 때 오사와는 여전히 기숙사 방 안에 있었다'는 가설을 세웠죠. 옆방에서 누가 나가지는 않는지 밤새 소리를 들었는데요. 여덟 명이 함께 쓰는 방이니 밤중에 한두 명이 나가서 소변을 보는 건 이상할 게 없잖아요. 하지만 기숙사 방을 나가서 화장실에 갔다면, 반드시 방으로 돌아와야죠. 만약 화장실 안에 있는 이가 오사와 학생이었다면 우리가 기숙사 방으로 돌아온 뒤에 바로 옆방에서도 오사와 학생이 침실로 돌아오는 소리가 들렸어야 했어요. 하지만 밤새 옆방의 기척을 살펴도 그런 소리는 들리지 않았답니다. 누군가 나갔다가 돌아오는 소리만 들렸죠. 그 말은 '사건이 발생했을 때 오사와는 여전히 기숙사 방 안에 있었다'는 가설이 맞았다는 거죠."

"이런 가능성도 있잖아요. 오사와가 알 수 없는 방법을 써서 화장실을 떠났고, 우리보다 먼저 침실로 돌아온 거죠. 그럴 수도 있지 않나요?"

"깊은 밤 기숙사에서는 살금살금 걸음을 옮겨도 남이 알아차릴 수 있는 소리가 나기 마련이에요. 게다가 오사와 학생은 체격이 큰 편이죠. 소리를 죽이고 걷기가 어려웠을 거예요. 우리보다 먼저 침실에 도착했다면, 오사와 학생의 발소리가 사람들의 주목을 끌었을 테고요."

"아아, 오사와 학생의 체격이 상당히 건장하기는 하죠. 그러면 화장실에는 어째서 아무도 없었던 거죠?"

"아, 이건 또 다른 단서인데요. 화장실에 있는 칸막이들 말이에요. 문이 완전히 닫힌 게 아니라서 아무도 없는 것처럼 보였던 것뿐이에요. 사실은 그게 맹점이었던 거죠. 어떻게 실종이 될 수 있겠어요. 이 점만큼은 저도 아오야마 씨와 생각이 같답니다. 그러니 답은 단순하지요. 사람은 사라지지 않았어요. 그저 칸막이 안에 숨어 있었던 거예요. 공학교에서 숨바꼭질할 때면, 똑똑하고 대담한 학생들이 화장실의 닫히지 않은 문 뒤로 숨곤 했거든요. 오사와 학생은 체격이 건장해서 그렇게 숨지는 못했을 거예요. 하지만 체격이 어린아이 같은 천 학생이라면요……? 운 좋게도 제 추측이 맞았던 거죠."

"우와아아아아, 샤오첸!"

"네?"

"샤오첸은 왓슨이 아니에요. 셜록 홈스도 아니고요."

나는 엄숙하게 공표했다.

"샤오첸이라는 사람 자체가 위대한 탐정이에요!"

날은 완전히 밝았고, 기숙사 방 전체가 금빛으로 물들었다. 침대 위에 꼿꼿이 앉아 있던 샤오첸이 햇빛보다 밝은 웃음을 지었다. 보기만 해도 머리가 어지러워지는 웃음이었다.

"아오야마 씨." 샤오첸의 목소리가 귓가에 울렸다.

"맛있게 드세요."

정신을 차리고 보니, 내 몸은 북쪽으로 향하는 급행열차의 일등석 칸에 있었다.

샤오첸이 내 손바닥에 내려놓은 건 분홍빛 마름 알맹이였다. 검고 날카로운 껍질이 완전히 벗겨진 알맹이들이 어느새 작은 산처럼 쌓여 있었다.

어! 언제 껍질을 다 벗긴 거지?

"이렇게 작은 건 껍질을 잘 못 벗기시잖아요."

샤오첸이 미소를 보이며 해명했다.

"마름은 이로 껍질을 깨물어서 까야 한답니다. 알맹이를 꺼내는 것도 나름의 기술이 필요하고요. 초보라면 오래 연습해야 해요."

"음, 우리 전에 이런 대화를 나눈 적이 있지 않나요."

"아, 그렇죠. 처음 만났을 때요. 그때 먹었던 건 과쯔였지요."

"과쯔, 아직도 능숙하게는 못 까요."

"그러니 아오야마 씨가 저를 필요로 하시는 거겠지요."

샤오첸의 두 눈도 웃음을 머금고 있었다.

나는 마름을 하나 집어 샤오첸에게 주었다.

샤오첸은 피하지 않았다. 웃으며 마름을 입안에 넣었다.

타이난 철도 호텔의 스위트룸 유리잔에 담겨 있던 얼음. 그때 풍경이 갑자기 왜 떠올랐는지 모르겠다. 얼음이 작은 파열음을 냈다.

그때 마셨던 음료가 동과차였다.

달콤한 맛이 이제야 샘솟듯 뿜어져 나왔다.

본섬의 양식
타이완식 카레

툇마루형 복도 한쪽에 있는 정원에 이름 모를 꽃이 피었다.

가을비가 며칠이나 내리면서 남쪽 섬에도 서늘한 기운을 품은 바람이 불게 되었다. 이른 아침에 유리문을 활짝 열면, 짙은 향이 서늘한 바람을 타고 실내로 파고들었다. 달큰한 계화 향이었다. 석 달 전까지만 해도 함소화의 멜론 같은 향기가 매일 폐부 깊숙이 스며들었는데 눈 깜짝할 사이에 계화가 만개하는 계절이 되었다. 본섬의 계화는 우윳빛인데, 내지의 계화는 주황색이었다. 어쩐지, 그래서 그런 이름을 얻은 거구나.[46] 내지의 계화는 9월에 피는데 본섬의

---

46 원문에서 타이완의 계화는 '은목서(銀木犀)', 일본의 계화는 '금목서(金木犀)'라고 되어 있다.

계화는 11월에 피어났다. 이곳이 열대 타이완이라는 게 실감이 났다!

  꽃향기를 음미하고 싶어 복도 밖으로 내려갔다.

  나막신을 주방 쪽 출입구에 놓아두었기에 그냥 맨발로 나섰다. 빗물에 젖은 풀밭을 밟자 발바닥이 간질간질했다. 그때 비로소 이름 모를 꽃들이 정원 구석에 줄지어 피어 있다는 걸 알아차렸다.

  이걸 꽃이라고 할 수 있을까?

  땅에 납작하게 붙은 초록 잎은 엇갈리면서 방사형으로 자라나 손바닥만 한 덤불을 이루고 있었다. 정중앙에 꽃줄기 하나가 곧게 뻗어 있고, 그 주변으로 작은 곁가지도 여러 개 뻗어 나와 있었다. 그리고 곁가지 끝에는 조그맣게 연보라색 꽃이 피어 있었는데 아직 꽃봉오리로만 남아 있거나 작고 둥근 열매를 맺은 것도 있었다.

  오전에 샤오첸이 오자 나는 이 얘기를 해주었다.

  "토인삼처럼 들리는데요."

  샤오첸이 툇마루형 복도에 서서 멀리 정원을 바라보더니 웃으며 말했다.

  "토인삼이 맞네요."

  "음, 약재로 쓰는 인삼이요?"

  "아뇨, 약재로 쓸 수 있기는 하지만, 아오야마 씨가 말씀하시는 것처럼 귀한 약재는 아니랍니다. 토인삼은 도시에서 잡초로 여겨지거든요. 다카다 댁의 정원사도 예전에는 이걸 다 뽑았을 거예요. 하지만 시골에서는 연한 잎을 따서 나물로 먹기도 한답니다. 약용으로 쓰는 부위는 뿌리인데, 그 맛이 인삼과 비슷하지요. 들판에서 뽑은 다년산 토인삼을 진짜 인삼과 섞어 팔았다는 악덕 상인의 이야기를 들은 적이 있어요."

"그렇군요……. 먹을 수 있다니. 그러면 토인삼은 맛이 좋은가요?"

내 말에 샤오첸이 웃기 시작했다.

"샤오첸, 이건 식탐이라고만 할 수는 없어요. 본섬의 사물을 기록하기 위해서라고요."

"하긴 그렇네요. 다만, 토인삼을 너무 오랜만에 봐서요. 이대로 먹어버린다고 생각하니 좀 아쉬운걸요."

샤오첸이 고개를 기울이며 나를 보고 미소 짓더니 말을 이었다.

"제가 어렸을 때 처음으로 알아본 식물이거든요."

마치 내게 애교를 부리는 것 같아 내 입꼬리도 함께 올라갔다.

"그러면 먹지 말고 그냥 두도록 하죠. 오늘 점심밥은 야나가와 나베예요!"

"아오야마 씨의 음식 솜씨가 정말 기대되는걸요."

"하아, 너무 기대하지는 말고요!"

오늘은 내가 요리하기로 했다.

평소 네코맘마, 혹은 가쓰오부시 육수에 구운 김을 부숴 넣어 김국을 만들기는 하지만, 이런 건 '요리'라고 할 수 없었다.

야나가와 나베는 사실 미꾸라지 전골이었다.

산란기인 여름이라면 미꾸라지가 알도 품고 있었겠지만, 11월에는 그렇게 많은 걸 요구할 수 없었다. 나는 맛있는 미꾸라지를 파는 수산물 가게를 신토미초 시장에서 미리 봐둔 다음, 이른 아침에 시장으로 가서 손질해둔 미꾸라지를 사 왔다. 집에 도착하자마자 물을 끓여서 재빨리 데쳐냈다.

얇게 썰어서 식초 물에 담가놓았던 우엉을 넓은 도자기 냄비 바닥에 조심스럽게 깔고, 그 위에 배를 갈라 손질한 미꾸라지를 놓으면 요리 시작이다. 미리 끓여둔 가쓰오부시 육수를 냄비에 부은 뒤 간장, 미림, 청주와 설탕을 조미료로 넣었다. 설탕은 조금 많이. 아지노모토*는 됐고, 소금도 넣지 말자. 곧이어 불을 켜고 끓였다. 국물이 부글부글 끓을 때 미꾸라지가 부서지는 걸 막으려면 뚜껑을 덮어야 한다.47 그러나 본섬에서는 뚜껑을 잘 쓰지 않았기에 임시방편으로 다시마를 썼다. 넓은 홋카이도 라우스 다시마를 두세 조각으로 잘라서 국물 위에 얹었는데 다시마 맛이 미꾸라지와 국물에도 스며드니 사치스럽다고 할 수는 있어

---

47 냄비보다 조금 작은 크기의 뚜껑으로 보통은 나무로 만든다. 일본 요리에서 끓이거나 졸일 때 자주 사용된다.

❖ .... 일본의 조미료. 한국의 미원과 비슷하며 조선에서도 1926년부터 판매되었다.

도 낭비라고 할 수는 없었다.

　미꾸라지의 색이 변하고 우엉이 부드러워지자 다시마 덮개를 꺼냈고, 달걀 몇 개를 풀어서 만든 달걀물을 냄비 중앙에 부었다. 달걀물이 반쯤 익었을 때 불에서 냄비를 내리면 끝이었다.

　야나가와 나베가 끓기를 기다리는 사이, 우리는 다른 요리부터 상에 올렸다.

　두 홉 분량의 흰쌀밥. 신토미초에서 사 온 쌀겨 절임, 오이, 가지, 노란 무절임 그리고 본섬에서는 흔치 않은 차조기 센마이즈케*까지 곁들였다. 국은 푸른 파를 듬뿍 뿌린 동과 바지락탕이었다.

　"사실은 '대구봉 동과찜'을 만들고 싶었어요."

　"대구봉이요? 처음 들어보는 것 같은데요."

　고향의 음식을 떠올리자 나도 모르게 마음 깊은 곳에서 미소가 흘러나왔다.

　"대구봉은 말린 대구살을 말해요. 고향에서는 오봉** 선물로 이걸 주곤 했거든요. 오봉 전날이면 고향집의 소작농들이 많이 보내줬죠. 가을이 끝날 때까지 먹을 수 있을 정도로요. 어렸을 때는 매년 이날만 기다렸어요. 손질이 번거롭기는 하지만 맛이 아주 좋거든요. 가을의 제철 먹거리라고 할 수 있죠!"

　"대구봉을 물에 불리는 데에 시간이 오래 걸리나요?"

　"그럼요. 오래 걸리죠. 손도 많이 가요. 대구봉은 배를 갈

---

* 　　　　　일본 교토 지방의 대표적인 절임 음식으로 무를 얇게 썰어 미림, 누룩, 소금, 식초 등을 넣고 절인 것이다.

** 　　　　　五峰. 원래는 음력 7월 15일로 백중(百中)을 말했으나 일본은 1873년 메이지 유신 이후로 양력을 사용하면서 양력 8월 15일을 오봉으로 지정했다.

라서 말린 대구와는 완전히 다르거든요. 농담이 아니라 진짜 돌처럼 단단해요. 나무 몽둥이로 힘껏 두드려야 하죠. 두드린 뒤에는 쌀뜨물에 담아서 충분히 불리고, 다시 햇볕에 말려야 하고요. 이 과정을 몇 번이나 반복해야 부드러운 대구봉이 되거든요. 하지만 일반적인 말린 대구와 비교하면 맛이 너무나 뛰어나요. 그래서 이런 번거로움도 불평할 수가 없어요."

"미식가만이 그 맛을 제대로 알 수 있는 요리네요."

"맞아요! 부드러워진 대구봉을 잘게 찢어서 동과와 함께 찌거든요. 어떤 이는 여기에 고구마를 넣는데 그렇게 먹어도 괜찮아요. 동과가 투명해질 때까지 익히고, 간을 보면서 생강즙, 소금, 간장을 더해주죠. 식탁에 내기 전에 맛만 확인하려다가 아예 먹게 된다니까요! 그럴 때면 숙모가 큰소리로 혼을 내곤 했어요. 먹을 거면 식탁에서 편히 좀 먹으라고요."

"아름다운 유년의 기억처럼 들리네요."

"아…… 저는 성인이 되어서도 이랬는데요……."

샤오첸이 웃음을 터뜨렸다.

"확실히 아오야마 씨다워요!"

"그런가요. 하하하하! 타이난에서 동과차를 마셨을 때 대구봉 동과찜을 만들고 싶다고 생각했어요. 전에 샤오첸이 제게 돼지 껍질 러우싸오를 만들어 줬잖아요. 저도 샤오첸에게 제 유년 시절의 맛을 알려주고 싶었어요. 그런데 대구봉을 구할 수가 없더라고요. 그래서 어쩔 수 없이 야나가와 나베로 바꿔서 준비했죠."

여기까지 말했을 때 야나가와 나베가 부글부글 끓었다. 이제 달걀물을 넣을 차례였다.

달걀 다섯 개를 깨서 그릇에 붓고 단숨에 휘저었다.

젓가락과 그릇이 맞부딪치면서 딱딱 소리를 냈다. 그 소리와 함께 샤오첸이 웃음을 담아 말했다.

"가을에는 대구봉 동과찜이고 여름에는 야나가와 나베인 거죠?"

"맞아요!"

나는 그리움을 담아 탄식했다.

"절 키워주신 숙부, 숙모랑 대구봉 동과찜을 자주 먹었어요. 즐거운 기억이 가득한 요리죠. 이 요리를 샤오첸과 함께 먹고 싶어요."

샤오첸은 "네"라고 답했다.

나는 고개를 돌려 샤오첸을 보았다. 마침 샤오첸이 웃음을 담은 눈으로 나를 보고 있었다.

어째서인지 내 두 뺨이 달아올랐다.

불이 너무 셌던 게 분명했다.

※ ※ ※

작은 사발에 가득 담아 샤오첸에게 첫 그릇을 건네주었다.

나는 서둘러 먹지 않았다.

식탁 맞은편에 앉은 샤오첸이 젓가락을 집더니 그릇을 입 쪽으로 가져가 달걀 미꾸라지를 입안으로 흘려 넣었다. 우아하게 씹은 뒤 생선 뼈를 발라냈고, 다시 입안으로 흘려 넣었다.

미꾸라지를 먹는 모습마저 이렇게 아름답다니. 세상에 이런 사람은 샤오첸밖에 없을 거다.

"맛있어요? 본섬 사람들은 미꾸라지를 약선 요리로 먹는 것 같더라고요. 야나가와 나베는 달고 짠 간장으로 익히는 거라 입에 잘 안 맞을 수 있어요. 하지만 맛이 없다면 제가 제대로 못 만들어서 그런 거예요. 원래 맛없는 음식이 절대 아니에요……."

"아오야마 씨."

"음, 네."

"맛있다고 생각하는걸요."

샤오첸이 미소 지으며 말했다.

그러자 내 얼굴에도 웃음이 번졌다.

즉시 그릇과 젓가락을 들어 입안으로 미꾸라지를 흘려 넣고, 혀끝으로 미꾸라지의 뼈를 발라냈다. 야나가와 나베는 우엉의 식감조차 부드러웠다. 중간중간 절임 채소를 씹는 즐거움을 곁들이고, 하얀 밥도 같이 먹었다. 맛이 정말 좋았다.

여기에 술까지 있었다면 완벽했을 텐데. 아쉽게도 대낮

이었다. 그래서 밥을 먹으면서 이야기를 나눴다.

"다음에는 야나가와 나베를 저녁 식사로 먹어요. 미꾸라지는 술안주로 삼기 정말 좋거든요. 사케를 두 병 데워서 먹는 거예요. 아주 좋을 것 같지 않나요!"

"아오야마 씨는 한두 병만 드시지 않잖아요. 옆에서 감시하는 사람이 없다면 아주 위험할 것 같아요."

"위험하긴요."

"지난번에, 저녁 식사 후 취하셨을 때 말이에요. 그때 아오야마 씨에게 빨리 가서 주무시라고 했잖아요? 그런데 제가 떠나고 나서 목욕하셨더라고요."

"목욕물이 데워져 있으니까 그랬던 거죠."

"욕조 안에서 기절하셨죠."

"하하하하하! 기절한 게 아니에요. 다만 욕조에서 나오지를 못한 거죠."

"'다만'이라고요. 그런가요?"

샤오첸이 달콤한 웃음을 보였다.

아, 이런이런.

그날 샤오첸은 죽을 파는 이를 길에서 우연히 마주쳤고, 죽을 사서 내게 가져다주려고 버드나무 작은 집으로 돌아왔었다. 그런데 난데없이 커다랗고 무거운 기타야마 삼나무*를 욕조에서 끌어내느라 온갖 고생을 해야 했다.

"히히, 그러니까요. 샤오첸이 여기서 살면 딱이라니까요."

"음, 이런 말씀이라니. 정말 아오야마 씨답네요!"

---

* 일본 교토 북부 지역에서 생산되는 고급 삼나무로 미려한 나뭇결과 견고함으로 유명하다.

"그런가요."

"칭찬이 아니랍니다."

"샤오첸, 예전에 물어봤잖아요. 어째서 여기서 살아야 하는지 이유를 알려달라고요."

"대작가가 욕조에서 기절하는 걸 막는 건 이유가 될 수 없답니다."

"당연히 아니겠죠. 하지만 제가 최근에 이런 생각을 했어요. 왕씨 가문은 샤오첸이 내지 풍속을 어서 익히기를 바라잖아요. 그죠? 만약에…… 음, 그 약혼자를 위해서 말이에요. 그 인간이 내지에서 자라서 그런 거잖아요. 그러니까 여기서 살기만 하면, 내지의 생활 습관을 더 잘 이해하고, 더 빨리 적응할 수 있지 않겠어요?"

"……."

음, 내 말이 틀렸나? 샤오첸의 웃는 얼굴에 보조개가 더 깊게 파였다.

"아오야마 씨의 마음은 잘 알겠어요."

"네?"

"아오야마 씨는 제 약혼자의 행복을 위해서 정말 마음을 많이 쓰시네요. 그 말씀이 맞아요. 왕씨 가문은 아직도 사합원*에 살고 있거든요. 만약 내지로 이사를 가게 된다면, 생활 방식이 전혀 달라지겠지요. 다다미 위에 어지럽게 놓인 이불들을 어떻게 정리해야 하는지도 모를 거예요."

나는 탁 소리를 내며 젓가락을 탁자 위에 내려놓았다.

* 四合院. 중국의 전통 가옥 양식으로 중앙에 중정을 두고 동서남북 네 방향에 건물이 있다. 북쪽 안채에는 가문의 주인 혹은 부부가, 동서쪽 건물에는 자녀나 친척이 거주하며, 남쪽 건물은 일꾼 거처나 부엌, 창고 등으로 쓴다.

"아, 젠장! 안 돼요, 역시 받아들일 수가 없어요. 알지도 못하는 남자를 위해서, 샤오첸이 밥을 좋아하는지 빵을 좋아하는지도 모르는 남자잖아요. 어떻게 그런 사람과 결혼할 수 있어요!"

샤오첸이 웃는 낯으로 나를 보았다.

"그렇다면, 제가 꼭 여기서 살아야 하는 이유는 없는 거네요."

"아, 음……"

"다시 주사위를 굴려봐도 좋고요."

"좋아요!"

샤오첸이 주사위와 그릇을 가져왔다.

주사위를 던지기 전에 내가 먼저 외쳤다.

"예전에는 합이 크면 이기는 거였잖아요. 이번에는 합이 작으면 이기는 걸로 해요."

샤오첸이 알았다고 답하더니 손을 뻗어 그릇 안에 주사위를 놓았다. 주사위 세 개가 데굴데굴 굴렀다.

3점이었다.

이번에는 내가 주사위를 집어 던졌다.

18점이었다.

"이 주사위에는 샤오첸만 돌봐주는 신이 깃든 건가요!"

내 외침에 샤오첸이 참을 수 없다는 듯 웃음소리를 냈다.

나지막하게 살짝 내려갔다가 부드럽게 올라가는 웃음소리는 음악 선율 같았다.

아, 이런, 이러면 불만을 품을 수가 없잖아.

어쩔 수 없이 다시 젓가락을 들었다. 얼굴을 파묻으며 미꾸라지와 절임 채소, 흰쌀밥을 먹었다.

"승복할 수 없다는 표정을 너무 대놓고 보여주시는 건 아닌가요, 아오야마 씨."

"음, 아니, 근데……."

"그러면 아오야마 씨에게 우대권을 한 장 드릴까요."

"우대권이요? 그게 뭔데요?"

"제가 할 수 있는 범위 내에서 선생님을 위한 일을 하나 해드리는 거죠."

역시 서운한 마음을 바로 없앨 정도로 훌륭한 우대였다. 나는 흰쌀밥을 천천히 씹으며 음미했고, 그 사이 여러 생각이 연이어 떠올랐다.

"제가 할 수 있는 범위 내에서요. 아오야마 씨, 지금 바로 말씀하실 필요는 없어요."

"문제없어요! 제가 생각을 해봤는데요, 아주 간단한 일이에요. 다음번에 여행할 때는 샤오첸이 양장을 입는 게 어때요."

"양장을 입는 게…… 요구 사항이라고요?"

"아뇨, 이건 요구가 아니에요. 샤오첸에게 부탁하려는 건 바로 이거거든요. 부디 제 초대를 받아주세요. 우리 타이베이 철도 호텔에서 1박을 해요! 저녁 식사는 서양 정식으로 하고요. 저도 양장을 입고 갈 거예요. 아, 우리 양복점에 가서 양장을 새로 맞추는 건 어때요. 시간이 충분할지 모르겠네요……. 참, 모든 비용은 당연히 제가 내고요. 이게 제 요구예요."

샤오첸은 잠시 묵묵히 나를 보다가 입을 열었다

"……그건, 아오야마 씨를 위한 우대가 아니라 저를 위한 우대 같은데요."

"아하하하하."

"하지만 어째서 타이베이 철도 호텔인가요?"

"지난번에 타이난 철도 호텔에서 양식을 먹었잖아요. 뭔가 현지 맛이 아닌 것 같더라고요."

"정말 미식가다운 발언이네요."

샤오첸은 쓴웃음을 지으며 고개를 가로저었다. 늘 그러하듯 '정말 당신을 어떻게 할 수가 없네요'라는 얼굴이었다.

❋❋❋

"제가 할 수 있는 범위 내에서 선생님을 위한 일을 하나 해 드리는 거죠."

샤오첸이 날 위해 무언가를 해줄 수 있다면, 나는 사실 샤오첸이 내 의문을 풀어주기를 바랐다.

샤오첸, 대체 당신은 어떤 사람이에요?

왕첸허, 타이중주 타이중시 딩차오쯔터우 오오아자❋ 사

❋ ⋯⋯⋯⋯ 大字. 일제강점기 타이완에서 쓰이던 행정 단위로 소규모 촌락을 아우르는 큰 하위 지역 단위이다. 여러 소구역 고아자(小字)를 포함할 수 있다.

람, 왕씨 일족의 서녀. 부계는 부농 지주, 모계는 소작인. 무라카미 공학교, 타이중 고등여학교를 거쳐 졸업 후 보습과를 1년 다녔으며 열아홉 살에는 무라카미 공학교에서 국어과 교사로 일했다. 올해 봄에 퇴직했고, 나이는 스물둘.

  가족과 별다른 교류가 없을 뿐 아니라 주변에 기댈 만한 어른도 없었다.

  확실히 고등여학교에서는 선택 과목으로 외국어를 배울 수 있었다. 그러나 4년의 학업만으로 영어 회화를 능숙하게 할 수 있을까? 솔직히 '국어'라 할지라도 본섬에는 유창하면서도 우아하게 일본어를 구사할 수 있는 사람이 생각보다 많지 않았다. 하물며 프랑스어는 일본어보다 더 안 쓰이는 외국어가 아닌가. 대체 어떻게 배운 거지?

  언어 능력이라고 하는 건 시간이 필요했다. 박학다식함도 마찬가지였다. 그러나 샤오첸은 나이와 출신에 맞지 않는 박학함을 곳곳에서 드러냈다. 타이완 각지의 지리와 풍속을 훤히 알았다. 최소한 종관철도가 지나는 섬 서부의 간선 철도역이 있는 지역들은 속속들이 알고 있었다.

  또 지나 출신 혼토진의 차이, 서로 다른 집단을 이룬 이들의 문화적 차이에 해박했다. 이는 소학교 교사의 학식을 뛰어넘는 것이었다. 특히 '번인' 대신 '원주민'이라고 호칭하는 것 자체가 이미 학자의 논조였다.

  일문 서적이나 한문 서적에 치우치지 않을 정도로 독서 영역이 넓었고, 영문 서적도 비슷할 것이다. 샤오첸의 말과 이야기에서 드러나는 독서 성향은 전통 한시에서부터 자료 성격이 강한 잡지, 가벼운 잡서, 문학 소설을 아울렀고, 통속소설 중에서도 특색이 강렬한 탐정소설도 있었다.

그 외에도 학식과 기억력이 뛰어나다고 해야 할지, 그냥 재능 자체가 뛰어나다고 해야 할지 알 수 없는 부분도 있었다.

실무 능력도 뛰어나 계산, 장부 정리, 속기, 암송, 청소, 정리에 능했고, 자료 조사와 과일 깎기도 잘했다. 사무 처리를 담당하는 비서의 업무도 완벽하게 수행할 수 있었다.

그리고 여기에는 능숙한 요리 기술도 포함되었다. 샤오첸이 만든 미소된장국과 지라시즈시는 시내에 있는 가게와 비교해도 전혀 뒤지지 않았다. 여행을 갔다가 버드나무 강가 작은 집으로 돌아온 뒤 여행지에서 먹었던 음식을 다시 먹고 싶다고 하면, 샤오첸은 거의 똑같은 요리를 해주곤 했다.

그런데 이상한 부분도 있었다.

샤오첸은 서양식 식사 예절에도 상당히 익숙했다. 타이난 철도 레스토랑에서 저녁 식사를 했을 때, 식탁 위에 놓여 있던 나이프와 포크 중에는 잘못 놓인 게 하나도 없었다. 본섬에 있는 여학교에서는 서양 식사 예절을 가르치는 수업이 따로 있나? 설사 그런 게 있다고 할지라도 음식 취향까지 영향을 미치지는 않았을 텐데.

그러나 샤오첸은 커피와 빵을 좋아했다. 혼토진의 식습

관에는 전혀 부합하지 않았다.

나이는 스물둘.

본섬의 전통적인 부농 가문의 서녀. 무아인팅을 먹고 자란 아이.

전임 공학교 국어 교사, 소설 번역가에 뜻을 둔, 모던 시대의 유행 문화에 익숙한 사람.

어쩐지 아주 중요한 단서를 놓치고 있는 듯한 느낌이었다.

가족의 든든한 지원을 받지 못해 모친의 친정이자 가난한 소작농 집안에서 어린 시절을 보내야 했던 아이는 박학다식하고 재능을 겸비한 우수한 여성으로 자라났다. 샤오첸은 무슨 수로 이렇게 다재다능해진 걸까?

대놓고 물어본다면, 또 이런 답을 듣겠지.

'그건 통역사의 직업 기밀이랍니다.'

예전에 샤오첸에게 타이완 본섬에서 어떻게 지식을 얻었냐고 묻자, 그녀는 내게 이렇게 답했었다.

진정한 답을 얻으려면 반드시 올바른 질문을 해야 한다. 예전에 내가 샤오첸에게 같은 식탁에 앉아 단둘이 식사하는 걸 어째서 원하지 않냐고 물어봤을 때처럼.

"아오야마 씨가 콕 집어서 물어보시는 게 아니라면, 저는 먼저 이야기하지 않을 생각이었어요. 처음부터 그럴 작정이었는걸요. 하지만 이렇게 물어보셨으니까 저도 사실대로 답할게요."

샤오첸은 그때 이렇게 말했었다.

딱 맞는 열쇠를 찾아야만 문을 열 수 있는 법이다. 그러나 나는 그 문으로 통하는 열쇠를 아직 찾지 못했다.

❋ ❋ ❋

"샤오첸에게 묻고 싶은 게 몇 가지 있어요."

"말씀하세요."

"샤오첸은 언제부터 번역가가 되기로 결심했어요?"

"이번 타이베이 여행에 대해서 물어보실 줄 알았는데요?"

"아, 물어보면 안 되는 질문인가요?"

"아니에요. 음, 고등여학교를 다닐 때였어요."

"왜 하필 소설 번역가에요?"

"그렇다면 아오야마 씨는 어째서 소설가가 되고 싶으셨나요? 이런, 이렇게 물어본다면, 끝없는 질문의 소용돌이에 빠지겠죠. 하지만 저만 답하는 건 좀 공평하지 않은 것 같아요."

"그러면 한 사람이 질문하면 다른 한 사람도 질문하는 거예요. 어때요?"

"글쎄요······."

"관심이 없다는 건가요!"

"그럴 리가요. 그러면 아오야마 씨가 먼저 답해주세요."

"좋아요! 소설가가 되고 싶다는 생각은 법당에서 등을 지킬 때 했던 거예요. 혼자 산속에 사니까 심심하잖아요? 솔직히 말해서 외롭기도 했고, 아무도 없는 산에서 두려움을 느끼기도 했거든요. 그래서 스스로를 위로하려고 많은 이야기를 지어냈어요. 대충 그런 거예요."

"……"

"이제 샤오첸 차례예요. 왜 소설 번역가가 되고 싶어요?"

"굳이 이유를 말한다면, 읽는 걸 좋아해서요."

"그건 답이라고 할 수 없잖아요."

"음…… 그러면 '책 속 세계가 너무 넓어서'라고 할 수 있겠네요. 문자를 통하면 내지의 도쿄든, 잉글랜드의 런던이든, 아메리카의 로키산맥이든, 다 볼 수 있잖아요. 소설가는 문자로 세상을 빚어내는 사람이죠. 저는 세상을 빚어낼 만한 재주가 없거든요. 하지만 번역은 다른 이에게 더 많은, 다양한 세계를 보여줄 수 있는 일이잖아요."

"아하, 그런 생각을 품고 있었군요. 소설가보다 더 큰 포부인데요. 말이 나와서 말인데요, 여학생 때 번역가라는 직업을 어떻게 알게 된 거예요? 어떤 계기라도 있었나요?"

"규칙을 안 지키시는 거 아닌가요."

"아, 미안해요. 그러면 샤오첸이 물어봐요."

"그러면, 저는 다음번에 묻도록 할게요. 이제 내려야 하거든요."

"어……"

손목시계를 보니 벌써 11시 반이었다.

아아, 우회 전략을 써서 에둘러 물어보았지만, 예상했던 성과는 거두지 못했다. 그래도 앞으로 한 걸음 나아간 거겠지.

타이베이에 도착한 뒤 제일 먼저 점심밥을 먹었다. 문명 세계의 편리함 덕분에 새벽녘에 첫차를 타서 정오 전에 타이베이에 도착했지만, 다섯 시간에 달하는 여정이었기에 역에 도착하기 전부터 배가 꼬르륵거렸다.

기차에 가져간 간식은 밀전병이었다. 밀전병 이야기가 나와서 말인데, 이 음식을 어떻게 묘사하면 좋을까. 다이코 만주의 변형이라고 할 수 있겠지. 예전에 장화현 거리에서 다이코 만주를 먹어본 적이 있었다. 본섬에서는 '이마가와야키'라고 불렸는데 도쿄식 표현법에 영향을 받은 듯했다.[48]

밀전병은 둥글고 평평한 철판으로 만드는데, 다이코 만주의 바퀴 모양 작은 원형 틀을 크게 늘려놓은 듯한 철판이다. 달군 철판에 반죽을 얇게 부어 약한 불로 천천히 구워내면 반죽이 노릇노릇 익어가면서 조금씩 부풀어 오른다. 이때 비정제 설탕과 땅콩 가루, 참깨 가루를 한 움큼 뿌리고 주걱으로 전병을 반으로 접어서 빠르게 철판에서 꺼낸다. 그런 다음 반달 모양의 전병을 두 조각 혹은 네 조각

---

48 다이코 만주는 처룬빙으로 일본 관동 지방에서는 이를 이마가와야키라고 부른다.

으로 세모지게 자른다. 안에 땅콩, 참깨, 설탕 말고도 팥앙금이나 크림을 넣기도 한다. 그러나 개인적으로 나는 전병의 밀 향에 가장 잘 어울리는 건 땅콩과 설탕이라고 생각한다.

샤오첸은 밀전병을 타이완어로 '베아쩨앤'*이나 '반쩨앤 떠아'**라고 부른다고 했다. 지나 푸젠 일대에서 본섬으로 전해진 길거리 간식이라고.

뜨거운 전병을 한입 베어 물면 겉은 바삭하고 속은 부드러웠는데 달콤하고 향기로운 땅콩과 깨, 설탕도 맛볼 수 있었다. 샤오첸과 나는 새벽 시장에서 하나씩 사 먹고는 네 조각을 더 사서 기차에 탔다. 식으면 바삭함이 덜해지는 대신 식감이 쫄깃해졌다. 조금 '큐(糗)'[49] 한 식감이었는데, 몇 번이나 곱씹게 만드는 맛이었다.

기차로 가져왔던 밀전병은 신주역에 도착하기도 전에 다 먹어버렸다. 우리는 꼬르륵 소리를 내는 배를 움켜쥔 채 타이베이 기차역 근처에 있는 양식당에 가서 점심 식사를 했다.

내가 시킨 요리는 돈가스 카레라이스였고, 샤오첸이 시킨 건 고구마 고로케 카레라이스였다. 추가로 완자와 새우튀김, 닭고기 튀김, 해산물 수프와 샐러드도 시켰다. 또 나

---

[49] 원문에서는 'kiu'라고 적었는데 이를 오늘날에는 'Q'라고 하고 있다. 본 글에서는 타이완 정자(正字)인 '糗'를 병기했다.

* ········· 麥仔煎.
** ········· 板煎嗲.

는 음료를, 샤오첸은 커피를 주문했다.

여기서 '양식'이란 서양 요리를 말하는 게 아니다. 저녁 식사를 위해 철도 호텔의 양식당을 예약했지만, 점심 식사 때도 특별히 양식을 택했다.

"그럼, 샤오첸은 양식을 좋아하는 거죠."

"아주 확신하는 말투인데요. 제가 이야기한 적이 있었던 가요?"

"양식계의 왕자라고 불리는 돈가스 대신 고구마 고로케를 시켰잖아요. 양식에 상당히 익숙한 게 틀림없어요."

"아오야마 씨의 날카로움은 늘 사람을 놀라게 만드네요."

나는 히히 웃었다.

메이지 유신 이후로 일본이 문호를 개방하면서 서양 요리도 일본에 들어왔다. 그렇게 들어온 서양 요리는 일본식과 서양식이 결합된 음식으로 발전해 식탁에 올랐다. 서양 요리도, 일본 요리도 아닌 '양식'이 된 것이다. 시대의 결정체라고도 할 수 있었다.

나는 샤오첸에게 내 감상을 전해주면서 이렇게 결론을 내렸다.

"그 기원을 진지하게 살펴보면 작은 식탁이 천하를 품고 있다는 걸 알 수 있다니까요. 예를 들어서 나가사키의 싯포쿠 요리도 지나 요리에서 변형된 거예요. 어쩌면 제가 규슈 출신이라 일본 요리의 드넓음을 유달리 잘 느끼는 걸지도요!"

"그런가요. 거침없이 이어 나가는 아오야마 씨의 말에는 어쩐지 다른 뜻이 숨겨져 있는 것 같은데요."

"샤오첸의 날카로움이야말로 늘 사람을 놀라게 한다니까요."

"직설적으로 말씀하셔도 된답니다."

"음…… 간단히 말하자면, 샤오첸이 내년에 저와 함께 규슈로 가는 걸 고려해주면 좋겠어요."

샤오첸은 듣다가 미소를 지었다. 보조개가 옅게 파이며 두 눈이 휘었다.

"샤오첸은 내 말을 농담으로 듣는 거죠."

"네. 아오야마 씨가 정식으로 요구할 때는 이런 말투가 아니니까요."

샤오첸이 나를 주시하며 말을 이었다.

"하지만 이건 너무 교활한 것 같은데요. 아오야마 씨. 거절할 게 분명한 요구를 먼저 제시하신 거잖아요. 그러면 어쩔 수 없이 다음 요구를 들어줄 수밖에 없으니까요. 그렇다면 두 번째 요구야말로 아오야마 씨가 진짜로 하고 싶었던 요구겠네요."

"아, 이런이런. 절대 얕볼 수 없겠어요! 절대로요!"

"그렇다면 아오야마 씨가 진짜로 요구하고 싶은 건 뭔가요?"

나도 미소를 지었다. 눈꼬리가 휘었다.

탁자 위에는 흰 냅킨이 깔려 있었고, 건너편에 앉아 있는 샤오첸도 하얀 양장을 입고 있었다.

빳빳한 원단에 가득한 꽃무늬도 흰 실로 수놓은 것이었다. 옷깃에는 크림색 레이스 장식이 달려 있었는데, 깃에 달린 금도금 단추 세 개는 샤오첸의 성숙하면서도 강인한 눈빛을 도드라져 보이게 만들었다.

내가 "양장이 샤오첸에게 아주 잘 어울리니까요"라고 말하자 샤오첸이 미소를 지으며 "아오야마 씨가 호의를 베풀어주신 덕분이지요"라고 답했다. 그러나 두 눈은 나의 답을 기다리면서 여전히 날 보고 있었다.

"샤오첸, 다음번에는 샤오첸에게 와후쿠를 맞춰주고 싶어요."

❋ ❋ ❋

"아오야마 씨가 어떤 중요한 자리에 가셔야 하는 건가요? 그래서 통역사도 와후쿠를 입어야만 하는 건가요?"
"아뇨, 그렇지 않아요."
"그렇다면 와후쿠를 맞춰서 뭐에 쓰시려는 걸까요?"
"샤오첸이 와후쿠를 입으면 엄청 예쁠 테니까요! 틀림없이 그럴 거예요."
"제가 생각을 좀 해봐도 될까요."
"비용 문제는 걱정할 거 없어요. 제게 맡겨주세요!"

그날 우리는 계획했던 대로 타이베이 철도 호텔에 머물렀다.

메이지 시대에 완공된, 웅장하고 화려하면서도 널찍한 3층짜리 건물이었다. 타이베이 철도 호텔은 명실상부한 대형 건물이었다. 귀빈을 위해 설치한 고객 전용 엘리베이터는 범상치 않은 위엄이 있었다. 우리는 여성용 욕실이 위치한 2층에 묵었는데 복도 아래로 유럽식 3선로 경관이 바로 내다보였다. 인도 위에는 여유롭고 기품 있는 신사 숙녀들이 무리를 이루고 있었다. '동방의 작은 파리'라는 미명을 가질 법한 곳이었다.

그러나 나는 작은 파리 같은 걸 보겠다고 타이완에 온 게 아니었다.

경치가 아름다운 오후에 우리는 에이라쿠초[＊]에서도 혼토진들이 주로 간다는 시장 일대를 한가롭게 거닐었다.^{＊＊} 저녁에는 호텔로 돌아가 프랑스 요리사가 준비한 서양 요리를 맛보았다. (채소 크림수프, 무화과 샐러드, 부드러운 아스파라거스, 거위 간 소스와 구운 닭고기였다. 맛으로만 따지면 타이난 철도 호텔에서 파는 음식보다 확실히 나았다.) 저녁 식사 뒤에는 다시 니시몬초^{＊＊＊}에 있는 신세계관에 갔다. 나는 아이스크림 콘을 먹으면서 영화를 보았다. 다음 날에는 호텔에서 간단히 조식을 먹은 뒤 겐세이초 원환^{＊＊＊＊} 공원에 있는 노점들을 들렀다. 굴전, 닭고기 국수와 러우쭝 등을 아침 간식으로 먹었다. 그리고 점심밥은 에이초[＊]에 있는 구쿠모토 백

＊　　일제강점기 타이베이의 행정구역명. 현재 타이베이 다퉁구 디화제 일대이다.

＊＊　　디화제에 있는 융러 시장. 타이베이에서 가장 오래된 직물 시장 중 하나이다.

＊＊＊　　현재 타이베이 번화가인 시먼딩으로, 시먼딩의 일본어식 발음이다.

＊＊＊＊　　1908년에 조성된 원형 교차로인데 오늘날의 젠청위안환 공원이다.

화점++의 5층 식당에서 먹었다. 역시 타이베이가 수도는 수도였다. 종업원이 가져다준 카레는 진짜 인도 커리 맛이었다. 마지막으로 기념품 삼아 에그롤 쿠키를 샀고 오후에 타이중으로 돌아갔다.

덜컹거리면서 앞으로 나아가는 기차 칸 안에서 나는 그제야 떠올렸다.

"돌아올 때 '한 사람이 질문하는 대신 다른 한 사람도 질문하는' 게임을 하기로 하지 않았어요? 샤오첸이 물어볼 차례잖아요."

"그렇지요. 하지만 저는 묻고 싶은 게 딱히 없는데요."

"음……"

"또 싫다는 표정이네요."

"그러게요."

하.

샤오첸이 가벼운 탄식 소리를 냈다.

"아오야마 씨, 대체 저를 어떻게 보시는 거예요?"

"샤오첸은 제 친구잖아요. 어, 잠깐만요. 이것도 질문인가요? 아, 지금 게임이 중요한 게 아니죠. 샤오첸, 이 질문은 왜 하는 거예요?"

"아오야마 씨가 보시기에는 우리가 친구인 것 같나요?"

"그렇다면 샤오첸이 보기에는 우리가 친구가 아닌 것 같나요?"

"친구라고 하는 건 평등한 관계잖아요. 그렇죠? 늘 저는

✦ 현재 타이베이 다퉁구와 중정구 일부 지역이다.
✦ ✦ 타이완 최초의 백화점으로 타이베이 중정구에 위치한다.

아오야마 씨가 주는 선물을 받고 있는데, 저는 이에 상응하는 답례를 드릴 수가 없어요. 물론 작가와 비서라는 관계라면, 계급 차이가 있는 거니까 상사의 선물을 받는 건 아랫사람에게는 일종의 영광과도 같겠지만요……."

잠깐만요. 나는 즉시 손을 들어 샤오첸의 말을 막았다.

"샤오첸. 옛 성인인 자로가 이렇게 말하지 않았어요? 마차와 가벼운 갖옷을 친구와 함께 나누고 그것이 낡는다고 할지라도 유감이 없다❋고요. 저는 자로와 같은 마음이라고요! 그건 선물이라고 할 수 없어요. 공유라고 해야 맞아요."

"……."

"정말 미안해요. 샤오첸을 곤란하게 했던 건가요? 하지만 샤오첸은 통역 일 외에도 절 위해 많은 걸 해주잖아요. 그렇죠? 요리 같은 거요. 제가 요리를 해준 건 야나가와 나베 딱 한 번뿐이었잖아요. 다른 때는 샤오첸이 요리를 해줬고요. 그것도 아주 많이요. 그렇게 따지면 평등한 사이라고 볼 수 있지 않나요?"

샤오첸은 묵묵히 나를 보았다. 그러다가 한참 후에 어깨를 축 늘어뜨렸다.

"음…… 정말 아오야마 씨를 말로는 못 당하겠다니까요."

"그건 제 주장이 좀 더 타당하기 때문이 아닐까요? 그리고 아직도 말이에요. 저는 샤오첸을 '샤오첸'이라고 부르고 있는데, 샤오첸은 저를 '아오야마 씨'라고 부르잖아요. 이

❋ 《논어》〈공야장〉편에 나오는 구절이다.

것도 평등하지 않다고요."

"……그건 제가 아오야마 씨와 이름이 같으니까요."

"그러면 저를 '치코'라고 불러요."

"그것도 뭔가 이상한데요."

"아니면 '요시코(好子)'는 어때요."

"그건 뭔가요?"

"바로 '좋아, 좋아' 같은 느낌이죠."❖

"뭐라고요? 뭐가 '좋아, 좋아'인데요!"

샤오첸은 내 장난에 결국 짧은 웃음을 터뜨렸다.

"이래서야 어떻게 진지한 이야기를 할 수 있겠어요. 아오야마 씨!"

"어째서 안 된다는 거죠!"

나는 즉시 표정을 굳히면서 엄숙한 태도를 보였다.

샤오첸이 즉시 얼굴을 돌리며 웃었지만, 곧 입술을 깨물더니 꾸짖는 듯한 눈빛으로 나를 보았다.

나는 치켜올렸던 눈썹을 내렸다.

"그러니까, 친구인 거죠?"

"……그렇게 여기신다면, 저도 그렇게 생각할게요."

"역시 번역가네요. 언어 구사에 뛰어난 재주가 있어요."

"소설가인 아오야마 씨가 하실 말씀은 아닌 것 같은데요."

좋아, 좋아.

바로 반박하는 샤오첸으로 돌아왔다. 나를 안심시키는

❖ 일본어에서 '요시코(好)'의 '요시(好)'는 좋다는 뜻이다.

샤오첸으로.

"그러면 돌아가서도 제게 계속 요리를 해줄 건가요?"

샤오첸은 잠시 말을 하지 않았다.

그 침묵에 내 마음은 긴장으로 물들었다. 샤오첸이 고개를 끄덕일 때까지.

"네, 돌아가서 내일은 카레를 해드릴게요."

❖ ❖ ❖

카레 향기가 아주 짙었다.

카레 이야기가 나와서 말인데 나는 카레의 원산지가 인도인 줄 알았다. 그런데 알고 보니 거기에는 '카레'가, 정확히는 커리라는 요리 자체가 없다고 한다. 커리는 식민자였던 잉글랜드 사람들이 향신료를 많이 쓰는 인도 요리를 통칭할 때 쓰는 표현이었다.

무심코 심은 버드나무가 우거진 그늘을 이룬다. 어쩌면 이런 식으로 발전했던 거겠지. 식민지인 인도의 요리는 식민국인 잉글랜드의 오해로 전파되었고, 검은 배가 일본을 개항시키자❖ 카레는 양식이라는 모습으로 내지에 들어왔다. 그러다가 또 다른 식민지인 타이완에도 전파된 것이다.

타이중으로 돌아온 다음 날의 점심때였다. 식탁에 카레 정식이 놓였다. 그러나 양식인 돈가스 카레라이스나 고로케 카레라이스가 아니었다. 인도식 커리도 아니었다.

❖ 1853년 7월 8일, 쇄국정책을 펼쳤던 에도 시대에 미국의 페리 제독이 검은 군함을 이끌고 일본을 압박했다. 이후 일본은 미국과 조약을 맺게 되었고 서구 열강에게도 개항하게 되었다. 일본의 근대화는 이 사건을 계기로 가속화되었다.

닭고기 카레, 새우 카레, 생선 카레였다.

통닭과 고구마를 잘게 잘라서 부드러워질 때까지 약한 불로 푹 익혔고, 카레 가루, 간장과 식초로 맛을 냈으며 닭고기와 감자가 국물 위로 모습을 살짝 드러낼 때까지 걸쭉하게 졸였다.

내장을 제거한 신선한 새우를 절구에 넣어 빻고, 그 반죽에 전분과 달걀을 섞어서 새우 완자를 빚어 쪘다. 다른 팬에는 기름을 둘러서 깍둑썰기한 마와 표고버섯을 볶았는데 새우 껍질을 우린 육수와 새우 완자도 넣어서 보글보글 김이 오를 때까지 끓였다. 마지막에는 카레 가루와 강황 가루, 소금을 넣어 맛을 냈고, 파를 뿌려서 장식했다. 그러자 황금빛 바다 위에 섬들이 떠 있는 것처럼 보였다.

얇게 썬 도미에 달걀 반죽을 입혀 기름에 튀겼다. 죽순, 목이버섯, 금침,* 당근, 고추를 채 썰었고, 카레 가루, 후춧가루, 비정제 설탕, 간장과 약간의 식초를 넣어서 만든 소스를 튀긴 생선 위에 뿌렸다.

분명 카레인데 완전히 다른 카레였다. 전분을 넣어서 걸쭉하게 만들어 국과 수프 사이의 식감이었는데 메인 요리로서의 기세를 갖춘 닭고기 고구마 카레였다. 새우 완자 카레는 식감이 풍부했고, 생선튀김 카레는 새콤달콤한 채소볶음과 잘 어울렸다. 일본 내지식 양식이 아니었고, 인도 커리나 지나 요리도 아니었다. 이건 타이완 요리였다.

"아오야마 씨가 그러셨잖아요? 식탁은 천하를 품을 수

---

* 원추리의 꽃봉오리. 만개 직전에 딴 꽃봉오리를 햇볕에 말려서 요리할 때 쓴다.

있다고요. 확실히 양식이라는 요리는 내지에서 태어났지요. 하지만 본섬에만 속하는 양식도 있답니다."

샤오첸이 이 말을 할 때 나는 마침 닭고기 카레와 흰 쌀밥을 입안으로 밀어 넣고 있었다. 다급하게 우적우적 씹어 음식을 삼켰다.

"거침없이 이어 나가는 샤오첸의 말에 어쩐지 다른 뜻이 숨겨져 있는 것 같은데요?"

"아오야마 씨가 자란 규슈는 아주 아름다운 곳일 거예요. 하지만 저에게는 본섬도 충분히 아름답거든요. 꼭 멀리까지 갈 필요는 없답니다."

"그 말은, 제 초대를 정식으로 거절하는 건가요?"

"⋯⋯내년 이맘때면 저는 약혼자와 결혼해 도쿄에서 살고 있을 거예요. 아오야마 씨의 마음 씀씀이에는 정말 감사드려요. 하지만 규슈로 여행을 떠나는 건 제가 할 수 없는 일인걸요."

"이런, 정말 사람을 고민하게 만드는 결론이네요."

"양해해주세요."

"아아, 양해랄 것까지는 없지요. 그렇게 말하지 말아요."

튀긴 생선 조각을 입에 넣고 오물오물 씹은 뒤 흰쌀밥을 한 숟가락 크게 퍼서 입안으로 넣었다.

가슴속에 하고 싶은 말들이 한가득이었지만, 밥과 함께 삼키면서 뱃속으로 집어넣었다.

샤오첸이 말없이 젓가락을 들더니 쌀밥 한입에 고구마

한 조각을 더하면서 먹기 시작했다.

"아, 우리 재미있는 이야기를 좀 해요."

"네. 아오야마 씨는 코아아 책*이라고 들어보신 적이 없으시죠. 다음번에 《열두 접시 노래》라는 코아아 책을 가져와 읽어드릴게요."

"열두 접시 노래라고요? 그게 뭐예요?"

"본섬의 민간 가요랍니다. 이 코아아 책은 한 여성 주인이 연회를 여는 이야기예요. 손님에게 어떤 음식을 만들어서 대접할지를 논하는 이야기지요. 열두 접시 노래라는 건 열두 가지 음식을 말하는데요. 그중 하나가 닭고기 카레랍니다."

"와, 민간 가요 중에 닭고기 카레라는 노래가 있을 줄은 생각지도 못했는데요. 그만큼 인기가 많다는 거겠죠!"

"중간 간식과 마지막 간식은 토란 대추와 천층떡이고요."

"다 달콤한 간식이네요!"

"네. 토란 대추는 토란을 삶아서 으깬 뒤 동글동글한 대추 모양으로 빚어서 튀겨낸 거랍니다. 그래서 토란 대추라고 부르는 거죠. 천층떡은 본섬에서 '카우창쿼'**라고 불린답니다. 재래미를 갈아서 반죽을 만들고 한쪽에는 흑설탕을, 다른 한쪽에는 황설탕을 넣는답니다. 하나를 먼저 찌고, 그 위에 다른 하나를 얹어서 또 찌고요. 그렇게 한층 한층 쌓아 올리면서 찌다 보면 각 층이 확연히 구별된답니다.

* 코아아(歌仔)는 중국 푸젠성 지역이나 타이완에서 '노래'를 의미하는데 이런 노래나 관련 이야기를 기록해서 책으로 엮은 것을 말한다. 민난어/타이완어였기에 한문을 가차하거나 변형해서 그 음을 기록하였다. 당시 민중들의 삶이 잘 묘사된 민간 문학 텍스트로 타이완에서는 일제강점기 때 인쇄가 되면서 보급되었다.

눈으로 보는 재미가 있는 간식이죠."

"엄청 맛있게 들리는데요!"

"타이완 연회 요리랍니다. 다음번에는 좀 더 신경 써서 알려드릴게요."

나는 애써 웃으면서 정말 기대가 된다고 말했다. 샤오첸은 조용히 미소 지을 뿐이었다.

식사를 마친 뒤 우리는 집 안의 모든 문을 활짝 열었다. 복도에 있는 유리 미닫이문도 열어서 서늘한 바람으로 짙은 카레 향을 날려 보냈다. 그와 동시에 계화 향이 실내로 전해졌다.

정원 가장자리를 따라 자라난 토인삼이 계화나무 쪽까지 뻗어나가며 작은 자줏빛 꽃을 한가득 피워냈다.

샤오첸은 이제야 발견한 듯했다.

"아직 남겨두셨네요."

"샤오첸이 좋아하는 꽃 아니었어요? 그래서 정원사에게 뽑지 말라고 했어요."

샤오첸이 조금 놀란 표정으로 나를 돌아보았다.

조금은 기쁨이 섞인 놀람이겠지. 그래서일까, 샤오첸은 나지막이 고맙다고도 말했다.

"보고 있으면 애틋해지거든요. 제 모습을 보는 것 같아서요."

"그렇군요. 그러면 작은 화분을 만들어주는 것도 좋겠어요."

※※ ——— 九層粿.

"아오야마 씨, 어쩜 늘 이렇게 다정한 말씀을 해주실까요."

"네, 칭찬으로 받아들일게요."

샤오첸이 낮게 웃었다.

"토인삼에는 다른 이름이 하나 더 있답니다. 가짜 인삼이죠. 이 세상에는요. 저를 왕씨 가문의 귀한 아가씨로 여기는 이도 있지만, 더 많은 이들의 눈에는 첩실의 딸이자 본섬 국적의 여학생일 뿐이에요……. 저는 그저 진짜처럼 꾸며진 채 사람을 속이는 가짜 인삼이죠."

나는 웃음을 거두며 정색했다.

"샤오첸은 진짜 행세를 하는 가짜가 아니에요. 그 사람들이 진흙에 묻힌 구슬을 알아보지 못하는 거라고요."

"셰익스피어가 쓴 유명한 대사죠. '우리가 장미라고 부르는 그 꽃은 다른 이름으로 불린다고 할지라도 여전히 향기롭다.' 아오야마 씨도 이렇게 생각하신 거죠."

"그건 당연한 거예요. 이름은 그저 이름일 뿐이에요. 아름다운 본질이야말로 관건이니까요. 샤오첸도 그래요. 겉모습이 어떠하든 샤오첸은 샤오첸이죠."

"역시 다정한 아오야마 씨가 할 법한 말이네요. 제가 가짜인지 진흙 속 구슬인지는 저도 잘 모르겠어요. 제가 알고 있는 건, 토인삼에게도 토인삼의 존엄이 있다는 거예요."

"……그게 무슨 뜻이에요?"

"저는 토인삼이라는 신분을 받아들였답니다. 그리고 토

인삼의 모습으로 살아갈 거예요. 하지만 저를 구슬로 보는 아오야마 씨는 제가 진짜 인삼인 척 꾸미기를 바라시는 건가요?"

샤오첸은 나를 보고 미소 지으며 말을 이었다.

"아오야마 씨도 이렇게 생각하시는 거 아니었나요? 제가 와후쿠를 입으면 장삼을 입는 것보다 더 나을 거라고요."

나는 곤혹스러움에 순간 할 말을 잃었다. 마치 바람이 불어오는데 그걸 잡을 수가 없는 듯한 느낌이었다.

"아, 아니에요."

나는 억지로 소리를 내며 말을 이었다.

"와후쿠를 입는 게 더 낫다고 생각해서 그랬던 게 아니에요. 샤오첸은 장삼을 입든, 양장을 입든 다 보기 좋은걸요. 다만 상대가 입은 옷이 본섬 옷인지 아닌지를 보는 이들로부터 샤오첸을 지켜주는 부적이 될 수도 있잖아요?"

"……저한테 그런 부적은 필요가 없답니다."

"강인한 샤오첸에게는 물론 필요 없겠지요. 하지만 제가 샤오첸을 보호하고 싶은 거라면요. 그래도 안 되나요?"

"……."

샤오첸이 나를 응시했다.

나도 샤오첸을 보았다.

가을바람이 작은 집의 문을 스치고 지나면서 휘휘 소리를 냈다. 실내의 카레 향과 실외의 계화 향이 어지러이 뒤섞였다.

샤오첸의 뺨에 보조개가 떠올랐다. 샤오첸은 "정말 아오야마 씨를 어떻게 해야 할지 모르겠네요"라면서 미소와 함께 탄식했다.

"그러면 아오야마 씨의 선물을 받게 해주세요."

보조개는 더 깊어졌고, 목소리는 더 달콤해졌다. 아주 작은 변화였지만, 확실히 변한 게 있었다. 나는 눈을 몇 번이나 깜빡이고 나서야 확실히 알아차렸다.

샤오첸이 그 아름다운 노멘을 다시 썼다.

마음을 나누는 음식
스키야키

    샤오첸이 순식간에 껍질을 벗겨낸 뜨거운 군고구마를 유산지에 싸서 내 손에 건네주었다. 뜨거운 김이 모락모락 나는 고구마가 편안하게 느껴지는 계절은 온천에 몸을 담그기 좋은 계절이기도 했다.

    여행이 점점 온천 여행이 되어가면서 내《타이완 여행기》는 중부의 장화 온천과 둥푸 온천을 연이어 기록하게 되었다. 온천 여행 이야기가 나와서 하는 말이지만 본섬에는 유명한 '온천 노선'이 있었다.

    '온천 노선'은 본섬 수도인 타이베이의 교외 지역에 있는데 철도 노선 중 단수이 노선이라고 불리는 지선이었다. 원래 이름은 신베이터우 지선이었다. 역이 단 하나뿐이었는데 목적지인 신베이터우역에 온천이 있어서 온천 노선이라는 별명을 얻게 되었다.

너무 귀엽지 않은가! 관광 명소이기는 하지만, 한 번쯤 둘러보고 싶어지는 곳이었다.

아직 어둑어둑한 초겨울 남국의 새벽녘에 우리는 타이중에서 첫차를 탔다. 타이베이에 도착하면 지선으로 환승하고, 신베이터우역에서 내려서 온천 여관에 숙박하고, 다음 날에는 타이베이 제1고등여학교에서 강연을, 셋째 날에는 타이중으로 돌아가는 게 우리의 예정된 여정이었다.

차창 밖 풍경이 쏜살처럼 지나갔다. 우리는 타이베이를 향해 달려가는 철도 간선 위에 있었다.

나는 고구마를 한입 베어 물고는 창밖으로 향했던 시선을 거둬들였다. 두 번째 고구마의 껍질을 벗긴 샤오첸은 자기 몫의 고구마를 느긋하게 즐기고 있었다. 내 시선을 느낀 샤오첸이 나를 보고 미소 지었다. 그런데 두 눈에서는 웃음을 찾아볼 수 없었다. 그저 입을 움직여서 보조개를 만드는 근육 운동을 한 거였다.

역시 다시 썼네. 노멘.

지금의 샤오첸은 여전히 나와 같은 식탁에 앉아서 밥을 먹었고, 열차에서 같은 간식을 나눠 먹었다. 그러나 말투와 태도가 예전과 달랐다. 아니, 이렇게 말해야 할 거다. 초창기 모습으로 돌아가버렸다고.

샤오첸은 신중한 성격이었기에 태도 변화가 눈에 띄게 드러나지는 않았다. 그러나 나는 그 차이를 알아차릴 수 있었다. 가끔은 샤오첸의 얼굴을 보며 이런 생각도 했다. 샤오첸은 자기 웃는 얼굴이 이렇게 노멘 같다는 걸 알고 있을까?

건너편에 앉은 샤오첸은 눈꽃 무늬가 들어간 자작나무색 코몬 기모노*를 입고 있었다. 무늬가 있는 짙은 남색 허리띠는 소박하면서도 단아했고, 물새 문양이 있는 검은 하오리**는 화려하면서도 고귀한 분위기를 풍겼다. 크림처럼 새하얀 샤오첸의 피부를 돋보이게 만드는 의상이었다.

얼마 전 포목점에서 가져온 와후쿠였다. 내 예상대로 샤오첸에게 상당히 잘 어울렸다.

정장을 입은 채로 내게 고구마 껍질을 벗겨준 샤오첸은 느긋하게 자기 고구마를 먹기 시작했고, 다 먹은 뒤에는 손수건으로 두 손을 깨끗이 닦았다. 아주 고상하면서도 우아한 몸짓이었다.

굽혀야 할 때는 굽히고, 강하게 나가야 할 때는 강하게 나갈 줄 아는 도량을 가진 샤오첸. 샤오첸이 다른 처지였다면, 틀림없이 인재 중의 인재가 되었을 것이다.

한참이나 생각에 빠져 있던 나는 고구마를 다 먹고 나서야 입을 열었다.

"와후쿠요. 입을 만한가요?"

"네……. 하지만 너무 비싼걸요. 무거운 짐을 짊어진 기분이에요."

"예?"

"농담이랍니다."

---

* 자잘한 무늬의 기모노.
** 기모노의 겉옷.

눈을 살짝 가늘게 뜬 샤오첸이 나를 보더니 옅은 웃음소리를 냈다. 나는 편안히 웃고 있는 그 얼굴을 유심히 응시하였다.

"이런, 아오야마 씨의 눈빛이 너무 무서운데요."

"샤오첸, 혹시 입기 불편하다면……."

"신경 쓰지 않으셔도 된답니다. 저는 학생 때도 자주 입었어요. 다만 이렇게 좋은 옷감으로 만든 게 아니었을 뿐이지요."

"아, 역시 입었던 적이 있군요. 어쩐지 샤오첸의 걸음걸이가 매우 보기 좋더라고요. 전통 양말에 나막신 그리고 와후쿠까지. 타이완 옷이나 서양 옷과 비교할 때 착용한 느낌이 많이 다르지 않나요? 하지만 샤오첸의 자세는 아주 우아해요."

내가 칭찬을 건네자, 샤오첸이 웃었다. 그 찬란한 웃음에 시선이 사로잡혔다.

"아오야마 씨는 조금 전에 무슨 말씀을 하고 싶으셨던 걸까요? 입기 불편하면 입지 않아도 된다고요?"

"네, 만약에 불편하다면요. 그러면 앞으로 안 입으면 되잖아요!"

"……."

"샤오첸에게 강요하고 싶지 않아요."

"아오야마 씨, 제 직언을 용서해주세요."

샤오첸의 말투가 사뭇 진지해 나도 모르게 가슴이 움찔했다. 그러나 그 뒤에 나온 목소리는 조금 가벼웠다.

"입을 거랍니다. 그리고 소중히 간직할 거고요. 비싸서 그런 것만은 아니에요. 아오야마 씨가 저를 위해 마음을 쓰면서 골라주신 와후쿠니까요. 나중에 딸을 낳게 된다면, 어른이 되었을 때 이 옷을 물려주겠지요."

"딸이라니. 그건 너무 멀리 생각하는 거 아닌가요?"

"사실 그리 멀지도 않답니다. 내년이면 결혼하니까요."

샤오첸은 웃으며 말을 이었다.

"약혼자가 저보다 몇 살이나 더 많답니다. 우씨 가문은 어서 자식을 낳았으면 하고요. 본섬의 풍속에 따르면 반드시 아들을 낳아야 하지요. 아들 한 명으로도 부족하답니다. 결혼한 여성에게 일이라고는 이것뿐이니까요. 그러니 확률적으로 보았을 때 틀림없이 딸도 낳겠지요."

"샤오첸."

"저 여기 있답니다."

"나를 화나게 만들고 싶은 건가요?"

"어째서 그런 말씀을 하시지요?"

"나는 샤오첸이 그 자식이랑 결혼하지 않았으면 좋겠어요. 샤오첸도 알고 있잖아요."

"그렇다면 어째서 제가 결혼하지 않기를 바라시는 건데요?"

"아뇨, 질문은 샤오첸에게 해야 하는 거죠. 샤오첸은 이런 운명을 기쁘게 받아들일 수 있나요? 샤오첸은 남자와 결혼하는 것보다는 따로 하고 싶은 일이 있잖아요. 애 낳을 생각만 하는 나쁜 놈은 결혼과 육아에 뜻을 둔 여성이랑 결혼하라고 해요. 그게 낫지 않나요?"

"지금 화가 나신 건가요?"

"아뇨, 화나지 않았어요. 다만, 샤오첸은 번역가가 되고 싶다면서요? 저도 결혼하지 않을 거예요. 평생 창작하며 살 거고요. 그렇다면 저와 같이 규슈로 가는 게 낫지 않나요? 제가 나선다면 가족들도 허락하지 않겠어요? 아니지, 왕씨 가문이 허락하지 않아도 상관없어요. 샤오첸이 아오야마 가문으로 들어와서 살기만 한다면, 더는 왕씨 가문에 의존할 필요가 없잖아요. 저만 있으면 되는 거죠."

아.

샤오첸이 눈을 가늘게 뜨며 미소 지었다.

"아오야마 씨는 정말 못 하는 말씀이 없으시네요. 같이 사랑의 도피라도 하자는 건가요?"

"농담하는 게 아니에요."

"네, 아오야마 씨가 전에 그러셨죠. 저를 친구로 여기신다고요. 지금 이러시는 것도 저를 친구로 보기 때문인가요?"

"그건 제가 샤오첸을 참된 벗으로 여기기 때문이에요."

나는 내 표정이 진지하다고 생각했다. 그런데 샤오첸은 나지막이 "참된 벗이요"라고 읊조리더니 미소를 지으며 나를 보았다. 거슬릴 정도로 지나치게 아름다운 미소였다.

"샤오첸이야말로, 화가 난 거죠?"
"음, 왜 그런 말씀을 하실까요?"
"저도 그 이유를 모르겠어요."
"모르시겠다고요."
"맞아요. 전 샤오첸이 왜 화가 났는지 모르겠어요. 제 감정을 어떻게 설명해야 할지 모르겠어요. 하지만 샤오첸이 지금 기분 나빠한다는 건 확실히 느낄 수 있어요. 저는 아주 덤벙거리는 여자죠. 둔하기도 하고, 빈틈이 많아요. 저도 이 우정을 귀히 여기고 싶어요. 하지만 무언가가 잘못된 것 같은걸요? 어쩌다가 샤오첸의 기분을 상하게 한 거죠? 샤오첸이 솔직하게 말해주지 않는다면 저처럼 바보 같은 사람은 영영 답을 알지 못할 거예요."
"……."
"샤오첸이 와후쿠를 싫어해서 그런 건가요?"
"아뇨. 저는 와후쿠를 싫어하지 않는답니다. 아오야마 씨는 제가 일부러 장삼만 입는다고 생각하셨을지도 모르겠어요. 하지만 그렇지 않답니다. 자기 자신을 덤벙거린다고 하셨지요. 하지만 제가 평소에 양장을 입기도 한다는 걸 기억하시잖아요? 본섬은 날이 덥고도 습해요. 그래서 장삼이 기모노보다 편하지요. 단지 그 이유 때문이랍니다. 아오야마 씨도 본섬으로 온 뒤에 줄곧 양장만 입으셨잖아요. 그렇지 않나요?"
부드럽게 말하는 샤오첸은 분명히 노멘을 쓴 샤오첸이

었다.

"샤오첸, 거짓말하는 거 아니죠."

"아니랍니다."

"하지만 사실을 다 말해준 것도 아니잖아요."

샤오첸은 "네"라고 답하며 웃었다.

"솔직하게 모든 걸 털어놓을 생각은 없는 거죠, 샤오첸."

"네."

화가 난 게 맞는지 답해주지 않았고, 실은 전부 털어놓지도 않았다. 샤오첸은 그저 미소만 지을 뿐이었다.

아니, 이렇게 말해야 할 거다. 그저 웃기만 했다. 그러면서도 웃는 것만은 아니었다. 영화 속 한 장면 같았다. 카메라가 의도적으로 주인공의 웃음에만 초점을 맞췄달까.

샤오첸은 입술을 꼭 다물며 미소 지었다. 그러고 숨 죽인 채 나를 주의 깊게 보았다. 나도 어쩔 수 없이 모든 걸 멈추고 눈을 맞출 수밖에 없었다.

나와 시선이 마주치자 샤오첸의 두 눈에서, 웃음을 머금은 동공에서 별빛이 반짝이는 듯했다. 깃털처럼 가느다란 속눈썹이 위아래로 가볍게 움직이자, 눈썹 아래로 빛나는 별빛이 유달리 도드라졌다.

나는 그 안에 빠진 듯했다.

샤오첸이 고개를 살짝 끄덕였을 때, 나도 모르게 샤오첸을 따라 고개를 위아래로 움직였다. 훈련으로 길들인 듯한 모습에 샤오첸의 웃음이 더 짙어지고, 뺨에 있는 보조개가 더욱 깊어졌다. 원래도 아름다운 웃음이었는데. 지금의 웃음에는 누군가를 꾀어서 꿀단지 안으로 빠뜨리는 매혹적인 느낌이 있었다.

나는 처음으로 샤오첸의 입술이 아름다운 장밋빛이라는 걸 알게 되었다.

"잠깐만요. 샤오첸이 절 이렇게 본다면, 중요한 일을 논의할 방법이 없다고요!"

"음, 어째서죠? 이렇게 본다는 게 대체 어떻게 보는 건데요?"

샤오첸의 목소리는 부드럽고도 달콤했다. 나는 더 깊은 곳으로 빠질 것만 같았다.

그런데 그 깊은 곳이란 어디지? 나도 콕 집어서 표현할 수가 없었다.

아, 차라리 이렇게 말하는 게……. 근데 조금 전까지 무슨 이야기를 하고 있었지? 이때 나는 기억 자체를 할 수 없었다.

어쩔 수 없이 고개를 움직여 창밖을 보았다. 열차가 마침 광활한 논을 지나고 있었다. 먼 곳도, 가까운 곳도 모두 황금빛 바다를 이루며 벼가 파도처럼 일렁였다. 논 너머에는 산이 있었다. 가까운 산은 푸르고 먼 산은 쇠붙이처럼 회색빛이 도는 파란색이었다. 산맥이 겹겹이 이어지고, 부드럽고 고요한 뜬구름이 곡선 가장자리에 걸려 있었다. 나는 살며시 숨을 내쉬었다. 달아오른 뺨이 천천히 식어가는 게 느껴졌다.

그때 샤오첸이 낮은 소리로 웃기 시작했다. 음악 선율과도 같은 웃음소리였다. 사람의 심금을 울리는 웃음소리.

나도 모르게 손을 올려 가슴을 눌렀다.

"베이터우 온천에 도착하면 스시를 먹는 건 어떤가요. 신베이터우 기차역 근처에 식당이 하나 있거든요. 대중식당이라고는 하지만 사시미와 스시로 유명하답니다. 또 여관에서 멀지 않은 곳에 있고요. 그렇다면 아오야마 씨가 낮술로 사케 한 병을 마시는 것 정도는 괜찮겠네요."

"음."

"그 식당에서는 오하기도 판답니다. 전에 보타모치를 좋아한다고 하셨지요. 봄 피안에는 보타모치를 먹고, 가을 피안에는 오하기를 먹지요. 아직 본섬에서는 오하기를 못 드셔보셨지요? 하나를 한입에 먹어 치우는 게 보타모치를 맛있게 먹는 비법이랍니다. 이번 기회에 아오야마 씨의 멋진 모습을 보여주세요."

그제야 나는 시선을 돌렸다.

솔직하게 말해서 샤오첸이 던진 말에는 꾸밈이 전혀 없었다. 호감을 얻겠다며 대놓고 건네는 언어 공격이었다.

"샤오첸."

"네."

"악마는 아니겠죠?"

"네, 그 말은 칭찬으로 들을게요!"

❀❀❀

우연한 만남으로 이어졌던 그 봄의 끝에서 샤오첸과 나는 다카다 가문의 휴게실에서 정식으로 만났었다.
이게 먹고 싶다, 저게 먹고 싶다면서 온갖 요구를 늘어놓던 나를 샤오첸은 미소로 응대했었다.
그때 나는 진심으로 외쳤다.

"오오! 혹시 천사는 아니죠?"

결과는 완전히 예상 밖이었다. 샤오첸은 언어 구사에 뛰어난 통역가일 뿐만 아니라 사람의 마음도 가지고 노는 작은 악마였다. 여기서 내가 가리키는 이는 샤오첸 중에서도 아름다운 노멘을 쓴 샤오첸이었다. 오랫동안 함께 지내지 않았다면 눈치채지 못했을 것이다.
단순히 미소로 환심을 산다는 얘기가 아니다. 사실 샤오첸은 다른 이들과 조화롭게 어울릴 줄 알고, 세상 물정에도 밝았다. 신중하면서도 성실한 사람이었고, 화를 낼 줄도 알며 책망할 줄도 아는 사람이었다. 장난을 치며 웃기도 했다. 그렇기에 함께 지내다 보면 마음이 편해졌다. 누구든 샤오첸을 진심으로 좋아할 수밖에 없었다. 하지만 그건 가면이었다.
마음의 문을 닫고 있는 샤오첸이었다. 마음의 문을 닫고 있기에 어떤 상황에든 맞출 수 있었다. 나서거나 물러서면서 환심을 살 수 있었다. 심지어는 항의와 책망조차 가면이었다.

그러니까 나와 샤오첸의 관계는 둘이 왈츠를 추고 있는 것과 같지 않을까? 내가 묵인한 결과이긴 하지만, 앞으로 다가가거나 뒤로 물러나는 건 사실상 샤오첸이 모두 주도했다.

이런 관계를 친구라고 할 수 있을까?

전에 타이베이 여행을 갔다가 돌아오는 기차 안에서 이런 대화를 나눈 적이 있었다.

"그러니까, 친구인 거죠?"라고 내가 말했다.

그러자 샤오첸은 "……그렇게 여기신다면, 그러면 저도 그렇게 생각할게요"라고 답했었다.

그렇다면…… 지금의 나는 샤오첸을 친구로 여기고 있나?

식당 안, 샤오첸은 여전히 내 맞은편에 앉아 있었다.

스시와 니기리즈시, 이나리즈시, 전복 조림, 자반 고등어구이, 가리비 표고버섯 솥밥을 주문했다. 조금은 서늘한 12월이라 따뜻한 사케도 시켰다.

샤오첸이 술을 따라주었다. 나도 샤오첸에게 술을 따라주었다.

사케와 함께 나온 안주는 미소 어묵탕과 초절임 빙어였다. 미소 어묵탕이 냄비째로 상에 오르자, 샤오첸이 긴 젓가락으로 달걀과 무, 유부를 집어서 작은 접시에 나눠 담았다. 내게 건네준 접시에는 내가 좋아하는 것들만 담겨 있었다.

샤오첸이 자기 그릇에 담은 건 곤약과 작은 토란 그리고 당근이었다. 샤오첸이 저걸 좋아했던가? 기억이 나지 않았다. 그러나 내가 좋아하지 않는 음식이라는 건 확실했다.

"제 기억이 맞다면, 샤오첸은 학업을 마치자마자 학교에 취업했어요. 그러면 그 기간에 따로 스승님을 모셨나요?"

"스승님이요……. 다도나 꽃꽂이를 말씀하시는 걸까요? 없답니다."

"아니면 요릿집이나 식당 같은 곳에서 실습했던 걸까요?"

"아니랍니다."

"그렇다면 본섬만의 독특한 악기? 내지에는 샤미센이 있잖아요. 그런 비슷한 거요."

"제가 음률에 정통하지 않다는 걸 아시잖아요."

"하지만 지난번에 주셨던 코아아 책이요.《열두 접시 노래》말이에요. 샤오첸의 가창 실력이 전문가에 버금가던데요."

"아오야마 씨는 전문가가 코아아 책으로 노래하는 걸 들어보신 적이 없잖아요."

"흠."

"대체 무엇을 묻고 싶으신 걸까요?"

샤오첸이 아름답게 웃으며 물었다.

나는 고개를 가로젓고는 달걀과 무를 크게 한입 베어 물었다.

"실례하겠습니다."

여성 종업원이 사시미를 가져왔다. 내가 몸을 살짝 비키자마자 샤오첸이 벌떡 일어나 칠기 접시를 받아서는 식탁 위에 내려놓았다. 접시가 식탁에 닿아도 아무런 소리가 나지 않았다.

샤오첸이 아, 하고 웃으며 말했다.

"첩실의 딸인 서녀가 다른 이의 시중을 드는 건 당연한 일 아닌가요?"

나는 젓가락으로 쥐고 있던 유부를 접시 위에 툭 떨어뜨렸다. 고개를 들어 샤오첸을 보았다. 샤오첸의 낯빛은 조금도 변하지 않았고, 장밋빛 입술의 입꼬리도 살짝 올라가 있었다.

"아오야마 씨는 제가 왜 이렇게 시중을 잘 드는지를 물어보고 싶었던 게 아닌가요? 카페나 유곽50에서 실습했냐고 물어보지 그러셨어요?"

나는 진지하게 샤오첸의 웃는 낯을 보았다.

"샤오첸은 지금 자기 비하를 하는 건가요? 아니면 저를 모욕하는 건가요?"

---

50 유곽은 일본 정부가 승인한 풍화구(風化區)로 일본의 전통적인 성 산업 전문 구역이다. 일제강점기 타이완에서는 메이지 시대에 유곽이 도입되었다. 유곽과 비교했을 때 도시의 신흥 문화에 속했던 카페는 가벼운 유흥업소였다.

"아오야마 씨는 이게 모욕이라고 생각하시는 건가요? 공자도 '젊었을 때 빈천했기에 할 줄 아는 천한 일이 많았다'고 했는걸요."

나는 샤오첸의 말을 끊었다.

"화가 난 거잖아요. 근데, 왜 화가 난 거예요?"

샤오첸은 쓴웃음을 지으며 말했다.

"이러시면 제가 어떻게 해야 할지 모르겠어요."

"샤오첸, 불만이 있다면 솔직하게 말해줄 수 없나요?"

"애초에 그런 일이 전혀 없는데 어떻게 아오야마 씨에게 말할 수 있겠어요?"

거짓말이 분명했다.

그러나 나는 말문이 막혔다. 할 수 있는 일이라곤 샤오첸의 노멘을 뚫어지게 쳐다보는 것뿐이었다.

샤오첸이 손을 내밀더니 내 입가를 살짝 건드렸다.

"묻었네요."

샤오첸은 이렇게 말하더니 손가락에 묻은 미소된장을 태연하게 핥았다.

이, 이게 뭐지?

깨닫는 순간, 뜨거운 피가 목에서부터 휙 솟구치더니 머리 꼭대기까지 퍼졌다. 얼굴이 새빨개졌다.

"이런, 괜찮으세요?"

당연히 안 괜찮죠!

나는 벌떡 일어났다.

◈ 《논어》〈자한〉편.

몇 번이나 무언가를 말하려고 했지만, 결국에는 말문이 막혀서 멍하게 있었다.

반면 내 그림자로 뒤덮인 샤오첸은 편안히 고개를 살짝 기울이면서 나를 보고 웃을 뿐이었다.

가슴이 조여왔다. 눈앞에 있는 왕첸허를 처음 알게 된 듯한 기분이었다.

❋ ❋ ❋

"다들 아오야마 씨를 보는데요. 먼저 앉으세요."
"음."
"젓가락을 아직도 들고 계시네요."
"이게 다 누구 때문인데요."
"저 때문인 것 같네요."
"음."
"이런, 오징어회가 있네요. 오징어 좋아하시잖아요. 어서 드세요. 술은 그만 드시고요. 아오야마 씨의 얼굴이 이렇게 빨간 걸 보니 취하신 게 분명해요. 제가 차를 가져다 달라고 할게요. 네?"
"어, 음."

평소와 달리 점심 식사 때 맛을 제대로 느낄 수 없었다.

식당을 떠나 온천 여관에 갔다. 여관은 가까운 산언덕에 있었다. 고약한 유황 냄새가 났고, 길가에 있는 수로에서는 하얀 증기가 피어올랐다. 온천마을임이 분명했다. 그런데 나는 여행할 마음을 잃은 상태였다.

　여관에 있는 여성 전용 욕탕은 크기가 작았다. 남자 전용 욕탕은 대형인데 어째서 여성 전용 욕탕은 소형이냐는 불평을 늘어놓을 기운도 없었다. 여관에 숙박 등록을 하자마자 온천에 몸을 담그고 싶은 마음이 들었다. 또 차가운 맥주도 원 없이 마시고 싶었다.

　그러나 샤오첸이 날 말렸다.

　"조금 전에 맥주를 드셨잖아요. 온천에서 기절이라도 한다면 너무 창피하지 않겠어요. 그리고 저는 아오야마 씨를 업고 방으로 돌아갈 만한 힘이 없는걸요."

　"아니, 아까 한 병도 다 못 마셨는데요."

　"하지만 얼굴이 엄청 빨갰는걸요. 피라도 흘릴 것 같았어요."

　"아뇨아뇨아뇨, 그건 술 때문에 그런 게 아니에요."

　"음, 그러면 왜 그러셨던 건데요?"

　내게 순진한 얼굴로 묻고 있는 샤오첸이 바로 그 원인이었다. 하지만 이걸 어떻게 말한단 말인가.

　나는 "아아아아" 장탄식을 하고는 다다미 위에 축 늘어졌다.

　기운이 빠진 나와 달리 샤오첸은 웃고 있었다.

　검은 하오리는 확실히 샤오첸에게 잘 어울렸다. 샤오첸

의 얼굴은 화장이라도 한 것처럼 새하얗고 윤기가 돌았다.

노멘 같은 하얀 얼굴 위의 붉은 입술.

"시원한 걸 마신 뒤 온천에 다시 가시죠. 칼피스를 드시겠어요, 레몬 탄산수를 드시겠어요?"

"……."

나는 답을 하지 않았다.

샤오첸을 앞에 두고 이렇게 답답한 마음이 들 수도 있다니. 이제껏 단 한 번도 생각해본 적이 없는 문제였다.

하지만 아무리 살펴봐도 샤오첸은 가면을 벗을 생각이 없어 보였다. 이 사실을 깨달은 뒤로, 솔직히 말해서 내 가슴에서는 불꽃이 타오르는 듯했다.

내가 평소와 다르다는 걸 알아챈 샤오첸의 웃음이 좀 더 부드러워졌다.

"안색이 좋지 않으신데요. 혹시 감기라도 걸린 건 아니겠죠?"

샤오첸이 손을 뻗었다.

나는 샤오첸의 손을 막았다.

"화가 나신 거죠."

"맞아요."

"사람을 화나게 하는 통역사는 아예 그만두라고 하는 게 좋지 않을까요. 어떻게 생각하세요?"

너무 화가 나서 웃음이 나왔다. 코가 바람을 뿜으면서 코웃음 소리를 냈다.

"그러려고 일부러 절 화나게 만든 거예요?"

"제가 일부러 그랬다고 오해하셨다면 죄송해요."

샤오첸의 침착함은 오히려 내 화를 부채질했다.

"그만두고 싶다면 솔직하게 말하면 되잖아요. 안 그래요?"

"아오야마 씨가 동의해 주실까요?"

"절대로 제가 동의할 리 없겠죠. 그래서 어쩔 수 없이, 제가 먼저 그만두라고 말하도록 행동했던 건가요? 하지만 이건 왕첸허 씨 입장에서는 딱히 현명한 대응이 아닐 텐데요!"

일단 말을 내뱉자, 둑에 균열이 생기면서 순식간에 무너졌다. 나도 모르게 언성이 높아졌다.

"왕씨 집안은 이렇게 생각하겠죠. 내지 여성과 반년이나 함께 지냈으니 딸이 내지의 생활 습관을 충분히 익혔을 거라고요. 그러니 일을 그만둔다고 해도 딱히 손해 볼 게 없다고요. 하지만 왕첸허는요? 미래의 시가든 친정이든, 당신의 행복을 진짜로 신경 써주는 사람이 하나도 없는 거 아닌가요. 그렇지 않아요? 그런데도 제 곁을 떠나려는 이유가 대체 뭐예요!"

"이런, 그렇죠. 어쩌면 절 아껴주는 사람은 아오야마 씨밖에 없는지도 몰라요."

"거짓말."

"거짓말이 아니랍니다. 거짓말이라면, 은침 천 개를 삼키겠어요."

 샤오첸의 얼굴에는 여전히 웃음이 있었다. 조금도 줄어들지 않았다.

 나는 몇 번이나 심호흡했다.

 "샤오첸, 그거 알아요? 가면을 쓰고 있다는 거."

 "……가면이요?"

 "지금의 샤오첸은 가면을 쓰고 있잖아요? 우리가 처음 만났을 때부터 샤오첸은 자기 진짜 감정을 숨겼어요. 그래도 상관없었어요. 그때 저는 멀리서 온 낯선 이였으니까. 하지만, 얼마 전에, 샤오첸이 드디어 제게 속마음을 드러냈잖아요. 저는 속으로 이렇게 생각했어요. 샤오첸이 가면을 벗고 제게 마음의 문도 열어줬다고. 그래서 저는 이해가 되지 않아요. 어째서 지금의 샤오첸은 다시 그 가면을 쓴 거죠?"

 "……."

 "샤오첸이 하기 싫어하는 일을 제가 요구했기 때문인가요? 역시 와후쿠 때문인 거죠? 샤오첸이 이렇게 싫어할 줄 알았더라면 저도 처음부터 강요하지 않았을 거예요."

 샤오첸이 묵묵히 나를 잠시 보았다.

 "아오야마 씨, 제게 가면을 썼다고 하셨죠. 어쩌면 진짜로 그랬는지도 모르죠. 아오야마 씨의 관찰력은 정말 뛰어나니까요. 하지만 전에도 말씀드렸잖아요. 저는 와후쿠를 싫어하지 않아요."

"그러면……."

"문제의 핵심은 와후쿠를 좋아하느냐, 싫어하느냐가 아니랍니다. 아오야마 씨. 제가 명확하게 설명을 해드릴 수는 없어요. 왜냐하면 아오야마 씨는 다정하면서도 예민한, 좋은 분이니까요. 그와 동시에 스스로는 알아차리지 못하는 맹점을 가진 분이기도 하지요. 그게 다예요."

"그러면, 그 맹점이라는 게 대체 뭔데요?"

"제 직언을 용서해주세요. 맹점이기 때문에 자세히 설명하더라도 이해하지 못하실 거예요. 그렇게 판단했기에, 매우 송구스럽게 생각하고 있어요."

"그러니까 샤오첸이 멋대로 판단을 내렸고, 제게서 멀어지기로 결정했다는 거네요? 그건 너무 자기 멋대로잖아요!"

나도 모르게 원망의 말이 쏟아져 나왔다.

샤오첸은 자세를 바로 하며 단정하게 앉았다.

"그렇지요. 아오야마 씨 말씀대로랍니다. 저는 아오야마 씨와 직업적인 관계를 유지하는 게 가장 이상적이라고 생각한답니다."

나는 숨을 멈췄다.

직업적인 관계라고.

"그 말은, 작가와 통역사 간의 관계를 말하는 건가요?"

"그렇죠. 정말 죄송합니다."

"이건 지금 절교하겠다고 선언하는 거잖아요!"

"아오야마 씨는 저를 진실한 벗으로 봐주셨지요. 그렇기 때문에 저도 그 감정에 확실히 답을 해드리고 싶어요. 그래서 이렇게 제 마음을 전하는 거랍니다. 부디 이해해주세요."

마음의 불길을 억눌렀다. 나와 샤오첸은 서로 눈을 마주쳤다.

입술을 부르르 떠는 나도, 등을 꼿꼿이 세운 채 앉아 있는 샤오첸도 물러날 생각이 없었다.

우리는 식탁에 마주 앉아 오래 대치했다.

아주 오래.

격앙된 감정 때문에 피로감을 느끼게 될 정도로 오래.

그러나 샤오첸은 전혀 동요하지 않았다.

싫다.

나는 패배한 듯 크게 한숨을 내쉬었다.

이긴 샤오첸이 미소를 지었다.

"샤오첸은 전혀 두려워하지 않네요."

"인격이 고상한 아오야마 씨니까요."

"전혀 그렇지 않아요. 규슈 남자처럼 식탁을 뒤엎고 싶었는데, 여관 식탁이 너무 무거워서 못 한 거라고요."

나는 손가락 관절로 식탁 위를 똑똑똑 두드렸다.

그러자 샤오첸이 웃었다. 무릎을 꿇은 모습도 아까보다는 좀 더 편안해 보였다. 어쩌면 마음이 누그러진 걸지도. 샤오첸의 두 눈에 옅은 물기가 어렸다.

"정말로요. 거짓말이 아니랍니다. 이 세상에서, 아오야마 씨만이 저를 진심으로 아껴주시는걸요."

"그러면 저랑 친구가 되어요!"

"하지만, 정말 그럴 수가 없답니다."

정말 뭐라고 말해야 할지 알 수 없었다. 목 깊은 곳에서 아아 애처로운 소리만 나왔다.

"그러면 맥주를 마십시다! 오늘 밤에는 스키야키를 먹어요! 고기를 먹는 거예요. 젠장!"

"스키야키라는 건, 소고기겠죠. 본섬 사람은 소를 먹지 않는답니다. 그래서 저도 먹지 않아요."

"어…… 잠깐만요. 그런 개인적인 정보는 친구에게나 알려주는 거 아닌가요!"

"이런이런, 인격이 고상한 아오야마 씨잖아요. 그러니 양해해주세요."

"그게 뭐예요!"

나는 버럭 소리를 지르고는 그대로 식탁에 엎어졌다.

머리카락이 귀 뒤에서 흩어지며 얼굴을 가렸다. 샤오첸이 다가와 내 머리카락을 정돈해줬다. 그러면서도 웃음을 머금으며 부드럽게 탄식했다.

"아오야마 씨는 정말 좋은 분이에요."

"그러가요. 샤오첸은 너무 교활하고요."

"그럼요. 아오야마 씨에게 느끼는 고마움을 어떻게 표현해야 할지 모르겠어요."

나를 보는 샤오첸의 눈동자에는 물처럼 부드러운 감정이 고여 있었다.

나는 그 모습을 흘깃 보기만 했다.

"미인계죠. 미소된장이 묻었을 때처럼 말이에요."

"어째서 그렇게 말씀하시죠. 미소된장도 그래요. 진짜로 입술에 묻었었다니까요. 그리고 미인계인지 뭔지는, 아오야마 씨도 여성이잖아요?"

"샤오첸 말이 다 맞겠죠. 하지만 앞으로도 저와 같은 식탁 앞에 앉아서 밥을 먹어줘야 해요."

샤오첸이 부드럽고도 듣기 좋은 목소리를 길게 늘이면서 "네……에……"라고 답했다.

지금은 한 걸음 물러섰지만, 여전히 나와 왈츠를 추는 샤오첸이겠지.

내 가슴은 여전히 불타올랐다.

그러나 샤오첸을 따라 춤을 추는 것 말고 내게 또 어떤 방법이 있겠는가?

❖ ❖ ❖

온천에서 먹은 건 도미 나베였다. 추운 날에는 뜨끈한 국물을 먹어줘야 했으니까.

타이중으로 돌아온 뒤로 우리는 예전처럼 지냈다. '가면'을 이야기하지도 않았고, '친구'를 논하지도 않았다. 시계

침이 거꾸로 수천, 수백 번 돌아 내가 막 본섬에 도착했을 때로 돌아간 듯했다. 샤오첸은 여전히 천사 같은 모습의 샤오첸이었다.

내가 책상에 엎드려 글을 쓰는 날이면, 샤오첸은 나를 위해 맛과 영양을 겸비한 점심밥과 저녁밥을 준비해주었다.

내가 꺼꿍51과 짭조름한 죽, 크림빵과 땅콩엿과 하카식 과자가 먹고 싶다고 하고, 떡과 무떡52도 먹고 싶다고 하자 샤오첸은 빛을 발하는 신령님처럼 미식을 뚝딱 만들어냈다.

처음 이곳에 왔을 때처럼 타이중에도 비가 내렸다.

남국 타이완의 평지에는 눈이 내리지 않았다. 그러나 궂은날이 며칠이나 이어지자 뼈가 시릴 정도로 추웠다. 나는 샤오첸에게 스키야키를 먹자고 했다.

샤오첸의 얼굴에 곤혹스러운 기색이 떠올랐다.

"소고기 말고, 돼지고기로 해요."

샤오첸과 맛있는 음식을 함께 나누고 싶은 것뿐이라고, 그래서 스키야키를 같이 먹고 싶은 것뿐이라고 말했다.

스키야키 이야기가 나와서 말인데 이 음식이 메이지 시대에 처음 생겼을 때는 '규나베'라고 불렸다고 한다. 상방

---

51 꺼꿍은 닭고기 롤튀김으로, 오늘날에 '깨꿍(雞卷)'이라고 불린다.

52 원주: 혼토진은 '무'를 '차이터우(菜頭)'라고 부른다. 무떡은 하얀 무채를 재래미와 함께 갈아서 증기로 찐 간식이다.

(上方)과 에도53의 조리법이 처음부터 달랐지만, 다이쇼 시대 이후로 하나로 통합되었다. 그때부터 스키야키로 통칭되었고 조리법 또한 혼슈 최남단인 규슈 지역의 조리법과 비슷해졌다.

초창기의 규나베는 한 사람이 냄비를 하나씩 놓고 먹는 요리였다. 시간이 지나면서 오늘날의 스키야키는 냄비 하나를 놓고 여러 명이 둘러앉아 먹는 음식이 되었다. 각자 젓가락으로 바로 집어서 먹었기에 아주 활기찬 요리라고 할 수 있었다. 맛을 낼 때 미소된장을 단호하게 포기하고, 간장과 미림, 설탕, 사케를 배합해 양념장을 만들었다. 불에 달군 납작한 냄비에 소고기, 자른 파, 양파 등을 살짝 볶은 뒤 미리 만들어둔 양념장을 부었다. 그런 뒤 두부, 채소 등을 차례차례 넣어서 함께 익혔다.

신선한 달걀을 작은 그릇 안에 풀어 준비해두고, 소스가 끓으면 소고기를 건져내 달걀물에 찍어 먹었다. 달콤하면서도 짭짤하고, 야들야들한 식감이라 밥을 몇 그릇이나 해치우고 싶을 만큼 맛이 좋았다.

술을 더 마시게 만드는 요리를 술 도둑이라고 한다면, 스키야키는 밥도둑이라고 할 만했다!

---

53 메이지 시대 이전에 상방은 교토와 오사카 지역을 지칭하는 말이었다. 에도는 도쿄의 옛 명칭이다. 메이지 시대 이후에도 일본 문인들은 여전히 글을 쓸 때 옛 명칭을 사용하곤 했다.

내 말에 샤오첸이 풉 하고 웃었다.

"그래서 쌀밥을 세 홉[54]이나 지은 건가요?"

"고기를 더 많이 먹으려고 조금 적게 지은 거예요. 안 그랬으면 한 홉은 더 넣었겠죠."

"신이 나신 게 얼굴에 다 써 있네요."

"어쨌든 이것도 샤오첸과 함께 먹고 싶었던 요리인걸요. 여름에는 야나가와 나베, 가을에는 대구봉 동과찜, 겨울에는 스키야키죠."

"……."

그러나 시계 침이 거꾸로 돌아가는 시계는 없다. 나와 함께 야나가와 나베를 신나게 먹었던 샤오첸이라면 이 순간 침묵하지는 않았을 텐데.

"봄에는 뭘 먹냐고 물어보지 않나요?"

"내지의 봄이라면, 은어나 하쓰가쓰오✽ 아닌가요?"

"아, 역시 탐정답네요."

"전에 사시미는 겨울과 봄에 먹는 게 맛이 제일 좋다고 하셨으니까요."

"샤오첸의 박학다식함은 정말 놀랍다니까요. 본섬에서는 은어나 하쓰가쓰오를 안 먹잖아요! 아무리 머리를 굴려도 모르겠어요. 대체 샤오첸은 이 많은 것들을 어떻게 알게

---

54 쌀 1홉은 180밀리리터로 오늘날 타이완에서 쓰는 쌀 한 컵이 1홉에 해당한다. 보통 쌀 한 컵은 밥 두 공기에 해당하기에 여성 두 명이 먹기에 충분하다.

✽ 봄철에 잡히는 첫 가다랑어.

된 거예요?"

"추측해 보시겠어요? 확실히 많은 걸 물어볼 수 있는 사람이 있답니다."

"도서관 사서?"

"아쉽네요."

나는 다시 생각해보았다.

연이어서 서점 직원, 기차역 직원, 우체국 직원을 말했지만, 샤오첸은 고개를 가로저었다.

"내지에서 온 변사는 아니겠죠? 전국을 순회하며 영화를 상영하는 이들은 '만 권의 책을 읽고 만 리의 길을 여행하라'는 말에 딱 맞는 사람들이잖아요."

"아, 쉽, 네, 요."

이런, 젠장.

나는 스키야키를 끓이겠다고 선포했다.

돼지고기 비계를 뜨겁게 달궈진 평평한 냄비 안에 넣었다. 비계가 익으면서 돼지기름이 나오자 그 기름에 얇게 썬 염장 돼지고기를 넣고 볶았다. 양파를 추가해 볶아도 좋았다. 내지 대파는 구하지 못했으니 생략하기로 했다. 중요한 건 돼지고기를 많이 넣는 거였다. 스키야키는 고기를 먹는 요리니까! 돼지고기가 어느 정도 익으면 잠시 꺼내놓고, 뜨거운 냄비에 두부를 구웠다. 두부 양면이 노릇하게 익으면 다시 볶은 돼지고기를 넣었는데 양배추, 버섯, 얇게 썬 우엉, 곤약과 당근 그리고 양념장도 넣었다. 끓기 직전에 쑥

갓을 넣고, 펄펄 끓으면 불을 껐다.

저쪽에서는 샤오첸이 따끈한 밥을 밥그릇에 담고, 달걀도 풀었다. 이쪽에서는 내가 스키야키 냄비를 식탁 위에 올렸다.

"맛있겠죠!"

"확실히 맛있는 냄새네요."

"스키야키는 공용 젓가락을 쓰지 않아요. 샤오첸, 좋아하는 만큼 마음껏 먹어요. 아, 근데 고기부터 먹어야 해요! 주저하지 말고 한 번에 서너 점씩 먹어요!"

샤오첸은 알겠다고 했다.

젓가락으로 돼지고기를 집어 달걀물을 묻혀서는 호호 불면서 입안으로 집어넣었다. 미꾸라지를 먹을 때도 아름다웠는데. 뺨이 불룩해질 정도로 입안 가득 고기를 넣고 씹는 모습도 여전히 아름다웠다. 이렇게 아름다운 사람은 샤오첸밖에 없을 것이다.

"맛있나요?"

"매우 맛있네요."

"그죠!"

나도 젓가락을 움직였다. 돼지고기 세 점을 집어 달걀물에 묻혀서는 입안으로 밀어 넣고 우물우물 씹었다.

아, 맛있어!

"야나가와 나베는 잠시 차치하고, 스키야키를 싫어하는 사람은 없어요."

"그런가요?"

"왜냐면 스키야키니까요. 당연히 모두가 좋아하죠."❖

샤오첸이 실소했다. 그 바람에 젓가락으로 집고 있던 당근이 냄비 속으로 툭 떨어졌다.

"죄송해요. 제가 실례를 했네요."

"괜찮아요. 근데, 샤오첸은 당근을 좋아하나요?"

"좋아한답니다. 그건 왜 물으시나요?"

"지난번에 베이터우에 가서 어묵탕을 먹었을 때요. 속으로 샤오첸이 당근을 좋아하는지 고민했거든요. 제가 잘 안 먹는 거라서 샤오첸이 먹었는지도 모른다고 생각했어요."

"……"

샤오첸은 바로 답하지 않았다. 떨어뜨렸던 당근을 입안으로 넣은 뒤 구운 두부도 먹었다.

"아오야마 씨는 이렇게까지 저를 위해 마음을 써주지 않으셔도 된답니다."

"함께 스키야키도 먹는 사이인데, 어떻게 마음을 안 쓸 수 있죠?"

"……그게 무슨 말씀인지 잘 모르겠는데요?"

"왜냐하면 스키야키는 좋아하는 사람과 같이 먹는 요리거든요."

"네, 그런 언어유희는 라쿠고❖❖에서 배우신 건가요?"

"재미가 없나요?"

그러자 샤오첸이 입을 다물더니 나지막이 "거짓말하고

❖ 스키야키(すき焼き)의 '스키'는 일본어로 좋아한다는 뜻의 '스키(好き)'와 발음이 같다.

❖❖ 에도 시대에 형성된 일본의 전통 연희로 배우 한 명이 부채와 손수건 등 소도구를 사용해서 이야기를 들려주는 희극 공연이다.

싶지 않아요"라고 말했다.

나는 도리어 웃음이 나왔다. 입으로 호호 불며 돼지고기와 우엉, 양배추를 연이어 먹었다.

"다른 지역에서는 스키야키에 배추를 넣는대요. 하지만 양배추도 맛있는걸요."

"규슈의 나베는 배추보다 양배추를 선호하는 것 같더라고요."

"샤오첸은 이런 것까지 알고 있었네요."

"본섬으로 온 내지인 중에는 규슈 출신이 비교적 많으니까요."

"그렇군요."

나는 대답하며 고개를 끄덕였다. 젓가락으로 돼지고기를 집어서는 샤오첸 앞에 놓인 접시에 담았다.

"아오야마 씨, 저를 아이로 보시는 건가요?"

"네……. 만약 직업적인 관계라면 이럴 때는 그냥 고맙다고 하면 되는 거겠죠."

샤오첸이 멈칫했다.

"농담이에요."

나는 말을 이었다.

"전에 말했잖아요? 암자에서 등을 돌볼 때 영양실조에 걸렸었다고요. 병 때문에 나가사키 집으로 돌려보내졌죠. 몸이 어느 정도 회복되자 숙모님이 저를 스키야키 가게로 종종 데려가 주셨어요. 저에게 스키야키는요, 중요한 사람과 함께 먹는 요리예요."

"……."

"말이 없네요. 괜히 신경 쓸 거 없어요. 저한테는 샤오첸이 중요한 사람이거든요. 그것만으로도 충분해요."

"이렇게 행동하시는 것도, 상당히 제멋대로 행동하시는 거 아닌가요?"

"샤오첸도 제멋대로 굴고 저도 제멋대로 굴면, 유유상종이 되는 거죠."

"정말 당신을 어떻게 할 수가 없네요."

"무슨 소리예요. 속수무책인 사람은 바로 저라고요."

입으로는 서로에게 투덜거렸지만, 샤오첸과 나는 젓가락을 쉬지 않고 움직였다.

첫 번째 스키야키가 빠르게 바닥을 보였다.

냄비를 주방으로 가져가 두 번째 스키야키를 만들었다.

평범한 스키야키에는 올방개 뿌리나 죽순을 넣지 않지만, 본섬의 겨울에는 이 두 재료가 제철이라 맛이 매우 좋았다. 그래서 스키야키 냄비 안에 넣었다. 두 번째 스키야키는 볶지 않았다. 돼지고기 거품을 걷어낸 뒤 양념장과 각종 재료를 새로 넣었다. 펄펄 끓을 때까지 기다렸다가 냄비를 상 위에 올리려고, 불을 살폈다.

"아오야마 씨."

"네."

"저를 위해 주방에서 음식을 해준 이는 아오야마 씨가

처음이에요."

나는 샤오첸을 바라보았다. 온화하고 따스한 얼굴이었다. 노멘을 쓴 샤오첸이 아니었다.

어…….

치밀어오르는 혼란과 의문을 바로 뱃속으로 집어삼켰다.

"영광이네요."

"정말 죄송해요."

"이건 사과할 일이 아닌데요."

"그렇네요. 아오야마 씨 말씀이 맞아요."

샤오첸은 무언가를 잠시 생각하다가 말을 이었다.

"다음번 점심에는 제가 캅아※ 국수를 해드릴게요."

"그게 뭔데요?"

"바지락으로 국물을 낸 국수요. 정식 요리라고 할 수는 없답니다. 노점에서 파는 음식이나 집에서 먹는 가정식 사이에 있는 국수 요리거든요. 돼지고기 다짐육을 다진 파와 함께 볶고, 바지락과 말린 생선가루를 넣어서 국물을 만들죠. 국물이 끓으면 넙적한 면을 넣어서 익히고요. 그릇에 국수를 담은 뒤 볶은 고기 고명을 그 위에 얹어요. 흰 후춧가루도 살짝 뿌리고요. 바지락과 돼지고기가 어우러진 맛있는 국물 위로 모락모락 피어오르는 뜨거운 김을 생각하면 두 그릇은 먹고 싶어진답니다. 부드럽게 잘 익은 면은 뱃속을 따뜻하게 만들어줄 뿐만 아니라 소화도 잘되고요."

"정말 군침이 돌게 하는 묘사인데요! 근데 샤오첸은 전

※ 蛤仔.

에도 면을 삶아준 적이 있잖아요. 그때는 바지락을 안 썼고요. 그렇다면 캅아 국수는 좀 특별한 요리인 건가요?"

"네, 그렇지요. 아오야마 씨의 아름다운 추억에 비할 수는 없겠지만 캅아 국수는 제 어린 시절에 강렬한 인상으로 남은 추억의 맛이거든요. 아주 전설적인 여성 요리사가 만든 음식이었어요. 많은 사람들과 함께 나눠 먹는 큰솥 요리였지만, 소홀함이 없는 요리였죠. 어린 저는 세상에서 가장 맛있는 음식이 캅아 국수라고 생각했답니다."

음, 아주 많은 질문을 하고 싶었다.

하지만 첫 번째 질문은 역시나…….

"제게 캅아 국수를 해주겠다는 건, 감사 인사인 셈인가요?"

"네, 그렇게 말할 수 있겠지요."

"이런 질문을 하는 게 좀 근거가 없을 수 있는데요. 하지만 샤오첸은 이제껏 남에게 캅아 국수를 만들어준 적이 없었을 거예요. 그죠?"

"역시 날카로운 아오야마 씨네요. 확실히 없답니다."

"그 말은 샤오첸에게 제가 특별한 사람이라는 뜻인가요?"

"……네, 아오야마 씨는 특별한 사람이랍니다."

샤오첸이 미소를 지으며 말했다.

여전히 아름답고도 사랑스러운 웃는 낯이었다. 정말이었다. 베이터우 온천에서 있었던 언쟁 같은 건 애초에 없었다는 듯한 웃음이었다.
 그러나…… 아니다, 나는 속으로 이렇게 생각했다. 사사건건 캐물을 필요는 없잖아?
 펄펄 끓는 두 번째 스키야키를 식탁 위에 올렸다. 샤오첸은 달걀을 새로 풀었고, 흰쌀밥을 고봉밥으로 펐다. 젓가락으로 돼지고기를 집어 샤오첸의 접시 위에 놓았다. 샤오첸도 답례로 내게 돼지고기를 집어주었다.
 우리는 마음껏 먹었다. 올방개 뿌리도 먹고 죽순도 먹었다. 오도독오도독, 와그작와그작 씹으며 소리 내어 웃었다. 씹는 소리가 조금 웃겼다.
 "음, 소가 된 것 같네요."
 "그게 나쁠 건 없는데요. 아오야마 씨 고향에서는 소작농이 소를 키웠나요? 소는 되새김질할 때 아주 행복해 보이지요."
 "그렇죠."
 "기회가 된다면, 시골이나 목장으로 데려가서 구경을 시켜드릴게요."
 "……."
 "아오야마 씨?"
 "특별한 사람과 중요한 사람은 다른 건가요?"
 혀가 내 마음을 거스르며 자기 멋대로 의문을 내뱉었다.
 젓가락을 쥔 샤오첸의 손이 멈칫했다.
 "제가 싫으면 솔직하게 말해줘도 괜찮아요."

"저는 아오야마 씨를 싫어하지 않는답니다."

"그러니까, 그렇기에, 샤오첸이 저와 친구가 될 수 없다고 하는 말이 이해되지 않는 거예요."

"절대 일부러 헷갈리게 만드는 게 아니랍니다. 다만 지금의 저로서는, 언어로 아오야마 씨를 이해시켜 드릴 수가 없어요. 언젠가 나중에, 아오야마 씨의 이해를 도울 수 있는 설명을 찾게 된다면, 그때 솔직하게 답해드릴게요."

"그래요? 나중에란 말이죠······. 정말 시계 침을 돌리고 싶네요. 그 나중에라는 게 보고 싶어요. 샤오첸이 말하는 미래 외에 친구가 되는 미래는 없는 건가요?"

샤오첸은 잠시 침묵하다가 "아오야마 씨에게 거짓말하고 싶지는 않아요."라고 답했다.

"······."

"······."

"좋아요, 좋아. 밥이나 먹읍시다."

"이해해주셔서 감사합니다."

"어쩔 수 없잖아요."

"저를 해고하실 수 있답니다."

"그것만큼은 할 수 없어요. 그러면 다음번에 소를 보러 데려가줘요."

"네."

"아리산에 가서 벚꽃도 보고요."

"그건 삼림 철도 상태를 확인해야 한답니다."

"그러면 그 전설적인 여자 요리사가 만들었다는 요리가 먹고 싶어요."

"그건 좀 어렵겠네요. 제가 힘써보겠습니다."

말을 주고받았다.

냄비 하나에 둘러앉아 스키야키를 먹었다. 맛있는 음식을 씹으면서 나도 소처럼 행복을 느꼈다.

대체 친구란 뭘까? 이제는 나도 알 수 없었다.

연회 후에 먹는 탕
잔반탕

"여기 주변에 뭐 맛있는 게 없나요?"

"네? 왜 갑자기······."

"아오야마 씨의 입버릇이잖아요. 최근에는 못 들어본 것 같아요."

"그러고 보니까 정말로 그렇네요! 근데 그건 그 말을 내뱉기도 전에 샤오첸이 문제를 해결해줘서 그래요."

그런데 정말 의외였다. 나는 바삐 글을 쓰며 공책만 보고 있던 고개를 들어 샤오첸의 얼굴을 쳐다보았다.

샤오첸도 지금의 나처럼 우리의 옛 교류를 추억하고 있을까?

내 마음속에 이런 의문이 떠오르긴 했지만 웃음 띤 샤오첸의 얼굴에서는 다른 점을 찾아볼 수 없었다. 늘 그러하듯 속마음을 알 수 없는 얼굴이었다.

눈앞에 있는 사람이 천사이면서도 악마라는 느낌을 떨칠 수가 없었다.

얼마 전, 본섬에서 처음으로 양력설을 쇠었다.

연말에는 기쿠코 숙모가 연이어 전보를 보냈다. 집을 떠나 오랫동안 돌아오지 않는 나를 은근히 나를 타박하려는 의도였는데 실제 전보 내용은 다 명절 음식이었다.

달짝지근하게 조린 은어, 닭고기 채소 조림, 미소로 절인 채소, 해삼 내장 젓갈, 숭어알, 명란젓, 연어알, 청어알, 어묵, 달콤하게 조린 밤과 검은콩, 다시마 말이, 달걀말이 그리고 팥 떡국. 숙모는 역시 숙모였다. 먹보의 급소를 한 번에 노렸다. 어떤 요리는 본섬에서도 충분히 먹을 수 있지만, 어떤 요리는 도저히 구할 수가 없었다. 특히 아오야마 가문만의 비법으로 만든 생선을 넣은 달걀말이는 그 풍미가 독특했는데 나조차도 조리법을 몰랐다. 온갖 재료를 넣어서 끓이는 설날 떡국은 생각만으로도 군침이 돌았다. 고향이 그립지 않다고 말한다면, 그건 거짓말일 것이다.

그러나 나는 나가사키로 돌아가지 않았다. 다카다 가문에서 오오미소카에 메밀국수를 먹자고 특별히 초대했지만, 55 마찬가지로 정중히 거절했다.

---

55 오오미소카는 섣달 그믐으로 1년의 마지막 날이다. 이날에는 다음 해를 맞이하며 메밀국수를 먹는 것이 일본의 전통 풍습이다. 명절 음식은 새해 첫날부터 정월 초삼일까지 신년 연휴 기간에 즐긴다.

관방을 대표해 연말 선물을 들고 찾아온 시역소의 미시마 선생이 명절 음식이나 온천 여행이 필요하냐고 물었다. 본섬 사람의 집에서 새해를 보내고 싶다는 내 대답에 미시마는 그 자리에서 미간을 찌푸렸다. 그러고는 아주 사무적인 말투로 물었다.

"이 일은 안배가 어렵겠습니다. 어째서 왕 통역사에게 도움을 청하지 않으셨죠?"

나는 샤오첸에게 묻지 않았다. 왜냐하면 미시마나 다카다 부인이 방문하기 전에, 샤오첸이 이미 행동으로 옮겼기 때문이었다.

"본섬의 양력 설날이 공휴일이기는 하지만, 대다수의 본섬 사람들은 타이완력인 음력설을 쇤답니다. 쇼와 14년(1939년)의 타이완 음력설은 2월 중순이지요. 이때 왕씨 가문은 상당히 바쁜 시기를 보내게 될 거예요. 하지만 양력 설날은 별다른 영향을 주지 않지요."

샤오첸은 이렇게 설명하더니 질문을 던지며 말을 마쳤다.

"아오야마 씨는 양력 설날에 어떤 내지 음식을 드시고 싶으세요?"

특별히 나를 위해서 명절 음식을 해주겠다는 말에는 어떤 마음이 담겨 있는 걸까. 나는 굳이 캐묻지 않았다.

달짝지근하게 조린 생선, 미소로 절인 채소, 구운 뒤에 조린 은어, 술지게미 숭어알, 홍백 어묵, 검은콩, 새우와 전복, 달걀말이와 떡국. 샤오첸은 새해 음식을 풍성히 준비했고, 나도 떡국을 두 종류나 끓였다.

가쓰오부시와 날치를 넣어서 끓인 육수에 명절 분위기에 맞도록 당근채와 무채를 넣었고, 좋아하는 우엉과 버섯, 신선한 붉은 생선 그리고 구운 찹쌀떡도 넣었다. 나머지 하나는 팥에 설탕을 많이 넣어 끓이고 그 안에 구운 떡을 보물 감추듯 넣은, 달콤한 팥 떡국이었다.

차갑게 먹는 새해 음식이든 뜨겁게 먹는 떡국이든 너무 맛있어서 눈물이 날 정도였다. 함께 미식을 즐기는 동료는 나처럼 대식가인 요괴 샤오첸이었고.

유쾌하게 젓가락을 움직이면서 흥겹게 술잔을 들었다. 허심탄회하게 여러 이야기를 나누면서 몇 시간 내내 먹었다. 새해 첫날의 아침 식사가 점심까지 이어졌다.

나는 본섬에서 아름답고 유쾌한 새해를 보냈다. 그러나 샤오첸의 마음은 가늠할 수 없었다.

섣달그믐에는 둘이서 메밀국수를 잔뜩 먹었다. 곁들인 반찬으로는 간 참마와 새우튀김, 날달걀과 어묵이 있었다. 추위가 실내까지 파고들면 화로를 피워서 그 위에 떡을 구웠다. 부푼 떡을 콩가루와 땅콩 가루에 묻혀 조심스레 씹거나 구운 김에 싸서 간장에 찍어 먹었는데 "앗 뜨거워"라고 외치면서 왼손으로 쥐었다가 오른손으로 쥐며 먹었다.

깊은 밤 화롯불 앞에 있는 샤오첸의 얼굴은 붉게 물들었고, 두 눈에는 따뜻한 빛이 어렸다. 옅게 파인 보조개는 조용했고 그와 동시에 달콤했다.

그런데도 내가 전처럼 "지금 같은 거요. 이런 게 친구 같은 거 아니에요?"라고 물었을 때, 샤오첸은 웃으며 이렇게 답할 뿐이었다.

"취하셨네요. 푹 쉬세요."

완곡한 거절이었다.

아, 이런 게 바로 '바라볼 때는 앞에 있는 듯했지만, 갑자기 뒤에 있는 듯하다'*는 건가?

새해 연휴가 지나자 우리는 다시 온천 여행 일정을 짜기 시작했다. 첫날 아침에는 차를 몰고 지룽으로 향한다. 지룽 기차역 주변에 있는 신성관에서 〈청춘기〉 상영이 있고, 상영 후에는 고등여학교 교사와 학생을 대상으로 30분 정도 강연을 한다. 오후에 일이 끝나면 저녁에는 진산 온천으로 가서, 온천물에 몸을 담근다. 게와 문어, 조개를 실컷 먹는다.

둘째 날에는 지룽으로 돌아가 이란선을 타고 바두로 간다. 오후 12시 13분에 지룽역에서 출발하면 바두역에는 25분에 도착하는데 조금 휴식을 취한 뒤 다시 오후 1시 25분 기차를 타고 지룽으로 돌아간다. 경안궁 마조묘**와 선동엄*** 을 구경한 뒤에는 지룽 항구 근처에 있는 숙소에 머물고 셋째 날에는 타이중으로 돌아간다.

이번 여정에서는 지룽역과 바두역을 오가는 구간이 조금 뜬금없는 편이었다.

이건 샤오첸의 안배였다. 버드나무 작은 집에서 이번 여정에 대해 논의할 때 나는 샤오첸에게 이렇게 물었다.

---

* 《논어》〈자한〉편에 나오는 구절이다.
** 1780년에 세워진 유서 깊은 마조묘. 1815년에 현재 위치인 지룽역 근처로 이전했다.
*** 仙洞巖. 지룽에서 가장 큰 침식 동굴 안에 있는 사찰이다.

"어째서 바두죠? 《타이완 철도 여행 안내》*에서도 추천한 적이 없는 지선 기차역이잖아요."

"전에 가오슝에 갔을 때 샤단수이시 철교를 좋아하셨잖아요. 그래서 지룽에 있는 철도 명소에도 흥미가 있으실 것 같았어요."

"아, 가오슝은 본섬의 남쪽이고, 지룽은 본섬의 북쪽이라서!"

"······죄송해요. 솔직하게 말씀드릴게요. 실은 제가 가보고 싶었어요. 그래서 여정에 넣은 거랍니다."

"그렇군요. 근데 나쁠 것도 없겠는데요."

"아오야마 씨는 정말 좋은 분이시네요."

"그런가요. 그래서 우리가 어느 철도 명소에 가는 건데요? 철교인가요?"

"철교는 아니랍니다. 역사라고 하는 게 맞겠네요."

음?

여정을 논한 뒤 며칠이 지났을 때였다. 지룽역 대합실에서 우리는 이란선 열차를 기다리고 있었다.

지룽에 도착한 지 둘째 날이 되는 날이었다.

나는 속기용 연필과 공책을 거뒀다. 샤오첸이 내 입버릇이었던 "여기 주변에는 뭐 맛있는 게 없나요?"를 요즘에는 통 듣지 못했다고 말했기 때문이었다.

확실히 그랬다. 예를 들어 오늘 아침에 진산 온천에서 지룽 시내로 돌아올 때였다. 우리는 공회당**식당에서 점심

◆   일제강점기 때 타이완 총독부 철도부에서 발행한 공식 여행 안내서로 1916년에 처음 발간되었다.

◆◆   1903년에 완공된 지룽시 최초의 예술 및 문화 행사 장소로, 2차 세계대전 말기에 연합군의 공습으로 파괴되었다. 1957년에 중정당으로 재건되었다가, 1980년 지룽시립문화센터로 바뀌어 사용되고 있다.

밥을 먹었다. 미처 주전부리를 생각하지 못했는데 샤오첸이 먼저 나를 데리고 본섬의 간식을 사러 갔다.

그중 마, 쌀, 녹두로 만든 간식이 한 번도 맛본 적 없는 독특한 맛과 식감을 가진 별미였다. 흥미로운 건 본섬의 춘자오가 내지의 가린토와 별 차이가 없다는 거였다.[56] 내가 공책을 꺼내서 속기한 이유였다.

지필을 정리하자 어느새 지선 열차가 승강장으로 다가왔다.

열차로 10분 남짓한 거리였는데 지룽 다음 역이 바로 바두였다. 샤오첸이 말한 명소는 터널과 폭포였다. 북쪽에서 남쪽 터널로 진입할 때 폭포 두 줄기가 양쪽에 있었다. 하늘을 가르면서 흘러내렸기에 하얀 용 두 마리가 승천하는 듯했다. 열차는 격렬하게 꿈틀거리는 두 마리의 용을 뚫으면서 터널로 들어가는 듯했고. 반면 바두에서 지룽으로 돌아갈 때는 좀 달랐다. 어둡고 깊은 터널을 빠져나갈 때 가까이에 있는 두 폭포의 소리가 우렁차게 전해져서 파도를 뚫고 지나가는 듯했다.

메이지 연간에 철도부는 이 터널 입구에 '쌍룡(雙龍)'이

---

56 타이완의 춘자오는 일본의 가린토와 상당히 비슷하다. 춘자오는 찹쌀가루와 맥아당을 반죽해 짧은 막대 모양으로 잘라서 튀긴 것에 설탕 시럽을 입히고 설탕 가루를 뿌린 것이다. 가린토는 춘자오와 제조 과정이 같지만, 그 재료가 다르다. 밀가루와 달걀, 물엿으로 만들며 튀긴 후에는 같은 방식으로 설탕 시럽과 설탕 가루를 입힌다.

라는 글자를 썼고, 덕분에 쌍룡 폭포가 명성을 얻게 되었다.57

"쌍룡 폭포는 청나라 이전부터 존재했답니다. 철도가 개통된 후에야 사람들이 쉽게 구경하러 오게 됐죠. 개통한 뒤에는 어떤 시인이 이런 시를 남기기도 했어요. '이 폭포는 당시 사람들이 알지 못했고, 빈 산에 수천 년이나 묻혀 있었다.' 빈 산에 수천 년이나 묻혀 있었다니……. 가히 동경을 불러일으키는 경치라고 할 수 있겠죠!"

이렇게 감정이 가득 담긴 말을 꺼내다니. 샤오첸은 기대가 큰 듯했다.

춘자오를 먹느라 정신이 없던 나도 먹던 입을 멈췄다.

지선 열차는 철로를 꽉 물고 있는 듯 느릿하게 앞으로 나아갔다. 먼 곳에서 들리던 폭포 소리가 점점 선명해졌다.

샤오첸은 창밖을 응시했다.

나는 샤오첸을 응시했다.

폭포 소리가 가장 크게 전해지던 순간, 열차는 눈 깜짝할 사이에 끝없이 어두운 터널 안으로 들어갔다.

눈을 깜빡이기 전에 내 시야에 담겼던 샤오첸은 아이처럼 순수한 얼굴로 웃고 있었다. 이제껏 한 번도 본 적이 없

---

57 쌍룡 폭포는 '방정(魴頂) 폭포'라고도 불렸다. 청나라 말기, 일제강점기 초기에는 지룽 팔경 중 하나였다. 전쟁 후 타이베이와 지룽을 잇는 타이완 5호선 도로가 건설되면서 그 구간의 다리가 경관을 가로막았고, 다리 때문에 물줄기도 바뀌면서 더는 옛 쌍룡 폭포의 경관이 존재하지 않게 되었다.

는 샤오첸의 얼굴이었다.

그러니까, 이 사람을 대체 어떻게 하면 좋을까?

나는 터널 안 어둠 속에서 탄식했다.

❖ ❖ ❖

쌍룡 폭포 옆에 있는 터널도 자기 이름이 있었다.

아니, '쌍룡 폭포 터널'은 아니었다. 별칭은 '폭포 근처 터널'[58]이고, 정식 명칭은 '죽자령 터널'이었다.

죽자령 터널은 깊고도 긴 터널이었지만 이 정도로는 명소가 될 수 없었다. 샤오첸은 이곳 자체가 역사라고 했다. 처음에는 그게 무슨 말인지 몰랐지만 이어지는 샤오첸의 설명에 바로 이해하게 되었다.

일단은 여기서 1킬로미터 정도 떨어진 사구령 터널부터 이야기해야 한다.

청나라 때 타이완에서는 광서제 치하에서 정식으로 철도가 건설되었고, 청나라 사람들도 이곳 지룽을 타이완의 시작점으로 보았다. 지룽 항구에서 첫 번째 철도 노선을 시작해 남쪽으로 쭉 내려가 타이베이를 거쳐 주첸[59]까지 이

---

58 폭포 근처 터널의 원문은 타키노모토 터널(瀧の本隧)로 여기서 '타키(瀧)'는 폭포라는 뜻이다.
59 주첸은 신주의 옛 이름이다.

으려고 했다.

  이때 처음으로 마주하게 된 난관이 사구령이었다.

  사구령은 상당히 특수한 지형이었다. 청나라 때부터 이곳은 풍수지리적으로 '용맥'이라고 전해졌던 데다가 사구령 산봉우리 자체가 거대한 방벽이었던 탓에 터널을 뚫지 않으면 쉬이 통행할 수 없었다.

  청나라 관원이 처음 타이완에서 철도를 지으려 했을 때는 자원과 기술이 모두 부족했고 동시에 본섬 사람들의 미신과도 맞서 싸워야만 했다. 어쩌면 청나라 관원이 그냥 어리석고 무능했던 건지도! 청나라 관원이 외국 기술자와 제대로 소통하지 못해 설계 자체에 문제가 생겼던 것이다. 본래는 산자락 양쪽 끝에서 터널을 뚫어서 가운데에서 만나게 할 계획이었는데, 뚫고 나서 보니 높이가 서로 달랐다. 어쩔 수 없이 다시 시간과 노력을 들여서 노선을 수정해야 했다.

  그렇게 최종적으로 완성된 터널이 사구령 터널이었다. 북쪽 입구와 남쪽 입구가 낮은 곳에서부터 시작해 점점 높아지는데, 만약 사구령을 칼로 자른다면 그 안이 활처럼 굽어 있는 모양이라는 걸 알 수 있었다.

  이게 바로 타이완 철도의 첫 번째 터널이었다.

  그러나 사구령 터널은 이용이 불편했기에 타이완을 통치하게 된 제국은 사구령 터널을 대체하고자 인근에 있는 죽자령에 새로 터널을 뚫었다. 죽자령 터널은 이렇게 탄생했다.

메이지 29년(1896년)에 착공, 2년 뒤에 완공. 제국이 타이완을 통치한 뒤 바로 그다음 해에 시작된 공정이었다. 그만큼 타이완 총독부가 얼마나 이를 중시했는지를 알 수 있었다. 선정된 위치 또한 쌍룡 폭포 인근에 있었는데, 이 또한 관광지로서의 용도를 고려한 거였다.

나중에 따로 조사해보니 다이쇼 원년(1912년)에 철도부가 발행한 《타이완 철도 안내》에서는 바두 기차역을 언급했다. 주요 경관 중 하나로 '쌍룡 폭포'를 소개했는데 당시에는 관광지로서 엄청나게 주목받았을 것이다. 몸이 열차 안에 있을 때는 전혀 알 수 없었지만, 생각하면 할수록 본섬 위에 있는 시간들이 겹겹이 포개진 흔적을 느낄 수 있었다. 사람을 감탄하게 만드는 역사 이야기였다.

사구령 터널과 죽자령 터널은 청나라 그리고 제국의 철도 대망이 시작되는 출발점이었던 걸까?

활처럼 휜 사구령 터널과 물이 입구에서 힘차게 흘러내리는 죽자령 터널. 고군분투하는 청나라, 낭만적인 제국. 충분히 곱씹을 만하지 않은가?

"소설을 쓸 수 있겠는데요! 제목은 《타이완 종관철도》라고 하는 거죠. 본섬의 철도 건설 과정을 묘사하는 거예요. 청나라 때부터 시작하고요. 네, 사구령 터널의 착공부터 시작하는 거죠. 죽자령 터널의 완공에서 이야기를 끝내고요. 어때요? 이렇게 전개해서 종관철도 전체를 말할 수 있을까요? 이건 철도의 역사, 아, 아니죠, 본섬의 개척사라고 하는 게 맞겠어요!"

바두역에 도착한 뒤로 우리는 먼저 역 근처를 산책했지만, 여기는 지룽강 외에 딱히 볼 만한 게 없었다. 하늘에 먹구름까지 끼어 있기에 그냥 역으로 돌아갔다.

나무로 지은 역사 안에서 나는 간식을 뱃속으로 집어넣으면서 새로 구상한 소설에 대해 쏟아냈다.

샤오첸은 생각에 잠긴 얼굴이었다.

"자료 조사를 아주 많이 해야 할 것 같은데요."

"그죠!"

"이런 소설은 《청춘기》와도 많이 다르겠네요. 몇 년 정도 쓰실 계획이세요?"

"그러게요. 생각 좀 해봐야겠어요. 사구령 터널과 죽자령 터널은 터널을 뚫는 데 2, 3년 정도 걸렸겠죠? 그럼 2년쯤 잡으면 되겠네요. 그 전에 단편소설을 먼저 써도 좋고요. 사구령에 용맥이 있다는 말이 있으니까 단편소설 제목은 〈용맥기〉라고 하는 거예요!"

"아, 그렇다면 제가 글을 읽게 될 날을 손꼽아 기다려야겠네요."

"이런, 정말 소설을 쓰게 된다면, 샤오첸이 단순히 읽게만 되지는 않을 것 같은데요."

"그게 무슨 말씀이실까요?"

"샤오첸이 한문으로 번역하는 걸 맡아줘야 하니까요."

"네, 언제 그렇게 정해졌죠?"

"바로 지금요!"

"……."

"아하하하."

"……송구하지만 이걸 알려드려야겠네요. 지금 상황으로서는 신문에 한문 글을 실을 수 없답니다."

"네? 그런 일이 있다고요?"

"예전에는 내지의 소설을 한문으로 번역할 수 있을 거라고 생각했지요. 어쩌면 지나나 본섬의 한문 소설을 일문으로 옮길 수도 있겠다고 생각했고요. 뭐든 상관없었달까요. 번역에 종사하는 것 자체가 본섬 사람에게는 장점일 수도 있으니까요. 하지만 제국과 지나의 전쟁이 지속되고 있는 지금으로서는…… 음, 미래의 본섬에는 어쩌면 번역가나 통역가라는 직업 자체가 필요 없을지도요."

"아아……."

"너무 심각한 이야기를 한 걸까요. 정말 죄송합니다."

"아니에요. 샤오첸이 사과할 필요는 없죠. 확실히 내지와 지나 사이에 있는 본섬의 입장은 조금 특수하네요……. 제 생각이 짧았어요. 사과해야 할 사람은 접니다."

샤오첸이 빠르게 "아오야마 씨가 사과하실 필요는 없답니다"라고 말했다.

분위기가 무거워졌다.

그렇다면 어쩔 수 없이 춘자오나 먹을 수밖에. 나는 춘자오를 집어 들고 와그작와그작 소리를 내면서 먹었다.

다 씹은 뒤 두 손에 묻은 설탕 가루를 털었다.

"그러면 돌아가는 길에 쌍룡 폭포를 다시 자세히 살펴봐요! 나중에 그 풍경을 소설 삽화로 써도 되겠어요. 판화로 인쇄하고, 채색도 하는 거예요!"

나는 큰 소리로 외쳤다.

샤오첸은 조금 놀란 기색을 보이더니 곧 입꼬리를 올렸다.

"네. 돌아갈 때 폭포를 자세히 보도록 해요."

❋❋❋

그 뒤에는 어떻게 되었더라?

생각을 해봐야지.

지룽으로 돌아가기 전까지 샤오첸은 평소와 다름이 없었다.

아니, 지룽으로 돌아가기 전까지가 아니었다. 지룽으로 돌아간 뒤 가랑비를 맞으면서 경안궁 마조묘와 선동엄을 구경할 때도, 항구 근처에서 치쿠와 어묵을 먹을 때도 샤오첸은 평소와 같았다. 이 말은 그러니까 샤오첸이 더는 예전처럼 편안히 행동하지는 않았어도 최소한 티가 확 나는, 그 경직된 노멘을 쓰지는 않았다는 뜻이다.

아니지, 심지어 잠깐은 전처럼 편안해하기도 했다.

청나라 건륭제 때부터 향불이 이어지는 경안궁 마조묘에 있을 때였다. 샤오첸은 경안궁이 어떻게 지룽 지나계 한

인의 공영과 문화 발전을 드러냈는지를, 지룽이 어떻게 남국의 현관문으로서의 독특한 위상을 지니게 되었는지를 설명해주었다.

"지룽은 명실상부한 '타이완의 머리'랍니다! 종관철도의 시작점일 뿐만 아니라 해운의 출입구거든요. 규슈의 모지 항과 타이완의 지룽항 사이의 여객 운송과 화물 운송은 다 이 항로를 이용하죠. 어렸을 때 저는 항구를 보며 이런 상상을 했답니다. 타이중 기차역에 가면 날마다 수많은 열차가 바나나를 운송하거든요. 그때 친척에게 이렇게 물었죠. 다 어디로 보내는 건가요? 그러자 가족이 바나나를 지룽으로 먼저 보내면 지룽에서 배에 실어서 규슈의 모지항으로 보낸다고 하더라고요. 그때 저는 이렇게 생각했죠. 바나나가 이렇게 많다면 항구에서도 향기로운 냄새가 나지 않을까? 파랗고 노란 바나나가 가득 쌓인 항구라니. 환상 같은 모습이죠."

"그때의 샤오첸을 정말 한번 보고 싶네요."

"안타깝게도 성인이 되어서 항구에 가봤는데 짠 바닷바람 냄새와 바다 냄새만 가득하더라고요. 바나나 향기는 전혀 없었고요. 아, 어린 시절의 저는 전혀 귀엽지 않은 어른으로 자라났답니다."

"그렇지 않아요. 지금도 여전히 귀여워요."

"천사처럼 보이는 것 같지만 실제로는 악마라고, 이렇게 생각하셨던 거 아니었나요?"

"아하하하, 예전의 샤오첸이었다면 이런 말은 절대 안 했을 텐데요! 그렇게 생각하니까 악마 같은 샤오첸이라고 해도 역시나 귀여운 샤오첸인걸요."

"……."

샤오첸은 화가 난 척 미간을 찌푸리며 나를 보고 있었다. 이때는 진짜로 화가 난 게 아니었다.

택시를 타고 선동엄으로 갔을 때, 이때는 어땠었지?

선동엄은 신기하면서도 흥미로운 해식 동굴이었다. 습하면서도 거대한 자연 동굴이었지만 인류가 관세음보살과 벤자이텐 여신을 모시는 곳으로 가공해버렸다. 석조각과 동굴의 울퉁불퉁한 모습은 모두 볼 만한 가치가 있었다.

가장 흥미로운 건 선동엄 내부에 있는 작은 석굴이었다. 통로가 매우 좁고 어두워서 한 사람씩 간신히 촛불을 들고 지나갈 수 있었다. 석굴 끝에 신불(神佛)을 모시고 있는데, 참배하려면 몸을 비집고 들어가야 했다.

내가 앞장서서 걷겠다고 하자 샤오첸은 체격이 작은 자기가 앞장서는 게 더 편할 거라고 했다. 우리 둘의 체격을 비교해보니 확실히 그러했다.

그래서 샤오첸을 앞장세우고, 나는 샤오첸의 손을 꼭 붙잡으면서 바로 뒤를 따랐다.

"긴장할 거 없답니다. 앞에는 위험한 게 없어요."

"선동엄이라고 하지만 선인(仙人)이 살 것 같지 않아요. 앞에서 유령이 나타나도 이상할 게 없겠어요."

"진짜로 유령이 있다면, 아오야마 씨가 제 손을 잡는 것만으로는 뭘 어떻게 할 수가 없지 않을까요?"

"제 뱃속에 사는 요괴를 밖으로 꺼내야겠어요. 유령이랑 대결하라고요!"

픕.

샤오첸이 웃기 시작했다. 웃음소리가 몸을 돌리기도 쉽지 않은, 좁고 답답한 어두운 동굴 안에서 울려 퍼졌다. 그러나 그 소리는 수정처럼 맑고도 투명했다.

그런 뒤에는? 선동엄을 떠난 우리는 항구로 가서 치쿠와 어묵과 사각 어묵 그리고 어묵탕을 먹었다. 그런 뒤에는 항구 근처에 있는 바닷가 여관에 묵었다.

중간에 내가 말을 잘못했던가? 아니면 행동을 잘못했던가?

언제부터인지 잘 기억나지 않았지만, 샤오첸이 달라졌다. 치쿠와 어묵을 다 먹은 뒤 두 사람이 우산 하나를 나눠 쓰며 여관으로 걸어갔을 때였나?

여관방에서 샤오첸이 천을 꺼내며 내게 물기를 닦으라고 했다. 내가 미처 반응하기도 전에 천이 내 어깨에 살포시 놓였다. 나는 그제야 내 몸 오른쪽 절반이 빗물에 흠뻑 젖었다는 걸 깨달았다. 길을 걷는 데에만 신경 쓰느라 전혀 모르고 있었다. 나는 서둘러 샤오첸을 보았다.

겉옷 소매가 조금 젖어 있었다. 물방울이 모직 옷 주름 사이에 고여 있기도 했다.

나는 천을 들어 물방울을 털어냈다.

그리고 바로 그때……

"앞으로는 이러지 마세요."

샤오첸이 정색하며 말을 이었다.

"아오야마 씨의 다정한 대우를 제가 받아들일 수 없어요."

나는 머릿속이 안개로 뒤덮이는 듯했다.

"우산을 같이 쓴 것 말인가요? 아니면 빗물을 털어준 걸 말하는 건가요? 이걸 딱히 대우라고 할 수는 없을 것 같은데요."

샤오첸은 잠시 침묵했다.

"오늘 통역을 맡은 사람이 시역소의 미시마 선생님이었어도, 아오야마 씨는 똑같이 행동하셨을까요?"

"네?"

나는 천을 안은 채 그 정경을 상상해보았다. 말린 매실처럼 이맛살을 찡그리고 있을 미시마 선생이라고? 그저 상상만 했을 뿐인데 나도 모르게 얼굴이 찌푸려졌다.

"절대 그렇게 안 하시겠죠."

"안 그럴 거예요."

"어쩌면 제가 이런 말씀을 드리는 게 어이가 없다고 여기실 수도 있는데요. 하지만 이건 차별 대우 아닌가요?"

진짜 그렇긴 하네, 아니, 근데 이게 대체 무슨 말이지!

머릿속이 혼란스러웠다. 뻣뻣하게 굳은 채로 얼떨떨하게 서 있을 수밖에 없었다. 샤오첸도 서 있었다. 어쩌다 보니 서로 대치하는 상황이 되어버렸고, 정말 난감했다.

그러나 내가 탄식하며 투항하기도 전에 샤오첸이 마른 천을 가져왔다. 부드럽고 깨끗한 천이 내 뺨에 닿았다. 그런 뒤에는 귀밑머리에도. 알고 보니 내 얼굴도 흠뻑 젖어 있었다.

그러니까 샤오첸이 투항했다는 뜻인가?

"미시마 선생이었다면, 이렇게 제 머리카락을 닦아주지 않았을 거예요."

"……."

나는 잠시 생각에 빠졌다가 이렇게 덧붙였다.

"샤오첸이 싫었다면, 앞으로 다시는 그러지 않을게요."

샤오첸이 나지막하게 "네"라고 답했다.

"저도 그러지 않을게요."

아마 머리카락을 닦아주는 걸 말하는 거겠지.

※ ※ ※

지룽 여행이 끝난 뒤에도 나는 여전히 샤오첸의 달라진 모습을 잊지 못했다.

말이 나와서 말인데, 우산을 함께 쓴 게, 정확히는 내가 우산을 들어준 게 샤오첸을 불쾌하게 만든 진짜 이유는 아닐 것이다.

그렇긴 하지만 여관으로 오기 전에 있었던 일들을 세세하게 하나씩 돌이켜보아도 샤오첸이 불쾌해하는 이유를 알 수 없었다. 이게 다 내 '맹점' 때문인 걸까? 전혀 모르겠다.

하지만 이유를 제대로 파악할 시간도 없었다. 타이중으로 돌아온 지 얼마 되지 않아 더 골치 아픈 일이 생겼기 때문이었다. 정말이었다. 가능성이 있는 단서를 다 찾아내기 위해 머리카락을 쥐어뜯으면서 애썼지만……. 절대로 알아낼 수 없었다.

유리창을 뚫고 들어온 햇빛이 실내를 가득 채우고, 샤오첸이 진지한 얼굴로 날 보고 있었다.

"도저히 태도를 바꾸지 못하시겠다면, 그러면 저도 이 일을 그만둬야 합니다."

❖ ❖ ❖

뒤죽박죽 섞어가며 이야기하는 걸 용서해주시길. 시계침을 살짝 조정해 앞으로 옮기겠다.

1월이 끝나갈 무렵에 샤오첸은 나를 전설 속 여자 주방장에게 데려가겠다고 했다.

본섬 사람은 요리사를 '종푸'나 '토쯔'⁶⁰라고 불렀고, 연회를 주최할 수 있는 주방장을 '종푸사이'*라고 불렀다.

---

60 刀子. 토쯔는 칼이나 도살자 등 다른 뜻으로도 쓰이는데 이는 요리사를 전문적인 직업으로 보는 게 아니라 도살자로 여기는 멸칭이라고 볼 수 있다.

❖ ················ 總舖師.

이 전설적인 여성 주방장은 '아푼사이'라고 불렸는데 존칭으로 대해야 하는 종푸사이임이 분명했다.

청나라 장저우 지역의 사대부 가문 출신이었던 소녀는 시대의 격변에 홀로 민간을 떠돌게 되었다. 평생 혼인하지 않은 아푼사이는 섬을 떠돌면서 여러 명문가의 주방에 머물렀고 장저우나 취안저우, 하카를 비롯해 지나게 푸젠성과 광둥성의 요리를 익히게 되었다. 가정식부터 노점 간식, 연회 요리 그리고 부잣집의 고급 요리에 이르기까지 못 하는 게 없었다.

아푼사이는 사람을 요리로 섬겼지만, 여전히 부잣집 아가씨로서의 면모를 지니고 있었다. 평생 고급 요리만 먹었고, 도박을 즐겼으며 노래를 듣거나 공연을 보러 다녔다. 어느 정도 재물을 얻으면 일을 그만두고 여행을 다녔고, 돈이 다 떨어지면 좋은 집을 찾아 머물며 요리했다. 그렇게 쉰 살이 되자 아푼사이는 명예퇴직이라도 한 것처럼 타이중 다리 마을에 있는 린씨 가문[*]에 의탁했고, 오직 린씨 가문의 노부인을 위해 요리했다. 그렇게 지낸 지도 벌써 10년이 되었다.

화창한 겨울 아침에 우리는 버스를 타고 다리로 향했다.
"정말로 그 종푸사이를 찾아낼 줄은 몰랐어요."
"아오야마 씨에게 약속했으니까요."
"샤오첸도 다정한, 좋은 사람이에요."
샤오첸은 웃으며 "천만의 말씀입니다"라고 말했다.

---

[*] 일제강점기 때 타이완의 5대 가문 중 하나였다.

"아푼사이가 아오야마 씨를 위해 요리해주지 않으면, 뱃속에 있는 요괴는 괜찮을까요?"

"하하하하, 그러면 어쩔 수 없이 울면서 집으로 돌아가야죠."

"농담이시죠, 라고 묻고 싶지만, 농담이 아닌 것 같네요."

"음…… 10년 동안 아푼사이가 린 노부인만을 위해 요리했다는 거죠? 그렇게까지 확고하다면, 설득할 방법이 없겠어요."

내가 이렇게 말하자 샤오첸이 조용히 나를 바라보았다.

"제가 최선을 다해볼게요."

최선을 다하겠다는 게 무슨 뜻이지?

다리에 있는 린씨 저택에 도착했다. 붉고도 커다란 지나식 가옥이었다. 남자아이가 길을 안내했고, 낮은 담 앞에서 작은 문을 지키고 있는 노파에게 우리를 넘겨주었다. 그런 뒤에는 담 안에 있는 여자아이가 우리를 맡아 안쪽으로 안내했다. 여러 겹의 담장과 문이 있었고, 복도에는 빛과 그림자가 반점처럼 입혀졌다. 길이 몇 번이나 굽이지기도 했다. 주석유약 자기가 반짝반짝 빛나고 있는, 아름답고도 거대한 문이 모습을 드러냈다. 주황색 불꽃덩굴이 담장을 타고 오르면서 피어났고, 그 문을 지난 우리는 건물로 둘러싸인 작은 정원 안으로 들어갔다. 여자아이는 서투른 일본어로 "편히 계세요"라고 말하고는 바로 자리에서 물러났다. 이 공간에 있는 건물은 정면, 왼쪽, 오른쪽에 있었는데 모두 정교한 지나식 가옥이었고, 우리가 들어온 입구와 합치면 'ㅁ'자 모양을 이루었다. 정면에 있는 작은 집은 문이 활짝 열려 있었는데 어두운 실내에서 음악 선율이 흘러나왔다. 축음기 소리였다.

조용히 귀를 기울여 듣자, 유럽의 고전 음악이라는 걸 알 수 있었다. 마치 시간이 청나라 시절에 머무른 듯했다. 지나식 붉은 전통 가옥의 마당, 먼 나라에서 온 서양 음악이 메아리쳤다.

그 신비로운 분위기에 나는 몸을 움직일 수 없었다. 그래서 옆에 있는 샤오첸과 함께 서서는 음악을 끝까지 들었다.

음악이 끝난 뒤 누군가가 나왔다. 입고 있는 검은색 타이완 의복으로도 아름다운 얼굴을 가릴 수 없는 부인이었다.

부인은 나와 샤오첸을 위아래로 훑어보더니 내 얼굴에 마지막 시선을 고정했다.

"당신이죠? 한 번만 말할 거니까 잘 들어요." 아름다운 부인은 유창한 일본어로 말을 이었다.

"나는 일본인에게 요리를 해주지 않아요."

뭐라고? 나는 깜짝 놀랐다. 이 아름다운 부인이 환갑이 된 아푼사이라고?

곧이어 아푼사이가 나에게 요리를 해주지 않겠다고 말한 걸 깨닫고는 큰 소리로 외쳤다.

"뭐라고요?"

"잠시만 기다려주세요."

샤오첸이 낭랑한 목소리로 말했다.

"아푼사이는 절대 내기를 거절하지 않는다고 들었는데요. 제가 이긴다면, 여기 계신 아오야마 씨를 위해 요리를 하나 해주시겠어요?"

뭐, 뭐라고요?

내기? 샤오첸은 대체 무슨 자신감이지?

나는 너무 놀라서 입을 떡 하고 벌렸다. 두 사람이 타이완 말로 대화를 나눴다.

"×××, ××××××××, ××××××××, ×××××× ××××, ××××××, ××××××××××?"

"××, ××××."

샤오첸은 온화하면서도 간절한 태도였지만, 아푼사이는 단호하게 단문으로 답했다.

그 뒤로도 몇 번 말이 오갔지만, 상황은 여전했다. 샤오첸은 설득하려고 노력하는 것 같았고, '일본인에게 요리를 해주지는 않는다'는 아푼사이의 결정은 변함이 없었다. 바로 옆에서 정신을 집중하며 들었지만, 단 한 마디도 알아들을 수 없었다. 그러다가 아푼사이의 대답이 점점 길어지기 시작하면서 나는 일본어와 같은 발음을 가진 단어를 하나 포착할 수 있었다.

'고하쿠.' 하지만 그 뜻은 나도 알 수 없었다.

그런데 언제부터인지 아푼사이가 침묵했다. 번개처럼 매서운 시선으로 나를 보기도 했다.

"당신, 운이 참 좋아!"

앞뒤 설명 없이 이 말만 던진 아푼사이가 획 돌아서서 안으로 들어가버렸다.

이게 어떻게 된 거지? 나는 영문을 알 수 없어 샤오첸을 쳐다보았다.

샤오첸은 나를 보고 미소를 지을 뿐이었다. 언제나처럼 뺨에 보조개가 피었다. 안심하라는 뜻이겠지.

샤오첸과 이야기를 나누기도 전에 아푼사이가 다시 밖으로 나왔다. 손에는 대접을 들고 있었다.

……대접?

아푼사이가 손가락으로 앞을 가리켰다. 우리가 들어온 문이 있는 건물의 처마 밑이었다. 샤오첸은 그곳에 놓인 탁자를 향해 걸어갔고, 나도 몸을 돌려 그 뒤를 따랐다. 그제서야 나는 폭포처럼 피어난 불꽃덩굴을 볼 수 있었다. 빨간 벽돌과 검은 기와 그리고 반짝이는 도자기 타일 위에서 흐드러지게 피어난 꽃은 그 비범한 아름다움이 더욱 돋보였다.

정말 아름다운 섬이다, 타이완은.

비록 때에 맞지 않는 감상이기는 했지만, 마음에서 이런 소리가 우러나왔다. 이 작은 집은 섬의 축소판이 아닐까?

나는 자단목으로 만든 지나식 의자를 들어 마당 중앙에 내려놓았다. 샤오첸과 아푼사이가 양옆에 섰다.

대접 안에서 경쾌한 소리가 났다. 고개를 쭉 빼서 보니 역시 주사위였다. 정육면체 주사위가 총 네 개 있었다.

나와 샤오첸은 주사위 세 개로 내기를 했는데, 지금 하는 건 혼토진들이 '십팟아'라고 부르는 놀이였다. 주사위를 던진 뒤 같은 수가 나오는 경우를 제외하고 나머지 두 개의 숫자를 합쳐서 그 수의 크기를 비교하는 방식이었다. 가장 작은 수는 3점이었고, 가장 큰 숫자인 12점을 '십팟아'라고 불렀다. 주사위 네 개가 모두 같은 숫자가 나올 수도 있는데, 이럴 때는 '일색(一色)'이라고 하며 '십팟아'도 이길 수 있었다. 샤오첸이 나와 했던 주사위 놀이는 그 수의 합만 따졌기에 '십팟아' 규칙과 비교하면 아주 단순한 놀이라고 할 수 있었다.[61]✦

다시 본론으로 돌아가자.

샤오첸은 주사위를 서너 번 던져보았고, 아푼사이는 가볍게 기침했다. 샤오첸이 타이완 말로 "먼저 하시죠"라고 말했다.

아푼사이가 주인인 셈이라 선이 되어 먼저 주사위를 던졌다.

---

61 '십팟아'는 오늘날에 '십팟'이나 '십팟 주사위'처럼 다른 이름으로 불리기도 하는데, 규칙에 따르면 6이 두 개가 나오고 다른 두 개는 점수로 치지 않는 쌍이 있을 때 '십팟'이라고 부르는 것이다. 그 음이 타이완어의 십팔(十八)과 비슷해 '십팟아(十八仔)'라는 이름을 얻게 되었다. 오늘날 많은 이들이 주사위 세 개를 가지고 하기에 최대 득점수가 18점이라 '십팟아'라고 불리는 줄 알고 있는데, 이는 잘못된 것이다.

✦ 주사위 네 개가 모두 다른 숫자가 나오거나 주사위 세 개가 같은 숫자가 나오면 다시 던져야 한다. 주사위 네 개가 모두 같은 수가 나오면 일색이 되고 주사위 두 개만 같은 수가 나오면 이 두 개를 제외한 나머지 두 주사위의 수를 합치면 된다. 주사위 네 개가 각자 다른 수로 두 쌍을 이루게 된다면, 이중 작은 수의 쌍을 제외하고 큰 수의 쌍을 합치면 된다. 즉 1과 1, 6과 6이 나오면 1과 1을 제외하는 것이다.

주사위가 데굴데굴 구르다가 멈췄다. 모두 검은 점 여섯 개였다.

일색.

나는 바로 샤오첸을 돌아보았다. 샤오첸은 벌써 주사위 네 개를 집어 다시 그릇 안에 부드럽게 던지고 있었다.

주사위가 대접 가장자리를 따라 굴렀다. 그리고 주사위 네 개가 멈췄을 때, 모든 주사위의 면에는 하나짜리 붉은 점이 있었다.

또 일색이었다.

신이네, 신!

나는 속으로 크게 외쳤다.

역시나 전에 했던 내기들도 우연이 아니었어!

그러나 지금은 이런 걸 따질 때가 아니었다. 이렇게 되면 누가 이긴 거지?

아푼사이가 "아" 하며 웃더니 아주 길게 타이완 말로 말했다. 나는 하나도 알아듣지 못했지만, 샤오첸은 고개를 끄덕이더니 웃는 얼굴로 나를 돌아봤다.

달콤함과 뿌듯함으로 물든 그 얼굴은 맑은 겨울날의 햇빛보다 찬란했다.

"제가 이겼어요. 아오야마 씨, 요리를 하나 얻게 되었어요!"

비록 전후 상황을 알지 못해 어리둥절했지만, 나는 참지 못하고 웃음을 터뜨렸다.

"아까, 음, 지금요? 대체 무슨 일이 벌어진 거예요? 무슨 이야기를 나눈 건데요?"

흥. 아푼사이가 콧방귀를 뀌며 웃었다.

"고하쿠가 키워낸 아이다워. 역시 영리해. 아쉽게도 일본인의 친구가 되다니! 졌으니 승복해야지. 내가 요리를 하나 해줄 테니 빨리 먹고 어서 꺼지라고!"

뭐…….

내가 불평하려는 찰나, 샤오첸이 먼저 입을 열었다.

"좋습니다. 그러면 저는 '잔반탕'❖을 주문하겠어요."

❖❖❖

잔반탕이 뭐냐고?

샤오첸의 요구에 아푼사이는 미간을 찌푸렸지만, 이내 껄껄 웃음을 터뜨렸다. 그 뒤에 우리는 그 집에서 쫓겨났고.

우리를 이곳으로 데려왔던 여자아이가 마침 문밖에서 기다리고 있었기에 우리는 여자아이의 길 안내를 따라 왔던 길로 되돌아갔다.

도연명이 그려냈던 도화원으로 돌아가는 듯한 기분이었다. 담을 따라 걷다 보니 거리감을 잊었고, 불꽃덩굴이 군락을 이뤄 숲이 된 곳을 보았을 때는 빛이 있는 듯했다. 다만 내가 아름다운 섬으로 잘못 들어선 거겠지.❖❖

의문이 한가득이었다. 나는 돌아가는 버스 안에서 샤오

❖ 菜尾湯.

❖❖ '담을 따라 걷다 보니 거리감을 잊게 되었다'는 문장은 도연명의 《도화원기》에서 '시냇가를 따라 걷다 보니 거리감을 잊었다'는 구절을 변형한 것이다. 이 단락의 다른 부분들도 《도화원기》의 여러 문장을 차용해 변주하였다. 또한 '아름다운 섬으로 잘못 들어'섰다는 표현은 《도화원기》 속 어부가 길을 잃고 우연히 도화원에 들어서게 된 장면을 빗댄 것이다.

첸의 마음의 문을 열어젖히고 싶었다. 대체 '고하쿠'가 누구냐고 묻고 싶었다.

샤오첸의 주사위 기술은 왜 이렇게 뛰어난 걸까? 아푼사이와 샤오첸은 대체 무슨 사이지?

그러나 나는 샤오첸이 절대 답해주지 않을 것임을 알고 있었다.

버스는 신토미초 시장에 도착했고, 우리는 주변 대중식당에서 점심밥을 먹었다. 소고기덮밥과 오므라이스, 새우튀김, 고기 완자 튀김, 채소 샐러드였다.

"잔반탕이 뭐예요?"

결국 내가 가장 먼저 던질 수 있는 질문은 이것뿐이었다. 그러나 일단 질문을 시작하자 절대 첫 번째 질문으로만 끝낼 수가 없었다.

"그러니까 이긴 거죠? 근데 아푼사이는 왜 그랬던 거예요?"

샤오첸은 미소를 지었다.

"규칙에 따르면, 그렇게 나오면 비긴 거죠. 하지만 아푼사이가 미리 허락을 해줬거든요. 비기면 제가 이긴 걸로 쳐주겠다고요. 아오야마 씨, 안심하세요. 2주 뒤면 아푼사이의 특기인 잔반탕이 완성될 테니까요."

"아, 그 정도로 번거로운 요리였군요? 그래서 오늘은 못 먹는 거였네요. 아까는 쫓겨난 줄만 알았어요!"

"그러고 보니 아푼사이는 확실히 저희를 내쫓고 싶어 했죠."

샤오첸이 입술을 오므리며 웃었다. 두 눈이 곱게 휘었다.

"타이완 연회 요리는 한 번에 열두 가지 음식을 내놓거든요. 중간 간식과 마지막 간식을 빼면 총 열 가지 음식이 나온답니다. 연회를 할 때면 매번 음식이 남는데요. 음식 낭비를 걱정했던 본섬의 종푸사이들은 잔반을 하나로 합쳐서 조리해 먹었어요. 그래서 그 음식을 '잔반탕'이라고 불렀답니다. 연회가 끝난 뒤에 이웃이나 친척들에게 나눠 줬죠. 잔반으로 만들었어도 다양한 맛이 어우러진 일품요리랍니다. 지나 요리 중에 '불도장'이라는 유명한 요리가 있는데요. 산해진미를 한곳에 모아놓은 요리죠. 잔반탕은 바로 타이완식 불도장이에요."

"켁켁!"

막 입안으로 밀어 넣었던 고기 완자 튀김이 목에 걸릴 뻔했다.

샤오첸은 물을 내 쪽으로 밀어주면서 계속 설명했다.

"어렸을 때 부유한 어르신을 만난 적이 있는데요. 잔반탕을 맛보려고 종푸사이를 초빙해서 연회를 연 분이었어요. 아오야마 씨, 잔반탕을 만들어야 한다는 건 반드시 10인분에 달하는 연회 요리를 먼저 만들어야 한다는 뜻이랍니다."

나는 이 말이 무슨 뜻인지를 제대로 이해하려고 눈까지 깜빡이면서 노력했다.

그, 그, 그 말은 그러니까······.

"아오야마 씨의 생각이 맞답니다. 2주 뒤에는 아푼사이가 만든 열두 접시의 연회 요리를 맛보시게 될 거예요. 아, 아니죠, 잔반탕까지 합치면 총 열세 가지 요리네요."

우와아아아아아.

입안에 고기 완자 튀김이 있었기에 나는 내뱉을 수 없는 환호 대신 두 눈을 크게 떴다.

그 표정이 아주 우스웠던 모양이었다. 샤오첸이 부드럽고 달콤한 웃음을 보여주었다.

"이제 요괴 아가씨도 눈물을 흘리면서 집으로 돌아가지는 않겠네요."

뭐, 뭐라고요?

나는 고기 완자 튀김을 힘껏 뱃속으로 밀어 넣었다.

"샤오첸!"

"조금 조용히 해주세요."

나는 지금 우리가 식당에 있다는 것도 고려할 수가 없었다. 그럴 만한 마음의 여유가 없었다.

"샤오첸이 뭐라고 말하든 저는 샤오첸을 진실한 벗으로 보고 있어요. 이건 절대 변하지 않을 거예요. 제 뱃속의 요괴를 이렇게 진지하게 봐주다니. 이 세상에 이런 사람은 이제껏 그리고 앞으로도 샤오첸 한 명일 거예요!"

유리창을 통과한 겨울 햇빛이 식당 안을 밝게 비추며 샤오첸의 전신을 금빛으로 물들였다.

이 세상 모든 사람 가운데 하늘에서부터 땅에 이르기까지, 내 앞을 지나가는 사람 중에도 오직 샤오첸만이 반짝반짝 빛나는 듯했다.

"그래서 저는 참을 수 없었던 거예요. 샤오첸, 억지로 참으면서 본섬에 머무르는 거 아니에요? 그런 남자랑 결혼해서 대체 뭘 할 수 있겠어요? 번역가의 일을 이 섬에서 할 수가 없다면, 그러면 우리 내지로 같이 가요. 그러면 좋잖아요?"

"잠시만요."

샤오첸이 내 말을 끊었다.

그러나 나는 멈추지 않았다.

"새장에 갇힌 새는 당연히 더 넓은 곳을 향해 날아야죠. 게다가 샤오첸은 작은 제비가 아니잖아요. 큰 기러기예요. 만약 동풍이 부족한 거라면, 제가 샤오첸의 동풍이 되어주고 싶어요!"❖

"제가 잠시만요, 라고 했잖아요."

"아, 네."

"하지만…… 제가 동풍에 탈 생각이 전혀 없다면요?"

아주 단호한 말투였다. 기대와 다른 반응에 나는 어안이 벙벙해졌다.

"왜 싫은데요? 제가 말했잖아요. 왕씨 가문에 기대지 않아도 샤오첸은 내지로 가서 생활할 수 있다니까요. 제가 돈을 잘 못 버는 소설가이기는 하지만, 나가사키 아오야마 가

❖ ────── 《삼국연의》 제49회에 나온 '모든 준비를 마쳤으나 동풍이 부족하다'는 구절에서 '동풍'을 따온 말이다.

문의 다음 주인이 될 거예요. 이건 제가 떠올릴 수 있는, 샤오첸에게 가장 좋은 미래 계획……."

"그만요, 아오야마 씨!"

샤오첸이 단호하게 내 이름을 부르더니 완전히 정색하며 나를 직시했다. 나도 모르게 숨이 막혔다.

"이런 태도를 바꾸지 못하시겠다면, 그러면 저는 정말로 이 일을 그만둬야만 합니다."

"뭐, 뭐라고요?"

오늘 내가 '뭐라고요?'를 대체 몇 번이나 외쳤던 거지?

기억도 나지 않았다. 그러나 지금 외친 '뭐라고요'가 마음속 가장 깊은 곳에서 나오는 소리였다.

"왕씨 가문이 어디에 있는지도 모르시죠? 그러니까 아오야마 씨가 제가 그만두는 데 동의하지 않더라도, 제가 버드나무 작은 집으로 가지 않는다면, 저를 못 찾으실 거예요. 정말 죄송합니다. 당분간은 미시마 선생님에게 통역해달라고 부탁할게요. 용서해주세요."

샤오첸은 자리에서 일어나더니 아주 정중하게 허리를 숙이며 작별을 고했다.

"오늘은 여기까지입니다. 이만 실례할게요."

말을 마친 샤오첸은 그대로 자리를 떠나버렸다. 나는 그대로 얼어붙어 꼼짝도 하지 못했다.

이제껏 샤오첸이 나와 동행하면서, 중간에 자리를 떠난 건 이번이 처음이었다.

내가 샤오첸을 화나게 만든 것이다.

대체 왜 화가 난 거지?

햇빛이 가득한 식당 안에서 나는 꼿꼿하게 허리를 편 채 넋 놓고 앉아 있었다.

샤오첸은 왜 화가 난 거지? 샤오첸의 내면에 무슨 변화라도 일어난 걸까. 전혀 이해가 가지 않았다.

분명한 것은 딱 하나 남은 고기 완자 튀김을 내가 끝끝내 삼키지 못하리라는 사실뿐이었다.

새해 음식
타우미

쇼와 13년 오오미소카, 그날 밤 샤오첸과 나는 함께 새해 메밀국수를 먹었다. 화로 옆에서 함께 떡을 굽고 콩가루를 묻힌 달콤한 떡을 먹었다. 그런 뒤에는 김에 싸서 간장을 묻힌 짭짤한 떡을 먹었고, 땅콩 가루를 묻힌 달콤한 떡을 다시 먹었다. 따뜻한 사케를 홀짝이기도 하고 뜨거운 우롱차를 마시기도 했다. 화로 안의 탄이 갈라지면서 타닥타닥 소리를 냈다.

겨울밤은 차갑고 밤빛은 짙었다. 버드나무 강둑에서 옅은 안개가 피어올랐다.

안개가 작은 집 안으로 스며들자 나는 주사위를 던지자고 했고, 샤오첸은 좋다고 했다.

더 큰 수가 나온 사람이 이기는 방식이었다. 그리고 그날뿐이었다. 내가 던진 주사위는 18점이었고, 샤오첸이 던진 주사위는 17점이었다.

쇼와 13년의 마지막 날은 샤오첸이 처음으로 버드나무 가옥에서 자고 간 날이었다.

미닫이문을 밀어서 열고는 다다미방과 작은방에 요를 폈다.

나는 술기운에 자러 갔다가 한밤중에 깨어났는데, 작은방에 있는 샤오첸이 작은 불을 켜고 책을 읽고 있었다.

책을 읽는 샤오첸은 노멘을 벗은 샤오첸이었다. 따뜻한 불빛 아래, 나는 아득히 먼 과거로 돌아간 것 같았다. 장화에서 출발해 타이중으로 돌아가던 그 열차 안에 있는 것 같았다. 어쩌면 샤오첸이 들고 있는 책의 내용을 아름다운 목소리로 들려줄지도.

"샤오첸, 제게 답해줄 수 있어요?"

"네."

"어째서 여기서 머무는 걸 원하지 않았던 거예요?"

"음……."

"솔직한 답이 듣고 싶어요."

책을 보던 샤오첸의 시선이 나를 향해 움직였다.

"왜냐하면 이 집에는 하인이 쓰는 방이 있으니까요."

"그렇군요."

"그렇답니다."

나는 이부자리에서 빠져나왔다. 그런 뒤 샤오첸의 이부자리를 다다미방 쪽으로 끌고 왔다. 내 이부자리 바로 옆에 나란히 펴놓았다.

"뭘 하시는 건가요?"

"이렇게 하면 평등하잖아요."

나는 진심을 꺼내 보이기라도 하듯 마음 깊은 곳에서 나오는 말을 뱉었다.

"어쨌든 저는 샤오첸을 절대 하인으로 보지 않아요. 그러니까, 저를 좀 더 믿어줘요!"

샤오첸은 말없이 나를 보았다. 그러다가 자기 이부자리 위에 앉았다.

요와 요가 서로 맞닿았다. 그 사이에 방해물은 없었다.

나는 만족스레 이불을 파고들었다.

"샤오첸, 책을 읽고 싶으면 이쪽에 있는 불을 켜도 괜찮아요."

"그런 일은 제가 할 수 없는걸요."

"그렇군요."

"그렇지요."

"……."

"……."

"그렇게 생각할 줄은 몰랐어요. 제가 샤오첸을 하인 방에서 재울 거라고 여겼다니. 샤오첸은 저를 그런 사람이라고 생각해요?"

"아오야마 씨가 다정한 사람이라서 그런 거예요."

"네?"

"아오야마 씨마저 저를 그렇게 봤다면, 그러면 저는 어쩌면 좋을까요? 그렇게 생각하자 그 위험을 무릅쓰고 싶지 않았어요."

"샤오첸, 역시 절 중요한 사람으로 여겨주는 거였어요!"

"……."

나는 샤오첸의 손을 잡았다. 샤오첸의 손은 차갑고도 부드러웠다. 잠시 망설이는 것 같던 샤오첸도 결국에는 내 손을 맞잡아주었다.

나도 모르게 옅은 탄식이 나왔다.

"이런 게, 친구 같은 게 아니면 뭐예요?"

샤오첸도 탄식하는 듯한 옅은 웃음소리를 냈다. 내 손을 이불 속으로 넣어주더니 이불 끝자락을 끌어 올리며 단단히 덮어주었다.

"취하셨어요. 푹 쉬세요."

나를 향해 미소 짓는 샤오첸의 두 눈에는 달빛이 어른거리는 듯했다.

천사든, 악마든 상관없었다. 내가 무슨 말을 더 보태겠는가?

그날, 오오미소카의 밤에는 달빛이 한 줄기도 없었다. 나는 샤오첸의 두 눈을 마음에 새겨두었다. 내 모습이 비쳐 어른거리는 두 눈이었다.

그런데 그날의 그 일은 한낱 꿈이었던 걸까?

❊ ❊ ❊

만약 꿈이라면, 빨리 깨어나고 싶었다.

내 말은 그러니까, 이른 아침 버드나무 작은 집에 찾아온 이는 여전히 시역소의 미시마였다.

샤오첸이 식당에서 작별을 고하고 이틀이 지났을 때, 미시마가 버드나무 작은 집으로 찾아왔다.

"왕 통역사와 다카다 가문의 부탁으로 부족한 제가 앞으로 선생님의 수행 통역을 맡게 되었습니다."

미시마는 "잘 부탁드립니다"라고 하며 필사한 공문서를 그 자리에서 제시했다.

그건 예정된 여정이었다. 자세히 살펴보자, 첫째 날에는 타오위안 신사를 참배하고, 둘째 날 오전에는 타오위안 공회당에서 강연을, 오후에는 신주 공회당에서 강연한 뒤에 당일 밤 타이중으로 돌아가는 일정이었다. 너무 빡빡한 것 같은데!

나는 크게 저항했다.

"이틀 안에 타오위안과 신주를 여행하는 일정이라니. 이건 불가능하지 않나요? 게다가 강연을 두 개나 넣다뇨. 여행할 시간이 전혀 없잖아요. 타오위안 신사는 대체 왜 참배해야 하는 거죠? 신사에 가느니 차라리 본섬의 경복궁❊을 가는 게 더 재미있을 것 같은데요. 게다가 신주 활동이 끝나자마자 타이중으로 돌아가면 신주에서 밥을 먹을 수가

❊ 타오위안시에 있는 도교 사원으로 역사가 200년이 넘었다.

없잖아요? 이렇게 촉박하다니. 단체 관광만도 못해요. 일정을 이렇게 짜야만 하는 이유가 있다면 미시마 선생님이 상세히 설명해주시면 좋겠어요."

미시마는 무표정한 얼굴이었다.

"아오야마 선생님, 저는 왕 소저가 아닙니다."

"당연하죠."

"직언을 용서해주세요. 아오야마 선생님께서 본섬에 오신 지도 벌써 열 달이 되었습니다. 다카다 가문과 시역소가 이제껏 요구한 적은 없지만, 아오야마 선생님을 초청하는 강연과 각종 원고 청탁 그리고 방문을 요청한 전보가 산처럼 쌓여 있습니다……."

"미시마 선생님, 지금 저를 탓하시는 건가요?"

"제가 실례를 했네요. 하지만 제가 이렇게 말하는 걸 용서해주세요. 이제껏 누가 아오야마 선생님을 대신해서 외부의 비판을 들었는지는 알고 계십니까?"

나는 당황했다.

미시마는 고집스럽게 말을 이어갔다.

"저는 왕 소저가 아닙니다. 타이중 시역소의 명예를 책임지고 있는 총독부 직원이지요. 동시에 비서 업무를 겸하게 되었지만, 아오야마 선생님을 대신해 욕을 먹을 이유는 없습니다. 양해를 부탁드립니다."

어? 그렇다는 건 이제껏 샤오첸이…….

머릿속이 뒤죽박죽이었다.

"아오야마 선생님, 제가 계속 설명해도 될까요?"

"……말씀하세요."

"아오야마 선생님이 본섬을 방문한 뒤로 여학교와 부녀 단체에서만 선생님을 초청한 게 아닙니다. 각지에서 소문을 들은 사람들이 내지 문학가의 모습을 보고 싶어 했죠. 게다가 〈타이완 여행기〉 연재가 호평을 얻으면서 그 요청이 줄어들기는커녕 더 늘어났습니다. 왕 소저가 어떻게 대처했던 건지는 모르겠지만, 저는 이와 같은 능력이 없다는 걸 확신합니다. 그렇기에 아오야마 선생님의 협력을 요청할 수밖에 없습니다. 자료에 의하면 타오위안과 신주는 이제껏 방문하신 적이 없는데요. 아오야마 선생님의 부담을 고려했을 때 가장 효율적인 방법은 공회당에서 대형 강의를 여는 겁니다. 그리고 타오위안 신사는 작년에 완공되었는데요. 신사 참배는 제국의 자녀로서 마땅히 보여야 하는 모범이지요. 쓸데없는 구설에 오르지 않는 데에 도움이 됩니다. 여기까지가 이번 여정의 고려 사항입니다."

나는 뒤죽박죽된 머릿속을 겨우 정리하며 단서를 하나 뽑아냈다.

"미시마 선생님 말씀이 진짜인가요? 왕 소저가 저를 대신해서…… 이런 말도 안 되는 일을 겪었다는 거요. 어째서 제게 솔직히 말하지 않았던 거죠? 이런 일이 있었다는 걸 알았다면, 샤오첸이 혼자 감당하게 두지는 않았을 거예요!"

내가 '샤오첸'이라고 말하자, 미시마조차 눈을 조금 휘둥그레 떴다. 그러나 미시마는 신속히 침착함을 되찾으면서 표정을 바꿨다.

"왕 소저가 어째서 그렇게 했는지는 저도 그 이유를 잘 모릅니다."

"……."

"차라리 이렇게 말할 수 있겠네요. 아오야마 선생님이야말로 왕 소저와 오랜 시간을 함께하셨으니까요. 그 이유를 아는 사람은 아오야마 선생님이실 겁니다."

"미시마 선생님은 지금 저를 조롱하시는 건가요?"

"그럴 리가요."

"어, 음."

"그러면 다시 본론으로 돌아가도록 하겠습니다. 아오야마 선생님이 이번 일정표를 받아들여 주신다면 다음 주 토요일 오전 10시에 제가 모시러 오겠습니다."

"예전에 왕 소저가 그랬어요. 임시로 맡길 거라고! 어째서 다음 주도 미시마 선생님이 대신하시는 거죠?"

"아오야마 선생님이야말로 그 이유를 알 사람이겠지요."

싫다.

나는 이를 악물었다.

눈앞에 있는 미시마는 타협하는 법이 없는 엄격한 사람인 데다가 아무렇지도 않게 내 상처에 소금을 뿌렸다. 상식적으로 보았을 때 이건 너무 무례한 태도 아닌가! 그러나 미시마 선생이 가져온 소식이 너무나도 충격적이었기에 나는 화를 낼 시기를 놓치고야 말았다.

솔직히 말해서 샤오첸을 잃은 나는 진즉에 악몽에 빠졌었다. 그리고 토요일 아침, 버드나무 작은 집 정원에 나타난 사람은 역시나 무표정한 얼굴의 미시마였다. 아아아, 이건 정말 악몽이야. 빨리 깨어나고 싶어!

❖ ❖ ❖

"하카 요리가 먹고 싶어요."
"네, 제가 애써보겠습니다."
"미시마 선생님이 전에도 이렇게 말씀하셨는데, 저는 결국 청차오차, 파인애플 음료를 마셔볼 수 없었죠."
"……."
"왕 소저였다면 못하면 못한다고 말해줬을 거예요."
"아오야마 선생님의 가르침 덕분에 잘 알았습니다."
"그러면 저는 하카 요리가 먹고 싶어요."
"매우 유감이군요. 안 됩니다."
"최소한 이유는 말씀해주실 수 있겠죠?"
"네, 타오위안에는 하카 요리를 파는 곳이 없거든요."
"하지만 타오위안에는 하카인이 있잖아요. 제가 조사도 해봤다고요! 연회 요리까지는 필요 없어요. 그저 하카인이 먹는 일상식이면 됩니다."
"하카인 부락은 타오위안에 없습니다. 중리에 있지요."

"중리는 타오위안역에서 한 정거장밖에 안 되잖아요!"

"여정을 따져보면 중리까지 갈 만한 시간이 없습니다."

"……왕 소저였다면 제게 그렇게 해주겠다고 했을 거예요."

"매우 아쉽네요. 왕 소저가 앞으로도 선생님의 통역을 맡아주길 바랄 뿐입니다."

"……."

이건 타오위안에서 있었던 일이었다.

그리고 신주에서도 똑같은 일이 있었다.

"신주에는 하카인 부락이 있지 않나요. 원주민 부락도 있었던 걸로 기억하는데요. 간식 정도여도 괜찮아요. 설마 아예 모르시는 건 아니죠?"

"제가 부족함이 많습니다. 본섬 사람의 부락 분포에 대해 잘 모릅니다. 본섬의 음식 문화도 잘 모르고요. 아오야마 선생님의 질문에 답을 해드릴 수 없겠네요. 정말 죄송합니다."

"제 솔직함을 용서해주세요. 미시마 선생님, 이런 것도 수행 통역이라고 할 수 있나요?"

"제 솔직함도 용서해주십시오. 시역소 직원은 전문적인 통역사가 아닙니다. 이제껏 본섬을 방문했던 내지 여성 귀빈들에게는 보통 신주의 향 가루를 기념품으로 구매하시라고 추천했습니다."

"그건 관광객이나 사는 물건 아닌가요? 그런 건 됐어요.

그리고 관광 수준의 이해라고 할지라도 하카인과 원주민만의 독특한 음식이 뭔지를 아예 모른다는 건 아니죠?"

"……."

"아아, 왕 소저였다면……."

"제가 다 안타깝습니다. 지금으로서는 부족한 제가 머릿수나 채우면서 이 자리를 맡을 수밖에요."

"미시마 선생님, 다른 귀빈에게도 이렇게 거침없이 말씀하시나요?"

"아니요. 보통 저는 '네, 제가 애써보겠습니다'라고 말합니다."

"……."

내가 대체 무슨 잘못을 한 거지!

가슴도 아프고 머리도 아팠다.

대체 어쩌다가 샤오첸의 화를 사게 된 거지? 대체 어떻게 해야 샤오첸을 돌아오게 할 수 있는 거지? 나는 가슴 깊은 곳에서 신들에게 외쳤다. 미시마 이 자식을 시역소로 돌려보내 자기 본업이나 하게 해주세요, 제발요!

"아오야마 선생님."

미시마가 갑자기 입을 열었다.

"아오야마 선생님이 보기에는 왕 소저야말로 제대로 된 수행 통역사겠죠. 쓸데없는 말일지도 모르지만, 왕 소저가 아오야마 선생님을 위해서 했던 일들은 통역사가 담당하는 실질적인 업무를 크게 벗어났습니다. 같은 기준을 기대하고 계시는 거라면, 저를 다른 이로 바꾸시더라도 절대 왕 소저 같은 이는 찾지 못하실 거예요."

미시마의 말투는 나를 화나게 만들었다.

"미시마 선생님, 별걱정을 다 하시네요. 저와 왕 소저는 친구입니다. 왕 소저의 여러 돌봄이 통역사의 업무와 무관하다는 걸 저도 당연히 알고 있습니다. 단 한 번도 미시마 선생님에게 같은 걸 기대한 적이 없어요!"

"음? 아오야마 선생님과 왕 소저는 친구 사이였군요. 제 어리석음을 용서해주세요. 두 분의 교류를 보았을 때 전혀 그렇게 보이지 않았거든요."

"미시마 선생님, 이거 비꼬시는 게 확실하죠!"

"제가 어쩌요."

"음······. 왕 소저는 언제 돌아오나요? 저를 다리로 데려가 잔반탕을 먹게 해주겠다고 전에 약속했거든요. 이틀 후인 화요일이 약속했던 날인데요."

"잔반탕이요······? 일이라면 왕 소저가 제게 관련 정보를 전달할 겁니다. 그때 제가 아오야마 선생님을 모시고 가게 되겠지요."

"안 돼요!"

나는 낮은 목소리로 외쳤다. 분노가 목욕통을 뒤엎은 듯 격렬하게 쏟아져 나왔다.

"잔반탕을 만드는 종푸사이는 일본인을 위해서 요리하는 걸 원하지 않는다고요. 왕 소저가 아니라면 절대로 불가능할 거예요. 꼭 왕 소저에게 연락해주세요. 그날 왕 소저가 데려가줄 필요가 있다고요. 미시마 선생님, 이 일은 가볍게 여겨서는 안 되는 일입니다!"

미시마는 침묵하며 나를 보았다.

짙은 눈썹이 찌푸려진 미간에서 하나로 이어지더니 아래로 향했다. 어쩌면 속으로 '이 여자가 지금 밥 한 끼 때문에 이 정도로 화낼 필요가 있나?'라고 생각하고 있을지도 몰랐다.

하지만 나는 그런 것까지 신경 쓸 겨를이 없었다.

"요리사의 경계심을 풀어주기 위해 왕 소저가 큰 노력을 했습니다. 어떻게 이제 와서 포기하겠어요? 이 식사는요, 왕 소저도 같은 자리에 앉아서 함께 누릴 권리가 있어요. 미시마 선생님, 제 뜻을 잘 아시겠나요?"

미시마는 고개를 끄덕였다.

"이 일이 업무가 아니라면, 그리고 두 분이 친우 관계라면, 어째서 아오야마 선생님이 왕 소저에게 직접 연락하지 않으시나요?"

미시마의 말이 나를 사로잡았다.

그러네. 어째서지?

왜냐하면 나는 샤오첸의 주소를 모르니까. 심지어는 어디로 전보를 보내야 하는지도 알지 못하니까.

나는 지금 악몽을 꾸고 있는 건가?

✳✳✳

샤오첸이 돌아오지 않는다면, 타이완에서의 내 삶은 남가일몽처럼 덧없는 꿈일 것이다.

시역소 직원의 경우 샤오첸에게 어떻게 연락하냐고 그 자리에서 물었지만, 미시마는 시역소 직원으로서 시민의 개인적인 연락처를 제공할 수는 없다고, 게다가 통역사는 다카다 가문에서 고용한 거라고 냉담히 말할 뿐이었다.

"아오야마 선생님께서 다카다 부인께 직접 여쭤보는 게 좋겠습니다."

"그러면 제가 너무 가출한 부인을 찾아 나선 남편처럼 보이지 않을까요? 찾다 찾다 고용주의 가문까지 찾아간?"

"……"

미시마는 답하지 않았지만, 깊고 무거운 눈빛이 이렇게 말하는 듯했다.

'이미 그렇지 않나요?'

나도 모르게 탄식이 흘러나왔다. 타이완에 온 뒤로 사람을 우울하게 만드는 여정은 늘 미시마와 함께였다.

강행군이었던 타오위안, 신주의 강연 여정이 끝난 뒤 택시가 나를 버드나무 작은 집으로 데려다주었을 때는 이미 어스름한 저녁 무렵이었다. 신주에서 남쪽으로 향하는 열차를 탔을 때, 식욕이 전혀 없어서 소금에 삶은 오리알 네 개만 먹었다.

껍질을 벗기는 순간, 기억이 번개처럼 뇌리를 스쳤다. 처음 신주 남쪽을 지날 때도 오리알을 샀었다. 오리알 껍질을 벗기느라 스리우펀과 다안 기차역 사이에 있는 위텅핑 단교를 보지 못하고 그냥 지나쳤었지. 그 뒤로 나와 샤오첸은 열차를 타고 남북을 오갈 때마다 차창 밖 단교를 몇 번이나 나란히 보았다.

"타이중선에 있는 주난에서부터 먀오리까지는 본섬의 하카인이 모여 산답니다. 특히 음식과 언어가 타이중 시내와 완전히 다르지요. 아직은 자세히 말씀드리기에는 좀 이른 것 같네요. 나중에 직접 찾아가면, 그때 맛있는 음식을 설명해드리는 건 어떨까요?"

분명 샤오첸이 이렇게 약속했었는데. 그러나 지금은······. 속이 부글부글 끓었다. 아아, 인생 50년은 꿈과도 같다더니!
바쁘고 힘든 일정에 마음도 지쳐 나는 다음 날 해가 중천에 뜰 때까지 잤다. 근처에서 들리는 노랫소리 같은 새소리가 기와와 장지를 뚫고 들어오더니 꿈속까지 스며들었다.
깊고도 아득한 잠이 사람의 마음을 애틋하게 만들었다. 나는 결국 눈을 떴다. 장지를 뚫고 들어온 햇빛이 실내를 포근하게 비추고 있었다. 침실로 쓰는 작은방에 놓인 화로는 전날 밤에 피웠던 석탄이 다 타버려서 차갑게 식어 있었다. 쓸쓸한 기운만이 희미하게 남아 있을 뿐이었다.

오오미소카의 깊은 밤, 샤오첸은 여기 작은방에 앉아서 책을 읽고 있었다.

그날 밤, 샤오첸의 두 눈은 달보다 더 빛났다.

가슴속에서 무언가 맴돌았다. 나는 그게 무엇인지를 알아내려고 노력했지만 결국 알아내지 못했다. 몸을 일으키자 벌써 10시였다. 이 시간에 뭘 먹을 수 있을까? 온몸에 힘이 들어가지 않았다. 어쩔 수 없이 부엌 찬장에서 흰 식빵을 꺼냈다. 빵을 두껍게 잘라 우유와 함께 먹었다. 식탁 앞에 앉아서는 크게 베어 물었다.

지난밤에 뭘 먹었더라? 기억이 나지 않았다.

샤오첸이 함께였다면 우리는 타오위안과 신주에서 하카인의 요리를 한두 가지 먹고 부른 배를 두드리며 귀가했을 것이다. 어쩌면 달걀을 넣은 행인차*를 야식으로 먹었을 수도 있고. 그리고 이런 아침에는 샤오첸이 미닫이문을 열어 머리가 맑아지도록 시원한 공기를 들이겠지. 보조개가 생길 정도로 환히 웃으면서 내 서재로 들어올 테고.

"좋은 아침이에요. 아오야마 씨."

"샤오첸, 좋은 아침이에요. 오늘도 떡을 구워 먹어요!"

틀림없이 이런 대화를 나눴을 것이다.

그러나 주방 안 서양식 식탁 앞에 나는 혼자 앉아 있었다.

배가 고팠다. 꼬르륵 소리가 났다. 그러나 입에 물고 있는 식빵은 종이 쪼가리와 다를 바가 없었다.

서러움에 울고 싶었다.

❖ 타이완식 행인차(杏仁茶)는 아몬드를 넣어서 만드는 전통 음료이자 디저트이다. 단맛이 있는 남방 아몬드와 쓴맛이 나는 북방 아몬드, 쌀과 설탕 등을 넣어서 만든다. 가을, 겨울철에 사랑받는 음식이다.

❖ ❖ ❖

규슈의 딸이 이렇게 의기소침할 수는 없지 않나?

근심에서 벗어나기 위해 작은 집을 나섰다. 타이중 제당소로 가면 설탕 기차라고 불리는 오분차*를 탈 수 있으리라 생각했다. 타이중이 기점이었고, 난터우가 종점이었다. 겨울이 시작된 뒤로 온천 여행을 위해 둥푸 온천으로 가본 적은 있었지만, 난터우 깊숙이까지 가본 적은 없었다. 혼자서 움직여보는 건 정말 오랜만이었다. 타이중에서 난터우까지는 얼마나 걸릴까? 이리저리 오가는 데에 족히 반나절은 걸리겠지.

남국의 2월은 태양이 뜬 오전에도 춥지가 않았다.

버스를 타지 않고, 타이중 시내를 따라 산책했다. 정오가 되자 배가 노래를 부르듯 소리를 냈다. 종이 쪼가리 같던 식빵도 진즉에 소화되었다. 길가에는 노점이 있었고, 가게도 있었다. 고급 식당도 있었고, 일반 식당이나 카페도 있었다. 볶은 양파와 카레가 뒤섞이면서 짙은 향이 퍼지기도 했고, 멀지 않은 곳에서 러우싸오와 부추, 양파 튀김과 돼지갈비탕의 냄새가 나기도 했다. 그런 뒤에는 커피와 우유 냄새가, 꿀과 달걀 케이크 냄새가 났다. 좀 더 나아가자, 쌀국수 볶음, 찹쌀 소시지와 굴전 냄새도 났다. 그 앞에는 김초밥도 있었다. 바나나와 롄우. 잘게 찢은 닭고기 국수와 뜨끈한 국수. 간장 장어구이, 군고구마. 삶은 땅콩. 팥죽. 달

❖ ──────── 타이완의 사탕수수 농장에서 사용되던 협궤 철도. 철로의 궤간이 표준 궤간의 절반(5분)이라는 것에서 유래한 이름이다.

걀 우동. 루러우판. 튀긴 고로케와 튀긴 고기 완자…….

이게 어떻게 된 일이지? 어째서 가는 길 내내 군침을 돌게 만드는 음식이 없는 거지!

설탕 철도가 있는 타이중 역사까지 단숨에 걸어가자, 이마에 작은 땀이 송골송골 맺혔다. 간식도 전혀 먹지 못했다. 그런데 그곳에 도착하고 나서야 설탕 철도가 여객 운송을 해주지 않는다는 사실을 알게 되었다.

타이중이라는 작은 도시에서 산 지도 벌써 열 달이 되었는데.

이렇게 창피한 실수는 샤오첸이 없을 때만 하는 거겠지.

패잔병 같은 몰골로 버드나무 작은 집으로 발길을 돌렸다. 다리에 힘이 전혀 들어가지 않았다.

그러나 주변에 있는 이들은 나와 달리 활기차 보였다.

중학생 두 명이 뒤쪽에서 나를 추월했다. 청춘소년의 말소리와 웃음소리는 하늘처럼 청명했다.

"야, 그러면 이렇게 약속한 거다!"

"약속한 거 아니야. 내가 안 된다고 했잖아!"

체격이 서로 비슷한 소년이었다. 한 명이 자기 팔을 다른 이의 어깨에 걸치고 있었다.

소년들이 거리 입구에서 걸음을 멈췄다. 멀지 않은 곳에 자동차와 버스가 줄지어 움직이고 있었다. 둘은 차량이 지나가기만을 기다렸다.

나는 그들 뒤에 섰다.

"오전이 안 된다는 거 아니었어? 그래서 점심 식사 후에 모이기로 했잖아."

"잘못 안 거야. 오전부터 상당히 바쁘다고. 본섬 사람은 음력 정월 초하루에 반드시 제를 올리러 여기저기 가야 한다고. 내지인과 똑같아."

"아아, 그렇구나. 그러면 우리 집 기사한테 널 차로 태워 주라고 할게. 그러면 좀 더 빨리 제를 지낼 거 아니야!"

"아이고, 어르신 저 좀 봐주세요!"

"이 자식, 너처럼 약속도 지키지 않는 놈은 봐주지 않겠다!"

어르신이라고 불린 내지 소년이 본섬 소년의 어깨를 꽉 끌어당겼다. 본섬 소년은 두 팔을 들면서 벗어나려고 했고.

지나가는 차가 없는 틈을 타서 본섬 소년이 화살처럼 빠르게 걸음을 옮겼다. 내지 소년도 곧장 뒤를 따랐다. 거리에는 황금처럼 찬란한 불꽃덩굴이 담벼락에 피어 있었다. 꽃 같은 소년들이 봄바람을 타고 꽃 담장을 지났다. 쾌활한 웃음소리가 점점 멀어졌다.

아, 뭐야.

똑같이 혼토진과 내지인인데 저쪽 친우들은 즐겁게 잘 지내잖아.

내 발걸음이 더 무거워졌다.

느릿느릿하게 발걸음을 옮기면서 불꽃덩굴이 주렴처럼 늘어진 곳을 지나는데, 가슴속에서 무언가가 휙 하고 달려

간 듯했다.

얼마 전에, 정말 얼마 전에, 나는 이보다 눈길을 사로잡는 불꽃덩굴을 본 적이 있었다.

지나식 가옥의 붉은 담에는 귤색, 주황색, 노란색의 꽃들이 폭포를 이루듯 만개해 있었고, 꽃과 꽃 사이에는 화려하게 아름다운 도자기 판과 도자기 벽돌이 있었다. 색깔로 가득 찬 작은 가옥의 마당 중앙에는 자단나무로 만든 찻상이 놓여 있었고, 샤오첸의 뒤편에는 금빛 찬란한 불꽃덩굴 폭포가 있었다.

주사위를 던져서 승리한 샤오첸이 나를 보고 웃었다.

그때 샤오첸의 웃음은 햇빛보다 환했다.

그 굴복하지 않는 기개가 담긴 눈동자는 화려하고 요염한 불꽃덩굴보다 훨씬 더 강렬했다.

❖❖❖

내지 소년은 "너처럼 의리 없는 놈은 봐주지 않겠다"라고 말하면서 본섬 소년의 어깨를 힘껏 끌어당겼다. 그 순간 내 머릿속에는 내가 샤오첸의 어깨를 끌어당기는 모습이 떠올랐다. 나는 샤오첸의 어깨를 흔들고 싶었다. "이 자식, 약속을 어기지 말라고!"라고 큰 소리로 외치고 싶었다. 그날 밤 꿈에서도 나는 샤오첸의 어깨를 끌어안았다. 그러나 힘껏 흔드는 순간, 꿈에서 깨어났다.

나는 여전히 작은방 이불 안에 누워 있었다.

오오미소카의 깊은 밤, 샤오첸이 책을 읽었던 그 작은방 안이었다. 화로에는 아직 불이 남아 있었지만, 내 두 눈은 촉촉해졌다.

"나쁜 샤오첸, 믿을 수 없는 놈······."

똑똑.

툇마루형 복도에 있던 미닫이문에서 소리가 나더니 이어서 문이 천천히 열렸다.

복도 밖에 있는 유리 미닫이문이 살짝 열리면서 상쾌하면서도 차가운 아침 공기가 새어 들어왔다.

따사로운 햇살이 작은 몸을 감싸고 있었다. 샤오첸이 환영처럼 그곳에 서 있었다.

"아오야마 씨, 좋은 아침입니다."

나는 즉시 이불을 걷어찼다.

"샤오첸!"

몸을 일으키려고 했을 때였다. 샤오첸이 요 옆에 앉으면서 손을 뻗더니 내 옷깃을 정리해주며 말했다.

"문이며 창문이며 하나도 안 잠그셨던데요. 너무 위험해요."

"음, 전에도 자주 그랬는데 별일 없던데요······."

"아, 정말 당신을 어떻게 하면 좋을까요?"

아아, 내가 지금 꿈을 꾸고 있나?

어쩔 도리가 없다는 듯 웃는 샤오첸의 얼굴을 너무 오랜

만에 보는 것 같았다.

"아오야마 씨, 오늘은 평소보다 늦게 일어나셨네요. 조식을 드시겠어요?"

"샤오첸, 돌아온다는 뜻인가요?"

"최소한 오늘은요. 믿을 수 없는 놈이 될 수는 없으니까요."

"아하하하하, 그걸 들었군요!"

샤오첸이 나를 보았다. 얼굴의 쓴웃음이 어느새 진지함으로 바뀌어 있었다.

나도 샤오첸을 보았다. 작은방이 순식간에 조용해졌다.

나는 샤오첸이 뭐라고 말해주길 바라는 걸까?

"감사합니다"인가? 아니면 "죄송해요", 아니면 "반성하셨나요?" 내가 무슨 잘못을 한 건지 나는 아직도 전혀 알지 못했지만 말이다.

샤오첸이 뭐라고 말해주기를 바라는 거지? 솔직히 말해서 나도 모르겠다.

샤오첸은 그저 미소를 지을 뿐이었다.

"전에 아오야마 씨에게 천층떡에 대해 말씀드린 적이 있지요. 하카인들에게도 비슷한 간식이 있답니다. 천층떡이 아홉 층으로 만든 떡이라면 이건 구층밥, 그러니까 아홉 층으로 만든 밥이지요. 똑같이 재래미를 갈아서 만드는데 여기서도 백설탕과 황설탕을 넣어서 색을 만들고, 층층이 교차하며 쌓아요. 이걸로 아침 간식을 삼는 건 어떨까요?"

❖ 九層粄.

웃는 얼굴에는 역시나 귀여운 보조개가 두 개 있었다.

그런데 노멘이 아니었다.

나는 뭐라고 말하고 싶었지만, 배가 목보다 빠르게 소리를 냈다.

그리고 손바닥만 한 구층밥을 순식간에 두 개나 먹어 치웠다. 그제야 뱃고동 소리가 줄어들었다. 세 개째 먹을 때는 이로 한 층씩 벗겨내면서 천천히 씹었다. 먹으면서 수를 세어보자 확실히 아홉 층이었다.

같은 시각에 샤오첸은 물을 섞은 우유를 데우고 있었다. 우유가 끓기를 기다리는 사이에 하얀 식빵 조각에 버터와 설탕, 잼을 각각 발랐고 두꺼운 햄도 얹었다. 전혀 다른 맛의 샌드위치를 신속하게 여러 개 만들어냈다. 우유가 부글부글 끓자, 샤오첸은 불을 껐고, 우유에 설탕과 찻잎을 넣었다.

샌드위치와 함께 따뜻한 밀크티가 상 위에 올려졌다. 샤오첸과 나는 주방 식탁 양쪽 끝에 마주 앉았다.

버터 샌드위치, 잼 샌드위치, 햄 샌드위치를 입안으로 밀어 넣었다. 이해할 수 없을 정도로 맛이 좋았다. 전날에 먹었던 종이 쪼가리 맛의 식빵과 지금 먹고 있는 식빵이 같은 빵이라는 게 믿기지 않을 정도였다. 지금 먹고 있는 샌드위치는 빵이 부드러우면서도 밀 향이 가득했고, 곡물 특유의 단맛이 느껴졌다. 속 재료와 함께 베어 물면, 기분이 다 좋아졌다. 뜨거운 밀크티가 적당한 온도로 식기도 전에, 나는 접시 위에 놓인 샌드위치를 남김없이 먹어버렸다.

샤오첸은 먹지 않았다. 밀크티만 마실 뿐이었다.

"먹성이 여전히 좋으시네요."

"네."

식탁 앞에 편안히 앉아 날 보고 있는 샤오첸의 뺨에는 보조개가 피어 있었다. 우리 둘이 싸운 적이 없다는 듯한 모습이었다. 지난 2주간 연락 한 번 하지 않았던 사이라는 게 전혀 드러나지 않았다.

역시 시계 침을 거꾸로 돌리는 데에 능한 샤오첸이다.

나 아오야마 치즈코는?

나도 시계 침을 수백, 수천 번을 거꾸로 돌릴까? 아니면 끝까지 캐물을까?

솔직히 말하자면 아직 잘 모르겠다.

밀크티의 온도가 마시기 좋게 식었을 때, 나는 천천히 반 잔을 들이켰다.

"샤오첸."

"네."

"오오미소카 밤에 주사위를 던졌잖아요. 샤오첸이 졌던 유일한 날이었어요."

"그랬죠."

"사실 이길 수 있었던 거죠."

"그렇지요."

"그런데 왜, 그날은 제게 져줬던 거예요?"

"그러게요. 왜 그랬을까요?"

샤오첸은 찻잔을 내려놓았다. 여전히 편안히 웃는 얼굴이었다.

"아오야마 씨, 그 이유가 뭐라고 생각하세요?"

"왜냐하면 샤오첸이 절 믿고 싶어 했던 것 같아요. 하지만 지룽에 갔을 때, 아니면 다리에 갔을 때, 제가 샤오첸에게 신뢰를 잃을 만한 짓을 한 거예요. 그렇죠? 그게 무슨 일이었는지를 저는 전혀 모르고 있지만 말이에요."

"네, 아오야마 씨도 당혹스러우셨을 거예요. 정말 죄송해요."

말을 마친 샤오첸이 다시 잔을 들어 입가에 댔다.

"설명해주고 싶지는 않은 것 같네요."

"그러기 싫은 게 아니라요. 어떻게 설명을 해드려야 할지를 고민하는 거랍니다."

"그렇군요."

"그런 거죠."

샤오첸이 나를 보고 미소 지었다. 그래서 나도 미소로 화답했다. 그러나 손가락으로 시계를 되돌릴 수는 있어도, 결코 시간의 흐름을 막을 수는 없었다.

나 말이에요, 두 달 뒤에는 규슈로 돌아가야 해요.

하지만 나는 꾹 참고 이 말을 뱉지 않았다.

'날아가는 시간이여, 이 술을 한 잔 마시게나.'

시간은 어째서 걸음을 멈추려고 하지 않는 걸까?

❀ ❀ ❀

나와 샤오첸의 걸음도 어쩔 수 없이 앞으로 나아가야 했다.

정오 무렵, 우리는 다리에 있는 린씨 가문의 도화원에 다시 도착했다. 남자아이가, 노파가 그리고 여자아이가 연이어 우리에게 길을 안내해줬고, 종점은 아푼사이가 있는 곳이었다.

그리고 종점인 마당 한가운데에는 한 그루의 나무와 나전칠기로 장식된 흑단목 팔선상* 이 있었다.

팔선상 위로 큰 천막이 세워져 남국의 정오 햇빛을 막아줄 뿐만 아니라 겨울 끝자락의 찬 바람도 막아주었다. 짭짤한 향기가 도화원 전체에 짙게 퍼졌다. 그리고 그 향기의 근원이 저 작은 집이었다. 식사가 시작되면, 요리가 하나씩 저곳에서 나와 식탁 위에 놓이게 될 것이다.

10인분. 이 모든 음식을 나와 샤오첸 둘이 즐기게 되었다. 전제는······.

"내기에 져서 잔반탕을 만들기는 하지만, 너희가 배불러서 먹지 못한다면, 중간에 돌려보낼 거야!"

아푼사이가 웃으면서 일본어로 경고했다.

샤오첸도 함께 웃었다. 샤오첸의 웃는 얼굴은 바로 뒤에 있는 민게한 불꽃덩굴처럼 눈부셨다.

"배불러서 더는 먹지 못하게 된다면, 저희가 남아서 설거지를 할게요."

❀ ───── 여덟 명이 둘러앉을 수 있는 크기의 네모반듯한 상.

아푼사이는 껄껄 웃더니 몸을 돌려 성큼성큼 집 안으로 들어가버렸다.

곧이어 소녀가 쏸메이탕과 과일 절임을 가지고 나왔다. 연회가 시작된 것이다.

따뜻하게 데운 쏸메이탕은 마시기에 좋았고, 과일 절임은 달콤한 맛이 있었다. 그 뒤에 이어진 첫 번째 요리는 전채였다. 냉채 다섯 접시가 나왔는데 소시지와 어란, 달걀노른자 닭고기 말이, 한천 닭고기 무침, 약선 돼지고기 심장 편육이었다.

나와 샤오첸이 번갈아 가면서 젓가락을 놀리자, 냉채는 빠르게 바닥을 보였다.

소녀는 눈치가 아주 빨랐다. 딱 맞춰 두 번째 요리를 내왔다.

두 번째 요리는 닭이었다. 소녀가 젓가락과 숟가락으로 부드러운 닭고기를 해체했다. 알고 보니 뼈는 이미 제거해서 없었다. 안에 담긴 건 잘게 썬 목이버섯과 죽순, 금침, 햄, 돼지고기였다. 한데 섞자, 속 재료와 국물이 어우러진, 진하고 고소한 닭고기탕이 되었다.

세 번째 요리는 생선찜이었다. 신선한 생선의 겉면을 돼지의 그물 모양 지방층으로 감쌌고 배를 속 재료로 가득 채웠다. 손이 많이 가면서도 정교한 요리였다.

네 번째 요리는 대하 열 마리였다. 새우 등에는 말린 호박과 죽순, 표고버섯, 당근을 묶어서 재미가 있었고, 본섬

❖ 매실을 주재료로 한 전통 음료로 갈증을 해소하고 더위 식히기에 좋다.

에서는 좀처럼 보기 힘든 토마토를 끓여서 만든 양념이라 흥미로웠다. 입안에 머금으니 색다른 맛이 났다.

그제야 요리 세 개에 모두 국물이 있다는 사실을 깨달았다. 다섯 번째 요리는 튀김이었다. 작은 접시 다섯 개에는 튀김이 언덕처럼 쌓여 있었다. 자세히 살펴보니 갈비 튀김, 팔보 완자 튀김, 새우 완자 튀김, 돼지 간 튀김, 닭 껍질 튀김이었다. 식감이 모두 달랐기에 샤오첸과 나는 첫 번째 튀김부터 다섯 번째 튀김까지 하나씩 번갈아 가면서 먹었다……. 아, 아주 예전에 샤오첸과 처음으로 식사를 했을 때, 그때도 우리는 다섯 종류의 완자를 지금처럼 하나씩 번갈아 가며 먹었었다.

나는 샤오첸을 보았고, 마침 샤오첸과 눈을 마주쳤다.

어쩌면 우리는 같은 기억을 떠올렸던 걸지도 모르겠다. 그때 우리는 함께 루강에 갔었고, 옛 성의 거리에서 샤오첸은 자기 집안 이야기를 해주었다. 얼마나 그리운 옛 추억인가! 그러나 나와 샤오첸은 눈빛만 교환했을 뿐이었다. 여전히 침묵하며 그릇을 깨끗이 비울 때까지 젓가락만 내밀었다.

여자아이가 중간 간식을 내왔고 여섯 번째 요리도 내왔다. 새우 교자였다. 교자피가 투명했고, 맛이 아주 깔끔했다. 튀김 요리를 먹느라 기름졌던 입안이 씻겨지는 듯했다.

중간 간식은 일종의 휴식이었다. 만약 연회 장소가 주점이었다면, 본섬의 예인이 전통 음악을 연주했을 것이다. 그러나 이곳에는 당연히 아무것도 없었다. 여자아이는 잔반 탕을 만드는 법을 잘 알고 있는지 우리가 음식을 남김없이 먹기 전에 접시를 치웠다. 그 행동이 아주 자연스러워 가히 기예라고 볼 수 있었다. 여자아이가 얼굴과 손을 닦으라며 따뜻한 수건도 가져다주었다. 나는 그 틈을 타서 샤오첸을 훔쳐보았다. 튀긴 완자를 먹어서 그런가? 샤오첸의 표정이 더 부드러워졌다.

가슴속 무언가가 녹는 듯한 기분이었다.

그 짧은 시간에 여자아이는 조용히 수건을 가져갔고, 남은 연회의 시작을 알리는 첫 요리를 상에 올렸다.

일곱 번째 요리는 탕이었다. 이름이 셴단[62] 사보탕(四寶湯)이라고 했다. 국물 재료는 돼지 위, 돼지 연골, 마른오징어, 조갯살이었고, 조미료는 셴단 노른자였다. 국물 색은 셴단 노른자의 노란색이었다. 맛이 짙으면서도 짤 것 같았는데 막상 먹어보니 풍성하면서도 부드러운 감칠맛이 있었다.

탕을 맛보고 나서야 나는 아푼사이의 솜씨가 얼마나 절제되어 있으면서도 우아한지 깨달았다. 요리의 맛이 전반적으로 고상하면서도 담백했고, 여운이 있었다. 양념과 식감이 겹치는 음식이 거의 없었고, 먹는 이의 입이나 혀, 배

---

62 원주: 셴단(鹹蛋)은 본섬 사람들이 먹는 절인 달걀로 단단하며 맛이 짜다. 그래서 짠 달걀이라는 뜻의 셴단이라고 불린다.

에 부담을 주지도 않았다. 질렸다든지 느끼하다는 감상이 전혀 들지 않았다.

쇼와 13년 봄에 남국 타이완에 왔을 때, 나는 수많은 연회에서 대접을 받았다. 내지인을 위해 특별히 제공된다는 타이완 요리도 많이 먹어보았는데 보통은 맛과 향이 진했고 형태도 내지인의 취향에 맞춰져 있었다. 그래서 처음에는 내지인 취향에 맞춘 관광 상품일 거라는 생각에 좋아하지 않았었다. 그러나 아푼사이가 내 기억 속 식탁들을 모조리, 그것도 단번에 뒤엎은 것이다.

그러자 옛 추억이 떠오르면서 묘한 감정에 잠겼다.

샤오첸이 예전에 카레를 만들어준 적이 있었다. 이때 나는 '타이완 요리'라고 불리는 것의 존재를 어느 정도 인지하고 있었지만, 아주 피상적인 느낌일 뿐이었다. 그리고 이제야 비로소 깨닫게 된 것이다. 일본 요리, 서양 요리, 지나 요리에는 백 년 이상의 장인 정신과 제국 최고 수준의 요리법이 응축되어 있었다. 그러나 식민지 타이완 또한 섬세하면서도 성숙한, 그와 동시에 독특하면서도 우아한 타이완만의 요리를 가지고 있었다.

생각에 더 깊이 빠지기 전에 여덟 번째 요리인 샹쑤야◆가 올라왔다.

오리 한 마리를 통으로 튀긴 오리 튀김이었다. 여자아이가 두껍고도 무거운 칼을 오리 등 위에 얹어 눌렀다. 그러자 오리가 소리를 내며 부서졌다. 가히 경이로운 광경이라

◆ 香酥鴨. 특제 양념에 재운 오리를 쪄서 익힌 뒤 고온의 기름에 빠르게 튀겨서 겉껍질을 바삭하게 만든 음식이다.

고 할 수 있었다. 뼈와 살이 바삭하게 익은 요리라서 향기롭다는 뜻의 '샹(香)', 바삭하다는 뜻의 '쑤(酥)', 오리라는 뜻의 '야(鴨)'가 더해진 샹쑤야라는 이름을 얻게 되었다. 씹는 재미만 따져본다면 이 요리는 간식에 더 가까웠다. 바로 다음 요리로 탕이 나왔기에 연회의 재시작과 함께 식사의 입맛을 돋우는 전채 요리라고 볼 수 있을 듯했다.

이렇게 생각하는 사이 아홉 번째 요리인 모듬 찹쌀 말이가 모습을 드러냈다. 메인 음식으로서의 기세를 드러낼 정도로 역시나 정교하게 만들어진 음식이었다. 찹쌀과 여러 속 재료를 김초밥처럼 두부피로 말고 반죽을 입힌 뒤에 튀겨내서 비스듬히 썰었다. 여기서 '모듬'은 소금에 절인 오리알 노른자와 표고버섯 러우쌰오, 다진 고수를 넣은 찹쌀밥과 깍둑썰기를 한 토란과 동과 그리고 적양파 튀김을 넣은 찹쌀밥, 마지막으로는 대량의 땅콩과 설탕, 고수를 넣은 달콤한 찹쌀밥을 말했다. 3분의 2는 짠맛이었고, 3분의 1은 단맛인 셈이었다. 짠 거, 짠 거, 단 거, 신비로운 순환고리에 빠져든 듯했다. 오오미소카의 밤이 머릿속에서 번쩍였다. 그때도 달고도 짰었지. 한입, 또 한입, 샤오첸과 나는 뜨거운 김을 내뿜으며 맛있는 음식을 삼켰었다.

찹쌀 말이로 배가 찼을 무렵, 열 번째 음식이 나왔다. 말린 죽순 다펑*이었다.

나가사키의 돼지고기 가쿠니, 지나의 동파육. 이곳 본섬에서 푸라오인은 '루러우'라고 했고, 하카인은 '펑러우'

❖ .... 筍干大封. 통삼겹살을 노릇하게 구운 뒤 말린 죽순, 간장, 설탕, 술, 마늘, 파, 생강 등을 넣고 장시간 졸여서 만든다. '다펑(大封)'은 커다란 고깃덩어리를 뚜껑을 덮어 푹 끓여내는 조리법 '펑(封)'에서 유래한 말이다.

라고 했다.[63]

나와 샤오첸의 시선이 식탁 위에서 다시 하나로 엮였다.

"지난번에 펑러우를 가오슝에서 먹었었죠."

"이번에는 아푼사이에게 루러우판을 따로 만들어달라고 할까요?"

"아뇨아뇨, 같은 건 아니잖아요."

"네, 그렇죠. 같은 게 아니죠."

양념에 오래 조린 돼지고기는 매우 부드러웠다.

돼지고기를 볼이 빵빵해질 정도로 입에 넣고 씹었다. 마음에서 파도가 쳤다. 바닷물 거품이 이리저리 일었다가 사라졌다. 이 거품들은 모두 옛 시절에 대한 기억이었다. 함께 식탁 앞에 앉아서 돼지 껍데기 러우싸오를 먹고, 스키야키를 마음껏 먹었던 장면들이 눈앞에서 펼쳐지는 듯했다.

나는 결국 돼지고기를 한 젓가락 집어 샤오첸의 접시 위에 내려놓았다. 샤오첸이 잠시 멈칫하더니 돼지고기 한 젓가락을 답례로 주었다.

이유는 알 수 없지만 가슴이 꽉 조이면서 쓰라렸다. 달콤한 전류가 흐르는 듯했다. 그와 동시에 나는 뱃속의 요괴가 전례 없는 충족감을 얻는 걸 느낄 수 있었다.

포만감은 당연한 일이었다. 나와 샤오첸은 연회 음식을

---

63 사실 푸라오인의 연회 상차림에도 '다펑'이나 '펑러우'가 나온다.

10인분이나 먹었으니까. 열두 가지 중 열 가지나 먹었다.

그러나 내가 말하는 건 양적인 배부름이 아니었다. 맛과 감정이 교차하면서 빚어낸 감동이었다. 뱃속 깊은 곳에 숨어 있던 작은 요괴는 소중한 대우를 받은 뒤 마침내 집착의 속박에서 벗어났고, 자유로움과 통쾌함을 느끼게 되었다.

알고 보니 내 뱃속에 있던 요괴는 외딴 암자에 버려져 있던 어린 치즈코였다. 모든 배고픔은 사랑과 존중을 향한 갈망이었다.

나는 무거운 짐을 내려놓듯 젓가락을 내려놓았다.

"아오야마 씨, 괜찮으세요?"

내 변화를 눈치챈 걸까? 샤오첸이 물었다.

"네, 배가 이 정도로 부른 건 흔치 않아서요. 하지만 곧 이어질 간식 정도는 문제없겠죠."

"간식만 문제가 없는 건가요?"

샤오첸이 풉 하고 웃었다.

나도 따라 웃었다.

"네, 뱃속 요괴가 입맛을 좀 바꿔보고 싶대요."

"아오야마 씨가 할 법한 말씀이네요."

"그러면 샤오첸은요? 뱃속, 괜찮아요?"

"네. 간식이라면요, 저도 문제없답니다."

"역시 그렇군요."

"그렇죠."

술을 마시지는 않았지만, 포만감은 사람을 은근히 취하

게 했다.

  샤오첸과 나는 편안히 앉아 손으로 뺨을 받쳤다. 날아가는 시간이 잠시 걸음을 멈추면서 천천히 흘렀다.

  우리는 속삭이듯 조용히 말했다.

"다음 요리가 뭔지 모르겠네요."

"어떤 음식이든 맛있다는 건 확실하겠죠."

"틀림없이 그럴 거예요."

"그러게요."

  바랐던 대로 남은 두 요리는 달콤한 간식이었다.

  열한 번째 요리는 대추와 말린 용안◆에 백옥 가루[64]를 묻혀서 튀긴 경단이었다.

  열두 번째 요리는 감자 속살(땅콩)과 흰목이버섯, 말린 용안이 들어간 탕이었다. 달콤한 국물이 목 안으로 들어가자 따뜻한 기운이 가슴과 뱃속으로 흘렀다. 깊은 단맛이었다. 연회의 마지막으로 삼기에 이보다 더 원만한 결말은 없을 듯했다.

  나와 샤오첸은 거의 동시에 감탄하는 소리를 냈다.

  달콤한 국물은 사탕수수로 맛을 낸 게 아니었다. 동과로 맛을 낸 거였다. 몇 달 전 남국의 남쪽에서 맛보았던 동과 차의 맛이었다.

---

64 정제된 찹쌀가루를 말한다.

◆ 열대 과일 중 하나로 달콤하며 즙이 많다. 리치와 비슷한 향과 맛을 지녔지만, 크기가 좀 더 작고 단맛이 더 강하다.

배부름에 약간 취했던 걸까? 아니면 달콤한 국물에 담긴 동과의 향 때문일까?

나는 샤오첸을 보았고, 샤오첸도 나를 보았다. 샤오첸의 부드러운 표정은 남국 옛 성에 머물렀을 때와 같았다. 두 눈에도 빛이 있었다. 철교 구조물 사이로 은하수처럼 반짝이던 빛이었다.

"아오야마 씨."

"저 여기 있어요."

"본섬 사람의 오오미소카는 바로 이번 주 토요일이랍니다. 전에는 선생님께 새해 요리를 만들어드리고 싶었어요. '타우미'65라고 불리는 음식이죠. 설음식에 들어가는 재료들을 쓰거나 아예 설음식 잔반을 쓰기도 한답니다. 이걸 진하게 탄 고구마 전분물에 넣고, 뜨거운 냄비 안에서 계속 젓다 보면 반투명한 떡이 되거든요. 취안저우 사람들의 설음식이랍니다. 많은 이들이 하나로 모여서 단결한다는 상징이 있죠. 길한 음식이에요. 타우미는 소박하게 만들 수도 있고, 해산물, 돼지고기, 채소와 육수를 넣어서 사치스럽게 만들 수도 있답니다. 하지만 소박하게 만들든, 사치스럽게 만들든, 아오야마 씨와 함께 타우미를 먹는 새해는 틀림없이 신나고 재미있을 거예요."

---

65 兜麵. 타우미는 오늘날에 돈을 품는 음식이라는 뜻의 더우첸차이(兜錢菜), 돈이 달라붙는 음식이라는 뜻의 녠첸차이(黏錢菜)로 더 많이 쓰인다.

"……샤오첸이 '전에는'이라고 말한다는 건, 하지 않을 작정이라는 건가요?"

"그렇지요."

달콤한 떡을 씹다가 모래를 씹은 듯했다. 너무 아파서 눈썹이 다 찌푸려졌다. 그러나 샤오첸은 아주 침착한 얼굴이었다.

"예전에 이해할 수 없어 하셨죠. 타이난 제1고등여학교에서 있었던 일 말이에요. 오사와 학생이 천 학생의 수호자가 되고 싶어 했는데, 천 학생이 이에 저항했던 이유요."

갑자기 오사와와 샤오체의 이야기를 왜 꺼내는지 그 저의를 알 수 없었지만 나는 반문하지 않았다. 그저 가볍게 고개를 끄덕일 뿐이었다.

샤오첸이 나를 보며 입꼬리를 올렸다. 아주 달콤한 쓴웃음이었다.

"이건 제 개인적인 추측일 뿐이지만요. 어쩌면 오사와 학생은 이제껏 천 학생에게 물어보지 않았던 게 아닐까요? 이런 보호를 받고 싶냐고 말이에요. 꽃나무 아래서 부겐빌레아 꽃잎을 막아줬고, 길을 갈 때는 눈부신 햇빛을 막아줬죠. 수호자의 모습이었어요. 하지만 천 학생이 정말 그런 걸 원했을까요? 내지인이 대다수인 여학교에서 천 학생의 처지는 이 때문에 더 힘들어졌을 거예요. 그러나 오사와 학생은 전혀 모르고 있겠죠. 제 생각에 천 학생의 반항적인 행동은 오사와 학생의 잘못된 대우에 항의했던 걸 거예요."

"……."

"사실, 같은 일이랍니다."

"샤오첸 말은……."

"네, 아오야마 씨는 인품이 고상하고, 선량하며 자상하시죠. 저를 위해 마음을 쓰기를 원하는 아오야마 씨예요. 그렇기에 절대 저를 하인 방에 재우지 않으실 거고, 누가 제 신분을 얕잡아 보기라도 하면 분노도 하시겠죠. 제가 대체 어떻게 설명을 해드려야 아오야마 씨가 이해하실 수 있을까요? 제가 어찌 설명해야 아오야마 씨의 평등한 대우를 탐하면서도 당신의 다정한 대우에 저항하는 것처럼 보이지 않을 수 있을까요? 어떻게 해야 말도 안 되는 요구를 하며 고집을 피우는 아이처럼 보이지 않을 수 있죠? 사실 저도 천 학생과 같답니다. 그저 그것뿐이에요. 다정한 아오야마 씨는 이제껏 제게 물어본 적이 없으시잖아요. 제가 정말로 원하는 게 보호인지를 말이에요."

벼락에 맞은 듯했다. 입을 다물 수밖에 없었다.

샤오첸이 다시 쓴웃음을 지었다.

"이 세상에 아오야마 씨처럼 저를 아껴주는 사람은 없을 거예요. 제게 있어서 아오야마 씨는 하나밖에 없는 특별한 존재랍니다. 이건 아주 확실한, 절대로 바뀌지 않는 일이에요. 시간이 지날수록 아오야마 씨와 점점 더 가까워질 테고, 이대로 가다가는 우리는 마음의 문을 모두 열 거예요. 서로에게 중요한 사람이 되겠죠. 그래서 저는 두려워요. 아오야마 씨가 아끼는 사람은 당신의 보호가 필요한, 착하고 말 잘 듣는 본섬 통역사니까요. 진정한 왕첸허가, 저라는 사람이 아니니까요! 그런데도 아오야마 치즈코와 왕첸허는, 진짜 친구라고 할 수 있을까요……? 아오야마 씨도 알다시피 마지막에 저는 독단적인 판단을 내렸어요. 저와 아오야마 씨가 직업적인 관계를 유지하는 게 가장 이상적인 상태라고 생각했거든요."

마음은 기복을 거듭했고, 샤오첸이 전한 말은 나를 급습했다. 그 결과 내 머리는 고장 난 타자기가 되었다. 더는 작동할 수 없었다. 몇 번이나 입을 벌리면서 말을 뱉고자 했지만, 단 한마디도 뱉을 수 없었다.

그리고 바로 이때, 여자아이가 잔반탕 두 그릇을 가지고 왔다. 역시 연회의 흐름을 완벽하게 파악한, 분위기도 살필 줄 아는 아이였다. 적당한 때를 잡아 마지막 음식을 내어준 것이다.

그러나 나는 채플린의 코미디 영화에 들어간 듯했다. 남들과 전혀 다른, 소통할 방법이 없는 비극적인 세계에 나 홀로 있었다. 충격과 당혹감이 모든 감정을 집어삼켜서 지금 이 장면이 너무나 황당하면서도 부조리하게 느껴질 뿐이었다.

샤오첸이 나를 보고 미소 지었다.

"아오야마 씨와 오늘 이 음식을 함께 먹을 수 있었던 것만으로도 저는 아주 만족한답니다."

나는 어떤 표정으로 샤오첸을 봐야 할지 알 수가 없었다. 샤오첸이 손을 뻗으며 내 손을 잡았다. 나도 힘껏 그 손을 맞잡았다. 오오미소카의 그 밤처럼. 그러나 샤오첸은 그날 밤처럼 내 손을 옮겼고, 잡고 있던 두 손을 놓았다.

"아오야마 씨, 이번이 우리 둘의 마지막 식사랍니다. 다카다 부인 쪽에는 정식으로 일을 그만두겠다고 알렸어요. 부디 염려하지 마시길요."

짭조름한 케이크
센단가오

남쪽 섬에서 화로를 피우는 계절은 정말 짧았다.

주방 도마에 쌓아놓은 석탄이 2월 말부터는 아주 느리게 줄어들었다. 3월에 들어서자 깊은 밤과 이른 새벽에만 찬 바람이 불었고, 그마저도 태양이 떠오르면 남김없이 사라져버렸다. 버드나무 강둑에 있는 나무에는 새로운 푸르름이 물들었고, 봄바람이 불자 가지들이 몸을 흔들었다. 금색 햇빛이 그 사이를 파고들며 반짝였다.

나는 본섬에서 봄을 맞이했다.

규슈의 봄은 하쓰가쓰오를 먹는 계절이었다. 그런데 이때 나는 첫 가쓰오를 찾고 싶은 마음이 전혀 없었다. 아니지, 첫 가쓰오만이 아니었다. 오랫동안 뱃속에서 거주하던 요괴가 열반이라도 한 듯했다. 식욕도 요괴와 함께 하늘로 가버렸다. 꼬르륵 소리를 내며 배가 울고 있는데도 나는 반드시 먹어야겠다는 음식을 떠올리지 못했다.

새벽에 이부자리에서 몸을 뒤척였다. 매일 10시는 되어서야 겨우 몸을 일으켰다. 먹는 거라곤 네코맘마나 날달걀 비빔밥 정도. 물론 가장 자주 먹는 건 버터를 바르고 설탕을 뿌린 식빵이었다.

배가 화로라면, 음식은 석탄이었다. 배가 고플 때는 맛 같은 건 따지지 않았다. 밥이나 빵 같은 걸 이로 잘게 씹어 뱃속으로 밀어 넣을 뿐이었다. 그렇게 인체를 증기기관차처럼 움직이게 했다. 평생 처음으로 밥을 먹는 게 아니라 끼니를 때웠다.

오후부터 책상에 엎드려 글을 썼다.

식욕이 없었기에 어쩔 수 없이 담배를 피웠다. 몇 년 전, 접대를 위해 익힌 담배였다. 평소에는 담배를 피우고 싶다는 생각이 전혀 들지 않는데 요즘에는 매일 반 갑씩 태웠다. 그러나 빠는 건 첫 모금뿐이었다. 나머지는 손끝에서 태워버렸다. 담뱃재가 떨어지면서 원고지 이곳저곳에 구멍이 났다.

나는 구멍 속에서 글을 썼다.

타오위안과 신주에 이어서 미시마는 일관된 방식으로 일을 진행했다. 본섬 중부 지역에 있는 도시 주난, 먀오리, 칭수이, 위안린, 더우류로 여정을 안배했고, 셀 수 없이 많은 관사, 공원, 신사를 찾아가게 했으며 무수히 많은 강연과 다과회, 상영회를 다니게 했다. 분명히 아름다운 봄이었는데, 나는 산책이나 독서할 시간도 빼앗기게 되었다.

내가 항의하자 미시마는 당분간 외부 일정을 잡지 않겠다고 말했다. 대신…….

"본섬 신사 참배 여행을 주제로 아오야마 씨가 글을 한두 편 써보시는 건 어떠실지요?"

그렇게 재미없는 문장은 전혀 쓰고 싶지 않다고요.

이건 내 진실한 마음의 소리였다.

그러나 버드나무 작은 집의 책상 앞에서 종일 담배나 태우면서 딱히 하는 일 없이 빈둥거리던 나는 결국 타오위안 기차역 주변에 있는 타오위안 신사와 더우류 기차역에 있는 행계기념관✤에 대한 글을 두 편이나 써냈다. 기억도 잘 나지 않아 곁에 있던 《타이완 철도 여행 안내》와 수첩을 몇 번이나 뒤적여야만 했다. 그렇게 겨우 원고지 두 장을 채웠다.

책상 위에 있는 《타이완 철도 여행 안내》를 펼치면 첫 장에는 〈타이완 철도 노선도〉가 있었는데 나는 손가락을 움직이며 노선도에 나온 점선을 따라가보았다. 그러다가 철도는 닿지 못해도 뱃길로는 닿을 수 있는 곳이 있다는 걸 알게 되었다. 펑후섬이었다. 마음속 불꽃이 순식간에 타올랐다. '한번 가봐도 좋지 않을까'라는 생각이 들었지만, 이 생각은 단 몇 초만 이어질 뿐이었다. 여행을 향한 욕망도 식욕처럼 삽시간에 꺼져버렸다.

마음이 복잡해졌다.

1년으로 정했던 타이완 여행을 굳이 열두 번째 달까지

✤ 1923년 일본 히로히토 황태자의 타이완 방문을 기념하기 위해 지은 건물로, 1927년경 완공 이후 여러 용도로 쓰이다가 현재는 더우류시의 문화 명소로 자리 잡았다.

채울 필요가 있을까?

"규슈로 돌아가면 원고를 고쳐서 책으로 낼 거예요. 제목은 《타이완 여행기》라고 할 수 있겠죠? 기왕 쓸 거라면 1년 사계절은 써야죠. 춘하추동을 다 넣어야 더 완벽하지 않겠어요?"

예전에 나는 의기양양하게 이렇게 말한 적이 있었다.

"여행은 밖에서 생활하는 거죠. 그러니까 밖에서 사계절을 겪는 생활을 해보는 거예요. 일상적인 삶으로요. 습관이 되어 낡아버린 생활 환경을 떠나 다른 곳에서 살아보는 거죠. 세상 속 신선한 감각을 되찾을 수 있도록요. 이런 관점으로 본다면 여행이란 사람의 심신을 정화하는 방법이라고도 할 수 있죠."

이때 '사람의 심신을 정화'한다고 했던 나는 매일 아침 이부자리에 누워 있었고, 오후에는 다다미방에서 이리저리 굴렀다. 오래 누워 있어 뼈마디가 쑤시고 아파지면 툇마루형 복도에 가서 앉았다. 담배를 태우면서 멀리 정원에 있는 토인삼이 피운 작은 꽃송이들을 보았다. 제대로 하는 일은 전혀 없었고, 수시로 이번 타이완 여행의 의의를 자문했다.
거짓까지 섞어가며 글을 절반 가까이 썼지만, 가슴속 번

민은 여전했다. 나는 책상 위에 쌓여 있던 명함을 무심코 집어 들고 서재에 섰다. 식당, 작은방, 복도까지 이어진 넓은 공간을 보면서 수리검이라도 날리듯 명함을 사방으로 던졌다. 쫘쫘쫘쫘, 쫘쫘쫘쫘······.

내가 가고 싶은 곳은 사실 펑후섬이 아니었다.

조금 전 조사를 하다가 철도 안내서에서 '펑위안'에 대한 부분을 읽게 되었다. 처음 타이완에 왔을 때 간 적이 있는 곳이었다. 그제야 나는 그곳에서 지선인 스강선을 타면 밍즈 온천에 갈 수 있다는 걸 알게 되었다. 겨울 온천 여행을 가고 싶다는 욕망이 마음 한구석에서 잠시 일었다. 그곳에 가보지 못했던 게 아쉬웠다.

그러나 내가 가고 싶은 곳은, 사실 밍즈 온천도 아니었다.

쫘쫘쫘쫘.

불현듯 마음속에서 이런 단어가 튀어나왔다.

아리산의 벚꽃.

명함 수리검이 바닥 이쪽저쪽에 탁탁탁 떨어졌다.

아! 진짜 우울하다!

나는 기운이 다 빠져서 의자에 털썩 앉았다. 손발에 힘이 들어가지 않았고, 뱃가죽이 등가죽에 붙을 정도였으며 가슴도 답답했다.

타이완을 여행한 지 1년이 다 되어갔다. 길을 걷다 밥을 먹고, 옷을 입고 잠을 잤으며 거리와 시장, 극장과 온천을 다녔고, 버스와 기차를 탔다. 나는 평범하게 일상을 살았다. 그러나 이 '일상적인 삶'은 어쩌면 아름다운 꿈이었을지도 모른다. 훗날 남가일몽과도 같은 타이완에서의 1년을 떠올렸을 때, 어떤 기억이 가장 인상 깊게 남아 있을까?

그러나 내 마음 깊은 곳에서도 답을 찾을 수 없었다.

주방에 있는 뒷문이 옆으로 밀리면서 덜컥덜컥 소리가 났다. 미닫이문이 열리는 소리만 들어도 알 수 있었다. 다카다 가문에서 일하는 사에 아주머니였다.

나는 꼼짝도 하지 않았다.

안으로 들어온 사에 아주머니가 바닥에 흩뿌려진 명함을 보았다.

"아오야마 선생님, 오늘도 참 놀라우시네요."

"죄송해요. 그냥 두세요. 치우지 않으셔도 됩니다."

"선생님 말씀대로 할게요."

사에 아주머니는 말을 마친 뒤 바로 주방 도마로 갔다.

얼마 전까지만 해도 주방 뒷문으로 누가 들어올 때마다 나는 적군의 목을 베러 가는 무사 같은 기세로 주방으로 달려가곤 했다. 그 탓에 사에 아주머니가 몇 번이나 화들짝 놀라야 했고. 그러나 사에 아주머니는 가슴을 쓸어내리면서도 아무 말도 하지 않았다.

나는 누가 들어오기를 바랐던 걸까?

이부자리 안에서, 다다미방 안에서 뒹굴거리고 있을 때, 나는 누가 문을 열고 들어오기만을 기다렸던 걸까?

툇마루형 복도에 앉아 담배를 피울 때 누가 안으로 들어와 내 옆에 앉아주기를, 리치와 감자(땅콩) 그리고 마름 껍질을 벗겨주길 기대했던 걸까?

사실 그 답은 내 마음 깊은 곳에 이미 있었다.

※ ※ ※

규슈의 딸이자 명문가의 후예로서 진실한 친구의 절교를 어떻게 대면해야 할까?

품격 있는 사람이라면 마땅히 축복을 전해야 할 것이다.

나는 원칙을 지키는 사람이었다.

그러나 기억은 상영되는 영화와 같았다. 화려한 작은 집 정원 중앙, 햇빛이 비스듬하게 비치던 하얀 천막 아래, 나전칠기로 장식된 팔선상 앞에 마주 앉은 두 사람……. 내 대뇌는 최신 유성 영화 상영기였고, 하루에도 몇 번이나 그 영화를 불시에 틀었다. 나는 어쩔 수 없이 이를 악물었다. 그래야 충동적으로 행동하지 않을 테니까.

나도 따져 묻고 싶었다. 쫓아가 캐묻고 싶었다. 그러나 그건 아오야마 치즈코답지 않은 모습이었다.

아오야마 치즈코는 반드시 평소와도 같은 일상을 보내야 했다. 그렇기에 미시마가 나보고 어디로 가야 한다고 하면, 거기로 갔다.

다음 여정은 펑위안이었다.

지난번의 방문 뒤로 반년 만에 가는 펑위안이었다. 펑위안에는 공회당이 없었고, 첫 방문도 아니었다. 이번에는 대체 왜 가는 거지? 밍즈 온천에 가고 싶기는 했지만, 총독부 직원과 함께 가고 싶지는 않았다.

나는 미시마에게 하고 싶은 말을 모두 내뱉었고, 미시마도 늘 그러하듯 냉담하게 응대했다.

"펑위안 남쪽 교외에는 천황을 위한 논밭이 있습니다. 본섬에는 타이둥청*만 있는 게 아니니까요. 타이중주에 있는 펑위안에서도 황실용 공납미가 재배되거든요. 이를 주제로 아오야마 씨가 글을 써주시면 좋겠습니다."

"남진 정책에 협조해달라는 거죠? 이런 일은 다른 이에게 맡기세요. 제 특기가 아닙니다."

나는 대놓고 거절했다.

미시마도 화를 내지 않았다.

"아오야마 선생님은 본섬의 간식을 좋아하신다지요. 그러면 센단가오를 주제로 한 글은 가능하시겠죠?"

"센단가오요? 그게 뭔데요?"

"증기에 쩌서 만든 서양식 케이크입니다. 본섬 특유의 맛인 러우싸오를 안에 넣었죠. 케이크 두 장 사이에 러우싸오가 들어간 거라 샌드위치처럼 보입니다."

어쩌면 미시마는 나를 상대하는 요령을 익힌 걸지도 모르겠다. 미시마가 상세히 설명해주기 시작했다.

메이지 41년(1908년)에 타이완 종관철도가 전 구간 개통되었다. 간인노미야 고토히토 친왕이 본섬에 와서 개통

✽ .... 일제강점기에 타이완에 설치되었던 행정구역으로, 현재의 타이둥현을 포함한 동부 해안 지역을 관할했다.

식을 주관했는데 각지의 관료들이 그의 환심을 사고자 했다. 그때 바쳐진 간식이 센단가오였다. 이 음식을 발명한 사람은 펑위안에 있는 오래된 떡집인 쉐화자이❖ 출신이었고, 펑위안 일대는 타이중주 내에서도 제과 산업이 오랫동안 발전해온 곳이었다. 그렇기에 전통과 서양의 맛을 융합한 제과 기술자가 나올 수 있었고, 이런 참신한 시도도 있을 수 있었다.

전해지는 말에 의하면 센단가오가 오늘날 펑위안의 특산품이 된 건 간인노미야 고토히토 친왕의 극찬 덕분이라고 한다. 남진 정책에 일부러 협조할 필요는 없었다. 센단가오는 내지인과 혼토진이 모두 좋아하는 특산품이니까.

"음…… 기무라야❖❖의 단팥빵 일화랑 같네요. 메이지 초기에 기무라야가 천황에게 빵을 진상하면서 갑자기 이름을 날리게 되었고, 일본 전체로 팥빵이 퍼졌죠. 그렇군요. 기무라야의 단팥빵은 쉐화자이의 센단가오와 같은 거예요."

"말씀을 들으니 아오야마 선생님이 승낙해주실 것 같군요."

내 식욕은 여전히 반응이 없었다. 하지만 센단가오의 속 재료는 본섬의 러우싸오니까.

그래서 미시마의 제안대로 펑위안에 가기로 했다.

강연이 없었고, 밍즈 온천도 가지 않았다. 황실용 전답과 펑위안 신사를 찾아갔고, 관료들과 함께 오찬을 먹었다. 그

❖ 1900년에 창립된 펑위안 지역의 가게. 100년 이상의 역사를 자랑하는 곳으로 롤케이크, 녹두 월병, 센단가오가 유명하다.
❖❖ 도쿄 긴자에 있는 오래된 빵집으로 1874년 일본 최초로 단팥빵을 개발했다.

런 뒤에는 산책 삼아 현지에 있는 마조묘에 갔다. 미시마가 길을 걷다가 어딘가를 가리켰다. 저기 있는 저 가게가 센단 가오를 발명한 전통 과자점이라고 했다. 가까이 다가가니 확실히 오리알, 설탕 그리고 갓 구워낸 케이크에서 나는 짙은 향을 맡을 수 있었다. 그러나 뱃속 식욕은 그저 몸을 살짝 비틀면서 작은 소리만 낼 뿐이었다. 나는 미시마의 발걸음을 따라 마조묘로 갔다.

남국의 마조묘는 강렬한 적홍색이었다. 눈길이 닿는 곳마다 사당 마당 위쪽에 줄지어 걸린 붉은 등롱과 화려한 처마, 기와 장식이 있었다.

용이 몸을 휘감은 기둥과 정밀하게 조각된 돌과 나무.

눈부시게 빛나는 금박과 금빛 색칠.

살아 숨 쉬듯 세밀하게 그려진 벽화와 깨진 자기 조각을 붙여서 만든 다양한 형태.

그리고 신단 위에 놓인 무수한 신상들. 부처, 관세음보살, 마조. 신들의 얼굴에는 모두 평온한 미소가 깃들어 있었다. 그런데 한 신상의 얼굴이 내 시선을 사로잡았다.

나는 미시마에게 아이처럼 웃고 있는 저 신상은 어떤 신이냐고 물었다.

미시마가 흘깃 보더니 이렇게 말했다.

"삼태자 나타입니다."

"나타, 《봉신연의》에 나오는 그 나타요?"

미시마는 그렇다고 했다.

나는 아이 같은 얼굴을 응시했다.

맞아. 주된 배경이 타이난이었던 그 한문 소설은 신들이 싸우는 이야기라고 했어. 이런 단락도 있었지? '나타가 풍화륜(風火輪)을 타고 인간 세상으로 내려왔다가 자전거 대회에 참가하고 있는 사람들과 마주치게 된답니다. 나타는 깜짝 놀랐지요. 사람들이 모두 신기한 풍화륜을 타고 있었으니까요.' 그때를 떠올리자 나도 모르게 입꼬리가 올라갔다.66

신단 위에 있던 나타도 나를 보고 미소 짓고 있었다. 두 뺨에 깊은 보조개가 있었다.

아, 이런이런.

"아오야마 선생님은 본섬의 사물에 매우 흥미를 느끼시는 것 같군요."

"네. 말이 나와서 말인데요. 여기 마조묘도 오래된 신당인 거죠? 직접 와서 보지 않았다면 전혀 몰랐을 것 같아요. 웅장하면서도 화려할 뿐만 아니라 상당히 깨끗하고 참신하네요."

"다이쇼 시기에 수리를 한 번 했습니다."

미시마는 고저 없는 목소리로 설명했다.

---

66 〈황나의 이런잎으로 끓인 팅, 무이인팅〉에서 한문 소설 이야기를 하지만, 아오야마 선생은 삼태자 나타를 언급하지 않았다. 그러나 그 뒤 내용을 고려하였을 때 쉬빙딩이 쓴 《소봉신》의 제5장인 〈자전거가 삼태자를 놀라 도망치게 만든다〉가 이 내용에 부합한다.

"자제궁 마조묘는 청나라 옹정 시대에 지어졌습니다. 처음에는 관음보살을 모셨죠. 그러다가 언제부터인지 마조를 모셨어요. 그 뒤로 오랫동안 마조묘로 명성을 얻었죠. 다이쇼 시기에 수리를 좀 오래 했습니다. 준공된 지 20년밖에 되지 않았어요."

"옹정황제라고요. 계산해보면 거의 이백 년은 된 거네요. 백 년이 넘는 세월 동안 인간사는 변했지만, 신은 여전히 본섬의 신도들을 돌봐주고 있군요. 이렇게 생각하니까 좀 감동적이네요. 좀 의외이긴 하지만, 신사들도 지금 각지에 지어지고 있는 거죠? 그런데도 본섬의 신당이나 사당이 여전히 남아 있다는 거잖아요. 타이완 총독부가 생각보다 독단적이지는 않은가 보네요!"

미시마는 타이완 신앙에 대한 내 감상에 말을 보태지 않았다. 미시마와 함께 다니는 건 늘 무료했고, 나는 벌써 적응했다.

"미시마 선생님은 늘 자기가 본섬의 문화를 잘 모른다고 하시지만, 실은 그거 다 변명이죠."

"……."

미시마는 변명할 생각이 전혀 없어 보였다. 진짜 정직한 놈이었다.

마조묘를 떠난 뒤 미시마는 센단가오를 샀고, 우리는 주변에 있는 끽다점에서 휴식을 취했다.

다소 소박한 끽다점이었다. 그 기세가 타이중 시내 끽다점에는 크게 미치지 못했지만, 고요하면서도 한가로워 더 편안하게 느껴졌다. 여기만의 특별한 점은 파인애플 음료를 판다는 거였다.

여급이 메뉴판을 가져왔을 때 나는 별생각 없이 파인애플 음료와 따뜻한 커피를 말했다.

그러자 미시마가 잠시 기다려달라고 했다.

"아오야마 선생님, 제가 뭘 먹을지를 대신 정해주실 필요는 없습니다."

나는 그러지 않았다고 바로 반박했다.

"미시마 선생님 걸 대신 정한 게 아니에요. 두 잔 다 내가 마실 거라고요."

미시마는 나를 잠시 보더니 반박하지 않았다. 여급에게 작은 목소리로 우유 커피를 한 잔 달라고 할 뿐이었다.

음료를 주문한 뒤 적막이 감돌았다. 나는 담배에 불을 붙였다. 길게 한 모금 빤 뒤 탄식하듯 내뱉었다.

꼭 필요한 대화가 아니라면 나와 미시마는 보통 말을 섞지 않았다. 잠시 후 커피와 파인애플 음료, 우유 커피 그리고 밖에서 사 온 센단가오가 접시에 담겨서 나왔다. 나와 미시마는 조용히 기다렸고, 역시나 말없이 먹었다.

센단가오는 확실히 샌드위치처럼 보였다.

담배를 비벼서 끈 뒤, 센단가오를 한입 크게 베어 물었다.

아주 부드러웠다.

부드럽고도 촉촉한 케이크 속에 이가 완전히 파묻혔다.

오리알, 밀가루, 설탕이 뒤섞인 향이 뿜어져 나오고, 곧이어 러우싸오의 향이 밀려왔다. 돼지고기 다짐육뿐만 아니라 바삭한 무언가도 있었다. 채소 양념이 부드러운 러우싸오 안에 섞여 있었다. 자세히 씹어보니 뿌리채소인 듯했다.

이런 러우싸오는 먹어본 적이 없었다.

본섬에 거주하는 동안 나는 전혀 다른 요리들을 통해서 각종 러우싸오를 맛보았었다. 비타이박, 굵은 국수, 쌀국수 볶음, 당면탕, 고기 완자, 루러우떡, 기스면, 녹두병…… 그리고 러우싸오판.

러우싸오……. 예전에 이런 대화를 나눴던 적도 있었지.

"러우싸오는 아주 많은 요리에 사용된답니다. 비타이박뿐만 아니라 쌀국수나 당면, 굵은 국수에도 넣을 수 있지요. 참, 루강에서 고기 완자를 드셨잖아요. 그 안에 든 게 러우싸오랍니다. 러우싸오라고 부르기는 하지만, 사실 조리법이 좀 달라요. 경제력이나 식습관에 따라서 집집마다 제조법이 다르거든요."

"그렇군요. 많이 놀랍긴 하네요. 혼토진들이 러우싸오를 정말 좋아한다는 건 알겠어요!"

"아오야마 씨, 제가 어렸을 때는요. 돼지 껍데기 러우싸오가 아주 값비싼 요리라고 생각했어요. 그때 이런 꿈을 갖게 되었죠. 나중에 어른이 되면 러우싸오판을 원 없이 먹을 거라고요."

"그렇다면 오늘이 바로 그런 날이네요."

센단가오는 상당히 부드러웠다. 입에 들어가자마자 녹아버리는 듯했다. 그런데 나는 삼킬 수가 없었다. 케이크 속에 돌이나 자갈 같은 게 들어 있는 듯했다. 온갖 힘을 쏟아야만 간신히 삼킬 수 있었다.
"저기, 아오야마 선생님?"
"괜찮아요."
나는 남은 센단가오를 뱃속으로 밀어 넣었다.
"러우싸오 안에 든 건, 죽순인가요?"
"네."
답을 한 미시마는 다시 침묵했다.
조금 전에 말을 붙였던 건 이 멍청한 여자가 케이크를 먹다가 목이 막힌 건 아닌지 확인해보려고 그랬던 걸지도.
나는 파인애플 음료를 벌컥벌컥 마신 뒤 길게 숨을 내뱉었다. 어쩌어찌 그나마 덜 어색한 화제를 끄집어낼 수 있었다.
"센단가오요. 역시 단순하지 않네요. 파인애플 음료와도 잘 어울려요. 그렇지 않나요? 본섬의 맛은 정말 감탄을 부른다니까요."
"아오야마 선생님의 말씀이 맞습니다."
기계나 할 것 같은 답이었지만 나는 상관없었다. 너무 오랫동안 말문을 열지 않았으니까. 굳게 닫혀 있던 포문이 센단가오에 자극을 받아서 서서히 움직이는 듯했다.

"단팥빵과 비교해도 손색이 없어요. 누군가가 센단가오를 도쿄로 가져간다면 반응이 엄청 좋겠죠? 아, 아니에요. 나가사키에만 가도 충분할 거예요. 빵의 유행도 그 시작이 나가사키였으니까요. 맛있는 음식은 어디서든 사람들의 입맛을 정복할 수 있죠."

"맞는 말씀입니다."

"미시마 선생님, 그런 하나 마나 한 상투적인 답은 안 하셔도 됩니다."

"……."

"남진 정책 같은 건, 전 못 써요. 하지만 가끔은 인정할 수밖에 없네요. 제국이 남쪽 섬에서 확실히 아름다운 것들을 탄생시켰어요. 어떻게 말하면 좋을까요. 원석을 다듬어서 보석이 빛을 발하도록 만들었죠. 그렇다면 원고 한두 편 정도는 쓸 수 있는 주제인 게 맞아요. 센단가오도 그렇고, 치쿠와도 그렇죠."

"……치쿠와요?"

"네, 펑위안이 아니라 지룽에서 있었던 일인데요. 거기 특산품이 치쿠와잖아요? 가마보코에서 파생된 치쿠와는 내지에서 본섬으로 전해진 어묵 요리예요. 본섬에 원래 있던 어묵 요리는 완자였죠. 지룽항의 어획물과 내지에서 들여온 현대식 공장 덕분에 치쿠와라는 본섬의 수산 가공식품이 생겨났대요. 겨울에 지룽 갔을 때 들은 말이에요. 게

다가 본섬 치쿠와 중에서도 지룽 일대에 있는 치쿠와 공장에서 만든 걸 으뜸으로 쳐준다고 하더라고요."[67]

"왕 소저가 설명해준 거겠군요."

"……네."

마음이 너무나 서글퍼졌다.

"제 고향은 규슈 나가사키예요. 두부를 어육 안에 넣고 구워서 만드는 치쿠와가 있는데요. 구마모토 쪽에서는 '히나구 치쿠와'가 여전히 오랜 역사를 지닌 전통 특산품이에요. 이렇게 고향을 그리워하는 마음을 드러내자, 왕 소저가 부드러운 목소리로 제게 말했죠. '그러면 지룽의 치쿠와를 맛보시겠어요?' 그런 뒤에는 수제 치쿠와를 먹을 수 있게 저를 데려가 주었어요. 규슈의 치쿠와와 비교해도 손색이 없는 맛이었죠. 그래서 그때 제가 그랬어요. 타이완 치쿠와의 탄생은 제국의 공로라고도 할 수 있다고요……."

나는 갑자기 말을 멈췄다.

미시마가 말없이 날 보고 있었기 때문이었다.

눈썹을 찌푸리고 있는 미시마 특유의 엄숙한 표정 때문에 말을 멈춘 게 아니었다. 무언가가 머릿속에서 번쩍하고 떠올랐기 때문이었다. 그런데 나는 그 번쩍임을 붙잡지 못

---

67 여기서 말하는 가마보코란 일본식 어묵을 말한다. 오늘날 타이완 지룽에서 자주 볼 수 있는 간식으로 '지구라'가 있는데 이는 일본어 '치쿠와'를 음역한 것이다.

했다.

"그렇군요. 센단가오도, 치쿠와도 그렇다는 거죠. 원석을 다듬어서 보석이 빛을 발하도록 만든 것처럼, 제국의 공로라고요."

오히려 말을 한 건 미시마였다.

내가 내뱉었던 말을 기계처럼 반복한 미시마의 미간에는 도저히 감출 수 없는 불쾌함이 고여 있었다.

아, 그래, 이거였어.

나는 머릿속에서 반짝였던 모습을 마침내 포착할 수 있었다.

그건 샤오첸의 얼굴이었다.

겨울이었던 1월에 나와 샤오첸은 지룽에 있는 항구 옆에서 치쿠와를 먹었고, 나는 가슴에 품고 있던 감상을 표현했었다. 내가 뱉은 말 때문이었다. 비가 내리던 지룽의 항구에서 샤오첸의 얼굴에는 순간 불쾌한 기색이 스치듯 드러났었다. 미시마의 불쾌한 표정과 같은 표정이었다. 그러나 샤오첸은 그 감정을 빠르게 감췄고, 그래서 그때는 나도 그 감정을 미처 알아차리지 못했었다.

마치 불꽃이 튀는 듯했다. 내 몸은 펑위안의 끽다점에 있었지만 내 머릿속은 영화 필름처럼 빠르게 돌아가고 있었다.

그때 지룽 항구에서 우리는 치쿠와 어묵과 사각 어묵, 어묵탕을 먹었다. 그런 뒤에는 같이 우산을 썼고, 비를 무릅쓰며 바닷가 여관으로 가서 숙박을 했다. 그 짧은 여정 사이에 샤오첸이 태도를 바꿨다. 이때 나는 아무리 생각해도 그 이유를 알지 못했다. 샤오첸이 어쩌다가 바뀐 건지 그 원인을 찾으려고 했지만 아무리 노력해도 알 수 없었다. 설마……

나는 머릿속에 틀어놓았던 영화를 멈췄다.

"미시마 선생님, 제가 한 말에 동의하지 않으시는 거죠?"

"아닙니다. 아오야마 선생님의 말씀이 다 맞지요."

미시마의 목소리는 평소에도 딱딱했지만, 지금은 두드러지게 어색했다.

아아, 거짓말을 잘 못하는 미시마로구나. 역시 내가 한 말에 문제가 있었던 게 분명해.

지룽항 옆에 있을 때, 샤오첸도 비슷하게 회피했었다.

그때였어. 그때야.

나는 샤오첸에게 이렇게 말했었다.

"제국의 강경한 방식은 정말 너무 미워요. 하지만 지금으로서는 인정할 수밖에 없네요. 본섬이라는 옥 원석은 총독부의 가공 덕분에 보석으로서의 빛을 발하게 된 거예요. 죽자령 터널의 쌍룡 폭포도, 지룽 항구의 치쿠와도 다 같은 거예요. 저는요, 욱일기든 일본제국이든, 스스로를 대국이라고 자부하는 그 오만한 마음이 싫어요. 하지만 본섬에서 맛있는 타이완 치쿠와가 태어날 수 있었던 건, 그 공로를 따져보았을 때, 어쩌면 제국을 위해 좋은 말을 해줄 수도 있을 것 같아요."

샤오첸의 얼굴에는 눈을 깜박이는 것보다 훨씬 더 짧은 변화가 스치듯 지나갔다.
그렇다면 그때 샤오첸은 내게 뭐라고 답했었지?
"배부르게 드셨나요? 그러면 이제 여관으로 돌아가시지요."
이 말을 뱉은 뒤 샤오첸과 나는 어깨를 나란히 하고 우산을 함께 쓴 채 여관으로 돌아갔다. 여관에서 샤오첸은 나를 조금 다르게 대했었다. 이제 와 생각해보니 내가 치쿠와를 논하면서 뱉었던 말들 때문이었다.
눈앞의 미시마와 지룽의 샤오첸이 하나로 포개지는 듯했다.
그러니까 내가 말을 잘못했던 거네.
하지만 나는 이해가 가지 않았다.
제멋대로 난폭하게 구는 제국과 제 맘대로 억지스럽게 구는 관료는 다 싫었다. 그러나 본섬의 건설 분야에 끼친 영향력을 공정하게 바라본다면 확실히 강력한 도움의 손길이라고 볼 수 있지 않을까?
겪어본 적이 있는 듯한 강렬한 혼란함에 나는 마음을 진정시키기 위해 커피 한 잔을 단숨에 들이켰다.
그 강렬한 혼란함은 샤오첸이 내게 관계를 끊겠다고 선언한 뒤로 시간의 흐름과 함께 내 마음속에서 점점 더 깊어졌다.
그리고 지금도 나는 여전히 똑같은 의문을 품고 있었다.

대체 내 어떤 점이 샤오첸과 미시마를 화나게 한 거지?

❅ ❅ ❅

미시마는 몸을 일으켰다.
"아오야마 선생님을 타이중으로 모셔가야겠네요……."
"잠시만요."
나는 도망가려는 미시마의 핑계를 거부하며 말했다.
"미시마 선생님께 여쭙고 싶은 게 있어요. 답해주실 수 있나요?"
미시마의 미간이 찌푸려지면서 양쪽 눈썹이 하나로 이어졌다.
내가 전혀 일어날 기미를 보이지 않자, 미시마도 어쩔 수 없이 도로 자리에 앉았다.
"아오야마 선생님, 말씀하시죠."
"먼저, 미시마 선생님이 제 질문에 솔직하게 답을 해주셔야만 합니다."
"……."
"미시마 선생님이 아니라고 부정하기는 하셨지만, 실제로는 제가 조금 전에 했던 말에 동의하지 않으시는 거잖아요. 그렇죠? 아니, 이건 미시마 선생님에게 제 말에 동의해달라고 요구하는 게 아닙니다. 미시마 선생님의 솔직한 의견이 듣고 싶은 거예요. 왜냐하면 왕 소저가 통역 일을 그만둘 때 같은 일이 있었고, 제 언행이 왕 소저와 미시마 선생님을 화나게 만든 게 분명해요. 그러니까 지금 제 의문을 풀어줄 수 있는 사람은, 강직해서 아첨할 줄 모르는 미시마 선생님뿐인걸요. 제게 알려주세요. 대체 제가 한 말에 어떤 부분이 틀렸던 거죠?"

"실례가 될 것 같습니다. 답하지 못하는 저를 용서해주세요."

"아오야마 치즈코의 명예를 걸고 맹세하겠어요. 미시마 선생님이 지금 내뱉으실 말들을 저는 절대 실례로 보지 않을 겁니다."

"……"

"혹시라도 이제 제가 미시마 선생님에게 불쾌한 언행을 하게 된다면, 미시마 선생님은 바로 자리를 뜨셔도 좋아요. 통역 일을 그만두셔도 되고요. 절대 딴소리를 하지 않겠어요."

"……정말이십니까?"

"아오야마 가문의 명예를 걸고 맹세하겠어요."

내가 몇 번이나 장담하자 강직한 총독부 직원도 조금 긴장이 풀린 듯했다.

"아오야마 선생님이 제가 선생님의 말씀에 동의하지 않는 것 같다고 하셨죠. 확실히 그러합니다."

"그러면 그 이유가 뭔가요?"

"식민지 타이완을 우수한 남진 기지로 만드는 것은 제국의 공로이다. 아오야마 선생님은 남진 정책에 찬성하는 총독부 직원이라면 반드시 이렇게 생각할 거라고 여기시는 거죠. 그렇지 않나요?"

나는 답을 하지 않았지만, 미시마는 혼자 말을 이었다.

"네, 맞습니다. 천황을 향한 충심을 품은 총독부 직원으로서 저는 마땅히 제국과 총독부에서 진행하고자 하는 모든 정책을 따라야 하지요. 그래서 저도 이제껏 국가 정책을 비판한 적이 없습니다."

"네? 그렇다면 제국을 향한 제 칭찬의 말을 미시마 선생님은 어째서 동의하지 않으시는 건가요?"

"제가 동의하지 않는 건, 제국의 잘잘못을 가리는 부분이 아니라 아오야마 선생님이 하고 싶은 말을 다 뱉는다는 점입니다. 아오야마 선생님은 평소 말로써 자기 의견을 드러내지 않으셨죠. 그러나 남진 정책에 협력할 의사도 전혀 보이지 않으셨어요. 이런 행동만으로 제국을 딱히 좋게 보지 않는다는 아오야마 선생님의 태도가 이미 드러나고 있답니다. 그런데 개인적 취향과 관련된 문제에 있어서는 입장을 바꾸셨지요. 오히려 제국의 정책을 칭찬하셨습니다. 그렇다는 건 정책을 비판하거나 찬양하는 것이 제국의 잘못이나 공로에 의해 결정된다는 게 아니라는 뜻이지요. 그저 아오야마 씨의 개인적 취향에 부합하느냐 따라 갈린다는 거예요."

한 번도 들어본 적이 없던 관점이었기에 나는 너무 놀라 눈을 다 부릅떴다.

    미시마는 더는 말을 하지 않았다.

    "……미시마 선생님, 계속 말씀해주세요."

    "다 했습니다."

    "하고 싶은 말이 더 있으시잖아요. 저는 전혀 개의치 마시고요. 절대 따지지 않을 겁니다."

    "……아오야마 선생님의 자기 멋대로인 개인적 취향은요. 제가 보기에, 제국 정책을 향한 시선에서만 드러나는 게 아닙니다. 본섬의 여러 사물을 향한 시선에서도 드러나지요."

    "무슨 뜻인지 잘 모르겠는데요. 좀 더 자세히 말씀해주실 수 있나요?"

    "아오야마 선생님은 나가사키 사람이지요. 비록 교류한 기간이 길지는 않지만, 그래도 고향을 향한 아오야마 선생님의 애정을 느낄 수 있었습니다. 그와 동시에 본섬에서 태어난 제게도 고향인 이곳을 향한 애정이 있습니다……."

    미시마의 말이 잠시 멈췄다. 미간에 억눌린 무언가가 스치듯 지나갔다. 미시마는 이내 결심을 굳힌 듯 솔직하게 털어놓겠다는 굳센 표정을 드러냈다.

    "센단가오와 파인애플 음료요. 본섬의 맛은 정말 감탄을 부른다고 하셨죠. 아오야마 선생님이 이렇게 말씀하셨습니다. 그런데 선생님이 말씀하시는 본섬의 맛이라는 건 사실 진짜 맛있는 맛을 의미하지는 않는 것처럼 들립니다. 그

것보다는 희귀하고 기이한 짐승을 구경하는 듯한 느낌이지요. 아오야마 선생님이 자기가 흥미를 느끼는 일에 관심을 기울이는 건 당연한 일입니다. 그러나 선생님의 개인적 취향에 맞추기 위해 강제로 해석을 덧붙이는 건요, 제 솔직함을 용서해주세요, 그건 지식인 계급의 오만입니다."

"……."

"예를 들어서 치쿠와 어묵이요. 본섬의 어획량은 확실히 제국이 도입한 기술 덕분에 증가했습니다. 그렇기에 본섬 사람들의 먹는 풍경도 함께 변했죠. 그런데 이게 본섬 사람이 기뻐할 일인 걸까요? 혹은 이런 예를 들어볼 수도 있겠네요. 펑위안의 마조묘가 보존될 수 있었던 건 제국의 관용 덕분이 아닙니다. 메이지 시대에 제국 군대가 파괴했기 때문이죠. 펑위안 지역의 본섬 사람들이 애를 쓰며 노력했기에 마조묘가 다이쇼 시대에 다시 지어질 수 있었던 겁니다. 그런데 펑위안 신사가 몇 년 전에 세워졌죠. 마조묘에도 돌로 만든 석등과 도리이*를 세웠고요. 이게 본섬 사람에게 어떻게 보일까요? 제국이 본섬에 아름다운 걸 더해줬다고요? 아오야마 선생님의 말씀은 본섬과 본섬 사람을 우롱하는 것과 진배없습니다. 선생님이 말씀하시는 멋진 것들은 그저 내지인에게나 그러할 뿐이지요. 심지어는 아오야마 선생님에게만 멋진 일일 뿐입니다."

미시마는 확실히 실례가 되는 말을 심하게 뱉었다. 그러면서도 시종일관 나를 직시했다.

❋ 일본 신사 입구에 세우는 문.

역시 강직한 젊은 남성이야. 하룻강아지 범 무서운 줄 모른다던데 미시마는 하룻강아지가 아닌 하룻범이었다.

나는 깊은 침묵에 빠졌다. 미시마도 진심을 뱉어내서 그런지 나처럼 조용해졌다.

길고 긴 침묵 속, 어떤 모호한 가설이 내 마음에서 떠오르고 있었다.

"미시마 선생님."

"네."

"저는 삶을 좀 더 편하고 윤택하게 만드는 건설 사업이나 시설들을 사람들이 좋아할 줄 알았어요."

"……펑위안 마조묘보다 타이중 마조묘의 역사가 더 길지요. 다이쇼 초기에 타이중 시가지가 개선되면서 백 년의 역사를 자랑하는 오랜 신당이 하룻밤 사이에 없어지게 되었습니다. 대신 질서 정연하고 교통이 편리한 타이중 거리를 얻게 되었지요. 이제 타이중 마조묘는 흔적도 찾아볼 수 없습니다."[68]

"……."

"……."

나는 다시 담배에 불을 붙였다. 폐 속 깊이 빨아들였다가 길게 내뱉었다.

---

[68] 타이중 마조묘는 일제의 패전 이후 재건되었다. 오늘날 타이중 시내에 있는 만춘궁이다.

미시마는 다시 조용해졌다.

두 번째로 빨아들였다가 다시 뱉어냈다. 그런 뒤에 세 번째로. 다시 네 번째로.

담배가 다 타버렸다.

"미시마 선생님이 보시기에…… 선의에서 나온 도움이라고 할지라도 기본적으로 그건 오만일 뿐이라는 거죠. 맞나요?"

미시마는 담배 연기 사이에서 잠시 침묵했다.

"세상에는요. 스스로를 옳다고 생각하는 선의처럼 거절하기 힘든 뜨거운 감자도 없지요."

❖ ❖ ❖

나는 말문이 막혔다.

도화원처럼 아름다웠던 작은 집에서, 샤오첸 앞에서 나는 더는 말하지 못했다. 그리고 펑위안의 껵다점 테이블 앞에서, 미시마 앞에서 나는 다시 할 말을 잃었다.

버드나무 작은 집으로 돌아가는 차 안에서 나와 미시마는 아예 말도 하지 않았다.

어쩌면 미시마는 자기가 과한 말을 했다고 여긴 걸지도. 나는 배미러를 통해 미시마의 혼란스러우면서도 답답해 보이는 표정을 볼 수 있었다.

나도 혼란스러웠고, 답답했다.

윤곽이 모호하던 무언가가 하나씩 맞춰지고 있었지만, 내 머릿속은 너무 혼란스러웠다. 미시마가 했던 말들 한마디 한마디가 나를 한 걸음 앞으로 다가가게 했지만, 샤오첸만 떠올리면 나는 다시 뒷걸음질했다.

그날 밤에도 식욕이 없었다. 배달시킨 사시미를 차가운 술과 함께 뱃속으로 삼켰다. 한밤중에는 복도를 거닐기도 했다. 어두운 밤에는 토인삼의 작은 꽃들이 보이지 않았고, 나는 수시로 가슴이 찢어질 것처럼 아팠다. 결국 담배 반 갑을 모두 태웠다.

어쩔 수 없이 자야 할 시간이 되었다. 나는 마지못해 이불 안에서 몸을 뒤척였다. 배는 꼬르륵거리는 소리를 멈추지 않았고, 마음이 초조하면서도 불안했다. 이불을 발로 차 이부자리에서 다다미까지 뒹굴었다. 작은방 안에서 데굴데굴 굴렀다.

나라는 사람은 정말이지, 우뚝 선 삼나무처럼 머리가 단순했다.

***

꿈을 꾸었다.

꿈에는 찬란히 피어 있는 부겐빌레아 나무 한 그루가 있었다.

짙고도 화려한 꽃나무 아래에는 오사와와 샤오췌가 서

있었다. 긴 바람이 불자 오사와가 체구가 작은 샤오췌를 위해 떨어지는 꽃잎을 막아주었다.

꿈에는 폭포 같은 불꽃덩굴도 있었다.

길에서 보았던 본섬 소년과 내지 소년이 차례로 꽃 폭포 아래를 스치듯 지나갔다. 뒤따랐던 내지 소년이 본섬 소년을 따라잡아 그를 자기 품에 안았다.

봄바람이 불며 불꽃덩굴이 흔들렸다. 찬란해 눈이 부셨다.

반짝이는 것 중에는 도자기 타일인 마욜리카 타일도 있었다.

자기 타일을 박아 넣은 붉은 벽돌로 지은 작은 집에는 검은 기와가 있었고, 드넓은 폭포처럼 쏟아지는 불꽃덩굴이 담을 뒤덮고 있었다.

샤오첸은 그 꽃담 앞에 서 있었다.

나는 샤오첸의 맞은편에 서 있었다.

샤오첸이 미소를 지었다. 뺨에 귀여운 보조개 두 개가 피어났다.

나는 팔을 뻗어 샤오첸의 손을 붙잡았다. 샤오첸도 내 손을 맞잡았다.

나도 모르게 몸이 움직였다. 맞잡은 두 손 사이로 내 얼굴을 파묻었다.

"아오야미 씨."

샤오첸이 말을 이었다.

"사실 저도 천 학생과 같답니다. 그저 그것뿐이에요. 다정한 아오야마 씨는 이제껏 제게 물어본 적이 없으시잖아요. 제가 정말로 원하는 게 보호인지를 말이에요?"

나는 눈물이 나올 것 같았지만, 샤오첸은 부드럽게 내 귀밑머리를 쓰다듬어줄 뿐이었다.

"아오야마 씨가 아끼는 사람은 당신의 보호가 필요한, 착하고 말 잘 듣는 본섬 통역사니까요. 진정한 왕첸허가, 저라는 사람이 아니니까요! 그런데도 아오야마 치즈코와 왕첸허는, 진짜 친구라고 할 수 있을까요……?"

아냐, 그렇지 않아.

뱃속 깊은 곳에서부터 소리가 튀어나왔다.

"샤오첸, 그렇지 않아요!"

바로 그 순간, 꿈의 세계가 무너졌다.

나는 밝은 아침 햇빛 아래서 깨어났다.

꿈이었다. 그저 꿈이었다.

배고픔에 배가 다 아팠다. 어쩔 수 없이 몸을 일으켜 주방으로 갔다. 평소 식빵이 놓여 있는 찬장에는 전날 펑위안에서 사 온 특산품이 있었다.

아침 햇빛으로 환해진 주방 안에서 나는 선 채로 셴단가오 여섯 개를 먹었다. 부드러운 빵과 짭조름한 러우싸오는 따뜻한 물결처럼 내 몸 안으로 들어왔다. 여섯 번째 조각은 마지막 조각이기도 했다.

증기로 쪄서 부드러운 셴단가오가 분명했는데, 먹다 보니 퍽퍽한 무언가에 목이 막혔다. 정신을 차려보니 옷깃이 눈물로 젖어 있었다.

  춘삼월, 아리산의 벚꽃.

  그랬다. 작년에 자이에서 나와 샤오첸은 서로 술잔을 기울였고, 사시미와 각종 음식을 먹었다. 그때 우리는 마음껏 먹었고, 마음껏 마셨으며 이런 대화를 나누기도 했다.

  나는 샤오첸에게 말했다.

"아리산의 벚꽃 말이에요. 내년 봄에, 우리 같이 가서 봐요."

그러나 샤오첸은 딱히 원하는 것 같지 않았다.

"내지에서 가져온 벚꽃을 강제로 본섬 땅에 심는 게 너무 제멋대로 같지는 않나요? 샤오첸도 이렇게 생각하나요?"
"저는 그렇게 말한 적이 없는걸요."
"샤오첸의 표정을 줄곧 지켜봤거든요. 내 눈이 틀림없다고 생각해요."
"……"
"제국의 강경한 방식은 확실히 불쾌하죠. 하지만 아름다운 벚꽃은 죄가 없는걸요. 샤오첸과 함께 벚꽃을 구경하러 갈 수 있다면, 꿈을 꾸는 기분일 거예요. 사실은요. 함께 술을 마시면서 꽃을 구경할 친구가 이제껏 단 한 명도 없었어요……"

"……."
"샤오첸?"
"아오야마 씨."
"네?"
"솔직하게 말할게. 널 정말 어쩌면 좋니! 아, 존댓말을 쓰는 걸 까먹었네요. 저도 취했나 봐요."
"괜찮아요. 아, 이런이런."
"아, 이런이런."

이미 이때, 아주 먼 옛날에 샤오첸은 내게 벌써 마음을 드러냈었다.
나라는 사람은 정말이지, 얼마나 오만하면서도 멍청한 개자식이던가!

뤼촨의 노점에서 먹는 간식
팥빙수

　타이중에서도 가장 북서쪽에 있는 가와바타초에서 동남쪽 끝에 있는 아케보노초의 남쪽을 지나면 딩차오쯔터우에 도달할 수 있었다. 직선으로 따져보면 그 길이가 약 20정 정도였다.

　여기서 직선이라는 건 타이중시 거리를 절반으로 자르는 주요 도로를 말했다. 이 도로가 미도리강*을 관통하는 다이쇼 시대의 다리에서 이름을 따온 다이쇼 다리길이었다.69 철도부에서 운영하는 국영 버스와 타이중시에서 운영하는 버스 노선이 모두 지나는 명실상부한 타이중 주요 도로였다.

69　다이쇼 다리길은 오늘날의 타이중시 민취안로, 다이쇼 다리는 오늘날의 민취안뤼 다리이다.

✱ ………… 綠川. 일제는 타이중 시가지를 개발할 때 뤼촨(미도리강)을 중심으로 동서남북에 '정(町)'을 배치했다.

버드나무 강둑의 작은 집이 편리한 간선도로 근처에 있었기에 이제껏 나는 길고 긴 다이쇼 다리길을 제대로 걸어가본 적이 없었다. 2월에 설탕 기차를 타려고 역사까지 걸어서 갔던 게 처음이었고, 버스와 택시를 포기하고 타이중 시내를 절반 넘게 걸었다. 이때 나는 상점이 즐비한 신세이 다리길을 빙 돌아서 갔던 데다가 생각이 너무 혼란스러워 발걸음도 어지러웠다. 아, 이렇게 무심하게 이곳에서 지낸 지도 벌써 1년이 되었다니.

　　버드나무 강둑에서는 강물이 쏴아아 소리를 내며 흘렀다. '시간은 흐르는 강물과도 같아 밤에도 낮에도 쉬지 않고 달린다'※는 말이 이런 거겠지?

　　버드나무 작은 집에서 나와 강둑 양쪽이 푸르른 미도리 강을 건넜다. 나는 다이쇼 다리길을 지나고 있었다.

　　오른쪽에는 타이중 병원이 있었고, 왼쪽에는 청과 동업조합과 간판이 걸린 가게가 있었다.

　　좀 더 앞으로 걸어가 왼쪽으로 꺾으면 신부초였는데 홍색과 백색이 어우러진 신부초 시장 건물이 우뚝 서 있었다. 평소 스시나 메밀국수를 시켰던 가게들이 다 이 시장 주변에 자리 잡고 있었다.

　　그러나 안으로 들어가지 않고 몇십 걸음을 더 옮기면 꼬치에 꿴 구슬처럼 화려한 건물들이 오른쪽에서 연이어 모습을 드러냈다. 지사관저,※※ 타이중 주청, 타이중 시역소였다. 이 지역은 타이중 시내에서 위엄이 있으면서도 품격이

※　　《논어》〈자한〉편에 나오는 말이다.
※※　　지방 행정을 총괄하는 최고 책임자인 지사(知事)의 관저이다.

있는 구간이었다. 넓은 부지를 차지한 관사들이 양옆에서 도로를 감싸고 있었는데, 이에 상응해 왼쪽에는 고급 여관인 시오타칸과 타이중 우체국, 타이완 은행 타이중 지점이 있었다.

좀 더 앞으로 가면 엘리트 관료들의 분위기에서 벗어나 왼쪽에는 타이중 주립도서관이, 오른쪽에는 타이완 신문사가 있었다. 세상의 온갖 세태가 모이는 곳이었다. 그 앞으로는 법률 사무소가 숲을 이룬 나무처럼 많았고, 고급 여관과 대형 상점이 곳곳에 있었으며, 구세군 소대, 법화종 포교소, 천리교 교회가 나란히 위치해 이웃을 이루었다. 부유하든 가난하든 지식인이든 상업에 종사하든 각계각층, 각양각색의 사람들이 거리 위에 바글바글했다. 이렇게 보니 한바탕 꿈 같은 곳이라고도 할 수 있었다. 나를 미소 짓게 만드는 곳. 그런데 예전의 나는 이곳을 전혀 모르고 있었다.

눈이 있는데도 보지 않고, 귀가 있는데도 듣지 않는 것. 이게 바로 나의 모습이었다.

다이쇼 다리길과 미도리강을 지나자, 강바람이 잔잔하게 불었다.

바람을 맞으며 계속 걸음을 옮기자, 철도 위에 놓인 육교를 지나게 되었다. 육교가 햇빛을 가려주었기에 나는 그림자를 뚫으면서 앞으로 나아갔고, 다이쇼 다리길과 철로는 내게서 점점 멀어졌다.

눈앞의 풍경이 다시 순식간에 바뀌었다.

번화함이 사라지더니 타이중 시내가 화려한 옷을 벗어 버렸다. 이곳에 있는 건물은 그 규모나 색이 소박했지만, 끝이 보이지 않을 정도로 탁 트여 있었다.

완전히 낯선 거리 풍경이었다. 대형 상점은 없었지만, 생활용품과 식음료를 파는 작은 가게가 길 양쪽에 늘어서 있었고, 여기서는 와가시를 파는 가게가 눈에 띄게 화려한 곳에 속했다. 본섬의 과일을 파는 과일가게에는 바나나가 커튼처럼 줄줄이 걸려 있었고, 지나식 처마가 있는 건물 아래는 더더욱 고요했다.

오가는 사람들에게서 들리는 말은 주로 본섬의 말이었다. 강철로 된 철도가 인간 세상의 경계선이 되어서 내지와 본섬의 경계를 갈라놓은 듯했다.

증기 기차의 경적 소리가 하늘 끝까지 울려 퍼졌다. 뒤를 돌아보니 상행 열차가 지나고 있었다.

몸을 다시 돌리니 수십 걸음 앞에 사람들이 모여 있는 게 보였는데 제3시장인 시키시마초 시장❖이었다.

제2시장인 신부초 시장과 달리 시키시마초 시장은 건물이 단정하면서도 소박했고, 부지도 절반밖에 되지 않았다. 제3시장을 지나면 거리 풍경이 더 조용해졌는데 주변에 보이는 거라곤 논밭과 남쪽 열대 지역의 짙푸른 녹음뿐이었다. 용도를 알 수 없는 건물들이 양쪽에서 점차 모습을 드러내기도 했다. 어떤 곳인지 한눈에 알아볼 수 있는 건 아

❖ 타이중시에 위치한 전통 시장으로 1922년에 처음 설립되었고, 1932년에 타이중시 남구로 옮겨져 현재는 '타이중 제3시장'으로 불린다.

케보노 공학교뿐이었다.[70]

조금 더 앞으로 가면 타이중 시가지 밖에 있는 딩차오쯔터우 마을이었다.

기차를 타고 몇 번이나 본섬을 여행했던 내가 한 번도 가본 적이 없던, 타이중 시내 지도 밖에 있는 딩차오쯔터우였다.

이른바 '시 경계'라고 하는 건 아케보노초와 딩차오쯔터우를 지도 위에서만 나누는 게 아니었다.

대충 훑어도 전경을 살필 수 있을 정도로 시야가 트인 곳. 앞에는 들판처럼 넓으면서도 한적한 길이 있었다. 관사는 찾아볼 수 없었고, 광고판이 걸린 대형 상점도 없었다. 주변에는 혼토진이 거주하는 민가와 논, 두렁길, 먼 산 그리고 옅은 구름만 가득했다.

타이중 제2중학교[71]의 직사각형 건물만이 외진 들판 중앙에 우뚝 솟아 있을 뿐이었다.

도보로 30분이면 끝나는 여정이었다. 북서쪽에서부터 동남쪽 끝으로 가는 이 짧은 여정에서 놀랍게도 풍경의 변화를 볼 수 있었다. 영화 속 장면처럼 빠르게 변화하는 길이었고, 소설 속에 배치된 기복과도 같은 길이었다.

---

70 아케보노초에 위치한 공학교는 오늘날 타이중시 둥구에 있는 타이중 초등학교이다.

71 1937년 타이중 주립 타이중 제2중학교는 오늘날의 타이중시 둥구에 국립 중싱대학 부속인 타이중 고급농업전문학교 남쪽과 런허로 사이에 있었다.

이건 내지인의 세계에서 본섬 사람의 세계로 가는 길이었다.

나도 모르게 걸음을 멈췄다.

통역 일을 맡았던 8개월 동안 샤오첸은 매주 두세 번은 이 길을 따라 걸었다. 딩차오쯔터우에서 시키시마초 시장을 지나 신부초 시장으로 갔고, 한 걸음씩 옮기면서 가와바타초의 버드나무 강둑에 있는 작은 집으로 왔다.

그런데 나는…… 단 한 번도 딩차오쯔터우에 간 적이 없었다.

본섬에서 머물렀던 기간 중 가장 멀리까지 갔던 여행지를 꼽으라면 단연코 이번일 것이다. 가와바타초에서부터 딩차오쯔터우까지 도보로 30분, 직선거리로는 20정.

그러나 우주 저쪽 끝처럼, 달의 뒷면처럼 요원했다.

이건 나와 샤오첸 사이의 거리였다.

❖ ❖ ❖

"재미있나요? 그 소설이요."

"네."

"조명 아래도 어두운데 아주 재미있게 읽으시네요."

"네."

"그렇군요. 그건 어떤 내용인가요?"

샤오첸의 혼이 드디어 몸으로 돌아온 듯했다. 샤오첸은 고개를 들어 나를 보더니 옅은 미소를 지었다.

"이건 부성 타이난에 있는 여러 신을 주인공으로 삼은 괴력난신 소설이에요. 전설을 바탕으로 쓴 거죠. 내지인에게는 낯설어서 재미가 없을 거예요."

"그럴 리가요. 어떤 내용인지 들려줘요."

"그렇게 말씀하신다면요."

샤오첸은 맨 앞장으로 돌아가 말했다.

"이야기는 이렇게 시작된답니다. 부성의 츠칸러우 옆에 작은 상제묘가 있었는데, 그곳은 찾는 이가 많지 않았어요. 향불도 드물었죠. 주신인 상제와 보좌하는 신들은 재난이라도 겪은 듯 가난했답니다. 그러다가 7월에 태풍이 오면서 신당이 무너졌고, 어쩔 수 없이 상제가 보좌신에게 자기 통천관을 맡겨서 돈을 빌렸어요. 그걸로 신당을 수리했죠……"

작년 여름 장화의 루강으로 여행을 갔다가 타이중 기차역으로 돌아가는 열차 안에서 샤오첸이 읽고 있던 한문 소설의 내용을 내게 들려주었다.

한문 소설의 주된 배경은 타이난이었다.

장화의 루강 여행에서 돌아온 지 얼마 되지 않았던 가을날, 샤오첸과 나는 타이난의 거리를 걸었었다. 그러나 타이난 시가지를 산책했을 때, 시간이 넉넉했는데도 불구하고 나는 소설 속 신들이 나왔던 장소를 찾아갈 생각을 하지 않앉다. 츠칸러우, 작은 상제묘, 마조묘, 무창사, 무묘······.

그리고 나는 아직도 그 한문 소설의 제목을 알지 못한다.

이게 바로 샤오첸이 말했던 나의 '맹점'이겠지.

샤오첸과 미시마는 진즉에 내 맹점을 간파했었다.

아니지, 아니야. 나를 간파했던 거지. 입으로는 식민지를 향한 제국의 편견, 여성을 향한 남성의 편견, 본섬 사람을 향한 내지인의 편견에 불만을 드러냈지만, 실은 내가 비웃고 저항하던 이 우스운 세상에서 나도 똑같은 사람이었다. 평범하고 속된 사람이었다. 내 마음속 깊은 곳에 잠복해 있던 오만과 편견을 깨닫지 못하고 있었던 거였다.

솔직히 말해서 《타이완 여행기》 글들을 무수히 썼지만, 타이완을 여행하면서 보았던 것들을 차분히 기술했을 뿐 진정으로 타이완을 이해한 적이 없었다. 타이완에 진짜로 관심을 가졌던 것도 아니었다. 심지어는 "아직 변하지 않은 섬의 모습을 기록으로 남기고 싶거든요"라는 말을 뱉기도 했다. 여행하는 내지인의 자세로 고민 없이 즉흥적으로 《타이완 여행기》를 썼던 것, 이게 바로 내가 우위에 선 채로 본섬을 내려다보았다는 증거였다.

미시마가 예전에 대놓고 풍자하기도 했다.

'음? 아오야마 선생님과 왕 소저는 친구 사이였군요. 제 어리석음을 용서해주세요. 두 분의 교류를 보았을 때 전혀 그렇게 보이지 않았거든요.'

이때 미시마가 말하고 싶었던 건 실은 이런 거겠지. 제멋대로 구는 아오야마 치즈코와 순응하는 왕첸허는 아무리 봐도 평등한 관계처럼 보이지 않는다고. 아, 나 아오야마 치즈코는 대체 어떤 자세로 왕첸허와 교류했던 걸까? 왕첸허에게 '동풍'의 도움을 받아들일 걸 강요하던 아오야마 치즈코는 윗사람의 마음으로 고집을 부렸던 게 아닐까?

처음부터 끝까지 곰곰이 생각해보니 샤오첸의 언행이 다 이해가 되었다.

센단가오를 여섯 개나 먹어 치운 아침에 나는 주방에서 한참을 서 있었다.

은색 수도꼭지에 비친 햇빛이 그사이 반 치 정도 소리 없이 움직였다.

규슈의 딸이자 명문가의 후예로서 진실한 친구의 절교를 어떻게 대면해야 할까?

품격 있는 사람이라면 마땅히 축복을 전해야 할 것이다.

샤오첸과 작별한 뒤 나는 직접 만나러 가고 싶다는 충동을 힘껏 억눌렀다.

그건 붉게 타오르는 화로를 껴안거나 차가운 폭포 아래에 앉아 몸을 씻는 고행과도 같았다. 그렇게 이를 악물면서 44일을 견뎌냈다.

그런 뒤 나는 수도꼭지 위에 고인 노란 빛의 물결을 응시하면서 이렇게 생각했다. 그러면 지금은?

꿈에서 샤오첸이 속삭였던 말이 아직 내 귓가에 울려 퍼지고 있었다.

"아오야마 씨가 아끼는 사람은 당신의 보호가 필요한, 차하고 말 잘 듣는 본섬 통역사니까요. 진정한 왕첸허가, 저라는 사람이 아니니까요! 그런데도 아오야마 치즈코와 왕첸허는, 진짜 친구라고 할 수 있을까요……?"

나는 속으로 생각했다. 이제 이 질문에 답해야 할 시간이라고.

❖ ❖ ❖

왕씨 가문은 사합원에 산다. 그 사합원은 타이중 제2중학교 근처에 있다.

내가 왕씨 가문에 대해 아는 건 이 두 가지뿐이었다.

실제로 제2중학교까지 걸어가보니 행인이나 차량의 붐빔이 타이중 시내보다는 못했지만, 내지인 중학교[72]였기에 국영버스 정거장이 있었고 손으로 미는 수레가 다니는 소형 궤도도 있었다. 그 외에도 일용 잡화를 팔면서 기름도 짜내는 작은 상점이 있었다.

---

[72] 원주: 보통 본섬에서 '제1'이라고 불리는 곳은 내지인 학교였고, '제2'라고 불리는 건 본섬 사람의 학교였다. 그러나 본섬의 일반적인 상황과 달리 타이중 주립 제1중학교는 본섬 사람이 자금을 모아서 설립한 학교였기에 본섬 사람이 주를 이루었다. 반면 총독부가 설치한 타이중 주립 제2중학교의 학생은 내지인이 주를 이루었다.

나는 중학교를 따라 빙 돌아갔다. 이 일대는 본섬의 옛 마을들이 모여 있는 곳이었다. 간혹 화살대나무가 무성하게 자란 곳이 있기는 해도 우뚝 솟은 사합원은 많지 않았다. 하나씩 헤아려보았다. 외관이 웅장한 사합원은 두 채였고, 그보다는 규모가 조금 작아 보이는 게 두 채 더 있었다. 이 지역 유지인 왕씨 가문을 찾는 게 딱히 어려울 것 같지는 않았다.

하지만…… 한 집 한 집 문을 두드리면 사합원의 드넓은 마당에서 만날 수 있을까?

그런 광경이 잘 그려지지는 않았다.

중학교를 한 바퀴 빙 돌자 다시 원점으로 돌아갔다.

남국의 봄, 중천에 뜬 해가 아주 뜨거웠다. 시원한 그늘 아래로 들어가 손수건으로 이마의 땀을 닦았다. 작은 가게 밖에 놓인 기다란 의자는 마치 손님을 초대하는 부름 같았다.

이곳은 틀림없이 기름을 짜는 가게일 거야. 공기 중에 짙은 참기름 냄새와 땅콩기름 냄새가 퍼져 있었다.

뜨거운 태양에 굴복한 나는 탄산수를 한 병 시키기로 결심했다.

작은 가게의 내부는 좁았고, 한쪽 벽에 놓인 선반에는 통조림과 유리병이 가득했으며 다른 쪽 벽에 놓인 선반에는 수매용 과일과 간식이 담긴 커다란 유리 항아리 몇 개가 놓여 있었다. 곡물과 달걀도 팔았고, 진열용 나무 궤에는 약과 비누가 놓여 있었다.

가게를 지키는 이는 본섬 사람으로 나이 든 할머니였다. 다행히 본섬 사람들도 레모네이드를 라무네라고 불렀다.73

한 병을 다 마셨는데도 갈증이 사라지지 않았다. 나는 가게 밖에 앉아 연거푸 세 병을 마셨다.

긴 의자 위에는 유리병이 줄지어 놓여 있었고, 병목마다 유리구슬이 하나씩 있었다.

말이 나와서 말인데 이제껏 내지인이 운영하는 곳만 자주 가봤을 뿐 본섬 사람이 운영하는 작은 가게에는 들어가 본 적이 없었다.

내가 이런 생각에 잠긴 채 빈 병을 만지작거리고 있을 때였다. 병 안에 있던 구슬이 이런저런 소리를 내며 움직였다.

"××××."

뒤에서 할머니의 목소리가 전해졌다.

본섬의 말이었다. 몸을 돌리자, 작은 그릇을 쥔 할머니가 다가오는 게 보였다. 아무래도 내게 주려는 듯해 손을 뻗어 그릇을 받았다.

"먹어."

일본어로 한 말이었다. 일본어를 할 줄 모르는지 할머니는 내가 멍하게 있는 걸 보고 "먹어"라고 두 번이나 반복했다. 명령하는 듯한 말투였다.

---

73 레모네이드의 타이완어 발음은 라무네(la-mú-neh)로 일본어 발음인 라무네(ラムネ)가 그 기원이다.

나도 모르게 미소가 지어졌다. 그래서 나는 타이완 말로 "도시아(多謝)"라고 말하며 고맙다고 답했다.

할머니도 웃었다. 손가락으로 내게 준 작은 그릇을 가리켰다.

과쯔였다.

검은 줄과 흰 줄이 있는 과쯔.

나는 고개를 끄덕인 뒤 과쯔를 하나 집어 이로 깨물었다.

그런데 이로 껍질을 벌리기도 전에 과쯔가 두 토막이 나 버렸다.

어? 어떻게 된 거지?

이 과쯔는 단단하지 않았다. 예전에 깨물었던 것과는 그 느낌이 확연히 달랐다.

"××, ××××××××."

할머니는 본섬의 말로 계속 말했다. 느릿하게 움직이면서 손가락으로 과쯔를 집어서는 손톱으로 껍질을 벗겼다. 그러자 새하얀 속살이 그릇 안으로 떨어졌다.

"먹어."

남의 충고를 바로 받아들인 나는 속살을 입에 넣고 우물우물 씹었다. 과육이 아주 작아서 하나 먹은 것만으로는 딱히 뭘 먹은 것 같지 않았다. 부드러우면서도 신선한 식감이었고, 꽃술에서 느껴질 법한 씁쓸한 맛이 스치듯 지나가더니 달콤한 맛이 뒷맛으로 남았다.

"이건 과쯔가 아닌가요? 흑백 줄무늬 과쯔는 식용 해바라기 꽃의 씨앗이 아니었던가요?"

"××, ×××××, ××××."

"네? 뭐라고요?"

"××, ××."

"음, 귀에 매우 익숙한 말인데요. 저보고 물어보지 말라고 하는 건가요?"

"×××××××, ××××, ×××."

"다른 과쯔라는 거죠? 그렇죠?"

나와 할머니는 각자 자기 말만 했다.

픔.

그러자 옆에서 작은 웃음소리가 전해졌다.

"정말 조금도 안 변하셨네요."

표준적인 일본어였다. 나는 소리가 들린 방향으로 시선을 돌렸다.

처마 아래 그늘에는 체구가 작은 여성이 있었다.

작은 여성과 할머니가 서로 고개를 숙이면서 인사를 했다. 할머니는 곧장 가게로 돌아가버렸다.

"······아직 물어보지를 못했는데."

"뭘 물어보고 싶으셨는데요?"

"이거요. 보기에는 과쯔 같은데 맛이 전혀 달라서요."

"네, 이건 익히지 않은 해바라기 씨앗이랍니다. 말린 해바라기 표면에서 떼어낸 씨앗인데 볶지를 않은 거죠. 그러면 식감이 다르지요. 생해바라기 씨앗은 농촌에서만 맛볼 수 있답니다. 여기 가문의 소작농이 할머니에게 주전부리로 먹으라고 신선한 해바라기 씨앗을 보내준 거예요."

"그렇군요. 생으로 먹어도 기름기가 별로 없네요. 그런데도 기름을 짜낼 수 있다는 게 신기하고요."

"해바라기는 식용 품종과 기름용 품종이 따로 있답니다. 그러니까 식용 품종을 소량 심어서 보내준 거죠. 신선한 해바라기 씨앗을 맛보셨다니, 운이 참 좋으셨네요."

"……지금 여기서 생해바라기 씨앗을 맛볼 수 있을 거라고는 생각도 못 했어요."

"그러게요. 예전에 말씀드렸던 적이 있지요. 기회가 되면 맛을 보게 해드리고 싶다고요."

"……"

"……"

바람이 불었다.

긴 바람이 처마 아래를 파고들었다가 길게 휘날리면서 멀어졌다.

기차가 바람을 가르면서 앞으로 나가는 것 같기도 했고, 부겐빌레아 꽃잎을 휘날리던 가을바람 같기도 했다. 그리고 내가 복도에 앉아서 담배를 피울 때 지켜보았던, 토인삼의 작은 꽃송이를 흔들던 바람과도 같았다.

맑고도 뚜렷한 목소리가 마음에서 일어났다.

그건 타이난 철도 호텔의 객실에 있었던 얼음 소리였다. 유리잔 안에 남아 있던 얼음이 아주 작은 파열음을 냈었다.

마침내 나는 기다란 의자에서 몸을 일으켰고, 아담한 체구의 여성을 정면으로 마주 보았다.
"보고 싶었어요. 샤오첸."
"저도요. 아오야마 씨."

***

"오는 길에 당신을 만날 거라는 예감이 들었어요."
내가 이렇게 말하자 샤오첸이 미소를 지으며 답했다.
"저도요."
그런데 그게 정말 '예감'이었을까요? 어쩌면, 강렬한 바람이었겠죠.
나는 이 말을 소리 내서 뱉지는 않았다.
나와 샤오첸은 긴 의자의 양쪽 끝에 앉아 손톱으로 과쯔 껍질을 깠다.
가끔 오가는 사람들과 수레, 가게나 기름 짜는 공장을 드나드는 사람이 우리와 무관하다는 듯 스치며 지나갔다. 바람이 불 때면, 거리 이쪽과 저쪽에 있는 가로수에서 작은 꽃들이 휘날리면서 떨어졌다.
꽃나무가 자줏빛 노을처럼 무성하게 우거졌다.
"저건 멀구슬나무랍니다."
내 시선을 알아챈 게 분명했다. 샤오첸이 평소처럼 설명해주었다.

"내지에서는 졸업을 축하하는 꽃이 벚꽃이지요. 하지만 본섬에서는 멀구슬나무꽃이랍니다. 모교의 교가 첫 구절이 '활짝 피어난 멀구슬나무꽃, 자색 빛깔, 고상하고 조용한 꽃이여'랍니다. 멀구슬나무꽃은 모교의 교화였어요."

"샤오첸이 여학교에 다니던 시절을 딱히 좋지 않게 기억하는 줄 알았는데, 지금 말투를 들어보니 제 생각과 좀 다른가 보네요."

"오랜 시간이었으니까요. '좋다, 안 좋다'로 딱 나눌 수는 없지요. 아오야마 씨도 여학교를 다니던 시절에 비슷하셨을 것 같은데요."

"저는 여학교를 다닐 때 딱히 좋았던 기억이 없어요. 종일 글을 쓰는 데에만 몰두해서 친구도 사귀지 못했을 뿐만 아니라 '우뚝 선 삼나무'라는 별명까지 얻었거든요. 다들 저보고 둔감한 데다가 또래와 잘 어울리지 못한다고 했어요."

"아, 확실히 아오야마 씨답네요. 하지만 그런 건 신경 쓰지 않으시잖아요?"

"확실히요. 전혀 신경 쓰지 않았죠. 읽고 싶은 책을 읽고, 쓰고 싶은 글을 썼어요. 정신을 차려보니 4년이나 흘러 있더라고요."

"예전에 이렇게 말씀하셨죠. 함께 술을 마시면서 꽃을 구경할 친구가 이제껏 없었다고요."

"맞아요. 여학교 시절에 대한 좋은 기억이 없거든요. 하지만 불쾌한 기억도 없죠. 결국 문제는 제가 사람을 안중에도 두지 않는다는 거겠죠. 샤오첸도 지난 1년 동안 저를 겪으면서 직접 느꼈을 거예요."

"……."

"샤오첸."

"네."

"이건, 제 추리예요."

"네? 뭔가요?"

"본섬의 전통적인 부농 가정에서 서녀로 태어난, 무아인 텅을 먹고 자란 아이가 여러 언어에 능통한 지식인이 되었어요. 소설 번역가라는 흔치 않은 직업에 뜻을 두었고요. 그리고 모던한 시대에 유행하는 문화도 잘 알고요. 오래 생각했었어요. 대체 샤오첸은 어떤 일을 겪었던 걸까? 대체 어린 첸허는 어떤 일을 겪었기에 오늘날의 왕첸허가 될 수 있었던 걸까? 이건 내가 마음에 오랫동안 품어왔던 수수께끼였어요. 하지만 샤오첸에게 직접 물어본다면, 답해주지 않겠죠."

"그렇답니다."

"그렇다면, 이제 이 수수께끼를 풀어보고 싶어요."

"귀 기울여 들을게요."

"첫 번째는 왕씨 가문이 장저우 출신이라는 거예요. 아푼사이의 잔반탕을 먹으러 갔던 날에 샤오첸이 본섬의 명절 음식을 이야기하면서 취안저우 사람들이 먹는 '타우미'

를 말했잖아요. 명절 음식이라는 건 보통 어린 시절의 기억과 관련이 있죠. 예를 들어 저만 해도 본섬에서 새해를 맞을 때 아오야마 가문에서만 맛볼 수 있는 달걀말이를 종종 떠올렸거든요. 그리고 규슈의 달콤한 간장이 들어간 잡탕 떡국도요. 어째서 그때 샤오첸은 취안저우 사람의 명절 음식을 떠올렸던 걸까요?"

"네."

"두 번째는요. 샤오첸의 음식 기호가 조금 특수하다는 거예요. 본섬 사람들이 식빵이나 빵을 간식 삼아 먹기는 하지만 대가문 출신인 샤오첸은 식탁 문화가 매우 보수적일 거예요. 아오야마 가문의 나가사키 분가는 자유로운 분위기이지만 구마모토 본가는 식탁 규범이 아주 까다롭고 복잡하거든요. 본섬의 부농인 왕씨 가문은 구마모토 본가에 더 가깝겠죠. 또 그것 말고도 이것도 있어요. 나가사키는 일본에서 커피 문화가 시작된 곳이죠. 하지만 여학생들은 여전히 커피를 잘 마시지 않아요. 본섬 여학생도 이런 기호가 생길 만한 기회가 별로 없었을 거예요. 그렇다면 샤오첸은 어쩌다가 빵과 커피를 좋아하게 되었던 걸까요?"

"……네."

"세 번째는 뛰어난 주사위 던지기 도박 기술이에요. 어떤 가설을 세워도 의문을 풀 수가 없더라고요. 아푼사이가 했던 말 덕분에 단서를 얻을 수 있었어요. '고하쿠가 키워낸 아이다워. 역시 영리해.' 아푼사이가 말한 고하쿠는 일본어 발음이었어요. 고하쿠는 흔한 내지인의 이름이 아니에요. 그건 예명이죠? 그렇다면 고하쿠라는 취안저우 사람이 학생 시절의 샤오첸을 가르쳤던 스승일까요? 전에 샤오첸이 그랬죠. 주변에 온갖 걸 물어보며 가르침을 청할 수 있는 사람이 있었다고요. 그렇다면 이 고하쿠라는 사람은 지식이 폭넓을 뿐만 아니라 외국어에도 정통하고 도박 기술에도 능하며 여행도 자주 다녔어요. 본섬의 코아아 책을 보고 노래도 부를 수 있었고, 본섬의 한족, 하카인, 원주민 등 각 종족의 문화도 잘 알고요. 또 지나나 내지, 서양 문화도 잘 알았어요. 이렇게 뛰어난 능력을 지닌 스승이 정말로 존재할 수 있을까? 나중에 이런 생각이 들더라고요. 어쩌면 고하쿠는 사람 이름이 아닐 수도 있다고요. 샤오첸, 내 말이 맞죠?"

"정말 놀랍네요. 하지만 이건 추리라고 할 수 없는걸요. 이런저런 단서들을 짜맞춘 것뿐이죠."

"그렇죠. 다음은 네 번째에요. 샤오첸이 이렇게 말했잖아요. 어린 시절을 떠올리는 추억의 맛이 캅아 국수라고 했잖아요. 아푼사이가 만든 요리였고 여러 사람들과 함께 나눠서 먹는 큰솥 요리였다고요. 어린 샤오첸은 왕씨 가문과 학교를 제외하고, 또 어디로 갈 수 있었을까요? 샤오첸은 시골에 있는 외가에서 통학하지 않았어요. 그렇다면 대체 누구와 큰솥 요리를 먹을 수 있었던 거죠? 지역 유지인 왕씨 가문은 체면을 중시하니 왕씨 가문의 아가씨가 일꾼들과 함께 큰솥 요리를 먹을 수는 없을 거예요. 약간 다른 방식으로 생각해봤어요. 아푼사이가 어디서 이런 음식을 만들었을까? 아푼사이의 성격과 그 실력을 고려했을 때, 절대 투박한 음식인 큰솥 요리를 전문적으로 해주지는 않았을 거예요. 그런데도 아푼사이가 직접 큰솥 요리를 해줬다면, 내기에서 졌기에 캅아 국수를 해줬던 거겠죠. 사적인 친분 때문에요. '고하쿠.' 아푼사이는 이 이름을 듣고 나서야 샤오첸과 주사위 던지기를 하겠다고 했어요. 말인즉슨 고하쿠는 샤오첸과 아푼사이의 연결점인 거예요. 결국 저는 가능성을 하나 찾아낼 수 있었죠. 고하쿠는 가게의 이름이에요. 아푼사이는 고하쿠에서 캅아 국수를 만들었던 게 분명하고요. 그래서 거기서 샤오첸과 만난 적이 있었던 거고요."

"……."

"마지막이에요. 장화의 끽다점에서 샤오첸의 먼 친척들이 무례하게 굴었잖아요. '무아인팅을 먹고 자란 사람이 지금은 끽다점에도 들어올 수 있는 건가.' 이때만, 딱 이때만 샤오첸이 어머니 이야기를 꺼냈었죠. 샤오첸의 모친은 마를 심는 소작농의 딸이었고 10대 초중반에 배우가 되어서 노래를 불렀는데 왕씨 가주의 눈에 들게 되었다고요. 그 뒤에 샤오첸은 단 한 번도 어머니 이야기를 꺼낸 적이 없어요. 어쩌면 샤오첸의 어머니는 일찍 돌아가셨을 수도 있겠어요……. 예전에는 전혀 눈치채지 못했어요. 정말 미안해요. 그런데 이게 마지막 단서였어요. 이제 제 추리는요, 샤오첸의 모친이 일찍 돌아가신 뒤로 샤오첸 모친의 극단 친구들이 샤오첸을 가르치고 키워준 거예요. 그리고 이렇게 다양한 기예를 지닌 이들을 모두 포용할 수 있는 곳은, 일본어 발음이 고하쿠일 수 있는 곳은…… 카페일 거예요."

"이런이런."

"제 추리가 맞았나요?"

"네, 아오야마 씨. 앞으로는 위대한 탐정 아가씨라고 불러야겠네요. 하지만 이렇게 오랜 시간이 지나고 나서 특별히 딩차오쯔터우를 찾아주신 게 추리 실력을 뽐내기 위해서였나요?"

"아뇨, 내가 하고 싶은 말은요. 이제껏 줄곧 그랬는데, 내가 당신을 아주 신경 쓰고 있다는 거예요."

"……."

"웃지 않네요, 샤오첸. 당연하겠죠. 이게 당연해요. 왜냐하면 '우뚝 선 삼나무'는 시종일관 변하지 않았거든요. 저는요, 하고 싶은 일을 하고, 하고 싶은 말을 해요. 정신을 차리고 보니 이제껏 샤오첸이 제게 말하고 싶었던 걸, 저는 진짜로 귀 기울여 듣지 않았더라고요. '아오야마 치즈코와 왕첸허는, 진짜 친구라고 할 수 있을까요?' 샤오첸은 마지막에 이런 의문까지 품었었죠. 그렇게 만든 제가 대체 무슨 자격으로 샤오첸에게 '당신을 아주 신경 쓰고 있다'고 말할 수 있겠어요? 그 정도 주제 파악은 저도 하는걸요. 하지만, 그렇다고 할지라도, 여기에 왔어요. 샤오첸을 만나려고요. 이 말을 해주고 싶어요. 맞아요. 저는 당신을 정말로 신경 써요. 그러니 반드시 직접 만나서 제 마음을 전해야만 했어요."

나는 잠시 말을 멈췄다.

조심스레 숨을 들이마신 뒤 아주 정중하게, 한 글자씩 또박또박 말했다.

"……미안해요. 왕첸허 씨. 아오야마 치즈코는 안하무인에 자기 멋대로이고 오만방자한 나쁜 놈이에요. 처음부터 끝까지, 무지한 언행으로 우리의 우정을 상하게 만들었어요. 정말 너무 미안해요."

❖❖❖

과쯔의 껍질을 다 까지는 못했다.

나와 눈을 마주친 샤오첸은 복잡한 심경을 고스란히 표정으로 드러냈다.

샤오첸은 노멘을 쓰지 않았다.

그제야 나도 긴장한 어깨를 조금 늘어뜨릴 수 있었다.

"샤오첸에게 어떠한 요구도 하지 않을 거예요. 친구든, 동풍이든 다요. 제가 사과하려고 찾아온 건, 샤오첸이 어째서 절교라는 과감한 결정을 했는지 이제 저도 깨달았다는 걸 알려주고 싶어서였어요. 이걸 핑계로 샤오첸에게 용서해달라고 요구하는 게 아니라요."

"아오야마 씨."

샤오첸은 그렇게나 부드러운 목소리로 탄식하듯 내 이름을 뱉었다.

"……우리가 식탁에서 처음으로 밥을 같이 먹었을 때, 아오야마 씨가 제게 말씀하셨죠. 타이완을 구석구석 돌면서 미식을 즐기자고, 이건 우리의 운명적 만남이라고요. 솔직히 말씀드려서 그때 저는 그렇게 생각하지 않았어요. 그런데 나중에 저는…… 특히 지금의 저는 감탄할 수밖에 없네요. 맞습니다. 아오야마 씨와 저의 만남은 운명적이에요."

샤오첸이 이런 말을 내뱉더니 입꼬리를 올렸다. 입꼬리가 달콤하고도 아름다운 쓴웃음을 그려냈다.

"아오야마 씨."

"네."

"감사해요. 그리고 죄송해요."

"왜죠?"

"다정하고 선량한 아오야마 씨는, 저를 백방으로 돌봐주시는 아오야마 씨는, 확실히, 확실히 안하무인에 자기 멋대로이고 오만방자한 나쁜 놈이지요."

음. 정말 강력한 한 방이었다.

내가 쓴웃음을 짓자, 샤오첸의 두 눈이 오히려 부드러운 빛을 띠었다.

"하지만 이런 아오야마 씨라고 해도 제게는 늘 마음의

문을 활짝 열어주시는걸요. 더없이 솔직하게 저를 친밀한 벗으로 대해주시죠. 저는 아오야마 씨에게 고마움을 느끼고 있어요. 그리고 그렇기에 너무나 죄송해요. 전에도 몇 번이나 제 태도를 밝혔지요. 저는 아오야마 씨에게 거짓말을 하고 싶지 않아요. 하지만 예전부터, 처음부터 저는 아오야마 씨를 속였어요. 정말 죄송합니다. 사실 저는요……. 이제껏 아오야마 씨에게 마음의 문을 연 적이 없어요. 이제껏 아오야마 씨를 제 벗이라고 여긴 적도 없었고요."

"……네."

"네? 아오야마 씨는 화가 안 나시는 건가요?"

"네, 화나지 않아요. 차라리 이렇게 말하는 게 낫겠네요. 왜냐하면 진즉에 알고 있었거든요."

"네?" 샤오첸이 곤혹스럽다는 듯 반문했다.

"진즉에 알고 계셨다고요……?"

"네. 제가 말했었죠? 늘 샤오첸을 봤다고요. 그러니 제가 제대로 봤다고 확신할 수 있어요."

내 말이 너무 의외였던 걸까?

샤오첸의 길고 긴 속눈썹이 위아래로 움직였다. 나는 잠시 침묵했다.

그러자 샤오첸도 아무 말도 하지 않았다.

나는 길게 숨을 내쉬었다.

"처음에는 이렇게 생각했어요. 샤오첸처럼 내성적이고 신중한 여성에게는 마음의 문을 여는 걸 강요할 수 없다고요. 그런데 '추리'를 하고 난 뒤에 어느 정도 이해하게 되었죠. 샤오첸의 미인계요. 주사위처럼 일종의 기술인 거죠? 제가 추측을 해봤는데요. 샤오첸의 스승은 샤오첸을 어떤 사람으로 키우고 싶어 했을까요? 샤오첸이 미래의 남편을 통제할 수 있기를 바랐을까요? 아뇨, 그렇지 않아요. 제 생각에는, 스승은 샤오첸이 자기 자신을 지키는 법을 익히는 게 목표였을 거예요. 남편이 샤오첸을 존중하든 사랑하든 그렇지 않든, 남편이 죽었든 살았든, 어디로 시집을 가든 간에 샤오첸이 이 세상에서 무사히 지낼 수 있기를 바랐을 거예요. 세상 경험이 풍부한 스승이 샤오첸을 생각하며 가진 각별한 마음인 거죠. 샤오첸이 모친의 전철을 밟지 않게 하려고요. 만약 이런 교육을 받으면서 자라났다면, 샤오첸은 절대 쉽사리 진심을 내어주지 않을 거예요."

"……당신은 정말, 너무 놀랍네요."

샤오첸은 오래오래 침묵한 끝에 이 한마디를 뱉어냈다.

나도 같은 말투로 느릿하면서도 부드럽게 말했다.

"제 마음속의 수수께끼는요. 여전히 샤오첸이 그 답을 직접 찾아줘야 해요. 하지만 그전에요. 샤오첸이 제게 물었었죠. 아오야마 치즈코가 정말로 아끼던 이는, 착하고 말 잘 듣는 본섬 통역사가 아니냐고요. 만약에 그렇다면, 아오야마 치즈코와 왕첸허를 진짜 친구라고 할 수 있겠냐고요. 지금 그 질문에 답할게요. 샤오첸, 샤오첸은 아오야마 치즈코의 또 다른 면이 제멋대로 구는 오만방자한 놈이라는 걸 알고 있죠. 그리고 저도 알고 있어요. 왕첸허의 또 다른 면이 속내를 알 수 없는, 내색 없이 천연덕스레 거짓말을 내뱉는 천재 배우라는 걸요. 제가 진실한 벗이라고 여겼던 샤오첸은 바로 그 천재 배우였던 거죠."

"……."

"두견새가 울지 않는다면 어쩌하겠는가?"

"도쿠가와 이에야스의 방식이던가요? 두견새가 울고 싶어 할 때까지 기다리겠죠. 그러면 자연히 울 테니까요."[74]

"샤오첸답네요. 역시 그랬어요."

"……역시, 아오야마 씨를 어쩔 수가 없네요."

"아, 이런이런. 속수무책이었던 건 늘 저였는걸요."

샤오첸이 입술을 꼭 오므리며 나를 응시했다.

나도 샤오첸을 보았다.

"그러면 아오야마 씨의 바람대로 오랫동안 가슴에 품으셨다는 수수께끼를 제가 풀어드리도록 하죠."

"귀 기울여 들을게요."

"아오야마 씨의 조금 전 추리는요." 샤오첸이 말을 이었다.

---

74 "두견새가 울지 않는다면 어쩌하겠는가?"라는 말은 일본 전국 시기의 다이묘인 오다 노부나가, 도요토미 히데요시, 도쿠가와 이에야스의 성격을 묘사하는 유명한 일화에서 나온 말이다. 이 물음에 도요토미 히데요시는 "두견새가 울도록 유혹하겠다"라고 했고, 도쿠가와 이에야스는 "두견새가 울 때까지 기다리겠다"라고 했으며 오다 노부나가는 "울지 않는다면 두견새를 죽여버리겠다"라고 답했다.

"맞습니다. 거의 다 맞았어요. 모친은 제가 공학교에 입학할 때쯤 병환으로 돌아가셨지요. 그 뒤에 어머니의 옛 친우 세 분이 저를 찾아오셨어요. 저를 키워주셨죠. 저는 그분들을 이모라고 불렀답니다. 고하쿠는 카페가 맞아요. 아직도 신부초에서 영업하고 있죠. 큰이모가 경영하고 계시거든요. 둘째 이모와 이모부는 사카에초에서 살면서 서양물품을 판매하고 계시고요. 셋째 이모는 오랫동안 하쓰네초 유곽에 계셨어요. 유녀들의 토키모*이죠. 학교 다닐 때는 하교 후 고하쿠에서 공부했답니다. 고하쿠 카페에는 내지인과 본섬 사람만 있지 않아요. 지나인도 오고 서양인도 오지요. 여급 언니나 동생 중에는 원주민도 있었어요. 이모들은 제 스승이 되어서 처세술을 가르쳐줬죠. 아오야마 씨도 아시다시피 저는 음률에 정통하지 않아요. 이모들이 바라지 않았거든요. 혹시라도 제가 매춘업에 뛰어들까 봐요. 이렇게 오랜 시간이 지나고 나서 첩실의 딸이었던 어린 첸허는 아오야마 씨가 만났던 공학교 교사 왕첸허로 자라났죠."

샤오첸이 미소를 지었다.

"이건 운명적 만남이에요. 아오야마 씨의 말이 맞아요. 하지만 사람을 슬프게 만드는 운명이지요. 제 출신과 과거를 털어놓는 건 이번이 처음이에요. 그리고 다시는 누구에게도 솔직히 밝히지 않을 거고요. 그런데도 말이에요. 아오야마 씨와 저는 여전히 진짜 벗이 될 수 없답니다. 내지인

---

* 유곽 내에서 유녀들을 관리하고 돌보며 포주 역할을 하는 여성.

과 본섬 사람 사이에서는, 역시나 평등한 우정이 생겨날 수 없거든요."

"이런 결론은 너무 슬프네요."

"하지만 그게 사실이랍니다."

이번에는 내가 참지 못하고 입술을 꼭 오므렸다. 앞에 있는 샤오첸의 두 눈에 물기가 어른거렸기 때문이었다.

이런 결론을 낸 샤오첸의 마음에는 얼마나 오랫동안 슬픔이 담겨 있었을까?

"샤오첸." 나는 말했다.

"타이난 여학교의 오사와 천 학생이요. 샤오첸이 그 신비로운 사건의 비밀을 파헤치고는 오히려 이해할 수 없다고 했잖아요. 내지인인 오사와 본섬 사람인 천 학생이 사진을 교환한 걸 말이에요. 그런 뒤에는 소녀의 감정이야말로 세상에서 가장 알기 어려운 미스터리라고 했죠. 샤오첸은 이 일을 기억하나요?"

"네."

"다음은 추리가 아니에요. 제 상상이죠. 그 사진 속에 있는 천 학생은 승마용 바지를 입고 장화를 신고 있었잖아요? 몸집이 작은 천 학생이 일부러 승마용 서양 옷을 입고 사진을 찍었어요. 강한 모습을 드러내려고요. 게다가 그 사진을 오사와에게 줬죠. 어쩌면 오사와에게 이런 마음을 전하고 싶었던 게 아닐까요? '나는 충분히 강해. 그만큼 나를 신뢰해줘'라고요. 만약 두 사람이 친구 사이가 아니라면 어째서 그랬겠어요? 그러니까 이건, 두 사람 사이에 약간의 갈등이 있기는 했지만, 천 학생과 오사와는 서로에게 우정을 품고 있었던 거예요!"

"……."

"오사와가 천 학생을 잘못 대했다는 건 절대적 진실이에요. 하지만 천 학생이 오사와에게 품고 있던 감정도 틀림없이 진실했을 거예요."

"……."

"아오야마 치즈코가 왕첸허를 잘못 대했다는 건 진실이에요. 하지만……."

나는 말을 마치지 못했다. 들이쉬고 내뱉는 숨이 한결 가벼워졌다.

샤오첸과 나는 둘 다 조용했다. 조심스레 숨을 쉬었다. 나는 샤오첸을 향해 손을 뻗었고, 샤오첸은 나와 두 손을 맞잡았다.

그런 뒤 샤오첸이 고개를 숙였다. 눈물이 과쯔 표면 위로 떨어지며 부서졌다.

"……아오야마 씨 말씀이 맞아요. 마음의 문을 활짝 열 수는 없었지만, 제 마음속에 간직해뒀던 이 감정은, 정말로 진실했어요."

나는 샤오첸의 손을 더 세게 붙잡았다.

샤오첸도 그랬다.

우리 두 사람의 손이 서로를 꽉 잡고 있었다.

✳✳✳

눈물이 멎었다.
봄바람이 불자 멀구슬나무꽃이 떨어졌다.
다시 고개를 들었을 때, 샤오첸의 두 눈이 촉촉이 빛났다.
아마 나도 그랬을 거다.

"지금 같은 거요. 이런 게 친구 같은 거 아니에요?"

더는 이런 말을 하지 않았다.
샤오첸과 나는 작은 가게 밖에 있는 긴 의자에 앉아 서로를 보았다. 두 사람의 눈에 서로의 모습이 비쳤다.
그러면 이제 어떻게 되는 거지?
시계의 초침이 한 칸씩 움직였다.
나는 배가 고프다고 말했다.
샤오첸이 웃더니 "역시 아오야마 씨답네요"라고 말했다.
"근처에 뭐라도 먹으러 갈까요."
"쌀국수 볶음을 드시겠어요? 제3시장 쪽에 식당이 하나 있는데요. 쌀국수 볶음 맛이 상당히 좋답니다. 전에는 기차역 승강장에서 쌀국수 볶음 도시락을 팔기도 했죠."
"아아, 쌀국수 볶음이요? 그러고 보니 제가 본섬에 처음 왔을 때 신주 기차역 승강장에서도 도시락을 팔았어요. 제가 처음으로 먹어본 본섬의 음식이 쌀국수 볶음이었고요.

근데, 잠깐만요. 샤오첸은 점심 식사를 했나요?"

"아직요."

"그러면 샤오첸이 좋아하는 걸 먹으러 가요. 고로케 카레 라이스랑 당근, 두부 부침 외에 샤오첸은 또 어떤 음식을 좋아하나요?"

"아오야마 씨는 기억력이 정말 좋네요."

"저기, 있잖아요. 최소한 호칭은 바꿀 수 있겠죠."

"네? 뭘요?"

"치즈코라고 불러줘요."

"아뇨, 저랑 이름이 같아서 뭔가 이상해요."

"그럼 '아오'라고 불러도 좋아요. '야마'도 괜찮고요."

"아…… 아오, 이런, 안 되겠어요. 못 하겠어요."

"에? 방금 불렀잖아요? 제가 분명히 들었는데요!"

"……"

"그러면, 먹으러 가요. 우리 가서 마음껏 먹고 마음껏 마셔요."

나는 샤오첸의 팔을 붙잡으며 자리에서 일어났다.

샤오첸은 어깨로 나를 밀쳤고, 나는 팔꿈치로 샤오첸을 밀쳤다.

멀구슬나무꽃이 빗방울처럼 떨어졌다.

우리는 앞으로 성큼 발을 내디뎠다. 멀구슬나무꽃이 머리카락과 어깨 위에 떨어지도록 그냥 두었다.

멀구슬나무꽃은 졸업을 축하하는 꽃이었다.

본섬에서는 멀구슬나무꽃, 내지에서는 벚꽃.

초침이 한 칸씩 움직였다. 시침은 하루에 스물네 바퀴를 돈다. 오늘이 지나면 내일은 4월 1일이다.

규슈로 돌아가는 날은 4월 둘째 주 금요일이다.

나는 이를 전혀 언급하지 않았고, 샤오첸도 아무 일도 없는 것처럼 행동했다.

굴전과 비타이박, 햄 달걀 샌드위치와 버터 옥수수 수프. 샤오첸은 자기가 좋아하는 걸 말했고, 나는 내가 좋아하는 걸 말했다. 소고기 하이라이스 소스를 얹은 오므라이스, 스시, 돈가스 덮밥, 행인두부 그리고 땅콩 설탕 가루, 풋콩, 오이, 단쑤와 명란.

샤오첸과 나는 서로를 보며 웃었다. 그리고 룬빙쥐안.

곧은 길을 빙 둘러서 걸었다.

샤오첸은 딩차오쯔터우에서 가와바타초까지, 나는 가와바타초에서 딩차오쯔터우까지.

길은 아주 가까웠다. 그리고 아주 멀었다.

위로 가든 아래로 가든 결국에는 평등하게 바라보는 중앙점에 도달하기 마련이었다.

그곳이 바로 미도리강인 뤼촨이었다.

이 길은 구불구불하면서도 걷기가 어려웠다. 타이완을 삼백 일은 여행해야 했고, 철도로 천만 리는 오가야 했다.

나와 샤오첸은 뤼촨의 다이쇼 다리 위에 나란히 섰다.

근처 타이중 기차역에서 기적 소리가 울려 퍼지고 증기

기관차가 굉음을 내며 역을 떠났다. 어디로 향하는 기차일까?

기차가 멀어지고, 기적 소리도 여음으로 길게 남았다. 뤼촨의 물길이 상쾌한 봄바람을 맞이했다. 우리는 앞으로 가지도 뒤로 물러나지도 않았다. 다이쇼 다리 옆에는 작은 노점이 있었고, 아직 봄이 끝나지도 않았는데도 팥빙수를 팔기 시작했다. 팥빙수를 외치는 목소리가 생동감 넘치는 목가처럼 들렸다.

기차가 어디로 가는 건지는 나도 알지 못했다.

규슈로 돌아가는 미래도 나는 전혀 알지 못했다.

내가 알고 있는 건 눈앞에 있는 작은 일뿐이었다.

쇼와 14년, 3월의 마지막 날, 푸른 버드나무가 우거진 강둑에서 나와 샤오첸은 어깨를 나란히 하고 섰다. 멀리까지 이어지는 강물을 지켜보면서 팥빙수 한 그릇을 먹었다.

이날 먹었던 팥빙수는 아주 달콤하면서도 맛있었다.

1970년 재출간판 후기[75]

어머니의 기억

아오야마 요코 (아오야마 치즈코의 양녀, 예술가)

어머니의 마음 깊은 곳에는 한 섬이 자리 잡고 있었습니다. 저는 어렸을 때부터 이걸 알고 있었지요.

얼마나 어렸을 때냐고요? 아마 일고여덟 살이었을 거예요. 학교에 들어가서 공부한 지 얼마 되지 않았을 때였습니다. 어머니가 《타이완 여행기》를 집필하셨던 것도 그때쯤이었지요. 제가 하교 후 귀가했을 때였습니다. 집안일을 돕는 하루노 아주머니가 제게 간식을 서재로 가져다 달라고 부탁하시며 말씀하셨습니다.

"요코 아가씨, 어머니께 오늘 학교에서 있었던 재미있는 이야기를 들려주세요."

---

[75] 아오야마 치즈코의 《타이완 여행기》는 1954년 출간 후에 절판되었고, 1970년에 《나와 첸허의 타이완 여행기》로 재출간되었다. 이에 아오야마 치즈코의 양녀인 아오야마 요코가 후기 〈어머니의 기억〉을 추가했다.

그러나 어머니의 서재로 들어갈 때면, 어머니는 제게 타이완에서 살았던 옛일을 말씀해주시곤 했습니다.

저는 어머니와 함께 많은 간식을 먹었습니다. 달콤한 빵과 도라야키, 콩떡, 모찌, 건포도, 과일 케이크와 카스텔라 케이크……. 무수히 먹었지요. 간식을 먹을 때면 저는 섬에 대한 어머니의 옛꿈에도 빠져들었습니다. 그날의 간식이 가린토면, 어머니는 반드시 이런 말씀도 하셨지요.

"타이완의 춘자오가 일본의 가린토보다 훨씬 더 맛있단다."

그때 저는 어머니의 가슴속에 섬이 하나 있다는 걸 알게 되었습니다.

고학년이 되었던 어느 날, 어머니가 제게 당신 소설을 읽어보겠냐고 물으셨습니다. 그게 바로 《타이완 여행기》 소설 원고였지요. 저 또한 방대한 장서를 자랑하는 아오야마 가문에서 성장했기에 책을 좋아하는 문학소녀였습니다. 이야기의 마지막에 도달할 때까지 저는 며칠 동안 원고에서 눈을 떼지 못했습니다.

그런 뒤 눈물을 흘리며 어머니께 원망을 토로했지요.

"진짜로 있었던 이야기인가요? 너무 슬퍼요."

이때 저는 어머니가 가볍게 웃으실 줄만 알았습니다. 걸핏하면 하시던 말씀인 '소설은 소설일 뿐이란다'라고 답해주실 줄 알았지요. 그러면 '부디 원만한 결말로 마무리를 해주세요'라고 말하면서 애교를 부릴 작정이었습니다.

그런데 어머니가 이렇게 말씀하셨습니다.

"그렇단다. 슬픈 옛일이지."

어머니의 얼굴은 웃고 있었지만 제법 슬퍼 보였습니다. 저는 순간 어떻게 해야 할지 알 수가 없었습니다. 결국 참지 못하고 엉엉 울고 말았지요.

그날 어머니는 평소와 달리 저와 함께 주무셨습니다.

침대 위에서 저는 어머니께 물었습니다.

"어머니는 센단가오를 드신 뒤에 샤오첸을 만나러 가셨나요?"

어머니는 답하셨죠.

"갔었지."

저는 물었습니다.

"그러면 어째서 그 부분을 소설에 넣지 않으셨나요?"

어머니는 답하지 않으셨습니다. 대신 나중에 《타이완 여행기》의 열두 번째 장을 쓰셨지요.

열 살 남짓이었던 저는 어머니를 이해하지 못했습니다. 문학도 이해하지 못했지요. 몇 년이 지나고 나서야 어머니가 타이완에서 쓰셨던 수필인 《타이완 여행기》 몇 편을 읽게 되었습니다. 그제야 저는 여행기와 소설을 비교해볼 수 있었습니다. 여행기에서는 찾아볼 수 없는, 소설 속에 구현된 그 미묘한 심경도 읽어낼 수 있었지요.

"어째서 수필을 수정하지 않고, 장편소설로 개작하셨나요?"

저는 이렇게 묻지 않았습니다. 그리고 또 이런 질문도 하지 않았지요.

"어째서 이 소설에는 서문과 후기가 없나요?"

저는 답을 알고 있었으니까요.

어머니는 하고 싶었던 말씀을 모두 소설 안에 담으셨습니다.

쇼와 29년(1954년)에 소설 《타이완 여행기》가 출간되었습니다. 책이 나온 뒤로 어머니는 여러 곳에 부탁해 타이완의 모처로 이 소설을 보내려고 하셨습니다. 그러나 제대로 전달되지 않았지요. 그런데도 매년 사람을 통해 계속 책을 보내셨습니다. 제가 전문대학에 다니기 전까지요. 《타이완 여행기》의 재고가 남아 있던 창고가 태풍으로 피해를 입게 되면서 정식으로 절판이 되었거든요. 어머니의 바람도 거기서 끝을 맺을 수밖에 없었지요.

그때 저는 나이가 어렸지만, 어머니가 그 소설을 '샤오첸'에게 전해주고 싶어 하신다는 걸 알 수 있었습니다.

쇼와 43년(1968년)에 모친은 폐병에 걸리셨습니다.

병실에서 물었지요. "어머니, 온천 여행을 가실래요?"

어머니는 고개를 가로저으며 그럴 필요가 없다고 하셨습니다.

"《타이완 여행기》의 제목을 바꿔서 재출간을 해주겠니? 요코가 타이완으로 보내주면 좋겠구나."

그해에 저는 스물여섯 살이었습니다. 전쟁이 발발하기 전 타이완에서 거주하던 어머니와 같은 나이였지요. 소설이 재출간되기 전에 저는 타이완을 방문했습니다. 어머니의 옛사람을 찾기 위해서가 아니었습니다. 어머니가 자세히 묘사하셨던 지룽의 쌍룽 폭포도 찾아가지 않았지요. 그저 타이완에 가서 춘자오를 먹었을 뿐이었습니다.

춘자오는 확실히 가린토와 비슷했습니다. 그런데 막상 맛을 보니 어머니가 말씀하셨던 것처럼 맛있지는 않더라고요. 어머니가 맛있다고 여기셨던 춘자오는 어쩌면 청춘을 추억하듯 오랜 회상을 겪으면서 다르게 기억되었던 걸지도요.

춘자오의 맛이 제가 홀로 세웠던 가설을 공고히 해주었습니다.

어머니가 《타이완 여행기》를 쓰셨던 건, 어쩌면 샤오첸 한 사람을 위해서일지도 모른다고요.

쇼와 45년(1970년) 정월에 어머니가 병환으로 돌아가셨습니다. 유언에 따라 어머니가 자나 깨나 생각하시던 소설을 재출간하였습니다. 소설이라는 형식으로 '아오야마'와 '샤오첸'이 그 아름다운 섬에서 재회해 함께하기를 바랍니다.

이것으로 후기를 마칩니다.

쇼와 45년 4월
구마모토 아오야마 저택에서

1990년 타이완판 역자 후기 [76]

버드나무 작은 집에서 만든 국수

왕첸허

민국 64년(1975년), 장녀 정메이가 연구실에서 전화를 받았다고 했습니다. 일본의 아오야마 요코 씨가 건 전화를 받았다고요. 보름 뒤 아오야마 요코 씨가 텍사스 오스틴에 있는 제 집으로 찾아왔습니다. 《나와 첸허의 타이완 여행기》라는 제목의 소설과 함께 아오야마 치즈코 여사가 오래전에 작고했다는 소식도 함께 가져왔지요.

"전쟁이 끝난 다음 해부터 어머니는 매년 타이완으로 사람을 보내 왕첸허 여사님의 소식을 찾으셨습니다. 여사님이 가족과 함께 미국으로 이민을 갔을 거라고는 생각도 못 하셨지요. 다행히 제가 어머니의 기대에 부응해 오늘 유언

---

76 《나와 첸허의 타이완 여행기》는 왕첸허의 장녀인 우정메이가 민국 79년(1990년)에 타이완판 번역본으로 자비 출간을 하면서 《한 일본 여성 작가의 타이완 여행기》로 제목을 바꿨고 소량만 제작되었다. 타이완판 번역은 왕첸허가 맡았으며 후기가 두 편 추가되었는데 이 글이 첫 번째다.

을 이룰 수 있게 되었네요."

요코 씨는 영어가 유창했습니다. 단어 선택과 문장 표현이 우아하면서도 적절했지요. 호탕한 성격도 자기 모친과 상당히 비슷했습니다. 이곳에 머물라고 초대하자 요코 씨는 흔쾌히 2주간 지내겠다고 했습니다. 매일 나를 위해 조식을 만들어 주겠다고도 했지요.

"선생님이 보시기에 제 어머니는 어떤 사람이었나요?"

2주간의 조식 테이블 앞에서 저는 쇼와 연간의 타이완을 몇 번이나 오갔습니다.

아오야마 치즈코 선생은 어떤 사람이었냐고요?

저는 요코 씨에게 이렇게 말했습니다. 아오야마 치즈코 선생은 소설 속 '아오야마 씨'와 같은 사람이었다고요.

우리는 장화의 바과산으로 여행을 갔다가 장화 온천에서 온천욕을 했고, 길거리 노점에서 구기자나무 뿌리껍질 차를 마셨습니다.

"이건 나무뿌리의 껍질을 우려서 만든 차죠! 나무뿌리조차 차로 우려 마실 수 있다니 정말 남국의 지혜네요."

아오야마 씨의 호들갑에 저는 속으로 '뭐 이런 얄미운 사람이 다 있지'라며 욕을 했답니다.

우엉을 즐겨 먹는 민족이 우리가 나무뿌리를 먹는 걸 가지고 뭐라 할 자격은 없거든요!

물론 이렇게 반격하는 말은 단 한 번도 소리 내서 뱉은 적이 없지요.

요코 씨는 이 말을 듣더니 배를 붙잡고 허리를 접어가며 깔깔 웃었답니다. 확실히 자기 어머니답다고 했지요.

이제와서 아오야마 치즈코 선생이 쓴《타이완 여행기》가 제 기억과 얼마나 같고 어떻게 다른지를 일일이 설명할 생각은 없습니다. 2년이라는 시간을 통해 타이완판 번역 작업을 마친 지금, 저는 옛날에 있었던 작은 일을 기록하고자 합니다. 이는 아오야마 치즈코 선생의 장편소설에 대한 제 짧은 응답입니다.

쇼와 13년 양력 연말에 한파가 닥쳤고, 아오야마 씨가 감기에 걸렸습니다.

저는 그날 예정되었던 일정을 모두 취소했고, 약을 가지고 버드나무 강가의 작은 집을 찾아갔지요.

"감기약보다는 국수가 먹고 싶어요."

정말 아오야마 씨를 당해낼 수가 없었습니다. 저는 요청대로 주방으로 갔지요. 물에 넣어서 익힌 면에 날달걀과 다진 참마를 더했습니다. 아오야마 씨는 병중이면서도 평소처럼 입맛이 좋았습니다. 순식간에 국수 한 그릇을 모두 드셨지요.

"참마를 다질 때 흰살생선을 넣고 같이 갈면 맛이 더 좋아져요."

추가 주문을 하겠다는 뜻이었습니다. 저는 절구에 참마와 생선, 육수를 넣고 한참을 씨름해야 했습니다. 추운 날인데도 땀을 흘릴 정도였지요. 아오야마 씨에게 두 번째 국수인 날달걀과 생선을 넣은 다진 참마 국수를 드리기 위해서요.

"너무 맛있네요! 다음 건 뜨끈한 걸로 먹고 싶어요. 본섬의 풍미가 살아 있는 국수로요!"

세 번째 국수는 넙치와 건새우, 돼지 뼈를 고아 만든 뜨끈한 달걀 국수였습니다. 그 결과, 국수를 먹어 치운 아오야마 씨가 이렇게 말씀하셨죠. 고향의 맛이 그립다고요. 하, 정말. 규슈 나가사키 고향의 맛이라니. 그 맛을 제가 어떻게 알겠어요! 어쨌든 다시마와 가쓰오부시 육수를 넣은 달콤한 간장 국수를 만들었습니다.

"코가 너무 막혀서 섬세한 육수의 맛이 잘 안 느껴지네요."

그래서 다섯 번째로는 붉은 아카미소를 잔뜩 넣은 돼지고기 국수를 만들었습니다. 그리고 여섯 번째는 제가 멋대로 추가했습니다. 쌀로 만든 술과 돼지기름을 끼얹은 참기름 볶음면이었습니다. 이 정도 먹었다면 배가 부른 것은 당연하고 자기가 사람을 너무 부려먹었다는 걸 깨닫지 않겠습니까?

남김없이 먹은 아오야마 씨는 아주 만족한 표정을 지었습니다.

"온몸에서 열이 나는 것 같아요. 마지막으로 시원한 소면이 먹고 싶어요."

이런, 정말 대단한 사람이었습니다!

사람을 시켜 심부름을 보내고 싶었지만, 신토미초 시장에 있는 가게 중 어느 가게의 얼음이 가장 위생적인지를 일일이 당부하며 알려주자니 혹시라도 소홀함이 있을까 봐 걱정되었습니다. 어쩔 수 없이 직접 신토미초 시장으로 가서 얼음을 샀지요. 작은 집에 돌아온 뒤 오이와 오크라를 잘게 썰어 서늘한 소면과 함께 상 위에 올렸습니다.

한파가 몰아닥친 겨울이었는데 식탁 위의 풍경은 한여름이었습니다. 아오야마 씨는 씹지도 않고 면발을 삼켰고, 실컷 그 맛을 즐긴 뒤 젓가락을 내려놓았습니다. 그런 뒤에는 여름방학의 즐거움을 만끽하는 어린아이 같은 웃음을 보이셨지요.

"샤오첸. 차라리 나랑 결혼해서 내 신부가 되어줘요!"

"아오야마 씨의 신부가 되면 좋을 게 뭐가 있죠!"

"동고동락할 거예요. 부유하든 가난하든 맛있는 게 있다면 꼭 샤오첸과 절반씩 나눌 거예요."

"그걸 좋은 점이라고 할 수 있나요?"

"설사 밥 한 공기만 남았다고 해도, 아니, 아니지, 설사 밥이 반 공기만 남았다고 해도 나는 샤오첸과 절반씩 나눌래요. 쌀 한 톨만 남았다면 그 쌀 한 톨에 깃들어 있는 일곱 신 중에서 네 명의 신을 샤오첸에게 줄래요."

바보였습니다.

정말 바보 같은 사람이었습니다. 아오야마 씨를 말하는

게 아닙니다. 제가 바보였습니다. 그때 저는 이런 생각을 했습니다. 아무것도 따지지 않고 이 사람과 결혼한다면, 어쩌면 행복해질 수 있을 것 같다고요.

이때 있었던 일을 조식 테이블에서 요코 씨에게 들려주었습니다. 그러자 요코 씨는 웃으며 말했지요.
"첸허 여사님도 역시 제 어머니를 좋아하셨네요."
그런가요? 그랬을지도요.
버드나무 작은 집에서의 국수도 어느새 30여 년 전의 일이 되었습니다.
'날아가는 시간이여, 이 술을 한 잔 마시게나.'
그래서 이 시를 읊고 싶어졌나 봅니다.
이번 생에는 미처 기울이지 못한 술을, 언젠가 하늘에서 재회할 수 있다면, 그때는 아오야마 씨에게 한 잔 청하고 싶습니다.

1977년 7월
오스틴에서

▎1990년 타이완판 편집자 후기▎77

고인과의 약속

우정메이(왕첸허의 딸, 학자)

소설《한 일본 여성 작가의 타이완 여행기》의 타이완판 출간은 여러 우여곡절을 겪었다. 이 책의 원래 제목은《타이완 여행기》로 1954년 구마모토의 호분도 출판사에서 출간되었다. 1970년에 소설가 아오야마 치즈코의 딸, 현대 예술가 아오야마 요코가 자비로 재출간을 하였고, 제목을《나와 첸허의 타이완 여행기》로 바꾸었다. 1975년 아오야마 요코 씨는 여러 경로를 거쳐 내가 있는 UCLA 비교문학과 연구실에 연락을 주었고, 이에 타이완판 번역 프로젝트가 시작되었다.

2차 세계대전 전, 일본인 여성 작가가 식민지인 타이완에서 체류했던 일을 담은 소설은 학자로서 구하고 싶어도

77　1990년 타이완판《한 일본 여성 작가의 타이완 여행기》에 수록된 두 편의 후기 중 두 번째 글이다.

구할 수가 없는 진귀한 작품이었다. 게다가 이 작품은 사적으로 남다를 수밖에 없었다. 소설 주인공 중 한 명이 모친이기 때문이었다. 그래서 이 작품에 대해서는 개인적으로 평을 하기가 어렵다. 심도 있게 다루거나 분석할 생각은 더더욱 없다.

1987년 여름, 장징궈 정부가 계엄 해제를 선포했다.* 그 무더운 여름의 어느 오후, 모친은 오스틴 집에서 내 연구실로 전화를 거셨고, 《나와 첸허의 타이완 여행기》를 번역해 타이완에서 출간하고 싶다는 의사를 전하셨다. 그때 모친의 나이는 벌써 일흔이었고, 장편소설 번역 작업은 그 업무량이 방대하기에 몸이 견디지 못할 것 같았다. 내게 도움을 요청하고 싶어 전화를 거신 듯했다. 그러나 이때 나는 비교문학과 교수로 재직 중이었고, 문서 업무가 많아 장편소설 번역을 병행할 겨를이 없었다. 그래서 나는 모친께 이 소설을 번역하고자 하는 이유가 뭐냐고 물어보았다. 그리고 왜 하필 타이완에서의 출간이냐고.

모친은 이렇게 답하셨다.

"이건 내가 고인과 했던 약속이야."

그렇다면 나도 더는 할 말이 없었다. 모친은 내 모친이기만 한 게 아니니까.

'모친'은 어머니라는 사회적 역할뿐만 아니라 독립된 개체이기도 했다.

✤ 타이완성 계엄령은 1949년 5월, 국공내전을 명분으로 시행되어 1987년 7월 15일 중화민국 총통 장징궈가 해제하기까지 약 38년간 지속됐다. 계엄령의 해제는 타이완 민주화 과정에서 중요한 전환점이 되었다.

어렸을 때 나는 청소년 특유의 반항 심리로 오스틴 집에서 아주 멀리 있는 위스콘신대학 매디슨 캠퍼스로 진학했다. 1959년 2학년으로 올라가면서 맞이했던 여름 방학에 있었던 일이었다. 어느 날 오후, 모친이 기숙사 1층에서 모습을 드러내셨다. 나는 깜짝 놀라 물었다.

"엄마, 여기는 어쩐 일이에요?"

그러자 모친이 답하셨다.

"운전해서 왔단다."

나는 더더욱 놀랐다. 오스틴에서부터 위스콘신대학 매디슨 캠퍼스 안에 있는 기숙사까지는, 그 거리가 족히 사백 킬로미터는 되었기 때문이었다.

"조식을 먹고 출발했단다. 점심에는 미시시피 강변에서 샌드위치와 커피로 식사를 했지. 생각보다 멀지는 않더구나. 하지만 진짜 엉덩이가 아픈 여정이었어."

단정한 정장을 입고 아름다운 모자를 쓴 모친은 홀로 사백 킬로미터를 운전해서 오셨다. 당시 모친의 나이는 마흔세 살이었다.

열아홉 살이었던 나는 이때 처음으로 모친이 '모친'이기만 한 게 아니라는 걸 체감했다.

두 번째 체험은 더 강렬했다. 1975년에 일문판 소설 《나와 첸허의 타이완 여행기》를 읽었을 때였다. 평소 모친은 일본의 전통적 교육에 영향을 받아 '숙녀'적인 모습을 자주 보이셨다. 의식주에 있어서 검소함을 중시하면서도 품위를 잃지 않으셨다. 그리고 부친을 일본어인 '단나(旦那)'라고 부르면서 늘 웃음으로 마주하셨고, 부친의 요구를 단한 번도 거절한 적이 없으셨다. 어렸을 때 나는 남동생들에게 이렇게 말했었다.

"엄마가 아빠를 '단나'라고 부르잖아. 그거 '남편'이라는 뜻으로 부르는 게 아니라 '사장'이라는 뜻으로 부르는 걸 거야."

그리고 두 동생도 내 의견에 동의했다.

그러나 '샤오첸'과 내 모친은 완전히 다른 사람이었다. 나는 큰 충격을 받았다. 책을 다 읽은 뒤 모친과 이 소설에 대해 어떤 이야기를 나눠야 할지도 모를 정도였다. 모친이 내게 감상을 묻자 나는 주저하며 답했다.

"아오야마 여사님이 주셨다는 와후쿠요. 제게 물려준다고 하지 않으셨어요?"

외모나 차림새에 딱히 신경을 쓰지 않았기에 사실 나는 와후쿠의 행방 같은 건 전혀 궁금하지 않았다. 그런데 모친은 내 말을 듣더니 부드럽게 미소 지으며 미안하다고 하셨다.

"전쟁 뒤라 물자가 부족했단다. 그래서 단나가 와후쿠를 파셨지."

나는 말했다.

"우리 집이 경제적으로는 괜찮잖아요. 굳이 와후쿠를 팔 필요가 있었나요?"

그러자 모친이 웃으며 말하셨다.
"그러게. 어째서 그걸 꼭 파셔야만 했을까?"
나는 이때 갑자기 깨닫게 되었다. 어째서 모친이 평생 부친을 손님처럼 공경하며 지냈는지를 말이다.
내 모친은, 왕첸허 아가씨는 불같은 성격과 빙산 같은 의지를 지닌 사람이었다. 그러나 그 감정을 늘 우아한 웃음 아래에 단단히 감춰두었던 것이다.

1987년을 다시 말해야겠다.
번역 작업을 맡는 게 꺼려졌지만 그래도 오스틴으로 가서 모친을 만났다. 그 결과 모친이 내게 내민 건 1977년에 이미 번역 작업을 끝내둔 완역고였다. 번역을 마친 어머니가 작가 대신 썼던 후기는 내가 새로이 알게 된 모친의 또다른 면이 거짓이 아닌 진실이었다는 걸 알려주었다.
나는 모친에게 이렇게 물었다. 미국에서 타이완 출판사를 찾으려면 시간이 좀 걸릴 거라고, 그래도 괜찮냐고.
모친은 이렇게 답하셨다.
"시간이 문제가 아니야. 중요한 건 현실로 이루어져야만 한다는 거지."
마침 그해에 내 외동딸 조가 고등학교를 졸업했다. 그래서 셋이서 타이완으로 갔다. 우리는 타이중에 있는 그 오래된 적산 가옥에서 남은 여름방학을 보냈다.
모친은 툇마루형 복도를 아주 좋아하셨다. 늘 그곳에서

더위를 식히셨다. 8월 하순의 어느 날 아침밥을 먹기 전, 조는 모친에게 타이완어로 조간신문을 읽어드렸다. 그런데 1면을 다 읽은 뒤 다음 페이지로 넘어가자 모친이 조에게 갑자기 말을 거셨다. 아주 긴 말씀을 하셨다. 조는 얼이 다 빠졌다. 모친이 일본어로 이야기하셨기 때문이었다. 일본어를 할 줄 모르는 조는 신문지를 모친의 무릎 위에 올려놓고는 바로 날 찾으러 주방으로 왔다.

가서 보니 모친은 안락의자에 편히 몸을 기댄 채 미소 띤 얼굴로 주무시고 계셨다.

시차 때문에 피곤해지신 걸까? 그때 나는 그렇게 생각했었다. 모친은 편안해 보였고, 행복해 보이기도 했다. 그러나 다시는 눈을 뜨지 못하셨다. 고향에서 홀연히 숨을 거두신 모친은 그렇게 생명의 또 다른 여정을 시작하셨다.

타이완판《한 일본 여성 작가의 타이완 여행기》는 여러 우여곡절을 겪었고, 마침내 1990년인 오늘을 맞이하게 되었다. 타이완판 번역고는 3년이나 출판사를 찾지 못했다. 이에 나와 아오야마 요코 씨는 의논 끝에 자비 출간을 하기로 했다. 내가 다시 편집해 제작하기로 한 것이다. 그래서 독자들도 타이완판《한 일본 여성 작가의 타이완 여행기》를 볼 수 있게 되었다.

타이완판《한 일본 여성 작가의 타이완 여행기》는 타이완의 사회적 분위기를 고려해 일부 내용이 삭제되었다. 제목 또한 변경하였다. 그래서 이 번역 소설은 일문판《나와 첸허의 타이완 여행기》의 발췌본이라고 볼 수 있을 것이다. 내 능력이 닿을 수 없는 부분인지라 아쉬움이 있다.

훗날 사회가 변하기를, 그래서 이 책의 완전판이 세상에 모습을 드러낼 수 있기를 바란다. 어쩌면 그날에는 다른 연구자가 이 소설을 집어 들며 이 소설만의 독특한 지점을 논할지도 모르겠다.

이러한 희망을 품으며 펜을 놓는다.

1990년 8월
타이중에서

‖2020년 신역판 역자 후기‖

우리 둘의 고하쿠

양쑹쯔

　　타이완판《타이완 여행기》의 신역판 탄생은 2014년으로 거슬러 올라가 이야기해야 할 것이다. 그해 연말에 쌍둥이 언니와 함께 기타큐슈로 여행을 떠났고 후쿠오카, 모지, 구마모토, 유후인 등을 둘러보았다. 그중 모지항 근처에 있는 옛 미쓰이 클럽에서 우리는 '하야시 후미코* 자료실'을 참관했다. 자료실 안에는 하야시 후미코가 여러 다른 작가들과 주고받은 서신들이 전시되어 있었는데 그중에는 요시야 노부코, 가와바타 야스나리 같은 일본의 유명한 작가들과 나눈 서신도 있었다. 언니는 일본어를 잘 알지 못했다. 그래서 자료실을 둘러보면서 내가 간단히 통역해주었다. 그러다가 '아오야마 치즈코'라는 이의 낙관이 찍힌 엽서를 우연히 보았을 때, 나는 무심코 이렇게 외쳤다.

　　"《타이완 여행기》라는 책을 쓴 사람이 있잖아!"
　　언니도 고개를 들이밀며 깜짝 놀랐다.

✤ ⋯⋯⋯⋯⋯⋯　하야시 후미코(1903-1951)는 일본 근대문학사에서 중요한 여성 작가이다. 대표작으로 자전적 소설《방랑기》가 있다.

"아오야마 치즈코가 누구지? 들어본 적이 없는데!"

다행스럽게도 고리타분한 자료실에는 나와 언니 두 사람만 있었다.

엽서 내용을 번역하면 다음과 같았다.

'예전에 당신과 함께 전쟁 전 타이완 여행에 대해 논할 수 있었던 건 실로 기쁜 일이었습니다. 신간인 《타이완 여행기》가 출간되어 귀댁으로 보내드립니다. 아오야마 치즈코. 7월 11일.'

설명 판에는 이렇게 적혀 있었다.

'쇼와 29년 7월 11일에 부침.'

그때는 2014년 12월이었고, 마침 나와 언니는 일제 강점기를 배경으로 한 역사소설을 쓰느라 참고문헌의 아수라장에 빠져 있었다. 이런 엽서를 보자 놀라우면서도 기쁠 수밖에 없었다. 귀국 후 나는 자료 조사를 이어갔고, 그와 동시에 아오야마 치즈코와 《타이완 여행기》에 대한 작은 단서들도 찾아보았다. 그러다가 인터넷에서 타이완판 해석본 일부를 우연히 찾아냈다. 가장 놀라웠던 건 타이완판 일부를 연재했던 홈페이지 마지막에 다음과 같은 짧은 주석이 있었다는 점이었다.

'부분 원고는 타이완 문학관에 소장되어 있다.'

이 단서를 따라 2015년 2월에는 타이완 문학관 학예실의 특수연구과로 연락을 취했다. 그 과정이 매우 복잡하였기에 여기서는 굳이 이야기하지 않고 생략하고자 한다. 어찌 되었든 나는 모 직원에게 다음과 같은 설명을 들었다.

"타이완 문학관 소장 자료 중에는 이런 자료가 없습니다. 하지만 어떤 일본인 연구원이 완전한 원고를 가지고 있다고 하더군요. 흥미가 있으시다면 자기에게 연락해도 좋다고 했습니다."

나는 나중에 그 연구원에게 연락했다. 신지 사가코 씨였다. 나는 이메일을 통해 사가코 씨로부터 1970년에 출간된 일문판《나와 첸허의 타이완 여행기》와 1990년에 출간된 타이완판《한 일본 여성 작가의 타이완 여행기》의 전자 스캔본 파일을 얻을 수 있었다.

2015년 6월 19일부터 번역 작업을 시작했다. 그러나 병약한 몸이 마음처럼 따라주지 못했다. 매일 정신을 집중해 작업을 하면 그 두 배에 달하는 시간을 침대 위에서 지내야만 했다. 그래서 속도가 더딜 수밖에 없었고, 이 장편소설의 번역을 완성하는 데에만 4년이 걸렸다. 이 책을 기다리던 독자가 있었다면, 그동안 이해해줘서 고맙다는 감사의 말을 전하고 싶다.

병든 몸을 이끌면서까지 이 작품을 완성하고자 애쓴 이유가 뭐냐고? 아오야마 치즈코의 소설(1954년)과 아오야마 요코의 후기(1970년), 왕쳬허의 초역판 후기(1977년), 우정메이의 편집 후기(1990년) 그리고 2020년의 신역판 출간에 이르기까지 나와 네 명의 선배들은 대체 왜 이렇게까지 했던 걸까?

　1954년부터 2020년에 이르기까지, 나는 이 책이 이제껏 자기 삶의 궤적에 대한 감흥에서 시작되었다고 본다. 타이완이라는 섬 위에 있으면서도 역사의 운명 아래에 놓여 있었던, 말로는 다 표현할 수 없는 그 진실한 정을 완전하게 복원해주기를 바랐던 것이다.

　어째서 아오야마 치즈코는 그해에 썼던 타이완 여행기를 엮어서 내지 않고 소설이라는 형식으로 다시 썼을까? 혹은 이렇게 물어볼 수도 있을 것이다. 여행기/역사가 좀 더 '진실'한가? 반면, 소설/문학은 상대적으로 '허구'인가? 이 문제에 대해 논문을 쓰듯 답하고 싶지는 않다. 그러나 서정적으로 이렇게 말하고 싶다.

　소설은 고하쿠, 즉 호박 보석과도 같다. 그 속에는 진실한 과거와 허구적 이상이 응결되어 있으니까. 곱씹을수록 깊은 맛을 주고, 그 무엇보다 아름답다.

　이 책이 타이완에서 새로운 번역으로 나올 수 있도록 많은 이들이 도와주었다. 그들에게 감사를 전하고 싶다. 진귀한 원고를 전해준 신지 사가코, 번역 과정 내내 옆에서 도와주었던 소설가 샤오샹선과 대중문학 평론가 취천 그리고 영원한 단짝 궈루메이. 또 춘산 출판사의 종루이린 편집장과 우팡쉬 부편집장에게도 감사를 전한다.

　특히 나의 쌍둥이 언니, '솽쯔(双子)' 중 뤼츠에게 감사를 전한다. '솽쯔' 중 뤄후이인 내가 이 책을 번역하기는 했지만 실제로는 우리 둘이 함께 만든 작품이다.

   펜을 내려놓으면서 이런 생각이 들었다.

   사실 이 책이 우리 둘의 고하쿠라고도 이야기할 수 있을 거라고.

2020년 춘분

융허 집에서

┃한국어판 번역 후기┃

번역과 중역 사이에서 드러나는 것들

김이삭

내 가슴에 《1938 타이완 여행기(臺灣漫遊錄)》라는 작은 씨앗이 심어진 건 2020년 초 타이완에 갔을 때였다. 당시 나는 타이완의 창작 집단인 타이베이지방이문공작실의 소속 작가들과 짧은 만남을 가졌었다. 주된 화제는 일제강점기를 배경으로 한 작품들, 그리고 이러한 작품들을 바라보는 독자의 인식이 어떠한가였다. 한국과 타이완 모두 일제 치하에서 식민을 경험했지만, 그 경험의 양상이 달랐고, 남겨진 기억도 달랐다. 같은 한국 내에서도 각자의 관점이 천차만별인데, 나라까지 다르니 더더욱 복잡할 수밖에 없었다. 상당히 흥미로운 대화가 오간 뒤, 샤오샹선 작가가 영혼 혼례식을 소재로 한 동인지를 선물로 주면서 양솽쯔 작가의 작품을 추천했다. 당시 양솽쯔 작가는 해당 동인지에 참여한 객원 작가였다. 타이완의 일제강점기를 배경으로 한 백합 소설을 쓰는 작가라는 말에 큰 흥미를 느낀 나는 그날 숙소에서 작가의 작품을 검색해보았고, 언젠가는 이 작가의 작품을 반드시 한국어로 소개하리라고 결심했다. 이때는 타이완에서도《1938 타이완 여행기》가 출간되지 않았던 때였다. 이때 내가 관심을 가졌던 건《꽃 피는 시절(花開時節)》이라는 장편이었다(2026년 한국어판 출간 예정).

물론 출간해줄 출판사를 찾는 게 쉽지는 않았다. 역사 백합 소설은 비주류 조합이니까. 게다가 타이완 문학은 해외 문학 중에서도 비주류였다. 트위터(현 X)에서 꾸준히 홍보했으나 별다른 수확을 얻지 못했던 나는 소설가로서 출판사와 미팅할 때마저 양솽쯔 작가의 작품을 홍보하기에 이르렀다……. 그때 연락을 준 게 마티스블루였다. 어쩌면 이번이야말로 내 가슴에 있는 씨앗이 발아할지도 모른다는 기대에, 나는 마감에 시달리면서도 우선순위를 조정해 검토 보고서를 써서 보냈다. 그 뒤로는 일사천리였다. 판권 계약만 일사천리인 게 아니라《1938 타이완 여행기》작품 자체가 순풍을 만났다. 아직 영문판이 정식으로 출간되지 않았는데도 전미도서상 번역부문 후보에 오른 것이다. 그리고 판권 계약이 마무리되었을 때 수상을 했다(일문판과 영문판을 제외하면 전미도서상 수상 전에 판권을 계약한 건 한국어판뿐이다). 타이완 최초 전미도서상 수상이었다. 작가의 작품을 좋아하는 독자이자 작품의 번역을 맡게 된 역자로서 그리고 비슷한 장르를 쓰는 소설 작가로서 그날 나는 작가의 수상 소식에 누구보다 기뻐했다. 아마 이 소식을 들은 한국인 중 가장 기뻐했을 것이다.

그러나 번역 과정은 출판사를 찾는 것만큼이나 험난했다. 가장 고민이 많았던 건 작품 속 다언어적 요소였다. 표준어인 화어(華語), 타이완어, 하카어, 일본어……. 한자는 표의문자이지만 한글은 표음문자이다. 같은 한자여도 어떤 언어냐에 따라 전혀 다른 발음으로 읽을 수 있지만, 한글은 반드시 특정 언어를 택해야만 했다. 그런데 타이완어와 하카어는 잘 모르는 언어였고, 워낙 소수어였기에 한국어 표기법이 따로 정해져 있지 않았다. 타이완 교육부에서 만든 타이완어 사전이나 하카어 사전 사이트에서 제공하는 발음을 참고했지만, 이 사전이라는 것도 모든 말이 담긴 건 아니었다. 심지어 양솽쯔 작가가 넣은 고유명사 어휘 중에는 타이완인도 잘 모르는 게 많았다.

또 나는 한국어판이 철저한 고증으로 자료로서 읽히기보다는 좀 더 많은 독자가 즐길 수 있는 작품이 되기를 바랐다. 양솽쯔 작가가 역사소설을 쓰면서 주안점을 두는 부분도 이 점이기 때문이었다. 소설에도 아오야마 치즈코가 타이완 종관철도 정보를 기록하면서 이 정보를 어떻게 녹여내야 사람들이 재미있게 읽을 수 있는 소설을 쓸 수 있을지를 고민하는 장면이 나오는데, 나는 이 부분이 실은 양솽쯔 본인의 고민이라고 생각한다.

독자가 이 책을 좀 더 쉽게, 더 재미있게 즐길 수 있다면 얼마나 좋을까. 책장을 넘기면서는 소설 속 세계에 빠져들고, 더 나아가서는 타이완 여행을 하고 있다고 느낄 수만 있다면. 다 읽고 책을 덮었을 때 진짜로 타이완으로 여행을 가고 싶다는 충동이 일어난다면, 그래서 이 책 한 권을 들고 타이완 여행을 떠난다면, 소설 속의 타이완 음식을 직접 먹어보며 소설의 맛과 실제 맛을 비교해본다면······.

아오야마 치즈코에게 이 소설이 러브레터이자 사과문이라면, 양솽쯔에게 이 소설은 초대장이 아니었을까? 우리를 아오야마와 샤오첸의 관계 속으로 초대하는, 일제강점기로 초대하는, 미식의 세계로 초대하는, 그리고 오늘날의 타이완으로 초대하는 초대장.

어째서 이 단어를(특히 고유명사를) 이렇게 번역했을까? 이러한 의문이 들었다면 사실 많은 부분은 여기서 그 이유를 찾을 수 있다. 물론 내가 처음부터 이 선택을 확신했던 건 아니었다. 내게 확신을 준 건 올해 서울국제도서전을 맞아 방한했던 양솽쯔 작가가 해줬던 말이었다. 그때 나는 작가에게 어째서 일본인을 주인공으로 삼았는지 물어보았고, 작가는 아주 흥미로운 답을 해주었다.

일제강점기의 타이완을 이해하려면 반드시 일본어 자료를 살펴봐야 한다고 했다. 당시의 기록은 일본어로 작성되었으니까. 일본어는 당시의 타이완을 이해하려면 반드시 거쳐야만 하는 언어였고, '번역' 또한 마찬가지였다. 그러나 제국의 언어로 작성된 자료이기에 객관적이라고 볼 수 없다. 이 소설이 1인칭 시점인 것도 이 때문이다. 객관성을 담보할 수 없고 많은 부분을 속이는, 혹은 감출 수 있는 시점이 바로 1인칭 시점이니까. 양솽쯔 작가가 번역가로 등장해 주석을 통해 끊임없이 소설 속 오류를 지적하는 이유가 여기에 있었다.

  반면 나는 중역을 하는 번역가였다. 아오야마 치즈코가 쓴 소설을 양솽쯔가 번역했다는 핵심 설정대로라면 나는 양솽쯔의 번역본을 중역한 것이다. 내가 중역하는 말은 1938년에 타이완을 방문했던 아오야마 치즈코의 언어가 아닌 오늘날 타이완에서 살아가는 타이완인 양솽쯔의 언어였다. 그렇기에 아오야마 치즈코의 말인 원문보다는 양솽쯔의 말인 번역본에 더 귀를 기울일 수밖에 없었고, 양솽쯔가 타이완인으로서의 관점을 견지하며 번역했던 것처럼 나 또한 한국인으로서, 혹은 한국 독자를 고려한 번역가로서 나만의 관점을 견지할 수밖에 없었다. 고유명사를 그대로 전달하기보다는 가독성을 고려해 의역한 점, 화자가 일본인이라고 해서 일본어 중심으로 번역하지는 않은 점, 백년 전 언어를 복원하기보다는 현대어를 중심으로 번역한 점이 그러하다. 양솽쯔가 번역가이자 작가인 것처럼 나 또한 작가이자 번역가라는 점도 나름 영향을 미쳤다. 아오야마 치즈코가 혼토진을 본섬 사람이라고 부르고, 미도리강을 뤼찬이라고 바꿔 부르는 지점이 그러하다. 원문에서는 같은 한자를 쓰지만, 주인공의 의식이 변화하면서 사용하는 언어도 변화시켰다. 이러한 부분은 번역가로서의 관점보다는 소설가로서의 관점이 더 큰 영향을 미쳤다.

양솽쯔 작가가 타이완어 혹은 하카어의 발음대로 번역하기를 원했던 여섯 가지 음식 이름(무아인텅, 쾨, 타우미, 룩통찌, 젠궤어, 디아우옌)을 제외한다면 나머지는 모두 내 판단을 기준으로 번역한 것이다. 만약 소설을 읽다가 부족한 점을 발견한다면, 이는 역자로서 내 역량이 부족했거나 잘못 판단하여 생긴 것이지 소설 본연의 문제가 아니라는 점을 밝히고 싶다.

한국어판 역자의 말, 즉 독자가 읽고 있는 이 글을 제외한다면 《1938 타이완 여행기》는 첫 페이지부터 마지막 페이지에 이르기까지 모든 것이 허구이다. 작가 양솽쯔가 치밀하게 직조한 구성과 다층적으로 설계한 설정이 소설 곳곳에서 양솽쯔 작가의 오랜 고민을 드러내는데, 바로 타이완과 타이완 사람 그리고 타이완 역사에 대한 고민이다. 그와 동시에 이 소설은 소설가인 양뤄츠가 쌍둥이 동생이자 번역가인 양뤄후이에게 지키는 사랑의 약속이기도 하다. 평생 글을 쓰라는 동생의 유언을 포기하지 않은 언니는 '양솽쯔'라는 공동 필명으로 글을 썼고, 아예 《1938 타이완 여행기》 속 양솽쯔를 작가가 아닌 역자로 설정했다. 양뤄후이는 양뤄츠의 마음 안에서, 양솽쯔라는 공동 필명 안에서 그리고 《1938 타이완 여행기》 안에서 여전히 살아 있다.

한국어판 작가의 말인 서문을 넣을 것인가를 두고 양솽쯔 작가와 몇 번이나 이야기를 나누었다. 논의 끝에 넣지 않기로 했다. 한국어판 서문은 번역가 양뤄후이가 아닌 소설가 양쌍쯔가 쓰는 거니까.《1938 타이완 여행기》에 담긴 마음을, 동생 양뤄후이를 향한 언니 양쌍쯔의 마음을 그대로 남기는 게 좋을 듯했다. 나 또한 사랑하는 동생을 잃은 누나이기에 동생의 존재를 소설 속에 온전히 남기는 것에 더 마음이 기울었다.

또한 양쌍쯔가 소설가로서 이 소설에 등장하지 않는 것까지도 '타이완 역사와 그 번역'에 대한 작가의 고민이 반영된 것이었기에 한국어판 서문은 여러모로 사족이 될 듯했다. 대신 한국어판 역자의 말에 여러 설명을 담아서 갈음하기로 했다. 이 소설의 모든 페이지에서 나는 '중역자로서' 등장했지만, 번역 후기에서만큼은 '중역'에서 '번역'으로 역할이 바뀐 셈이다. 끝까지 '중역'으로 남았더라면 더 흥미로운 시도였을 텐데. 그러나《1938 타이완 여행기》가 한국 문학이 아닌 해외 문학이고, 양쌍쯔라는 타이완 작가가 한국 독자에게는 아직 낯설기에 내가 번역가로 등장해 설명할 필요가 있었다.

마지막으로 번역가 양쌍쯔가 아오야마 치즈코의 소설을 번역하면서 주석으로 관련 역사를 상세히 설명하거나 고증 오류를 언급했던 것처럼 한국 독자도 이 소설을 적극적으로 독해하면 좋겠다. 독자의 '독해' 또한 '번역'이자 '중역'이다. 독자의 적극적인 독해는 늘 새롭게 쓰이는《1938 타이완 여행기》의 한국어판 역자의 말과도 같다.

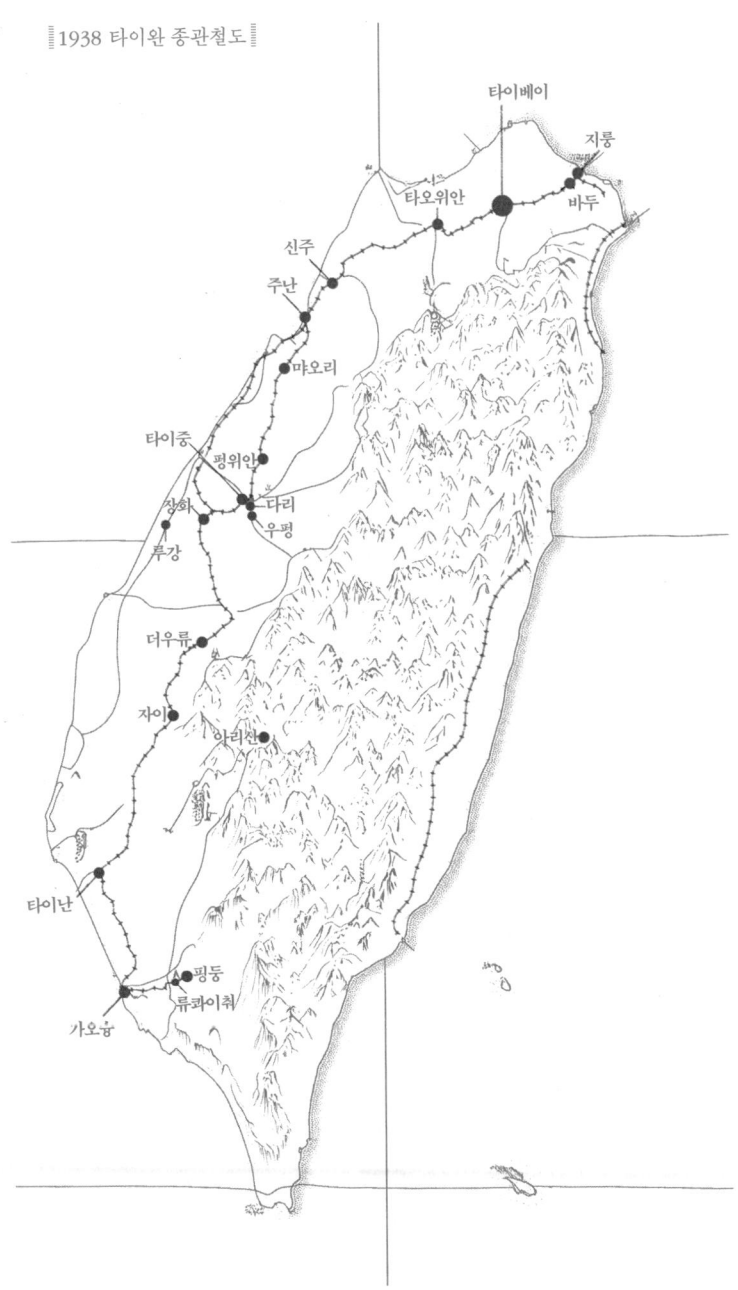

1938 타이완 종관철도

1938 타이완 여행기

초판 1쇄 2025년 11월 25일

지은이 양쌍쯔
옮긴이 김이삭
펴낸이 박은영

펴낸곳 마티스블루
주소 서울시 마포구 토정로 222 한국출판콘텐츠센터 402호
등록 2022년 5월 26일 제2022-000147
홈페이지 www.matissebluebooks.co.kr
인스타그램 @matisseblue_books
이메일 matisseblue23@gmail.com
디자인 소요 이경란 **제작** KPR

한국어판 ⓒ 마티스블루, 2025

ISBN 979-11-992425-3-1 (03820)

- 이 책은 타이완 문화부의 번역 지원을 받아 출간되었습니다.
- 이 책은 저작권법에 따라 보호받는 저작물이므로 무단전재와 무단복제를 금지하며, 이 책 내용의 전부 또는 일부를 이용하려면 반드시 저작권자와 출판사의 서면동의를 받아야 합니다.
- 잘못된 책은 구입한 서점에서 바꿔 드립니다.